CW00517350

ÜBERWÄLTIGENDE STREITMACHT

ANDREW WATTS

Edited by
ELA KREMER

Severn River
PUBLISHING

ÜBERWÄLTIGENDE STREITMACHT

Die Originalausgabe erschien unter dem Titel *Overwhelming Force* bei Point Whiskey Publishing.

Copyright © 2019 Point Whiskey Publishing LLC.

Copyright © 2021 der deutschen Ausgabe bei Point Whiskey Publishing LLC.

Alle Rechte vorbehalten.

Kein Teil dieses Buches darf ohne schriftliche Genehmigung des Autors auf irgendeiner Form oder auf elektronischem oder mechanischem Wege, einschließlich Informationsspeicher- und -abrufsystemen, reproduziert werden, es sei denn als kurze Zitate im Rahmen einer Buchbesprechung.

Severn River Publishing
www.severnriverpublishing.com

Dieses Buch ist ein fiktionales Werk. Namen, Charaktere, Unternehmen, Orte, Ereignisse und Vorfälle sind frei erfunden oder werden auf fiktive Weise verwendet. Jede Ähnlichkeit mit lebenden oder toten Personen oder tatsächlichen Ereignissen wäre rein zufällig.

EBENFALLS VON ANDREW WATTS

Die Bücher sind für Kindle, als Printausgabe oder Hörbuch erhältlich. Um mehr über die Bücher und Andrew Watts zu erfahren, besuchen Sie bitte:
AndrewWattsAuthor.com

„Sollen wir uns gegen einen transatlantischen Militärgiganten wappnen, der den Ozean überwinden und uns mit einem Schlag zermalmen wird? Niemals! Den vereinten Armeen Europas, Asiens und Afrikas mit allen Schätzen der Erde (ausgenommen unsere eigenen) in ihrer Marschtruhe und einem Bonaparte als Kommandanten wird es in tausend Jahren nicht gelingen, mit Gewalt einen Schluck Wasser aus dem Ohio River zu trinken oder Fuß auf das Blue Ridge-Gebirge zu setzen."

Abraham Lincoln

„Es gibt nicht genug Indianer auf der Welt, um die Siebte Kavallerie zu besiegen."

George Armstrong Custer

1

„Wann ist das passiert?" Die Augen des Präsidenten zuckten vor Müdigkeit, als er das Update auf seinem sicheren Tablet las. Er runzelte die Stirn und reichte es wieder seinem Stabschef.

„Vor zwanzig Minuten, Mr. President."

Sie gingen schnell durch den Flur im zweiten Stock des Westflügels. Es war spät. Weit nach Mitternacht. Aber heute Nacht würde niemand mehr schlafen.

„Und wir sind uns ganz sicher? Das ist auf keinen Fall ein Fehler? Ein militärischer Drill? Ein Missverständnis? Irgendetwas?"

„Ich fürchte nicht, Sir."

„Nordkorea dringt in Südkorea ein. Dieser Schweinehund, ich kann nicht glauben, dass er das tatsächlich getan hat. Warum jetzt?"

Zwei Agenten des Geheimdienstes begleiteten sie in einen Aufzug, der sie mehrere Etagen unter die Erdoberfläche brachte. Wenige Augenblicke später traf Präsident Griffin im Presidential Emergency Operations Center (PEOC) ein.

In der Notfallzentrale des Präsidenten herrschte geschäftiges Treiben. Im Raum versammelt waren Mitglieder des Nationalen Sicherheitsrats, die ihn seit Wochen vor einer drohenden Krise in Asien gewarnt hatten. Die Militäroffiziere und Mitarbeiter des Verteidigungsministeriums sahen so aus, wie der Präsident sich fühlte: müde.

Und besorgt.

„Was gibt's Neues?"

„Sir, in den letzten Minuten haben wir die Nachricht erhalten, dass US-Militäranlagen in der Nähe von Japan aus der Luft angegriffen wurden. Es gibt diverse Berichte über Satelliten- und Elektronikausfälle. Wir versuchen, Updates zu erhalten, aber die meisten Kommunikationskanäle sind gestört."

„Japan?" Präsident Griffin runzelte die Stirn. „Warum sollte ...?"

Einer der Militäroffiziere im Raum schaute von seinem Laptop auf. „General, Thule wurde außer Gefecht gesetzt."

„Thule?"

Der Offizier nickte. „Es ist gerade passiert. STRATCOM versucht jetzt, tertiäre Kommunikationsmethoden zu etablieren, aber ... Sie sagen, ihre satellitengestützten Erkennungssysteme reagieren auch nicht. Diese Informationen sind etwa zwei Minuten alt."

Der Stabschef des Präsidenten flüsterte: „Sie beziehen sich auf die Frühwarnsysteme für Interkontinentalraketen, also ICBMs. Die Luftwaffe hat eine Basis in Thule – in Grönland. Durch diese Basis, einige andere Stützpunkte sowie Satellitensensoren würden wir normalerweise über den Start einer feindlichen Atomrakete unterrichtet."

Präsident Griffin beobachtete den General, der diese Informationen erhalten hatte. Dessen Augen weiteten sich ein wenig, bevor er aufstand, auf seine Uhr schaute und dem Secret Service-Agenten zunickte, der in der Ecke des Raums stand. Dann räusperte sich der General und verkündete: „SUNSET."

Der Präsident war noch damit beschäftigt, seine Benommenheit abzuschütteln und sich zu fragen, was zum Teufel SUNSET bedeutete, als unter den Anwesenden latente Hektik ausbrach. Die in der unmittelbaren Nähe des Präsidenten stehenden Geheimdienstagenten gaben ihre statuenhaften Positionen an der Wand auf und kamen rasch auf ihn zu.

„Mr. President, wir müssen Sie sofort aus dem Weißen Haus evakuieren." Einer der Personenschützer zog den Präsidenten von seinem Stuhl hoch und führte ihn zur Tür.

Der Präsident sagte: „Die First Lady ..."

„Sie wird ebenfalls evakuiert werden, Sir. Wir befinden uns in SUNSET."

Der Präsident wurde aus dem Raum und durch ein Labyrinth von Treppen und Gängen nach oben gehetzt, wobei sie an mehreren Geheimdienstagenten vorbeikamen.

„Auf geht's!", rief einer von ihnen mit weit aufgerissen Augen.

Augenblicke später wurde der Präsident in Richtung der Tiefgarage geleitet, in welcher der Fuhrpark des Geheimdienstes bereitstand. Einer seiner Adjutanten, ein Militäroffizier, war mit dem sogenannten „Nuclear Football" erschienen und folgte der Eskorte nun mit angespannter Miene.

Der Atomkoffer.

SUNSET.

SUNSET war das Codewort für eines der Evakuierungsszenarien im Katastrophenfall. Obwohl sie ihn auf diese Situationen vorbereitet hatten, konnte sich der Präsident ehrlich gesagt nicht daran erinnern, auf welches Schreckensszenario sich SUNSET bezog. Es war ihm damals nicht so wichtig erschienen. Diese leidigen Sicherheitsübungen gehörten eben zum Job. Wie eine Brandschutzübung. Ein

Ärgernis, das so schnell wie möglich durchexerziert werden sollte, damit er sich wieder auf seine eigentliche Aufgabe – die Führung des Landes – konzentrieren konnte.

„Welches Szenario verbirgt sich hinter SUNSET?", fragte der Präsident den Militärangehörigen.

„Strategischer Angriff auf die kontinentalen Vereinigten Staaten. Raketen im Anflug." Der Colonel klang furchtlos und sachlich. Er schien sein Schicksal in die Hände Gottes zu legen. Dem Präsidenten wurde plötzlich schwindelig, er hätte den dritten Scotch heute Abend wohl besser nicht trinken sollen. Wegen der Blutdrucksenker, die er einnahm, sollte er eigentlich ganz auf Alkohol verzichten. Eine weitere Sache, die er bis jetzt nicht als wichtig erachtet hatte.

„Wer greift uns an?" Der Präsident atmete schwer beim Sprechen. Wenn er nicht von einer Rakete getötet würde, dann wäre vielleicht der Versuch, mit diesen jungen Geheimdienstagenten mitzuhalten, sein sicheres Ende …

Der Colonel antwortete: „Über diese Information verfüge ich nicht, Sir."

„Und sie schießen auf Washington?"

„Wir wissen es noch nicht, Sir. Wir erwarten in Kürze ein Update von STRATCOM."

Der Präsident, seine Personenschützer und die Mitglieder des Sicherheitsrats gingen auf den Ausgang eines langen, gut beleuchteten Tunnels zu. Präsident Griffin hatte bereits mehrere der geheimen Tunnel unter Washington durchquert, aber in diesem speziellen Exemplar war er noch nie gewesen. Am Ende des Gangs öffneten sich Doppeltüren und sie hatten ihr Ziel erreicht.

Eine Kolonne dunkler SUVs stand mit laufenden Motoren und offenen Türen bereit. Zwei Dutzend bewaffnete Geheimdienstagenten waren entlang der Garagenausfahrt postiert, überwachten das Prozedere und lauschten aufmerksam den Befehlen, die sie über ihre Ohrhörer erhielten.

Präsident Griffin duckte sich in die gepanzerte Präsidentenlimousine, auch „The Beast" genannt. Die Türen knallten zu und der Konvoi setzte sich sofort in Bewegung.

„Sind Sie sicher, dass meine Frau evakuiert wird?", fragte er den Agenten auf dem Beifahrersitz.

„Sie wird jetzt gerade weggebracht, Mr. President."

Die Räder quietschten, als der Wagen schnell um die Kurven fuhr. Nach wenigen Sekunden hatten die Autos die Rampe passiert und waren auf der Straße angelangt. Der Präsident musterte einen der wachhabenden Agenten, als sein Auto an ihm vorbeirauschte. Dieser Mann sah seltsamerweise fast erleichtert aus.

Mein Gott, wenn wirklich Raketen im Anflug waren ... und sie ließen all diese Männer hier zurück. Dieser Gedanke passte so gar nicht zur Miene des Agenten.

SUNSET. Jeder dieser Beamten hätte den Begriff über seinen Ohrhörer vernommen und gewusst, was er bedeutete. Der Tag des Jüngsten Gerichts. Eine hohe Wahrscheinlichkeit, dass Raketen mit Nuklearsprengköpfen auf ihren Standort zusteuern. Wie viel Zeit blieb ihnen? Dreißig Minuten? Trotzdem sah dieser Agent irgendwie befreit aus. Einen Moment lang konnte sich Präsident Griffin darauf keinen Reim machen. Dann dämmerte es ihm: Der Mann war erlöst, weil sein Teil der Aufgabe erfüllt war. Der Präsident hatte das Weiße Haus verlassen. Ob er überleben würde oder nicht, stand auf einem anderen Blatt.

„Wir werden die Air Force One in zwei Minuten erreichen. Der Rest Ihres nationalen Sicherheitsteams wird dort zu uns stoßen. Wir werden Sie an einen sicheren Ort bringen, weit weg vom ... potenziellen Zielgebiet."

„Der Vizepräsident?"

„Wird ebenfalls an einen sicheren Ort gebracht."

„Was sagen der Geheimdienstkoordinator und das Außenministerium dazu?"

„Sir, es ist gerade erst passiert. Wir hatten noch keine Zeit ..."

In dem SUV befanden sich zwei Militärangehörige. Einer überwachte die Kommunikationsgeräte. Der andere Offizier war der Träger des Atomkoffers, dieses sperrigen schwarzen Apokalypse-Behältnisses, das auf seinem Schoß ruhte.

Der für die Kommunikation zuständige Offizier hatte nun ein Headset auf und gab mit monotoner Stimme Informationen durch, als wäre er ein Computerprogramm. „Die *Nightwatch* ist in der Luft." Pause. „Wir befinden uns jetzt auf DEFCON 2." Pause. „Bestätigung, dass Guam angegriffen wird." Pause. Er sah zum Präsidenten auf. „Mr. President, aufgrund des nationalen Großereignisses wurde eine Konferenzschaltung aktiviert, das National Military Command Center wird in Kürze mit Ihnen in Verbindung treten." Das NMCC war das Kommando- und Kommunikationszentrum des Pentagon für die Nationale Kommandobehörde, die National Command Authority, die aus dem Präsidenten und dem Verteidigungsminister bestand. Sie waren diejenigen, die im Notfall Ausführungsbefehle an die nukleare Triade und an die Kommandanten vor Ort herausgaben.

Der Präsident hatte das ungute Gefühl, in einer Prüfung zu sitzen, für die er nicht gelernt hatte. Er hörte immer wieder Begriffe, die er nicht kannte. Und dieser verdammte Soldat in seiner Uniform redete so schnell. *Was zum Teufel war die Nightwatch*?

Der Militäroffizier an der Kommunikationskonsole fuhr fort: „Das Pentagon ist über die sichere UHF-Verbindung zugeschaltet. Der stellvertretende Einsatzleiter ist in sechzig Sekunden bereit."

Während der Geländewagen weiter durch die unebenen und leeren Straßen von D. C. nach Osten raste, kam sich der Führer der freien Welt auf seinem Weg in die Sicherheit ahnungslos vor.

Für einen kurzen Moment war es still und er war mit seinen Gedanken allein. Präsident Griffin war für diese kurze Verschnaufpause dankbar. Sein Puls raste noch immer, bedingt durch die körperlichen Strapazen seiner Evakuierung. Er blickte aus dem getönten Fenster und rieb sich die Augen. Verdammt, er war hundemüde. Scheinwerfer erhellten das Washington Monument, der klare Nachthimmel bildete eine dunkle Kulisse. Würden an diesem Himmel bald Raketen entlangfliegen? Taugte er als Präsident in Kriegszeiten?

Krieg.

Krieg von einem unvorstellbaren Ausmaß. Ein Krieg, der mit den Blitzen Tausender nuklearer Detonationen beginnen und enden könnte. Oder ein konventioneller Krieg, der sich hinzog, den gesamten Globus in ein schlammiges und blutiges Schlachtfeld verwandelte, Volkswirtschaften ruinierte und eine Generation von Menschen auslöschte.

Gott, lass diesen Wahnsinn ein Ende haben.

Das letzte Mal, dass die Welt so kurz vor einem Weltkrieg gestanden hatte, war die Kuba-Krise. Damals hatten sich die kühlen Köpfe durchgesetzt. Der Präsident versuchte sich davon zu überzeugen, dass sie es auch diesmal tun würden.

Abgesehen von diesem Verrückten in China.

Cheng Jinshan. Der neu ernannte chinesische Präsident. Selfmade-Milliardär und ehemaliger chinesischer Geheimdienstmitarbeiter.

Während der täglichen Briefings von Präsident Griffin hatten die Analysten der CIA vor einigen Monaten ein beeindruckendes und zugleich erschreckendes Porträt des Mannes gemalt. Ein brillanter Geschäftsmann. Ein Meisterspion. Ein gerissener Stratege. Er war ein Rätsel. Unvorhersehbar, skrupellos und ehrgeizig.

Erst vor wenigen Wochen hatte Cheng Jinshan wegen Verbrechen gegen den Staat in einem chinesischen Gefängnis gesessen. Er hatte sich mit einem Kader aus chinesischen Militärs, Geheimdienstlern und politischen Führern verschworen, die Regierung zu stürzen und kurz darauf die Vereinigten Staaten anzugreifen. Aber die CIA hatte das Komplott aufgedeckt, was zu einer kleinen Seeschlacht im östlichen Pazifik geführt hatte.

Bis dahin hatte Jinshan seine Pläne vor dem ehemaligen chinesischen Präsidenten und allen Führungsfiguren, die nicht zu seinem inneren Zirkel gehörten, verborgen gehalten. Bevor seine Rebellion ausgeführt werden konnte, hatte die amerikanische Intervention den ehemaligen chinesischen Präsidenten über die Verschwörung informiert. Der Staatsstreich war verhindert worden und für die kurze Zeit, die Jinshan hinter Gittern verbrachte, herrschte auf der Welt wieder Frieden.

Dann war der ehemalige chinesische Präsident ermordet worden. Chinesische Staatsmedien behaupteten, es habe sich um einen religiös motivierten Angriff gehandelt. Die maskierten Männer hatten den chinesischen Führer, seine Frau und seine Tochter hingerichtet und alles live über das Internet übertragen.

Die Todesursache des chinesischen Präsidenten und seiner Frau war schwer zu bestimmen gewesen. Es war entweder Ersticken durch Erhängen oder Verbrennen *beim* Erhängen. Dann, während Milliarden Menschen auf der ganzen Welt zuschauten, hatte man der Tochter im Teenageralter eine Kugel in den Kopf gejagt.

Das Ereignis hatte sich auf der Dachterrasse ihres Pekinger Penthouses ereignet. Kameras von nahe gelegenen

Wolkenkratzern und Nachrichtenhubschraubern hatten das Ganze eingefangen. Die Henker hatten Masken getragen und waren angeblich unmittelbar nach dem Attentat von der chinesischen Polizei getötet worden.

Einer der Angreifer war als amerikanischer Staatsbürger identifiziert worden. Irgendein irrer religiöser Extremist. Die Sorte, die mit einem Lautsprecher und einem Schild um den Hals an der Straßenecke stand. Die chinesischen Staatsmedien veröffentlichten Videos, die der Mann gedreht und in denen er den Tod der chinesischen politischen Führung gefordert hatte.

Der schreckliche Mord an dem chinesischen Präsidenten und seiner Familie, live gestreamt, der einem religiösen Fanatiker aus den USA angelastet wurde. Aber der chinesischen Bevölkerung wurde nicht vermittelt, dass er ein *Fanatiker* war. Man ließ die Leute in dem Glauben, dass dies die neue Normalität in den Vereinigten Staaten sei. Dass die Amerikaner aufgrund der christlichen Religion radikal antichinesische Sichtweisen entwickelten. Präsident Griffin wusste, dass das nicht stimmte. Aber in einem Staat wie China gegen eine von der Regierung geförderte Propagandamaschine zu kämpfen, war unmöglich.

Die CIA hielt das Attentat für ein sorgfältig inszeniertes Täuschungsmanöver, um die emotionale Auswirkung der Gräueltat auf die chinesische Bevölkerung zu maximieren. Die Todesfälle selbst waren nicht vorgetäuscht. Sie waren sehr real. Aber es war völlig ausgeschlossen, dass ein alternder religiöser Fanatiker aus dem Mittleren Westen, der weder Chinesisch sprach, noch eine militärische Ausbildung hatte, nach China fliegen, an den Sicherheitskräften des chinesischen Präsidenten vorbeikommen und das tun konnte, was er angeblich getan hatte.

Wer also *hatte* es getan?

Nach Angaben der US-Geheimdienste waren es Cheng Jinshan und seine Verbündeten.

Nachdem der chinesische Präsident getötet worden war, hatte Cheng Jinshan eine politische Wiederauferstehung erlebt. Innerhalb weniger Tage hatte er seine Rivalen besiegt und seine Macht gefestigt. Die Politik hatte einen antiamerikanischen Kurs eingeschlagen und die chinesische Militärbereitschaft war so hoch gewesen wie nie zuvor.

Die staatlich geförderten Medien schürten die Flammen der zivilen Unruhen. Hass und Angst richteten sich gegen alle Länder, die die Religionsfreiheit förderten und ganz speziell gegen Amerika. Die CIA-Analysten vermuteten, dass der religiöse Blickwinkel nur ein opportunes Mittel war, um Öl ins Feuer zu gießen. Jinshan war nicht durch Religion oder die Abneigung gegen diese motiviert. Aber er brauchte einen Vorwand, um beim chinesischen Volk eine antiamerikanische Stimmung heraufzubeschwören. Bald darauf wurden die chinesischen sozialen Medien und das staatliche Fernsehen von Propaganda überschwemmt, die sorgfältig von 3PLA kuratiert wurde, dem chinesischen Pendant der amerikanischen NSA. Jinshans Cyberkrieger.

Und nun, so schien es, war Jinshan bereit, seine Pläne zu verwirklichen.

„Mr. President, die Leitung zur Nationalen Militärkommandozentrale steht. Der stellvertretende Einsatzleiter des Pentagon, General Rice, spricht."

„Mr. President, hier ist General Rice, können Sie mich hören?"

„Ja, General. Was ist passiert?"

„Sir, uns liegen nun Berichte über Großangriffe auf mehrere US-Stützpunkte in Korea und Japan sowie auf Marine- und Luftwaffenverbände im westlichen Pazifikraum vor." Präsident Griffin meinte herauszuhören, dass der

General erschüttert klang. „Mr. President, NORAD hat gerade den Abschuss einer Interkontinentalrakete gemeldet."

„Was bedeutet das, General? Werden wir atomar angegriffen?"

Eine weitere Stimme kam über die Freisprecheinrichtung. „Mr. President, hier ist General Sprague vom STRATCOM. Ich bin an Bord der *Nightwatch*."

Dem Präsidenten fiel endlich wieder ein, was die *Nightwatch* war. Es war die andere Boeing 747, die die Luftwaffe ebenso wie die Air Force One als mobile Kommandozentrale einsetzte. Die sogenannte „Weltuntergangsmaschine" sollte blitzschnell die Zügel übernehmen, falls die Air Force One aufgrund eines anderen Ereignisses „ausfallen" sollte. Präsident Griffin erinnerte sich daran, dass er gelächelt hatte, als er zum ersten Mal von diesem Flugzeug hörte. Die Bezeichnung als *Weltuntergangsmaschine* war ihm damals beinahe amüsant und die Maschine als überflüssig erschienen. Irgendein albernes Überbleibsel aus der Zeit des Kalten Krieges, das nie zum Einsatz kommen würde.

Heute Abend hatte er seine Meinung abrupt geändert ...

General Sprague sagte: „Sir, unsere Fähigkeiten, nukleare Bedrohungen aufzuspüren und zu verfolgen, sind stark eingeschränkt. Wir haben unser gesamtes weltraumgestütztes Infrarotsystem und achtzig Prozent der Militärsatelliten des Defense Support Programs (DSP) verloren. Sie wurden in den letzten dreißig Minuten alle gleichzeitig getroffen."

Der Präsident spürte, wie sein Gesicht heiß wurde. „Einen Moment bitte – ich dachte, wir hätten seit den Cyberangriffen im letzten Monat keine einsatzfähigen Satelliten mehr? Wie können wir uns bei all dem so sicher sein?"

Der Nationale Sicherheitsberater erklärte: „Das Nationale Aufklärungsamt und die Luftwaffe haben seither mehrere Aufklärungssatelliten neu gestartet, um unser Verteidigungsunterstützungsprogramm wieder in Gang zu bringen. Die neuen Satelliten verfügen über ein Software-Update. Das hatte zuletzt oberste Priorität. Unsere Frühwarnungssysteme waren heute in Betrieb."

„Wer hat geschossen, General?"

„Wir erhielten erste Hinweise auf den Abschuss ballistischer Raketen in der Nähe der Provinzen Nord-Hamgyong und Chagang –"

Der Präsident unterbrach ihn: „Wo zum Teufel ist das? Kann jemand bitte –"

„Nordkorea, Sir", antwortete General Rice.

„Die Nordkoreaner greifen uns also an?"

„Wir wissen es nicht sicher. Die Daten kommen laufend rein. Kurz nach dem nordkoreanischen Raketenstart sah es so aus, als ob Frühwarnsysteme für ballistische Raketen angegriffen wurden. Eine Weile lang haben wir noch Teildatensätze bezüglich der Erfassung von Raketenstarts erhalten. Zu diesem Zeitpunkt haben wir auch Anzeichen für weitere Abschüsse gesehen. Diese zweite Serie von Raketen stammte *nicht*, ich wiederhole, *nicht* aus Nordkorea."

„Noch mehr Raketen? Von wo ..."

„Die zweite Welle von Raketenstarts ging von der russisch-chinesischen Grenze aus. Im Vergleich zu den nordkoreanischen Raketenstarts war die zweite Startwelle weitaus zahlreicher."

„Wohin sind diese Raketen unterwegs?"

„Wir wissen es nicht, Sir. Wir versuchen momentan, mehr Informationen zu bekommen."

Der Nationale Sicherheitsberater fluchte. „Das ist absolut unbefriedigend! Diese Raketen könnten auf dem Weg hierher sein. Wir müssen darüber nachdenken, unseren eigenen Angriff zu starten."

Der Präsident forderte ihn mit einer Geste auf, sich zu

beruhigen. „Immer mit der Ruhe. Zuerst müssen wir herausfinden, wer unser Feind ist."

Eine Stimme am Telefon sagte: „Sir, hier spricht der CIA-
Direktor. Die Nordkoreaner sind nicht in der Lage, militärische Aktivitäten in dem Umfang durchzuführen, wie wir sie
derzeit im Westpazifik erleben. Diese Angriffe finden in
einem sehr großen geografischen Gebiet statt, das sich mit
Truppenbewegungen der Volksbefreiungsarmee (VBA) und
der VBA-Marine deckt. Mr. President, ich denke, wir sollten
dies als eine chinesische Militäraktion betrachten. Möglicherweise in Zusammenarbeit mit den Nordkoreanern."

General Rice erklärte: „Die Russen könnten ebenfalls
mitmischen. Wir können es nicht ausschließen, in Anbetracht
dessen, wo die zweite Serie von Raketenstarts herkommt."

General Sprague gab zu bedenken: „Es ist auch möglich,
dass die zweite Angriffswelle Nordkorea oder einer Vielzahl
anderer Ziele galt, Sir. Wir wissen es einfach nicht."

„Aber wir werden mit konventionellen Waffen im
gesamten Pazifikraum angegriffen! Das müssen wir hier auf
jeden Fall berücksichtigen. Um Himmels willen, lassen Sie
uns unseren Verstand benutzen", wandte der Nationale
Sicherheitsberater ein.

Mehrere Stimmen begannen auf einmal zu sprechen,
sowohl im Präsidentschaftsfahrzeug als auch am Telefon.

Der Präsident brachte sie mit einer Frage zum Schweigen.
„General Sprague, warum haben wir keinen besseren Überblick über das, was jetzt gerade passiert?"

General Sprague erwiderte: „Mr. President, vor weniger als
dreißig Minuten sind alle unsere Daten und die Kommunikation mit Thule und Pine Gap offline gegangen. Ich möchte
nicht spekulieren, Mr. President, aber das könnte bedeuten,
dass sie angegriffen wurden. Ungefähr zur gleichen Zeit
begannen mehrere Anti-Satelliten-Waffen die Mehrzahl

unserer Frühwarntrabanten, die rund um den Globus kreisen, zu zerstören."

Der Präsident atmete langsam aus und fragte dann leise: „Wie ist das möglich?"

„Sie verwenden unterschiedliche Techniken, Mr. President. Wir gehen davon aus, dass die Attacken hauptsächlich aus dem Weltraum kamen. Sie müssen ihre eigenen Satelliten nahe unseren in denselben Umlaufbahnen positioniert haben. Wahrscheinlich benutzten sie Modelle, die sich wie Mutterschiffe verhalten, gefüllt mit kleineren Trabanten. Diese kleineren Satelliten werden ausgesandt, um unsere anzugreifen – die meisten explodieren wie Minen, wenn sie mit unseren Satelliten in Kontakt kommen. Einige ihrer Waffen benutzen Laser oder anderweitige Mechanismen, um unsere Sensoren zu beeinträchtigen oder zu zerstören. Solche Anti-Satelliten-Waffen entdeckt man meist erst dann, wenn es zu spät ist."

„Und Sie erzählen mir, dass die Chinesen alle Satelliten zerstört haben ...."

„Mr. President, ohne weitere Beweise kann ich Ihnen nicht mit Sicherheit bestätigen, dass es die *Chinesen* waren."

„Was zum Teufel soll das bedeuten? Sie haben gerade gesagt ...."

„Sir, auch die Russen verfügen über diese Fähigkeiten. Wir sollten auch nicht ausschließen, dass China und Russland ein Bündnis geschlossen haben und gemeinsam gegen uns vorgehen. Oder dass uns der eine vorgaukelt, dass der andere handelt. Wir brauchen mehr Informationen ...."

Präsident Griffin fühlte, wie es ihm die Kehle zuschnürte. Er schloss die Augen, eine schreckliche Migräne war im Anmarsch.

„Geht es Ihnen gut, Mr. President?", erkundigte sich sein Stabschef.

„Ja. Ja, es geht mir gut."

Der Präsident zuckte zusammen, als das Fahrzeug plötzlich scharf abbog. Sie fuhren auf das Gelände der Joint Base Andrews, einem Militärflughafen in Maryland.

Der General sagte: „Einige der Kommunikationskanäle wurden wiederhergestellt. Die Updates kommen jetzt ziemlich schnell herein. Wir haben jetzt die Bestätigung des Pazifischen Kommandos, dass US-Militäreinheiten an mehreren Fronten in Kampfeinsätze gegen chinesische und nordkoreanische Truppen verwickelt sind. Wir haben soeben Berichte über Angriffe auf US-Stützpunkte erhalten ... ähm ... warten Sie einen Mom–" Der General las anscheinend die ihm vorliegenden Berichte durch. „Es scheint hier eine gewisse Verwirrung zu geben, Sir. Diese Stützpunkte befinden sich in den Vereinigten Staaten. Sir, ich muss das noch einmal überprüfen. Hier steht, dass Dover getroffen wurde. Das kann nicht stimmen." Die Stimme des Generals wurde leiser, als er mit einem seiner Untergebenen im selben Raum sprach. Der Präsident hörte ihn fragen: „Sind Sie sicher?" Dann wurde die Stimme des Generals wieder deutlich. „Mr. President, ich nehme das zurück. Die Informationen über den Angriff auf den Stützpunkt scheinen korrekt zu sein. Und wir haben jetzt einen Bericht über einen Angriff auf eine zweite Militärbasis in Texas."

Der Präsident und sein Stabschef sahen sich schockiert an.

„Definieren Sie *angegriffen*, General. Was zum Teufel geht hier vor? Wer zur Hölle greift uns *innerhalb* den USA an?"

„Sir ..." Es gab eine Verzögerung, als er mit jemandem sprach, der offensichtlich neben ihm stand. „Sir, wir werten noch immer die eingehenden Informationen aus, aber es scheint, dass eine Bodentruppe von unbekannter Stärke US-Luftwaffenstützpunkte auf dem amerikanischen Festland angreift."

„Eine Bodentruppe? *Innerhalb* den USA? Zusätzlich zu den Angriffen auf unsere Militärbasen im Pazifik?"

„Das ist richtig, Sir. Mir wird jetzt gesagt, dass diese Angriffe von kleinen Gruppen von Soldaten durchgeführt wurden. Noch einmal, Mr. President, das sind alles nur vorläufige Informationen –

„Ich verstehe. Was wissen Sie bis jetzt?"

„Bleiben Sie dran."

Es folgte eine kurze Schweigeminute, bevor sich General Rice zu Wort meldete: „Mr. President, uns liegen Berichte über mehrere ... soweit wir wissen, haben *chinesische* Sondereinsatzkommandos Anschläge auf einige unserer Luftwaffenstützpunkte auf amerikanischem Boden verübt."

„Wann ist das passiert?"

„Alles in der letzten halben Stunde, Sir."

„Mein Gott ..."

„Ja, Sir. Ich denke, wir sollten dies als einen Großangriff auf die Vereinigten Staaten betrachten. Das Ganze ist nicht auf den Pazifikraum beschränkt."

„Sir, mir wurde berichtet, dass sie gezielt Luftwaffenstützpunkten im ganzen Land angegriffen haben. Wir glauben, dass die Anschläge unserer Luftbetankungsflotte gelten."

„Warum?"

Der Nationale Sicherheitsberater antwortete. „Mr. President, wenn es ihnen gelingt, unsere Fähigkeit, Flugzeuge in der Luft zu betanken, zu stören, schränken sie unsere Fähigkeit stark ein, einen Langstrecken-Luftkrieg zu führen.

Der Präsident sagte: „Halten diese Angriffe noch an?"

„Nein, Sir, sie scheinen sie eingestellt zu haben. Es ist noch zu früh, um es mit Sicherheit sagen zu können, aber laut ersten Berichten wurden Dutzende von Tankflugzeugen der Luftwaffe beschädigt oder zerstört. Möglicherweise mehr als hundert."

„Ist das viel?"

„Das ist eine Menge, Sir."

General Sprague sagte: „Sir, ich muss Sie unterbrechen. Wir haben eine weitere Entwicklung an der US-Pazifikküste. In den vergangenen dreißig Minuten haben wir alle Verkehrsflugzeuge umgeleitet, damit sie auf nicht-amerikanischen Ausweichflughäfen landen können. Aber einige dieser Maschinen halten immer noch Kurs auf die USA und reagieren nicht auf Kommunikation. NORAD hat uns über einige Unregelmäßigkeiten bezüglich dieser Verkehrsflugzeuge informiert ..."

„Was für Unregelmäßigkeiten?"

„Sir, wir glauben jetzt, dass es sich bei einigen davon tatsächlich um chinesische Militärtransporte handeln könnte. Es sieht so aus, als befänden sie sich gerade über kanadischem Luftraum."

Der Präsident öffnete langsam die Augen, er war leichenblass. „Wie bitte?"

Der Nationale Sicherheitsberater erwiderte: „Sir, wir haben Geheimdienstberichte gesehen, laut denen derartige Dinge Bestandteil der chinesischen Kriegspläne waren. Unsere Abfangjäger werden sich der Sache annehmen. Wenn sie nicht reagieren, werden sie abgeschossen. General, bitte halten Sie uns auf dem Laufenden."

„Ja, Sir."

Der Nationale Sicherheitsberater sprach weiter. „Konzentrieren wir uns auf das Gesamtgeschehen. Wenn ballistische Raketen im Anflug auf die USA sind, müssen wir einen Angriff auf die strategischen Raketenstandorte der angreifenden Nation sowie auf alle bekannten U-Boote mit strategischen Atomraketen in Betracht ziehen."

Der Stabschef des Präsidenten, der im Auto neben diesem saß, runzelte die Stirn und schüttelte den Kopf. „Welche Art von Angriff? Bitte sagen Sie mir, dass Sie nicht das vorschlagen, wonach es sich anhört."

„Wir müssen unser nukleares Arsenal einsetzen. Das ist in diesen Situationen unbedingt erforderlich."

„In *diesen* Situationen? Wie viele *dieser Situationen* haben Sie denn erlebt? *Keiner von uns* hat so etwas bisher erlebt."

„Genau aus diesem Grund haben wir ein Protokoll. Wir haben festgelegte Militärantworten für –"

„Mann, kommen Sie mir nicht mit diesem Schwachsinn, Tom. Sind Sie wahnsinnig? Wenn ich mich nicht irre, verfügen wir momentan kaum über gesicherte Kenntnisse. Sie wollen also Atomwaffen abfeuern? Auf *wen* genau wollen Sie denn schießen? Auf China? Auf Nordkorea? *Russland*? Wir wissen nicht einmal mit Sicherheit, von welcher Seite der Grenze der zweite Abschuss kam. Wir wissen nicht, wie viele Raketen in der Luft sind. Und wir kennen noch nicht einmal die Ziele derjenigen, die unterwegs sind, verdammt noch mal."

Der Präsident beobachtete, wie sein Stabschef aufgebracht in die Freisprecheinrichtung des Autos sprach. Er brachte gute Argumente vor, dachte der Präsident.

Für einen Augenblick kam die Kommunikation zum Erliegen. Dann erhob General Sprague vom STRATCOM seine Stimme: „Wir haben gewisse verlässliche Daten. Und wir bekommen minütlich mehr. Die Cheyenne Mountain-Basis hat gerade durchgegeben, dass unsere Infrarotkameras auf den DSP-Satelliten vor ihrer Zerstörung insgesamt vierundzwanzig Objekte in der ersten Startwelle erfasst haben. Diese Objekte wurden wahrscheinlich von Nordkorea aus gestartet, flogen über den Polarkreis und hatten anfänglich eine projizierte Flugbahn und Geschwindigkeit, die mit der von Langstreckenraketen übereinstimmte. Genaues Ziel unbestimmt. Gemäß unseres Protokolls haben wir direkt nach ihrem Start unsere eigenen Einheiten zur Abwehr ballistischer Raketen in Asien aktiviert."

Der Präsident schrie beinahe. „Was bedeutet das? Wollen Sie damit sagen, dass wir zurückgeschossen haben? Haben wir bereits Atomwaffen abgefeuert? Ohne meine Genehmigung?"

General Sprague antwortete: „Nein, Sir. Nur *defensive* Maßnahmen. Es handelt sich um die ballistische Raketenabwehr. Boden-Luft-Raketen, wenn Sie so wollen, von Korea und Japan aus gestartet."

„Ich verstehe", erwiderte der Präsident mürrisch. Er fühlte sich in einem Albtraum gefangen, unfähig, sein eigenes Schicksal zu steuern und in dem Wissen, dass es nur noch immer schlimmer kommen würde.

Der Nationale Sicherheitsberater fragte: „Was sind die Ergebnisse der Abwehrmaßnahmen, General Sprague?"

„Wir glauben, dass mindestens ein Dutzend der Objekte abgeschossen wurden, obwohl es bis zu zwanzig sein könnten. Wir gehen davon aus, dass sich mindestens noch vier davon in der Luft befinden. Es ist schwer zu sagen, wenn nicht alle unsere Sensoren einsatzbereit sind, Sir."

„Es sind also nur noch vier?", erkundigte sich der Stabschef im Auto neben dem Präsidenten. „Das klingt doch gar nicht so schlecht."

Der Präsident schüttelte entgeistert den Kopf. „Was zum Teufel soll das bedeuten? Vier sind in der Luft – haben wir sie etwa nicht alle erwischt? Haben wir sie verfehlt oder was?"

Der General klang frustriert. „Sir, verglichen mit unseren Testeinsätzen sind diese Zahlen spektakulär. Die ballistische Raketenabwehr ist nicht perfekt."

„Also, entschuldigen Sie, General, aber ich würde mal sagen, dass das genau die Art von Sache ist, die perfekt sein *sollte*."

„Mr. President, es bedeutet, dass mehrere ballistische Raketen Richtung Norden über die Arktis geflogen sind, aber ihre genauen Ziele bleiben unbekannt. Wie wir bereits sagten, wurde unser ballistisches Frühwarnsystem außer Gefecht gesetzt. Wir wissen nicht genau, wie viele Raketen da oben sind oder wohin sie fliegen."

„Und wo zur Hölle werden sie *wahrscheinlich* aufschlagen?"

Ein weiteres Mal brach ein Stimmengewirr aus.

Der Verteidigungsminister sagte: „Sir, wir müssen unsere Militärantwort aktivieren."

„Aber wenn Nordkorea so viele Raketen abgefeuert hat, bedeutet das, dass sie ihr ganzes Arsenal verballert haben. Verdammt, diese Dinger sind wahrscheinlich nicht einmal funktionsfähig."

„... könnte Kalifornien treffen oder irgendwo an der Westküste ..."

„... einige der chinesischen Modelle könnten bis in den östlichen Sektor der Vereinigten Staaten vordringen."

Der Secret Service-Agent auf dem Beifahrersitz rief: „Eine Minute bis zur Ankunft." Sie hatten die Air Force One fast erreicht.

General Rice erklärte: „Sir, ich denke nicht, dass ein Atomschlag gegen Nordkorea hilfreich wäre. Sie haben wahrscheinlich ihr gesamtes Atomwaffenarsenal aufgebraucht. Aber diese zweite Angriffswelle beunruhigt mich. Wenn China und Nordkorea an einem Strang ziehen, könnten die nordkoreanischen Raketen als Ablenkungsmanöver gedacht gewesen sein. Vielleicht um uns eine Weile zu beschäftigen und so den wirklichen Angriff – den Einsatz der chinesischer Anti-Satelliten-Waffen –zu verschleiern."

„Hätte Russland das nicht auch tun können?"

Die Stimme des CIA-Direktors kam über das Telefon. „Sir,

die Verbindungen zwischen Russland und Nordkorea sind nicht besonders eng. Und das geopolitische Klima lässt nicht vermuten, dass Russland so etwas tun würde. China hingegen war in letzter Zeit recht kriegerisch unterwegs."

Der Nationale Sicherheitsberater sagte: „Ich stimme dem zu. Das ist Jinshan. Mr. President, das wissen wir."

Der Präsident sagte: „Meine Herren, wir können es uns nicht erlauben, uns zu irren."

Der Nationale Sicherheitsberater entgegnete: „Sir, bei allem Respekt, wir können es uns auch nicht erlauben, zu zögern. Unser Militär führt jetzt im gesamten westlichen Pazifik konventionelle Kampfeinsätze gegen China durch. Wir müssen davon ausgehen, dass China diese zweite Welle von Langstreckenraketen gestartet hat. Selbst wenn wir die Tatsache außer Acht lassen, dass wir die Chinesen bereits im Pazifik bekämpfen, gibt es nur zwei Länder, die überhaupt in der Lage sind, unsere Frühwarnsysteme für atomare Angriffe auszuschalten. Nämlich Russland und China. Aber Jinshan ist eine bekannte Bedrohung und er hat bereits Schritte unternommen, um unserem Land Schaden zuzufügen. Es ist eine Milchmädchenrechnung. Sir, die Fakten sprechen dafür, dass China der Aggressor ist. Wir müssen sie angreifen, bevor es zu spät ist."

Der Präsident lehnte sich zurück in das Polster der Rückbank. Er war erschöpft und konnte nicht klar denken. „General Rice? Sind Sie einverstanden?"

Der General antwortete: „Sie haben unsere Frühwarnsensoren und unsere Fähigkeit, die ballistischen Objekte zu verfolgen, ausgeschaltet. So etwas würden Sie tun, wenn Sie mit Interkontinentalraketen angreifen wollten. Ja, Sir. Ich stimme dem zu: Es ist China. Das NMCC empfiehlt, dass wir mit unserem nuklearen Vergeltungsschlag beginnen."

Der CIA-Direktor fügte hinzu: „Wir sind noch dabei,

einige dieser Dinge von unserer Seite aus zu bestätigen. Aber ich bin der gleichen Meinung. Wir haben gerade weitere Informationen erhalten, die vermuten lassen, dass die zweite Raketenwelle von der chinesischen Seite der Grenze gestartet wurde, nicht der russischen Seite."

Der Präsident fragte: „Woher stammen diese Informationen?"

„HUMINT, Sir. Wir sind der Ansicht, dass sie akkurat sind."

Der Präsident war sich nicht sicher, wer als Nächstes sprach. Aber die Stimme sagte: „Nun, dann sind wir uns einig – wir müssen China angreifen."

Als das Auto langsamer wurde, sagte der Stabschef des Präsidenten: „Meine Herren, wir gehen gleich für einen Moment offline."

Der Präsident verkündete daraufhin: „Ich werde meine endgültige Entscheidung treffen, wenn ich an Bord des Flugzeugs bin."

Die Geländewagen des Geheimdienstes blieben versetzt auf der Rollbahn stehen und bildeten einen nach außen gerichteten Schutzschild, während der Präsident und seine Entourage auf die Air Force One zu fuhren. Der riesige Rumpf des Jets ragte über ihnen auf und sah bedrohlich aus, da die meisten Lichter ausgeschaltet waren. Die Triebwerke der VC-25A (die Bezeichnung der Luftwaffe für die präsidiale Boeing 747) liefen bereits. Als der Präsident ausstieg und das asphaltierte Rollfeld betrat, wurde das Heulen der Düsentriebwerke lauter. Dutzende von Sicherheitskräften umringten ihn, sie wirkten angespannter als sonst. Die Nachtluft war kühl.

„Warum zum Teufel ist das Licht aus?"

„Das ist wahrscheinlich der Versuch, unentdeckt zu bleiben, Sir."

Außer der Zugangstreppe zur Kabine lag fast alles im

Dunkeln. „Verdammte Scheiße. Denkt ihr wirklich, mich würde jemand beim Einsteigen ins Flugzeug erschießen? Das wäre ja noch schöner."

Sie hetzten den Präsidenten die Treppe hinauf. Er ließ seinen Blick über die Skyline von D. C. schweifen und fragte sich, ob es das letzte Mal sein würde, dass er die weißen Denkmäler in der Ferne sah. Dann war er im Inneren des Flugzeugs, die Kabinentür schloss sich hinter ihm und die Geräusche der Außenwelt wurden gedämpft. Der Präsident und sein Stab wurden in den Konferenzraum der Air Force One geführt.

Zahlreiche Kabinettsmitglieder und leitende Mitarbeiter quetschten sich in den Raum. Es gab nur acht Sitzplätze am Tisch. Dicke Lederpolster. Ein einzelner Flachbildschirm an der hinteren Wand und mehrere Freisprecheinrichtungen auf dem Tisch. Das Kommunikationsabteil im Nebenraum war mit Technik und Experten gefüllt, die fieberhaft daran arbeiteten, die Air Force One mit den Leuten zu verbinden, die genaue Informationen liefern konnten.

Leitende Angestellte, die normalerweise um die Aufmerksamkeit des Präsidenten buhlten, waren blass und schweigsam. Das waren die „Glücklichen." Die meisten ihrer Kollegen waren zurückgelassen worden. Die Evakuierung des Präsidenten auch nur ein paar Sekunden schneller zu bewerkstelligen war wichtiger als das Leben einiger Mitarbeiter. Es mussten Entscheidungen getroffen werden. Raketen waren im Anflug.

Präsident Griffin rieb sich die Schläfen und sah die Air Force Stewardess an, die neben ihm stand. „Eine Tasse Kaffee, bitte." Die Soldatin nickte und ging auf die Kaffeemaschine zu.

Am Konferenztisch saßen mehrere der Männer, mit denen er gerade telefoniert hatte. Der stellvertretende Einsatzleiter des Pentagon, General Rice, der Nationale Sicherheitsberater und der Verteidigungsminister. Sie unterhielten sich in kurzen, eindringlichen Sätzen, die aus Akronymen und militärischem Jargon bestanden.

„... aber wir können eine russische Militäraktion nicht ausschließen ..."

„... eine Handvoll chinesischer Lufttransporte könnten in Kanada oder den USA gelandet sein ..."

„... mehrere Cyberangriffe, noch dazu verheerende. Versorgungsunternehmen, Wasseraufbereitungssysteme und Server der Transportsysteme sind betroffen. Wir haben gerade eine Warnung erhalten, dass mehrere Unterseekabel durchtrennt wurden."

„Unterseekabel?", erkundigte der Präsident.

„Untersee-Glasfaserkabel verbinden nordamerikanische Kommunikations- und Datennetze mit Europa und Asien. Sir, dies scheint ein koordinierter Großangriff zu sein, der vom Pazifikraum ausgeht."

Es wurde still im Raum. Der Präsident starrte den General an. „Wie ist der Stand unseres Militärschlags im Pazifik?"

„Die Befehlshaber in Korea, Japan und Guam haben uns informiert, dass die Kampfhandlungen begonnen haben. Die chinesischen Luft- und Seestreitkräfte sowie die nordkoreanischen Streitkräfte haben militärische Operationen eingeleitet, die sich gegen die Vereinigten Staaten und ihre Verbündeten richten. Unsere Streitkräfte sind dabei, auf dem Schlachtfeld zurückzuschlagen. Allerdings ist die Kommunikation mit den meisten Truppenverbänden gestört, weshalb wir uns über die aktuelle Sachlage nicht ganz im Klaren sind."

Eine Stimme erklang aus dem Lautsprecher in der Mitte des Tischs: „Mr. President, STRATCOM hat soeben Hinweise auf mehrere Atomexplosionen in Nordkorea erhalten ...."

Ein paar der Anwesenden atmeten hörbar ein.

Der Präsident lehnte sich in seinem Sitz nach vorne. „In Nordkorea? Wer hat die Atomwaffen abgefeuert, General?"

„Das ist uns nicht bekannt, Sir."

„Nun, dann finden Sie es heraus! Waren das die abgefeuerten chinesischen Raketen? Vielleicht haben wir die Absichten der Chinesen falsch gedeutet. Vielleicht arbeiten sie nicht mit Nordkorea zusammen. Vielleicht arbeiten sie –"

Aus der Freisprechanlage ertönte eine weitere Stimme: „Mr. President, hier spricht Homeland Security. Ähm, Sir, der nationale Warnruf wurde gerade landesweit ausgestrahlt."

„Gut. Ich danke Ihnen ..."

„Gerne, Sir. Aber es scheint, dass es einige *Anomalien* gab ..."

„Was für Anomalien?"

„Nun, Sir, das Heimatschutzministerium hat die Warnmeldung nicht herausgegeben."

Alle Köpfe drehten sich dem Präsidenten zu. Verwirrte Blicke.

„Was zum Teufel wollen Sie damit sagen?"

„Wir wollten gerade eine ausstrahlen, Sir. Aber ... die Meldung ging automatisch raus, kurz bevor wir sie senden wollten. Und, nun ja, angesichts der diversen Cyberangriffe fragten wir uns, ob –"

General Rice fiel ihm ins Wort: „Herr Minister, wie lautete die Botschaft?"

„Es war eine Standard-Warnmeldung für dieses Szenario. Sie lautete: ‚Bleiben Sie zu Hause und warten Sie auf weitere Anweisungen.'"

General Rice kniff die Augen zusammen. „Warum sollte jemand ..."

Der Präsident sagte: „Gut. Gut. Wie auch immer. Was gibt es Neues über die Raketenbedrohung? Ich möchte –"

Die Stimme des Präsidenten versagte. Seine Augen waren auf den Flachbildschirm an der Wand fixiert.

„Was zur Hölle läuft da gerade?" Alle Augenpaare richteten sich auf den Präsidenten und folgten dann seinem ausgestreckten Finger zum Fernseher.

Es war eine Liveübertragung eines Nachrichtensenders, der eine Videoaufzeichnung aus dem Oval Office gezeigt. Die Bildunterschrift lautete: „Live-Krisenansprache des Präsidenten in Kürze erwartet."

Der Nationale Sicherheitsberater fragte: „Die Cyberangriffe haben die Fernsehübertragung nicht beeinträchtigt?"

„Das ist Bestandteil des nationalen Warnsystems."

„Wie konnte –"

„Ruhe bitte. Jemand soll den Ton anstellen."

Einer der Militärs, der an der Wand stand, griff nach einer Fernbedienung und machte lauter.

„Ist das live?", erkundigte sich der Stabschef des Präsidenten.

„Ja, das ist es", antwortete irgendjemand.

Der Präsident spürte, wie sich sein Gewicht verlagerte, als das Flugzeug zu rollen begann.

Er betrachtete sich selbst auf dem Bildschirm.

„Aber das bin *nicht ich*. Ich bin hier."

Und dennoch war er dort zu sehen. Er saß an seinem Schreibtisch im Oval Office und war dabei, im nationalen Fernsehen eine Ansprache an das Land zu halten.

„Was zur Hölle geht hier vor?"

2

Das Ende der Welt wurde in diesen Tagen angekündigt wie alles andere auch: mit einer Benachrichtigung auf dem Handy.

Es war kurz nach zwei Uhr morgens, als die Telefone schrill zu piepsen begannen. Das nationale Warnsystem. Der erschreckende, pulsierende Alarmton, an den sich jeder Amerikaner erinnern konnte, der zu Zeiten des Kalten Krieges schon auf der Welt war.

David Manning setzte sich im Bett ruckartig auf. Benommen und verwirrt starrte er in die Dunkelheit und suchte nach der Quelle des nervigen Geräuschs.

„Was *ist* das?", fragte seine Frau Lindsay. David tastete auf dem Nachttisch nach seinem Telefon und brachte es zum Schweigen. Aber das Telefon seiner Frau gab weiterhin dasselbe schreckliche Fiepsen von sich – es kam aus der Küche.

Lindsay legte sich ihr Kissen auf das Gesicht und sagte mit dumpfer Stimme: „Mach, dass es aufhört."

Dann begann das Baby in seinem Zimmer am Ende des Flurs zu weinen, woraufhin Lindsay erschöpft fluchte: „Oh, verdammt noch mal, das darf ja wohl nicht wahr sein." Sie warf sich ihren Bademantel über und ging ins Kinderzimmer.

David stand auf und machte sich auf den Weg in die Küche, um das Telefon seiner Frau zu suchen. Er blinzelte und versuchte, beim Gehen die Notfallnachricht zu lesen, auch wenn der Text auf dem hellen Bildschirm noch immer verschwommen war, weil sich seine Augen erst anpassen mussten.

Er erreichte die Küchentheke, stellte Lindsays Telefon auf stumm und schaltete das Licht über der Spüle ein. Nun konnte er das Display seines Telefons deutlich sehen. Ein weißes Dreieck mit einem roten Rahmen, in dem sich ein schwarzes Ausrufezeichen befand. Die Nachricht lautete:

Warnmeldung

Bleiben Sie zu Hause. FAHREN SIE NICHT MIT DEM AUTO. Rufen Sie den Notruf unter 9-1-1 nur im Notfall an. Warten Sie auf weitere Anweisungen.

Was zum Kuckuck sollte das?

„David", rief seine Frau aus dem Wohnzimmer. Sie hatte den Fernseher eingeschaltet und wiegte ihr Neugeborenes im Arm, während sie die Nachrichten verfolgte.

„David, komm her. Sieh dir das an."

Der Klang ihrer Stimme sagte ihm, dass etwas nicht stimmte. Sie war schon immer ein ängstlicher Mensch gewesen, auch bevor David im Rahmen einer chinesischen Spiona-

geoperation auf diese Insel gebracht worden war. Seitdem war
es schlimmer geworden.

Lindsay reagierte seither auf alle Arten von Nachrichten
überempfindlich. Um ehrlich zu sein, ging es den meisten
Leuten so. In den vergangenen Monaten waren die USA in
Kampfhandlungen gegen den Iran verwickelt und in Schar-
mützel mit dem chinesischen Militär im östlichen Pazifik
verwickelt gewesen. Bis vor Kurzem hatte man David das
Gefühl vermittelt, dass er aus einer Mücke einen Elefanten
machte, als er versuchte, Regierungsmitglieder von der Bedrohung durch Cheng Jinshan zu überzeugen. Vor allem,
nachdem seine Glaubwürdigkeit durch die Ereignisse rund
um die Red Cell sehr gelitten hatte. Nachdem Jinshan die
Kontrolle über die chinesische Regierung übernommen hatte,
wurden Davids Warnungen plötzlich als vorausschauend
eingestuft. Wenig später hatte man ihn für das SILVERS-
MITH-Programm der CIA angeheuert, das ins Leben gerufen
worden war, um der chinesischen Aggression entgegen-
zutreten.

David betrat das dunkle Wohnzimmer, wo er wegen des
hellen Fernsehbilds die Augen zusammenkneifen musste. Das
Baby war dabei einzuschlafen und wimmerte leise an Lindsays Schulter.

„Was ist das?", fragte er.

„Schau es dir an."

Sie hatte CNN eingeschaltet. Ein junger schwarzer Nachrichtensprecher, den David nicht kannte, sprach mit weit
aufgerissenen Augen in die Kamera und sah dabei nervös aus.

Auf dem Banner am unteren Bildschirmrand stand:
*EILMEDLUNG: Heimatschutzministerium gibt nach Explosionen
auf Hawaii landesweite Warnmeldung heraus.*

Lindsay drehte die Lautstärke auf.

„*... sodass wir erst vor wenigen Augenblicken diese Warnung*

*vom Heimatschutzministerium erhalten haben. Es gibt noch keine
Bestätigung, ob dies mit den Berichten aus Hawaii zusammen-
hängt. Wir können Ihnen aber sagen, dass es sich um eine landesweite Meldung handelt. Unser Sender ist gemäß den Vorschriften
gerade dabei, ihre Authentizität zu überprüfen. Unser Produzent hat
mir mitgeteilt, dass dies seit der Einrichtung des nationalen Warnsystems das erste Mal ist, dass ein nationaler Alarm ausgelöst
wurde. Die FCC verpflichtet uns, Ihnen die Nachricht vorzulesen,
was ich jetzt tun werde: Dies ist das nationale Warnsystem. Die
Vereinigten Staaten wurden ...“*

Dem Nachrichtensprecher versagte die Stimme und er sah
jemanden hinter der Kamera an. Dann fand er seine Fassung
wieder und fuhr fort.

*„... die Vereinigten Staaten wurden mit Atomwaffen angegriffen.
Die Kommunikationskanäle sind gestört und es wird mit hohen
Opferzahlen gerechnet. Weitere Einzelheiten sind zurzeit nicht
bekannt. Alle Bewohner werden dringend gebeten, bis auf Weiteres
in ihren Häusern zu bleiben. Das Verbleiben in den Häusern bietet
den besten Schutz vor möglichen Gefahren durch Explosionen oder
radioaktive Strahlung. Schalten Sie die lokalen Fernseh- und Radio-
sender ein, um die für Ihr geografisches Gebiet geltenden
Warnungen und Anweisungen zu erhalten.“*

Der Nachrichtensprecher schaute wiederum jemanden
hinter der Kamera an und fragte: „Ist das wahr?“

Lindsay ließ sich auf die Couch fallen und schlug eine
Hand vor den Mund, während sich das Baby an ihrer Schulter
wand. „Oh mein Gott. David?“

Davids Augen waren schmal. In Gedanken ging er noch-
mals die Geheimdienstberichte durch, die er zuletzt gelesen
hatte. Er fragte sich, wo sich der Rest seiner Familie aufhielt.

Dann rief er die Kontaktliste auf seinem Telefon auf und
wählte die Nummer seines Büros in Langley. Es passiert
nichts. Er sah sich das Mobilfunksignal an. Keine Balken. Er

öffnete eine Nachrichten-App, aber sie zeigte den Stand von gestern an. Er versuchte, die App zu aktualisieren, erhielt aber eine Fehlermeldung. Er überprüfte einige wichtige Nachrichten-Websites im Internetbrowser des Telefons. Nichts. Das Internet war tot.

Lindsay klang verzweifelt. „Sollen wir den Lokalsender einschalten? Es hieß, wir sollten den Regionalsender wählen. David ..."

„Warte kurz ..."

Der Nachrichtensprecher hielt einen Finger an sein Ohr.

„*Meine Damen und Herren, ich erfahre soeben, dass der Präsident der Vereinigten Staaten eine Rede halten wird. Wir schalten nun live zum Weißen Haus ...*"

Der Bildschirm zeigte das Wappen des US-Präsidenten, dann den Präsidenten selbst, der hinter seinem Schreibtisch im Oval Office saß und aussah wie immer. Im Hintergrund hing ein Bild seiner Familie auf der einen, die amerikanische Flagge auf der anderen Seite.

„*Meine amerikanischen Mitbürger und Mitbürgerinnen, unsere Nation ist unter Beschuss. NORAD hat Anzeichen für den Abschuss mehrerer ballistischer Raketen entdeckt, deren Ursprung in Nordkorea liegen. Die Vereinigten Staaten haben geantwortet. Unserer ballistischen Raketenabwehr ist es gelungen, die meisten, aber nicht alle dieser Raketen zu zerstören.*

Vor wenigen Augenblicken habe ich nach Rücksprache mit dem Nationalen Sicherheitsberater, dem Geheimdienstkoordinator und dem Generalstabschef eine unverzügliche und angemessene Gegenmaßnahme angeordnet. Die Vereinigten Staaten von Amerika werden nicht tatenlos zusehen, während Wahnsinnige ein Komplott schmieden, um Verrat an unserer freien und friedliebenden Nation zu begehen.

Die Vereinigten Staaten haben auf meinen Befehl hin einen begrenzten Atomschlag gegen Nordkorea ausgeführt. Wir führen jetzt Kampfeinsätze auf der koreanischen Halbinsel durch. Wenn die Vereinigten Staaten angegriffen werden, werden wir zurückschlagen. Dazu gehört auch der Einsatz von Atomwaffen gegen unsere Feinde. Ich flehe alle Nationen an, diese Warnung zu beachten.

Ich fordere alle Amerikaner auf, ruhig, aber wachsam zu bleiben. Ich versichere Ihnen, dass wir alles in unserer Macht Stehende unternehmen, um die Sicherheit des amerikanischen Volkes zu gewährleisten. Wir –"

Zwei Männer rannten ins Bild. Der Präsident schrie etwas, das wie eine Frage klang. Auf dem Bildschirm waren verschwommen große Männer in Anzügen zu erkennen, die den Präsidenten aus dem Raum zerrten. Dann erschien erneut das Siegel des Präsidenten.

Lindsay fragte: „Was ist da gerade passiert?" Ihre Augen waren feucht, mit ihrer freien Hand hielt sie noch immer ihren Mund zu.

„Ich weiß es nicht ... keine Ahnung. Es sah aus, als hätten sie ihn im Eiltempo weggeschafft."

„Was *zum Teufel* war das?"

„Vielleicht ..."

Der nächste Moment schien wie in Zeitlupe zu vergehen.

Vor den Fenstern mit den nicht ganz geschlossenen Jalousien wurde die Nacht zum Tag. Ein grelles Licht, weiß wie Schnee und intensiv wie Tageslicht, ließ die Außenwelt aufleuchten. Das blendende Licht hielt ein paar Sekunden an, dann versank alles in völliger Dunkelheit.

Der Fernseher schaltete sich von selbst aus. Das Gleiche passierte mit der Beleuchtung über der Küchentheke – und der Klimaanlage, der Kühlschranklüftung und dem Geschirrspüler.

Das Haus wurde dunkel und still.

Lindsay flüsterte: „War das eine Bombe? David, oh mein

Gott, sag mir, dass das keine Atombombe war." Das Baby war aufgewacht und weinte wieder.

David griff nach der Fernbedienung und versuchte, den Fernseher wieder anzumachen, obwohl er wusste, dass das Zeitverschwendung war.

Er ging zum Vorhang hinüber. „Bei den anderen Leuten sind die Lichter auch aus. Dasselbe gilt für die Straßenlaternen."

„Was war das für ein Blitzlicht eben, David? Der Präsident sprach von Atomraketen. Kannst du da draußen etwas erkennen? Siehst du – siehst du einen Atompilz?"

Er spähte durch die Jalousien. „Es ist einfach nur stockdunkel." Die Räder in seinem Kopf begannen sich zu drehen. Er schaute auf seine Uhr, dann auf sein Telefon. Keines von beiden funktionierte. Die Elektronikgeräte schien hinüber zu sein und taugten maximal noch als Briefbeschwerer.

„Liebling, ich glaube, dieses helle Licht war ein EMP-Anschlag. Eine elektromagnetische Pulswaffe." Ihn überkam ein mulmiges Gefühl, als er im Kopf ihre Möglichkeiten durchging. „Ich werde nach den Autos sehen."

Lindsay schüttelte den Kopf. „Sie haben gesagt, wir sollen drinnen bleiben."

David schnappte sich seine Schlüssel von der Küchentheke. „Ich will nur nachsehen. Vielleicht ist es hier nicht sicher, so nahe an D. C. Wir müssen vielleicht woanders hinfahren."

„Was zum Teufel soll *das* denn bedeuten? Wo sollen wir denn hin?"

Statt zu antworteten, ging er in die Garage und drückte auf den Knopf, um das Tor zu öffnen, was aber nicht passierte. Er fluchte, löste die Verriegelung des Garagentors und schob es manuell hoch. In der Nachbarschaft waren Stimmen zu hören.

„... hat gerade den ganzen Himmel erleuchtet ..."

Es klang nach Frau Barslosky von gegenüber.

Der Minivan sprang problemlos an. Die Limousine war eine andere Geschichte. Er versuchte es viermal, aber der Motor machte keinen Muckser. Er stieg wieder in den Minivan und drehte den Schlüssel ein Stück, damit das Radio anging. Er durchsuchte die Kanäle, hörte aber nur Rauschen.

Lindsay steckte den Kopf in die Garage. „Sind sie angesprungen?"

„Nur der Honda."

„Was sollen wir jetzt tun?"

David sah sie an. „Ich weiß es nicht."

3

Der Präsident schlug mit der Faust auf den Tisch. „Das war nicht ich im Fernsehen!"

„Sir, ich glaube, wir sind gerade Zeuge eines sogenannten Deepfakes geworden. Das nennt man Informationskrieg. Jemand hat dieses Video so gestaltet, dass es wie eine offizielle Ansprache des Präsidenten aussieht."

„Was meinen Sie damit? Es wurde computergeneriert?"

„Möglicherweise, Mr. President. Es gibt eine Vielzahl von Techniken."

„Und das ist wirklich machbar?" Der Präsident stieß einen Fluch aus. „Wie viele Leute haben das gesehen?"

Die Stimme des Heimatschutzministers kam über die Freisprechanlage: „Sir ... wahrscheinlich alle. Das wurde auf jedem Fernsehsender ausgestrahlt. Es wurde auch auf vielen Webseiten und Nachrichtendiensten live gestreamt und über soziale Medien verbreitet."

Der Nationale Sicherheitsberater sagte: „Sir, ich glaube, es ist wichtiger, dass wir überlegen, welche Absichten sie mit dieser speziellen Mitteilung verfolgen. Welches Interesse könnten die Chinesen daran haben, zu behaupten, dass wir unsere Raketen abgefeuert haben? Und warum sollten sie unsere Nation alarmieren wollen, dass ballistische Raketen im Anflug sind aus –"

Das Gespräch brach abrupt ab, als ein tageslichtheller Blitz den Himmel erstrahlte und durch die Kabinenfenster drang.

Die Geheimdienstagenten eilten zum Präsidenten, vergewisserten sich, dass er angeschnallt war und wiesen ihn an, die sogenannte Sicherheitsposition einzunehmen. Die anderen Anwesenden in der Kabine folgten seinem Beispiel in der Erwartung des Schlimmsten, einer nuklearen Schockwelle, die aber nie kam. Einen Moment später richteten sich alle wieder auf und die Geheimdienstmitarbeiter kehrten auf ihren ursprünglichen Wachposten zurück.

Das Flugzeug war auf der Startbahn zum Stillstand gekommen, da beide Piloten direkt in den Blitz geschaut hatten und geblendet worden waren. Sie wurden auf die Krankenstation geschickt und gegen eine Ersatzmannschaft ausgetauscht. Die Verspätung wuchs weiter an, weil einige der Flugzeugsysteme neu eingestellt werden mussten. Dem Präsidenten wurde mitgeteilt, dass bis zum Abflug noch zwei Minuten verbleiben würden.

Im Konferenzraum des Präsidenten waren der Fernseher und viele der elektronischen Geräte nicht mehr funktionsfähig. Aber viele Systeme der Air Force One waren gehärtet und hielten einem solchen Angriff stand. Dazu gehörte der Großteil der Kommunikationsgeräte an Bord, weshalb das Pentagon und STRATCOM in der Leitung geblieben waren.

Neue Informationen trafen schubweise ein. General Rice erhielt telefonische Updates. Jetzt sagte er: „Sir, wir haben Hinweise auf mehrere nukleare Detonationen über dem Festland der Vereinigten Staaten. In sehr großer Höhe. Es gehen auch Berichte über Kommunikations- und Elektronikausfälle aus dem gleichen Gebiet ein. Sir, es deutet alles auf einen Anschlag mit elektromagnetischen Pulswaffen hin."

Aus der Freisprecheinrichtung kam: „Mr. President, STRATCOM empfiehlt, DEFCON 1 auszurufen. Wir sind jetzt davon überzeugt, dass China für diesen Militärschlag verantwortlich ist. Wir sollten auf einen Folgeangriff vorbereitet sein. Sir, wir müssen sofort reagieren."

Der Adjutant mit dem Atomkoffer stellte die schwarze Ledertasche auf den Konferenztisch, begann deren Riemen zu lösen und nahm einen metallenen Aktenkoffer heraus. Der Präsident beobachtete seine mechanischen Bewegungen. Er hatte den Offizier während einer ihrer Übungen zu dem Koffer befragt. Der Metallkoffer wurde von Zero Halliburton hergestellt, einem japanischen Gepäckfabrikanten. Pure Ironie, wenn man die Geschichte der nuklearen Kriegsführung betrachtete. Nun klappte der Offizier den Metallkoffer auf, um einen Computerbildschirm und eine Tastatur freizulegen. Er zog eine Antenne heraus und tippte etwas auf der Tastatur ein, als der Monitor hell wurde. Einem Fach des Koffers entnahm er eine laminierte Karte mit einer Reihe von Nuklearcodes.

„Mr. President, wenn Sie bereit sind ..."

Der Präsident runzelte die Stirn. „Jeder soll sich kurz dazu äußern." Er sah sich am Tisch um.

Der Nationale Sicherheitsberater, der ihm gegenüber saß, sagte: „Mr. President, ich muss dem NMCC hier zustimmen."

„General Rice?"

General Rice hatte ein Telefon am Ohr und besprach sich mit seinem Team im Pentagon. „Mr. President, wenn wir unsere Raketen starten, riskieren wir eine Eskalation der Situation. China könnte dann weitere Raketen auf uns abschießen –"

General Spragues Stimme ertönte über den Lautsprecher:

„Genau aus diesem Grund müssen wir in die Gänge kommen. Wir müssen ihre Fähigkeit zur Eskalation neutralisieren, Mr. President. Sie greifen unsere Militärbasen im Pazifik an. Sie haben EMP-Waffen auf uns abgeschossen. Unsere Sensoren sind im Moment außer Gefecht, verdammt noch mal. Es könnten weitere Atomwaffen auf dem Weg hierher sein. Sir, das ist im Moment unser Job. Wir müssen einen Gegenschlag ausführen."

Der Präsident lehnte sich nach vorne und stützte seine Ellbogen auf dem polierten Holztisch auf. Er massierte seine Kopfhaut und seine Schläfen in dem Versuch, klar zu denken. Die späte Stunde und seine rasenden Kopfschmerzen machten das fast unmöglich.

Der Offizier am Atomkoffer fragte: „Sir, haben Sie das Biscuit?" Das sogenannte „Biscuit" war eine laminierte Karte in der Größe einer Kreditkarte, welche der Präsident die ganze Zeit bei sich trug – sie enthielt die Autorisierungscodes für genau diesen Moment.

Der Präsident schaute zu dem Adjutanten auf. Er steckte seine Hand in seine Brusttasche, zog den Kartenhalter heraus und hielt ihn fest, während er die Männer im Raum studierte.

Dann blickte er auf die Freisprechanlage in der Mitte des Tischs. „General Sprague, sind Sie hundertprozentig sicher, dass diese letzte Serie ballistischer Raketen von China abgefeuert wurde?"

„Mr. President, wir können uns bei nichts hundertprozentig sicher sein, Sir. Sowohl Russland als auch China verfügen über diese Fähigkeit. Aber aus den Echtzeitinformationen, die wir erhalten haben, geht hervor, dass im Pazifikraum jetzt eine hohe kinetische Energie vorliegt. Betroffen sind Guam, Japan, Korea. Mindestens ein Flugzeugträger wurde von chinesischen konventionellen Raketen angegriffen. Es gibt Gefechte in der Nähe von Hawaii –"

„Hawaii?"

General Rice antwortete: „Ja, Mr. President. Wir befinden uns im Krieg mit China. Mit Blick auf die gesamte Entwicklung glaube ich, dass wir unter der Annahme operieren sollten, dass uns die Chinesen mit Atomwaffen angegriffen haben."

Der Präsident konnte den Schweiß unter seinen Armen und auf seiner Stirn spüren. Er wollte diese Entscheidung nicht treffen. Für diese Männer in Uniform stellte der heutige Abend den Höhepunkt einer Karriere dar, die auf Militärstudien und einer dementsprechenden Ausbildung fußte. Ein Teil von ihm ahnte, dass sie diesen Augenblick ein Stück weit genossen, dass er eine Art glorreicher Krönung ihrer militärischen Laufbahn war. Der Präsident war verärgert über ihren Eifer und die Leichtigkeit, mit der sie mit dem schwierigen Jargon und den komplizierten Themen zurechtkamen. Es war alles so ungewohnt für ihn. Aber gleichzeitig war er auf ihr Fachwissen angewiesen.

„Was ist Ihre Empfehlung, General?"

General Rice erwiderte: „Ein eingeschränkter Militärschlag gegen ihre strategischen Fähigkeiten. Wir müssen dafür sorgen, dass die Chinesen die Situation nicht eskalieren können. Wir müssen ihre Fähigkeit ausschalten, weitere nukleare Angriffe auf die USA zu starten."

Der Präsident warf seinem Stabschef einen Blick zu. Ihn kannte er besser als die anderen Männer, er vertraute seinem Urteilsvermögen.

„Paul?"

„Die Raketen, die in diese Richtung fliegen, könnten weitere EMPs sein."

„Unwahrscheinlich, Sir", widersprach der STRATCOM-General am Telefon.

Der Nationale Sicherheitsberater sagte: „Mr. President,

EMPs *sind* Atomwaffen. Wir hätten das Recht, einen atomaren Vergeltungsschlag durchzuführen. Und nicht nur das, EMPs gelten darüber hinaus als Waffen für einen *Erstschlag*. Sie sind dazu gedacht, weitere strategische Angriffe zu verschleiern."

Der Präsident sah den NSA empört an. „Das ist selbst mir bekannt, Herrgott noch mal!"

Der Nationale Sicherheitsberater erklärte: „Mr. President, ich bin anderer Meinung als der General. Wir müssen mit voller Wucht zurückschlagen. Sie könnten den Krieg heute beenden. Uns liegen nun Informationen vor, dass unser Militär im Pazifik von chinesischen Streitkräften attackiert wird, dass unser Heimatland mit Cyber- und EMP-Waffen angegriffen wurde und dass innerhalb der Grenzen der USA chinesische Truppen operieren. Ich empfehle einen umfassenden Atomschlag gegen das chinesische Militär. Ohne Einschränkungen."

General Rice schüttelte den Kopf. „Sir, ich muss dieser Ansicht vehement widersprechen. Es ist entscheidend, dass wir angemessen reagieren. Der Einsatz von Atomwaffen muss verhältnismäßig und zielgerichtet sein."

Der Nationale Sicherheitsberater runzelte die Stirn. „Denken Sie an die langfristigen Auswirkungen. *Jetzt* haben wir einen Vorteil, der schon morgen Geschichte sein könnte. Wir haben die Rechtfertigung, die wir brauchen. Es wäre eine Abwehrmaßnahme –"

General Rice fragte: „Was schlagen Sie denn vor? Dass wir ihr gesamtes Militär auslöschen? Wissen Sie, wo ihre Militärbasen liegen? Wissen Sie, wie viele Hunderte von Millionen Menschen getötet würden? Ihre Ballungsräume sind dicht besiedelt und küstennah. Und ein Schlag dieser Größenordnung hätte globale Auswirkungen. Es würde einen ‚nuklearen Winter' auslösen."

„Es gab Atomexplosionen in Korea!"

„Nordkorea ist nicht die USA."

„Spielt das eine Rolle?"

„Mr. President, wir haben nicht mehr viel Zeit ..."

Die Männer begannen wild miteinander zu diskutieren.

„... die Russen haben Tausende von Atomwaffen. Wenn sie mitbekommen, dass wir feuern ..."

„... begrenzter Militärschlag. Wir könnten uns auf chinesische strategische Atomziele konzentrieren ..."

„... gleichzeitig über inoffizielle Kommunikationskanäle mit den Russen reden ..."

„Das kann ich nicht empfehlen, Sir ..."

„... aber wenn wir versuchen, das Risiko zu minimieren ..."

Der Präsident hob die Hand und der Raum verstummte. „Wenn ich mich für die eingeschränkte Nuklearantwort entscheiden würde, welche Optionen habe ich dann?"

General Rice blickte den Colonel an, der vor dem Atomkoffer saß.

Dieser zog drei große Plastikkarten hervor. „Sir, aufgrund des Gesprächs mit der National Event Conference verstehe ich, dass Sie einen Vergeltungsschlag gegen das chinesische Militär unter Verwendung von Mitteln der nuklearen Triade durchführen wollen. Liege ich mit dieser Einschätzung richtig?"

Der Präsident nickte. „Ich erteile den Befehl. Ein eingeschränkter Militärschlag." Er nahm die Autorisierungskarte aus dem Kartenhalter und hielt sie hoch.

Sein Adjutant las einen der sogenannten „Go-Codes" vor. Der Präsident überprüfte den Code auf dem Biscuit und antwortete entsprechend.

Der Colonel sah General Rice an. „Sir, bitte bestätigen Sie, dass –"

„Ich bestätige, dass der Befehl vom Präsidenten kam."

Der Colonel nickte und tippte den Code in das gehärtete

Kommunikationsgerät im Koffer ein. Die Nachricht wurde codiert, verschlüsselt und über Funksender im Niederfrequenzbereich in die ganze Welt übertragen.

Die Vereinigten Staaten hatten gerade die nukleare Triade aktiviert.

Sekunden später heulten die vier General Electric GF-6-Triebwerke der Air Force One auf, als sie von der Startbahn abhob.

4

Lieutenant Pings chinesische Sonderkommandos waren speziell für diese Mission ausgebildet worden. Sie waren die Elite der Elite. Jung und weniger erfahren als ihre Kollegen von den US-Spezialeinheiten, aber dennoch hoch qualifiziert und entschlossen.

Pings Team hatte die vergangene Woche in einem ländlichen Teil von Maryland ausgeharrt. Zwölf schultergestützte Boden-Luft-Flugabwehrraketensysteme, die jüngste Generation chinesischer Technologie, wurden auf die Ladefläche von zwei Pick-ups geladen und auf den Scheitelpunkt eines Hügels auf dem Farmgelände transportiert. Ping war per Funk über die bevorstehende EMP-Detonation informiert worden. Er hatte seine Männer umgehend angewiesen, in ihren Fahrzeugen mit auf den Boden gerichteten Blicken abzuwarten, bis das Ereignis vorbei war.

Der Blitz hielt fast zwei volle Sekunden an. In über hundert Meilen Höhe verursachte er kein hörbares Geräusch. Aber Lieutenant Ping beobachtete, wie das grelle weiße Licht des EMPs auf seine Knie fiel, während er auf dem Beifahrersitz des Führungsfahrzeugs saß. Als die Welt wieder in Dunkelheit versank, begann er Befehle zu erteilen.

„Schalten Sie die Waffen und das Radar ein. Prüfen Sie, ob alles funktioniert." Er hoffte, dass die Berechnungen der Ingenieure, die diese Mission geplant hatten, korrekt waren. Es wäre schade, wenn es jetzt aufgrund der EMP-Attacke unmöglich wäre, Luftkontakte zu erkennen und anzuvisieren.

„Radar funktioniert normal. Operationstest ohne Probleme bestanden."

Ping nickte.

„Wir sind im Zeitfenster", bemerkte der dienstälteste Soldat.

Ping schaute auf seine Uhr. Timing war alles. Eventuell bekamen sie keine Gelegenheit, ihr Training zu nutzen. Aber wenn sie zum Zug kämen, könnte das den Krieg verändern.

Die Führungsriege am ersten Tag auszulöschen, würde eine starke Botschaft senden. Es könnte Amerika in ein noch tieferes Chaos stürzen. Er wäre ein Held.

„Kontakt!", rief einer seiner Männer. Der Soldat überwachte die Signale auf einem gehärteten Laptop, der über Kabel mit sechs auf den Horizont ausgerichteten Radarschüsseln verbunden war. Zusammen bildeten sie eine phasengesteuerte Gruppenantenne im Miniaturformat, mit der man Bewegungen detektieren konnte. Wiederum die neueste chinesische Technologie. Für diesen Auftrag waren keine Kosten gescheut worden. Dennoch bräuchten sie auch etwas Glück. Es war unerlässlich, dass Pings Team bei dieser Mission unentdeckt blieb, was bedeutete, dass schultergestützte Waffen mit begrenzter Reichweite eingesetzt werden mussten.

Würde sich ihr Ziel in die Reichweite dieser Waffen bewegen? Sollte das Flugzeug vor dem Angriff in Richtung Meer oder in niedriger Flughöhe nach Süden abdrehen ... würden sie nicht zum Abschuss kommen. Aber aufgrund der Bedrohungslage hatten die Geheimdienstexperten aus Peking damit gerechnet, dass die Flugroute nach Nordwesten führen würde. Daher befanden sie sich derzeit im ländlichen Maryland.

Zwei seiner Männer knieten sich hin, richteten die schultergestützten Waffen im richtigen Winkel aus und beendeten ihre Vorbereitungen.

„Bereithalten", rief der Soldat, der das Radar überwachte. Sie trugen alle einen Gehörschutz, weshalb seine Stimme gedämpft war.

Der verantwortliche Offizier ging zu ihm hinüber und baute sich hinter ihm auf. Er war nervös und kontrollierte die Arbeit seiner Männer, obwohl er wusste, dass sie fast nie Fehler machten.

„Ziel bestätigt", sagte einer der anderen Männer mit Blick auf ein Satellitentelefon in seiner Hand. Einer ihrer Männer saß auf einem Parkplatz nur wenige Kilometer von der Startbahn entfernt, auf der gerade die Air Force One gestartet war. „Sie dreht nach Norden ab." Er klang aufgeregt.

„Kommt in Reichweite. Fast da ... in Reichweite."

„Feuer frei!", rief der Offizier lauter als beabsichtigt. Die Nerven.

Der Nachthimmel erhellte sich, und seine Ohren waren trotz des Gehörschutzes erfüllt von dem donnernden Geräusch der Boden-Luft-Raketen, die in die Ferne schossen.

Der Präsident und seine Männer starrten sich einen Moment lang schweigend an. Nun, da der nukleare Abschussbefehl erteilt worden war, waren sie wie betäubt. Sie standen unter Schock. Der Verteidigungsminister sah beschämt aus. General Rice kritzelte Notizen auf ein Blatt

Papier, ein Telefon an seinem Ohr, während sein Blick zwischen dem Präsidenten und den anderen Anwesenden hin und her wanderte. Der Nationale Sicherheitsberater sah zufrieden und selbstsicher aus. Der Stabschef des Präsidenten verließ überstürzt den Raum, ihm war offensichtlich übel.

„Was passiert als Nächstes?", fragte der Präsident.

„Wir werden weiterhin Updates erhalten, während unser Befehl ausgeführt wird, Sir. Die erste Salve besteht aus landgestützten Raketen aus der Nähe des Stützpunkts Cheyenne Mountain ..."

Eine panische Stimme kam über den Lautsprecher. „General Rice! Sir ... wir haben eine aktuelle Statusmeldung. Unser Kenntnisstand bezüglich ballistischer Raketen wurde durch neue Sensorinformationen aktualisiert. Sir, die vier Raketen, die wir verfolgt hatten, sind alle ins Meer gestürzt. Es gibt keine Raketen mit Kurs auf das US-Festland. Ich wiederhole, keine Raketen im Anflug auf die USA."

Der Präsident stand auf und stützte sich mit den Händen auf dem Tisch ab. „Was bedeutet das? Was ist mit den chinesischen Raketen? Der zweiten Angriffswelle von –"

„Sir, wir haben ein paar Systeme, die momentan online gehen. Daher hat NORAD jetzt einen vollständigen Überblick. Es sind keine chinesischen Raketen im Anflug. Wir wissen nicht, was mit ihnen passiert ist. Aber wir können jetzt bestätigen, dass es keine weiteren Interkontinentalraketen mit Kurs auf die USA gibt."

Im Raum herrschte fassungsloses Schweigen.

Der Präsident hatte gerade einen Atomangriff auf China befohlen, aber jetzt erklärte man ihm, dass sie nicht zuerst geschossen hatten. Es handelte sich nicht mehr um eine verhältnismäßige Reaktion, auch wenn China den EMP-Angriff eingeleitet hatte.

In seiner Brust machte sich ein unheilvolles Gefühl breit. „Können wir den Angriffsbefehl zurücknehmen?"

STRATCOM antwortete am Telefon. „Sir, das System ist so ausgelegt, dass –"

„Ja oder nein, General?"

„Ja, Sir. Aber –"

Der Adjutant mit dem Atomkoffer antwortete: „Sir, der Befehl geht möglicherweise nicht mehr rechtzeitig ein."

Der Präsident sah sich im Raum um, sein Herz raste.

Der Nationale Sicherheitsberater meldete sich zu Wort: „Mr. President, ich rate davon ab, den eingeschlagenen Kurs zu ändern. Unabhängig davon, ob die Chinesen Atomwaffen auf den Weg gebracht haben oder nicht, haben Sie die richtige Entscheidung getroffen, Sir. Wir müssen –"

General Rice wirkte entsetzt. „Ich bin anderer Meinung. Ich denke, wir sollten versuchen, die Ausführung zu stoppen. Ungeachtet des chinesischen Vorgehens sollte unsere strategische Militärantwort verhältnismäßig sein. Wenn –"

Der Präsident nickte. „Einverstanden. Stoppen Sie den Befehl. *Jetzt.*"

Zwei der im Raum anwesenden Offiziere traten sofort in Aktion. Einer rief über Funk die *Nightwatch* an und gab eine Reihe codierter Anweisungen durch. Es folgte ein hektischer Austausch. Der Präsident konnte den Männern kaum folgen. Viele der Begriffe waren Militärjargon, Codewörter oder militärische Akronyme.

Nach sechzig Sekunden wandte sich der Adjutant erneut an den Präsidenten. „Sir, Sie müssen Ihren Autorisierungscode noch einmal wiederholen."

Der Präsident nickte und setzte zum Sprechen an, wurde jedoch von einem Alarm unterbrochen, der aus dem Bordlautsprecher zu dröhnen begann.

Die Stimme des Luftwaffenpiloten klang laut, klar und

sachlich. „Hier spricht der Pilot. Boden-Luft-Raketenwarnung. Sichern Sie die Passagiere und bereiten Sie sich auf den Aufprall vor."

Die Personenschützer des Präsidenten sprangen auf und begannen, ihn wie einen Patienten in der Notaufnahme zu behandeln. Sie tasteten ihn ab und vergewisserten sich erneut, dass er angegurtet war und die Absturz-Haltung einnahm.

Das Flugzeug neigte sich scharf nach links und der Präsident spürte, wie sein Kopf schwer und sein Körper in den Sitz gedrückt wurde, da das Flugzeug erhöhten g-Kräften ausgesetzt war. Die Geheimdienstagenten wurden erst gegen die gegenüberliegende Wand, dann gegen die Decke geschleudert, als die Air Force One in einen steilen Sinkflug ging.

Der Präsident sah einen der Geheimdienstmänner bewusstlos auf dem Boden liegen, nachdem er sich heftig den Kopf gestoßen hatte. Dann bemerkte der Präsident, dass der für den Atomkoffer verantwortliche Offizier neben ihm saß und auf die Tischplatte klopfte. Der Mund des Mannes bewegte sich, aber der Präsident konnte nicht verstehen, was er sagte.

Der Adjutant hatte eine Hand am Computer und zeigte mit der anderen auf die Brusttasche des Präsidenten. Auch General Rice brüllte nun etwas.

Der Klang der Außenwelt kehrte langsam zurück. Ein Steward der Luftwaffe deutete auf den Präsidenten. „Sir, Sie bluten am Kopf …"

Jeder am Tisch verlangte nach seiner Aufmerksamkeit.

„… Zugangscode!", rief General Rice.

Zugangscode.

Der Präsident berührte seinen Kopf und fühlte etwas Nasses. Er zog seine Hand zurück und sah Blut. Etwas musste ihn bei dem Flugzeugmanöver getroffen haben.

Der Lautsprecher verkündigte: „*Alle Flugbegleiter, bereitmachen für den Aufprall!*"

Die ersten beiden Boden-Luft-Raketen wurden durch die elektronischen Gegenmaßnahmen der Air Force One ausgetrickst, rasten an der Maschine vorbei und landeten in der Chesapeake Bay. Die dritte Rakete bohrte sich direkt in das innen gelegene Triebwerk am linken Flügel, explodierte und schickte Metallfragmente durch das ganze Flugzeug. Weniger als eine Sekunde später explodierte eine vierte Rakete nach dem Einschlag in ein Triebwerk am gegenüberliegenden Flügel, wobei die Detonation einen der Treibstofftanks in Brand setzte. Die darauffolgende Kerosinexplosion hatte katastrophale Auswirkungen.

Sie tötete alle Personen an Bord und war fünf Meilen entfernt auf dem Boden, einem hügeligen Farmareal im ländlichen Maryland, deutlich sichtbar.

Lieutenant Ping gewährte seinen Männern einen stillen Moment der Freude und befahl ihnen dann, die gesamte Ausrüstung in den Lastwagen zu verstauen und loszufahren. Der Krieg hatte gerade erst begonnen. Und mit etwas Glück wäre dies ihr erster Beitrag von noch vielen.

5

First Lieutenant Lucy Esposito hasste das Gefühl, das sie zu Beginn ihrer Schicht immer überkam. Sie saß auf dem Beifahrersitz eines Pick-ups der US Air Force. Das Fahrzeug hüpfte und ruckelte, als es mitten in der Nacht auf der Schotterpiste unterwegs war. Das bedeutete, dass sie bald am Ziel wäre. Die Atomraketensilos waren über weite Teile des Ackerlands von Nebraska verstreut.

Sie war für Sektor Golf zuständig. Das war eine gewisse Ironie, denn sie hatte an der Akademie Golf gespielt. Aber hier draußen gab es kein Golf. Golf war Teil des phonetischen Alphabets – der Buchstabe G kennzeichnete diesen Teil des Raketenfelds der amerikanischen Luftwaffe. Einhundertfünfzig ballistische Interkontinentalraketen, auch ICBMs genannt, mit Atomsprengköpfen, die fünf Stockwerke unter der Erde deponiert waren und auf den Moment warteten, an dem sie gebraucht wurden, um die ganze Welt zu vernichten.

Was so viel bedeutete wie *niemals*. Es war ein Scheißjob, den sich vor Jahrzehnten ein Haufen Männer ausgedacht hatten, die jetzt alle tot waren. Und trotzdem war sie hier und vergeudete ihr Leben unter der Erde.

Gott stehe ihr bei.

Vor drei Jahren war Lucy an der Akademie der US-Luftwaffe in Colorado Springs in leitender Funktion tätig gewesen. Sie hatte große Hoffnungen gehabt. Wie die meisten Kadetten der Air Force Academy wollte sie nach ihrem Abschluss Pilotin werden. Aber die Air Force bildete heutzutage mehr Drohnenpiloten als tatsächliche Flugzeugpiloten aus. Und Lucy hatte nicht den passenden Dienstgrad, um sich mit ihrer ersten Wahl durchzusetzen ... oder ihrer vierten Wahl, um genau zu sein. Niemals in einer Million Jahren hatte sie erwartet, ihre Karriere in einem Raketensilo zu verbringen. Aber das war verdammt noch mal genau da, wo sie gelandet war.

Der Anfang war etwas holprig gewesen, aber sie war immerhin stolz auf die Fortschritte, die sie gemacht hatte. Inzwischen war sie die fünfundzwanzigjährige Kommandantin einer zweiköpfigen Raketengeschwader-Truppe. In ihrem Sektor befanden sich zehn Raketensilos mit einem zentral gelegenen Raketenstartzentrum.

Lucy war auf der F.E. Warren Air Force Base in der Nähe von Cheyenne, Wyoming, stationiert. Sie verbrachte ihr Leben mit Bereitschaftsdienst, lernte für ihre Qualifikationen und sah zu, dass sie ihre militärische Ausbildung vorantrieb.

In dieser Gegend war rein gar nichts los. Sie vermisste die Stadt. Lucy war im Dezember über Weihnachten zu Hause in Brooklyn gewesen. Sie hatte die Zeit mit ihrer Familie genossen und es war ihr schwergefallen, wieder zu fahren. Ihre älteren Brüder konnten es nicht fassen, als sie ihnen ihren Job beschrieben hatte. Sie waren mit ihr etwas Trinken gegangen, und sie hatte ihnen stolz berichtet, was für ein stahlharter Raketentechniker sie jetzt war.

Sie seufzte und wurde im Pick-up durchgeschüttelt. Sie vermisste ihre Familie.

Der Fahrer schickte einen Funkspruch los, während der Kleinlaster die dunkle Straße entlangfuhr.

„Golf Kontrolle, Wagen 14, erreiche Ihr Tor, erbitte Einlass für Leutnant Esposito mit Begleitperson."

Die Stimme antwortete: „Verstanden, Einlass gewährt."

Sie sah, wie sich das Tor vor ihnen öffnete.

Das vor ihr liegende rechteckige Gelände des Raketenstartzentrums war nicht groß – es umfasste lediglich zwei Hektar. Als sie ankamen, gingen zögerlich schwache Laternen an. Die Regierung hatte das Land vor mehreren Jahrzehnten einem örtlichen Bauern abgekauft. Es war von der nahen Hauptstraße aus gut zu erreichen und von einem Stacheldrahtzaun umgeben. Dazu hoch aufragende Masten, die mit Flutlicht und winzigen Sicherheitskameras ausgestattet waren und das karge Umfeld der Raketensilos überwachten.

Wenig später hatte der Fahrer des Pick-ups Leutnant Esposito abgesetzt und parkte neben dem einzigen Gebäude innerhalb der Umzäunung. Er würde hier warten, bis sie mit ihrem Wachwechsel fertig war und anschließend den von ihr abgelösten Soldaten zurück zur etwas mehr als einer Stunde entfernten F.E. Warren-Luftwaffenbasis bringen.

„Viel Spaß, Ma'am."

„Oh ja." Sie hielt einen Daumen hoch, warf sich ihren Seesack über die Schulter und machte die Beifahrertür hinter sich zu.

Drinnen ging sie durch weitere Sicherheitskontrollen. Sie zeigte ihren Ausweis vor und unterschrieb das Protokoll. Das Sicherheitspersonal hinter den Glasfenstern stellte sicher, dass sie den Eingangsbereich des Gebäudes nicht ohne Überprüfung passieren konnte – obwohl sie sie gut kannten.

Ein paar Minuten später öffnete sie die doppelte Metallgittertüre des Aufzugs. An dessen Außenseite war ein großer

Aufkleber mit dem Bild eines roten Teufels angebracht. Aus seinem Mund kam eine Sprechblase: „Wir sehen uns unten!" Lucy liebte den schwarzen Humor.

Sie schloss die beiden Metallgittertüren hinter sich und drückte den Knopf, woraufhin der Lift sie fünfzig Fuß unter die Erde brachte, wo sie von zwei weiteren Offizieren erwartet wurde. Einen von ihnen würde sie ablösen.

Die Übergabe dauerte etwa zwanzig Minuten. Sie gingen die Zeitpläne für den Transport an der Oberfläche, die Wartung und das Training durch. Es gab ein paar Dinge, die repariert werden mussten, aber sie hatten keinen Einfluss auf die Einsatzfähigkeit der Raketen.

„Du solltest unbedingt den geopolitischen Lagebericht lesen. Der Kommandant sagte, die Sache mit Nordkorea werde langsam haarig."

„Es ist immer dasselbe."

„Vielleicht." Er zuckte mit den Achseln. Aber Lucy bemerkte einen komischen Ausdruck in seinen Augen. Sie beendeten das Gespräch und er fuhr unverzüglich danach mit dem Aufzug hoch.

Lucy stopfte ihre Tasche in ihr Schließfach und setzte sich an das Computerterminal, an dem sie in den nächsten vierundzwanzig Stunden die meiste Zeit verbringen würde. Sie schaute zehn Fuß nach rechts, wo ein anderer First Lieutenant saß. Er war etwa ein Jahr kürzer dabei als sie.

„Hallo, Johnny."

„Hallo, Lucy."

„Hast du deine Freundin schon abserviert?"

„Nein."

„Versuchst du immer noch herauszufinden, wie du das am besten anstellen kannst?"

„Ja." Er grinste, als er wieder auf den drei Zoll dicken

Ordner auf seinem Schoß hinunterblickte. Er war mit streng geheimen Verfahren und Wartungsinformationen gefüllt. „Ich denke, wenn ich sie nicht mehr anrufe, ihre E-Mails nicht beantworte und sie in all meinen sozialen Netzwerken blocke, sollte das schon reichen."

„Kumpel. Reiß dich zusammen und sag es ihr einfach." Lucy scannte ihre Schalttafeln und überprüfte die Anzeigen und den Systemstatus der Raketen, für die sie verantwortlich war. „Ich meine, komm schon. Sei ein Mann."

Johnny lachte. „Sagt mein weiblicher Kommandant im Raketenbefehlsstand."

Ihr Gespräch erstarb, als ein lauter Heulton durch den Raum hallte.

Die beiden Nachwuchsoffiziere setzten sich hektisch aufrecht hin, wobei Johnny den Ordner auf den Boden warf.

Lucys überflog die Informationen, die auf ihrem Bildschirm angezeigt wurden. Sie schrie: „Bereithalten zum Mitschreiben der Nachricht."

Über den verschlüsselten Kommunikationskanal an Johnnys Arbeitsplatz kam die schnell sprechende Stimme eines ranghohen Angehörigen der Luftwaffe, der sich auf dem Stützpunkt in Warren befand. „*Alpha … Sieben … Charlie … Foxtrott …*"

Sowohl Lucy als auch Johnny schrieben den mündlich übermittelten Autorisierungscode akkurat auf. Nachdem die Übertragung beendet war, standen beide auf und entriegelten die zwei Schlösser des Tresors. Darin befanden sich die Startschlüssel.

Während der nächsten paar Minuten kommunizierten sie mit zwei Offizieren auf einem anderen Raketenstützpunkt, um die Authentizität der Codes und die Genauigkeit ihrer Transkripte zu überprüfen.

Dann hörte Lucy die Worte, mit denen sie nie gerechnet hatte.

Lucy ließ sie den Mann über Funk wiederholen. „Wiederholen Sie: Das ist *keine* Übung."

„Positiv, dies ist *keine* Übung. Das ist der Ernstfall."

Lucy und Johnny starrten sich gegenseitig an, ihren Gesichter war ihre Verwirrung anzusehen. Lucy spürte ihren Herzschlag ganz deutlich.

„Komm schon, lass uns loslegen, Johnny", sagte sie.

„Sie haben gesagt, das sei der Ernstfall ..."

„Wir reden gleich. Lassen Sie uns zuerst die Raketen aktivieren."

Er nickte schnell, sein Gesicht leichenblass.

Jeder von ihnen steckte seinen eigenen Schlüssel in die große, dafür vorgesehene Metallvorrichtung an der Wand. Lucy hatte diesen Schritt so oft geübt, dass sie immer dachte, sie könne ihn mit verbundenen Augen ausführen. Doch nun gehorchten ihr plötzlich ihre Armmuskeln nicht mehr und ihr Körper fühlte sich an, als wäre er mit Sandsäcken beschwert.

Sie begann den Ablauf vorzulesen, der den Start ihrer Raketen einleiten würde. Diesen entnahm sie der langen Checkliste, die sich in dem Ordner vor ihr befand. „Freischaltcode eingegeben."

„Bereithalten ... Freischaltcode wird eingegeben", antwortete Johnny. Er warf ihr einen Blick zu. „Wie kann das hier real sein? Lucy, das kann doch nicht wirklich passieren? Wen werden wir ...?"

Sie ignorierte ihn. Die rote Digitaluhr an der Wand tickte vor sich hin. Sie hatten noch zehn Minuten. Sie mussten sich beeilen. „Schalter auf ‚Aktivieren'."

Johnnys Hände bewegten sich über die Knöpfe und Regler. „Aktiviert ..."

Fast fertig, dachte Lucy. *Wir haben es fast geschafft. Denk an deine Ausbildung, Lucy. Du bist ein stahlharter Raketentechniker.*

Fünf Etagen höher und eine Meile westlich von ihnen fuhr ein Farmer mit seinem Ford-Pick-up am Rande seines Grundstücks entlang. Er beobachtete, wie die Scheinwerfer in der Nähe des Raketensilos oben auf dem Hügel angingen. *Na, das ist ja seltsam,* dachte er.

Er hielt an, kletterte mit zusammengekniffenen Augen aus dem Führerhaus und versuchte zu erkennen, was vor sich ging.

„Was zum Teufel ist das denn?"

Aus dem Silo entwich eine Art Dampf oder Rauch.

„Regierungstrottel ... Wahrscheinlich tritt überall radioaktive Strahlung aus ..."

Es war eine klare Nacht, die Luft war frisch. Ein wunderschöner Himmel voller funkelnder Sterne. Der Farmer machte kehrt, um wieder in seinen Pick-up zu steigen, als der Lärm begann.

Ein leises Rumpeln und ein nervenzerreißender Alarm, der aus der Entfernung aber kaum zu hören war. Er blickte wieder zum Hügel zurück. Jetzt stieg noch mehr Rauch aus dem Silo auf. Wabernder weißer Rauch. Dann Flammen. Riesige, züngelnde gelb-orangefarbene Flammen, die aus den Entlüftungsschächten loderten.

Die erste Rakete schoss inmitten einer hellen Feuersbrunst nach oben, ihre dicke Rauchfahne folgte ihr in den Weltraum. Der Farmer sah aus dem rechten Augenwinkel eine weitere Rakete, die gerade startete. Das Rumpeln wurde intensiver und er konnte es in seinen Füßen spüren. Oder waren das seine Knie, die zitterten?

„Gott sei mir gnädig."

Er drehte sich um und sah am Horizont einige Meilen nördlich eine dritte Rakete aufsteigen. Er drehte sich im Kreis und suchte den Himmel ab. Es mussten ein Dutzend sein, die sich alle nach oben und von ihm wegbewegten. Riesige weiße Todesgeschosse, die in ein fernes Land reisten.

6

USS Farragut
75 Seemeilen nördlich von Guam

Der Krieg hatte gerade erst begonnen, aber Victoria Manning hatte bereits ihr erstes Gefecht hinter sich gebracht. Mithilfe einer P-8 hatte sie gegen ein gegnerisches U-Boot einen bestätigten Treffer erzielt. Es war wahrscheinlich eines der U-Boote, die Guam eine Stunde zuvor mit Marschflugkörpern angegriffen hatten. Nun lag es in zwei Teilen auf dem Grund des Ozeans.

Beinahe wäre sie fast unmittelbar nach der Landung wieder aufgestiegen. Einer der jungen Sonartechniker dachte, er hätte ein weiteres chinesisches U-Boot geortet. Aber man hatte sie angewiesen, die Maschinen abzuschalten, solange die P-8 über dem Gebiet Bojen abwarf ... Letztlich hatte es sich als falscher Alarm erwiesen. Ihr war klar, dass es eine Menge solcher Vorkommnisse geben würde. Sie würde jedenfalls lieber bei einem falschen Alarm starten, als an Bord zu sein, wenn ein U-Boot ihr Schiff ins Visier nahm.

Die Schlacht von Guam hatte die Besatzung endgültig aus der Lethargie gerissen, die sich in Friedenszeiten oftmals breitmachte. Jetzt konnte jeder Punkt auf dem Radarschirm ein feindliches Flugzeug bedeuten. Jedes seltsame Geräusch, das über die Kopfhörer des Sonartechnikers zu hören war, konnte ein chinesisches Jagd-U-Boot sein, das seine Torpedo-Mündungsklappe öffnete. Alle waren sehr nervös. Leben standen auf dem Spiel. Und nichts verursachte mehr Druck als der Wunsch, die anderen Mitglieder des Rudels zu schützen. Niemand wollte seine Schiffskameraden gefährden, indem er etwas übersah. Aber Victoria wusste auch, dass ein solches Einsatztempo einen Burnout verursachen würde.

Als leitende Offizierin eines Hubschrauberkommandos auf der USS *Farragut*, die vom ersten Kriegstag an im Ostpazifik unterwegs war, musste Victoria den psychischen Zustand ihrer Männer ebenso gut in den Griff bekommen wie deren Arbeitspensum. Sie brauchte alle ihre Männer, um mit maximaler Effizienz arbeiten zu können.

Auch sie war gegen diese Bedingungen nicht immun. Sie wusste, dass sie sich ausruhen, genug essen, schlafen und bewegen musste, wann immer es ging. Aber das war leichter gesagt als getan.

Sie hatte das Abendessen verpasst. Als das der junge Culinary Specialist (CS), der in der Offiziersmesse Dienst hatte, herausfand, war er die nächstgelegene Leiter zur Kombüse hinuntergestürzt, um ihr etwas zu essen zu holen. Es war nur eine kleine freundliche Geste, aber viele an Bord hatten in den letzten Wochen begonnen, Victoria anders zu behandeln. Unter der Besatzung war ein gesteigertes Gefühl von Stolz zu spüren. Sie waren eine Familie, und in einer Familie kümmerte man sich um einander. Victoria übernahm gleichzeitig die Rolle eines Elternteils, eines Geschwisters und eines

Chefs. Die Besatzung brachte ihr einen besonderen Respekt entgegen. Sie hatte den Weitblick und die Fähigkeit bewiesen, das Schiff zum Sieg zu führen und aus der Gefahrenzone heraus zu manövrieren, als der Sturm am bedrohlichsten war. Sie hatte sich den Ruf erarbeitet, kompetent und jemand zu sein, der seine Mannschaft über alles andere stellte.

Vor diesem Hintergrund verstand sie die nette Geste des Kochs, war aber dennoch gerührt. Sie hatte gelächelt und dem CS gedankt, bevor er sie in der Offiziersmesse allein gelassen hatte. Sie war froh, dass er gegangen war, denn kaum dass sie drei Bissen gegessen hatte, fingen ihre Hände an zu zittern und sie sackte zusammen. Es fiel ihr schwer, nicht in Tränen auszubrechen.

Victoria stand schnell auf und betrat die Kombüse, die mit der Offiziersmesse verbunden war. Sie warf ihr Essen in den Müll, wobei sie darauf achtete, die Reste mit einem Pappteller zu bedecken, damit sie ihre Köche nicht beleidigte. Sie stand im Küchenbereich, schwitzte, biss die Zähne aufeinander und versuchte, sich verdammt noch mal zu beruhigen. Schweißperlen liefen ihr über die Stirn.

Sie atmete tief ein und ließ den Luftstrom anschließend durch den Mund langsam wieder entweichen. Durch das Bullauge der Kombüse konnte sie das Auf und Ab des blauen Horizonts beobachten, der Rhythmus der Wellen nahm kein Ende. Sie passte ihre Atmung diesem Rhythmus an und versuchte, sich zu entspannen, indem sie an etwas dachte, was ihr Sicherheit und Gefühl von Glück vermittelte. Ihr Vater kam ihr in den Sinn. Sie wünschte, sie könnte ihn wiedersehen. Dann begann sie zu überlegen, ob der diensthabende Admiral der neuesten Trägerkampfgruppe Amerikas in diesem Augenblick wohl von einem chinesischen U-Boot gejagt wurde.

Sie knallte ihre offene Handfläche gegen die stählerne

Kühlschranktür, sie musste sich zusammenreißen. Moment-
aufnahmen des heutigen Flugs tauchten vor ihrem geistigen
Auge auf. Sie hatte den Steuerknüppel umfasst und den Kurs
eingestellt, auch wenn sie den Heli technisch gesehen nicht
geflogen war. Sie vertraute ihrem 2P, also dem Copiloten, nicht
hundertprozentig und hatte verhindern wollen, dass er den
Angriff vermasselte. Ihre Augen waren zwischen dem Multi-
funktionsdisplay, das die U-Boot-Spur anzeigte, sowie den
ganzen Schaltern, Reglern und ihrer Einsatzcheckliste hin
und her gehuscht. Wasserfontänen schossen zu ihrer Linken
in die Luft, als das U-Boot unter ihnen detonierte. Sie erinnerte sich an die Welle der Erleichterung, den Stolz und die
Schuldgefühle, die sie bei der Ansicht empfunden hatte. An
den Jubel und das Lächeln der Männer im Hangar bei ihrer
Rückkehr. Und die Angst, von der sie wusste, dass sie bei allen
immer mitflog.

Victoria wusste, dass sie sich freuen und auch stolz sein
sollte. Sie hatte ihre Mission erfolgreich ausgeführt. Sie war
vor einigen Wochen befehlshabender Kommandant dieses
Schiffs gewesen, als sie Raketen auf eine Gruppe chinesischer
Kriegsschiffe abgefeuert hatten. Damals hatte sie den Befehl
erteilt. Aber heute Abend war es das erste Mal, dass sie
tatsächlich auf den Knopf gedrückt hatte. Victoria war erneut
auf die Probe gestellt worden. Und wieder einmal hatte sie
Geschick und Mut bewiesen.

Warum also konnte sie jetzt im Nachhinein nicht aufhören, über diese lautlosen Killer im tiefen Ozean nachzudenken? Wie viele U-Boote waren da draußen noch unterwegs?
Für jedes, das sie aufspürten und versenkten, liefen wahrscheinlich mehrere irgendwo aus einem Hafen aus. Oder
machten bereits Jagd auf sie und drohten das Leben aller an
Bord befindlichen Soldaten, für deren Führung sie so hart
gearbeitet hatte, auszulöschen.

Es war ihre Pflicht, jedes chinesische Jagd-U-Boot zu orten und anzugreifen, das eine Bedrohung für die USS *Farragut* und den Rest der Kriegsschiffe in ihrem Geleit darstellen könnte, bevor es einen Torpedo in den Rumpf ihres Schiffs jagte.

Theoretisch wusste sie, dass sie nicht die ganze Verantwortung auf sich nehmen durfte. Es waren Hunderte von Menschen an diesem Kampf beteiligt. Aber als leitende Hubschrauberpilotin an Bord und eine der besten Expertinnen für die U-Boot-Bekämpfung in ihrer Surface Action Group (SAG) – der Gruppe von Zerstörern und Kriegsschiffen, die einen Verband bildeten – trug sie nun mal eine besonders schwere Last.

Sie schaffte es nicht, die Gedanken an die chinesischen Seeleute abzustellen, die nun tot auf dem Meeresgrund lagen. Oder vielleicht waren sie in einer Abteilung eingeschlossen gewesen und erfroren, während ihnen der Sauerstoff ausging? Victoria wusste, dass die Chinesen ihre Feinde waren und dass sie versuchten, sie zu töten. Aber so sehr sie es auch versuchte, sie konnte nicht verhindern, dass sie von Überlegungen dieser Art heimgesucht wurde.

Allein in der kleinen Kombüse, in der Hoffnung, dass sie niemand überraschte, wandte sie ihre Meditationstechniken an. Sie konzentrierte sich erneut auf ihre Atmung. Sie ließ die unangenehmen Bilder vorbeiziehen. Nach einer Minute wurden ihr Puls und ihre Atmung langsamer.

Es half, über ihren Vater nachzudenken. Auch wenn sie sich um ihn sorgte, hatte ihre Liebe für ihn etwas Beruhigendes. Sie sagte sich, dass sie ihn bald wiedersehen würde. Sein Flugzeugträger befand sich in der Nähe von Hawaii und mit etwas Glück würden sie dort zusammentreffen. Vielleicht könnten sie sich ein paar Tage freinehmen. Zu Abend essen. Ein Gespräch führen. Es war ihr eigentlich egal, was sie machten. Sie wollte einfach nur Zeit mit ihm verbringen.

Viele Jahre hatte sie damit zugebracht, sich ihm gegenüber zu beweisen und sich einzureden, dass er ihr egal war. Dann war sie nach dem Tod ihrer Mutter lange sehr wütend auf ihn gewesen. Es gab viele Gründe für ihr Verhalten, einer schlechter als der andere.

Aber in den letzten Monaten hatte sich ihre Beziehung endlich verbessert. Jetzt waren es nicht mehr ihre eigensinnigen Charaktere, die sie vom Reden abhielten, sondern Zeitmangel und Distanz. Schicksal und Krieg.

Ein Strahl der untergehenden Sonne fiel durch das Bullauge in den Raum. Ein Pfeifen signalisierte die volle Stunde, dazu gab es noch eine genuschelte Ankündigung, die sie nicht ganz verstehen konnte.

„Okay. Auf geht's, Victoria", feuerte sie sich selbst an, schloss die Augen und trat zur Tür hinaus.

Sie ging durch den dunklen Gang des Zerstörers, bemüht, das Gleichgewicht zu halten, während das Schiff mit den Wellen rollte. Sie konnte das Abendessen riechen, das in der Kombüse unter Deck zubereitet wurde, nahm das geschäftige Treiben des Schiffslebens um sie herum wahr. Den hohen Ton der laufenden Maschinen. Das Rauschen der Funkgeräte und der Elektronik, die von Gebläsen gekühlt wurden, das Geräusch von Flüssigkeiten, die durch die Rohre in den Wänden flossen, das Klappern der vielen Stahlkappenstiefel, die durch die Gänge liefen. Das Knallen und Hämmern der Wartungsarbeiten und das haarsträubende Kreischen der Nadelentroster. Dutzende ihr entgegenkommende Soldaten grüßten sie.

„Guten Tag, Airboss."

„Guten Tag."

„Guten Tag, Ma'am."

„Guten Tag."

Victoria war auf dem Weg nach achtern, in die Wartungs-
werkstatt im Hangar, wo sie ihren Papierkram für die Flug-
nachbereitung erledigen musste. Sie besprach sich mit ihrem
leitenden Wartungsoffizier und beschloss dann, sich mit
einigen der Männer zu unterhalten, die an dem Vogel
arbeiten.

Es war ein ruhiger Nachmittag, die leuchtend orangefar-
bene Sonne stand knapp über dem Horizont. Sie stellte sich
an den Rand des Flugdecks, die Arme vor der Brust
verschränkt und starrte in die Ferne. Sie wollte weder über
ihren Flug nachdenken noch sich Sorgen um ihren Vater
machen. Ihr war schwindelig vor Müdigkeit. Ihre Augen
brannten von einer Mischung aus Schweiß und Öl, die sie mit
dem trockenen Ärmel ihres Fliegeranzugs zu entfernen
versuchte.

„Boss, die Jungs wollen wissen, ob sie den Vogel waschen
können. Der Flugplan sagt, dass wir die nächsten acht
Stunden nicht fliegen werden, bis wir wieder Alarmbereitschaft haben. Passt das so noch für Sie?"

Sie blickte auf und sah LTJG Juan „Spike" Volonte neben
sich stehen, das gedämpfte Licht aus dem offenen Hangar
zeichnete seine Fliegerkombi und sein tiefschwarzes Haar
nach.

Normalerweise stellte Spike solche Fragen nicht und die
Wartungsmannschaft würde sich einfach an ihrem Zeitplan
orientieren. Aber die US Navy befand sich nun im offenen
Kampf mit der einzigen anderen Supermacht der Welt. Selbst
in dieser Sekunde könnte sie ein chinesischer U-Boot-Offizier
durch sein Periskop im Blick haben. Spike sorgte dafür, dass
jede Änderung ihrer Flug- und Kampffähigkeit effizient
kommuniziert wurde.

Das Abwaschen des Helis mit Süßwasser war nicht nur für

die Optik. Na ja, vielleicht ein bisschen. Aber hauptsächlich sollte es verhindern, dass das Salzwasser die Fluggeräte korrodierte. Die Ausrüstung sauber und funktionsfähig zu halten, war eine wesentliche Aufgabe eines Soldaten im Kampfeinsatz.

„Ja, macht mit der Wäsche weiter. Sie ist nötig. Ich gebe dem Kapitän Bescheid, dass wir die nächsten acht Stunden nicht abheben werden."

„Verstanden." Er entfernte sich und gab die Anweisung an den Leiter der Wartungsmannschaft weiter. Dann kam er zurück zu Victoria.

Spike sagte nichts, sondern stand einfach nur neben seiner Chefin, während beide auf das Meer hinausblickten. Die Sonne tauchte die anderen Schiffe in ihrem Verband in ein sanftes Licht, riesige Stahlrümpfe, die wogten und rollten, während sie vorwärts dampften. Ihr wurde klar, dass Spike außer ihr die einzige Person auf dem Schiff war, die einen Torpedo abgefeuert und im Gefecht ein U-Boot versenkt hatte. Gestern noch wäre er auch die einzige Person in der gesamten Navy gewesen, die das von sich behaupten konnte. Aber gestern war eine andere Zeitrechnung. Nun, da die chinesische Flotte die US-Marine in der Nähe von Korea, Japan, Guam, Australien und Hawaii angegriffen hatte ... wer konnte da schon sagen, wie viele andere U-Boot-Killer es außer ihnen noch gab?

„Da fliegt fünf-eins-zwei", sagte Victoria. Sie bezog sich auf die seitlich angebrachte Kennung des Hubschraubers, der auf einem der Begleitschiffe startete.

Vom Flugdeck der USS *Michael Monsoor* hob ein MH-60R ab und raste vorwärts, wobei er an Geschwindigkeit und Höhe gewann. Er würde in den nächsten zweieinhalb Stunden am Himmel patrouillieren und mit seinem Radar und FLIR feindliche Schiffe aufspüren und identifizieren. Mit an Bord waren

Sonobojen, Torpedos und ein Tauchsonar für den Fall, dass die Besatzung auf feindliche U-Boote reagieren mussten.

„Wie lange bleiben sie oben?"

„Sie haben drei Runden geplant. Die Mannschaft der *James E. Williams* übernimmt um null zweihundert Stunden, dann machen wir ab null vier dreißig Stunden weiter."

Drei Schiffe ihres Verbands hatten Hubschrauberkommandos an Bord. Jeden Tag arbeiteten sie einen Flugplan aus, sodass immer jemand flog und ein anderes Team Alarmbereitschaft hatte. Die Hubschrauber wurden zusammen mit mehreren Drohnen eingesetzt, um unbekannte Radarkontakte zu identifizieren und auf etwaige Probleme zu reagieren. Logistische Angelegenheiten. Suche und Rettung. Ein feindliches U-Boot.

„Wie macht sich das Team?" Victoria fragte Spike nach den Wartungstechnikern, für die er jetzt verantwortlich war. Sie bildeten die Mehrheit unter den dreißig Matrosen in ihrem Fliegerkommando.

„Sie sind in Ordnung, Boss. Der AE2 macht sich Sorgen um seine schwangere Frau. Alle machen sich Sorgen um ihre Familien. Aber insgesamt halten sich alle gut. Der Senior Chief achtet sehr darauf, dass sich die Leute an den Trainings- und Wartungsplan halten."

Victoria sagte: „Routine ist im Moment das A und O. Jeder hat eine klar definierte Aufgabe. Die Routine gibt uns etwas, auf das wir uns konzentrieren können. Wir sollten uns morgen vor Beginn des Einsatzes alle zusammensetzen. Gibt es jemanden, den Sie hervorheben möchten?"

„Wir haben ein paar Auszeichnungen zu vergeben."

„Gut. Lassen Sie uns das machen, und ich werde mit den Leuten über –

Auf dem Achterdeck stand eine junge Soldatin im Ausguck. Sie trug ein batterieloses Headset, das sperrig und unbequem war und dass sie ständig hin und her schob. Es funktionierte wie ein selbstgebasteltes Walkie-Talkie. Das Mädchen sprach verzweifelt hinein und gestikulierte schreiend in Richtung des Horizonts.

Spike und Victoria drehten sich in die Richtung, in die sie zeigte. „Was zum Teufel?"

In einiger Entfernung nördlich von ihnen hatte sich über der Wasseroberfläche eine weiß-graue Rauchwolke gebildet, aus der eine Rakete aufstieg. Die Rauchfahne war sehr dicht und erinnerte Victoria an Aufnahmen vom Start einer Raumfähre. Einen Augenblick später folgte eine zweite Rakete. Sie waren so weit weg, dass sie nichts hören konnten.

Auf dem ganzen Schiff erklangen Glocken und Sirenen und der Bordlautsprecher, auch 1MC genannt, verkündete: *„Klarmachen zum Gefecht, klarmachen zum Gefecht, alle Mann auf Gefechtsstation ..."* Männer rannten über das Flugdeck, verstauten schnell ihre Ausrüstung und machten sich auf den Weg zu ihren Stationen.

Victoria richtete sich auf, bewegte sich aber nicht. Sie starrte einfach weiter auf den Horizont und studierte die entfernte Rauchfahne. „Diese Raketen kommen nicht auf uns zu."

Sie spürte, dass Spike sie anstarrte. *„Boss,* kommen Sie, wir müssen die Gefechtsstation besetzen. Wir müssen los."

Die Soldatin, die eigentlich Wache auf dem Achterdeck schieben sollte, rannte nun an ihnen vorbei und verschwand im Schiffsrumpf.

„Die Rauchfahne war zu dicht", bemerkte Victoria.

Spike forderte sie mit Gesten auf, ihm nach drinnen zu folgen. Er dachte wahrscheinlich, dass sie den Verstand verlor. *„Boss ... kommen Sie endlich."*

Eine weitere Rakete startete aus der gleichen weißen Rauchwolke am Horizont.

Victoria erklärte: „Diese Geschosse bewegen sich von uns weg. Das ist eine Interkontinentalrakete und sie fliegt nach Westen." Sie kalkulierte im Kopf blitzschnell Reichweiten und Entfernungen. Dann fluchte sie leise vor sich hin. „Ich glaube, wir haben gerade Atomraketen auf China abgeschossen."

7

Hauptquartier Khingan-Gebirge
China

Cheng Jinshan ging langsam den Korridor entlang und auf das zentrale Planungszentrum zu. Das Bunkernetz war eine einzigartige Konstruktion. Eine Wand des Korridors bestand aus dem nackten Fels des Berges. Die andere Wand und der Boden waren aus Beton. Entlang der Decke verliefen Rohre und Lüftungskanäle, Glasfaserkabel und Stromleitungen. Sollte es zu einem Stromausfall kommen, würden Backup-Systeme die fast eintausend Bewohner monatelang mit Strom und Belüftung versorgen. Lebensmittel- und Wasservorräte würden viel länger reichen.

Die Chinesen hatten mehrere dieser Bergbunker gebaut, die jeweils etwa hundert Kilometer voneinander entfernt im Großkhingan-Gebirge lagen. Jinshan und seine Mitarbeiter waren hier gut geschützt, ebenso wie seine ranghöchsten Militäroffiziere und Mitglieder des Zentralkomitees. Die Bergkette lag Hunderte von Kilometern von Peking entfernt und die Bunker waren durch ein System unterirdischer Hochgeschwindigkeitsbahnstrecken miteinander verbunden. Dadurch konnten sie häufig ihren Standort wechseln, was das Risiko eines erfolgreichen amerikanischen Angriffs verringerte.

Jinshan betrat das Planungszentrum und schaute sich um.

An einem Ende des Raums, der mehrere Ebenen hatte, befanden sich auf einem niedrigeren Level ein Dutzend besetzte Arbeitsplätze. Jede der Personen überwachte mehrere Computerbildschirme und trug ein Headset mit einem Mikrofon. Jinshan wusste, dass bei diesen Männern und Frauen die Rohdaten von mehreren Schlachtfeldern zusammenliefen. An dem Tisch im erhöhten hinteren Teil des Raums saßen mit Blick auf diese Computerterminals die ranghöchsten Militär- und Geheimdienstführer ganz Chinas. Diese Männer erhielten die wichtigsten Informationen aus dem vorderen Teil des Raums und setzten diese mittels ihrer Entscheidungsbefugnis bei Bedarf in aktive Kriegspläne um.

Der Prozess war von dem verstorbenen Natesh Chaudrey geprüft und verfeinert worden – einem brillanten Unternehmer und Einsatzleiter. Leider hatten sich sein Gewissen als auch sein Magen für eine Führungsposition in Kriegszeiten als zu schwach herausgestellt.

Jinshan hatte Lena Chou entsandt, um Natesh zu eliminieren. Sie hatte ihn bereits am selben Tag in Tokio entsorgt. Jinshan setzte Lena nicht gern für diese Dinge ein, denn solche Missionen waren riskant, solange die Amerikaner noch immer in Japan waren. Aber Natesh wusste zu viel und stellte ein Spionageabwehrrisiko dar. Jinshan musste ihn loswerden, und in Bezug auf seine wichtigsten Aufgaben vertraute er nur Lena.

Das Führungsteam erhob sich von seinen Plätzen, als Jinshan eintrat. Er nickte zur Begrüßung, und alle setzten sich wieder hin. Ein VBA-Oberst, der seitlich neben dem Tisch stand, betätigte eine Fernbedienung, woraufhin der große Flachbildschirm direkt vor Jinshan eine digitale Karte des Schlachtfelds im Pazifikraum anzeigte.

„Vorsitzender Jinshan, bevor wir beginnen, zuerst ein wichtiges Update – wir haben soeben Hinweise auf den Start amerikanischer Langstreckenraketen aus der Nähe der US-Basis in Cheyenne erhalten. Erste Berechnungen der Flugbahn zeigen, dass ihr Ziel in China liegt. Wahrscheinlich unsere nördlichen Raketenfelder. Wir haben auch Infrarot-Signale über einen ICBM-Start hundert Meilen nördlich von Guam erhalten. Es liegen noch keine Flugbahndaten für diese Geschosse vor, da die amerikanischen Anti-Satelliten-Waffen und Cyberangriffe unsere Frühwarnsysteme beeinträchtigt haben".

Jinshan nickte, seine Miene blieb ruhig. „Ich verstehe."

Unmittelbar zu seiner Rechten saß General Chen, der Mann, den er vor Kurzem zum ranghöchsten Befehlshaber des gesamten chinesischen Militärs ernannt hatte. Er stand in der Hierarchie nach Jinshan an zweiter Stelle. General Chen war auch der entfremdete Vater von Jinshans Schützling Lena Chou.

General Chen sagte: „Wir müssen unsere U-Boot-gestützten Atomwaffen so bald wie möglich auf amerikanische Ziele abfeuern. Ich empfehle auch den Einsatz unserer landgestützten strategischen Atomwaffen, um amerikanische Ziele an der Westküste der Vereinigten Staaten zu treffen."

Jinshan drehte den Kopf zur Seite, um General Chen anzusehen. In seinem Blick lag Abneigung. „Wir werden unsere Atomwaffen nicht einsetzen. Das widerspräche unserer Strategie."

General Chen presste die Lippen zusammen und schwieg. Diese Zurückhaltung war für ihn sehr untypisch.

Jinshan blickte zurück zum Oberst und sagte: „Fahren Sie mit Ihrem Bericht fort."

Die Augen des Redners wanderten vom General zu Jinshan, bevor er weitersprach. Während Jinshan zuhörte, studierte er die Gesichter der Anwesenden. Die meisten schienen nur geringfügig weniger nervös zu sein als General Chen. Hatten sie sich nicht mental auf diesen Moment vorbereitet? Vielleicht hatten sie die Vereinigten Staaten falsch eingeschätzt und geglaubt, dass die Amerikaner es nicht wagen würden, ihr großes Atomarsenal zu benutzen? General Chen hatte zumindest die Ausrede, dass er viele der Kriegspläne noch nicht lange kannte. Die anderen waren seit Monaten eingeweiht gewesen.

Cheng Jinshan war nicht überrascht, dass die Amerikaner ihre Atomraketen abschossen. Er kannte das amerikanische Militär, den Geheimdienst und die politischen Entscheidungsträger. Er hatte in den USA operiert und kannte die Menschen und ihre Verfahren. Er hatte Spione in die Regierung eingeschleust, zu denen niemand außer ihm Zugang hatte. Agenten, die ihn mit den allerbesten Informationen versorgten. Abgesehen vom amerikanischen Militär wäre keine bewaffnete Macht der Welt auf so einen Moment vorbereitet, und das Militär würde seiner Doktrin folgen.

Er rechnete voll und ganz mit einem eingeschränkten Atomschlag gegen ausgesuchte chinesische Ziele. Jinshan hatte dafür gesorgt, dass die Amerikaner genau die richtigen Geheimdienstinformationen erhielten, um diese Befehle zu erteilen. Seine jetzigen Fragen bezogen sich darauf, wie sich der Rest des Krieges entwickelte.

„Was ist mit der Schlacht im Pazifik?"

Admiral Zhang, der Kommandant der VBA-Marine, antwortete: „Beide amerikanischen Flugzeugträger im Westpazifik sind versenkt worden."

Jinshan nickte. „Das sind sehr gute Nachrichten. Gut gemacht, Admiral."

„Wir freuen uns zwar über die Fortschritte, die wir mit unseren Luftangriffen erzielen, aber ich mache mir weiterhin Sorgen über die amerikanische Bedrohung unter Wasser. Sie haben mehr als ein Dutzend Jagd-U-Boote in diesem Gebiet und unsere Geheimdienstsignale deuten darauf hin, dass weitere unterwegs sind."

„Das war zu erwarten", erwiderte Jinshan.

„Ja, Sir. Aber weil unser Zeitplan für die Kriegsplanung so weit vorverlegt wurde, ist die Jiaolong-Klasse noch nicht einsatzbereit. Und ohne die Jiaolong-Technologie wird es sehr schwierig werden, unseren Konvoi durchzubringen."

„Vor allem, wenn man bedenkt, dass Guam noch nicht eingenommen wurde ... was laut Ihrer früheren Aussagen zu diesem Zeitpunkt bereits hätte geschehen sein sollen", warf General Chen ein.

Der Admiral runzelte angesichts dieser Bemerkung die Stirn, hielt seine Zunge aber im Zaum.

General Chen zeigte keine solche Zurückhaltung. „Vielleicht war Admiral Song der Herausforderung nicht gewachsen."

Admiral Zhang widersprach ihm. „Ich glaube nicht, dass es sich um ein Führungsversagen handelte. Die Insel erhielt unerwartet Unterstützung durch eine Überwasserkampf-gruppe. Deren Luftabwehr hat unseren Jagdbombergeschwa-dern verheerende Schäden zugefügt."

Einer der Männer, der im vorderen Teil des Raums an den Monitoren saß, sprach in sein Headset, woraufhin seine Stimme über Lautsprecher übertragen wurde. „Update zum Status der amerikanischen Langstreckenraketen. Geschätzte Zeit bis zum Einschlag am Ziel beträgt fünfzehn Minuten."

General Chen seufzte. „Haben wir ein Update bezüglich der Flugbahnen?"

„Wir werden uns der Sache annehmen, Sir."

Jinshan schüttelte den Kopf. „Nein. Fahren Sie bitte mit der Unterrichtung fort."

Der Oberst nickte und brachte sie auf den neuesten Stand. Jinshan konnte die frustrierten Seufzer von General Chen hören. Er machte sich Sorgen wegen der ankommenden Raketen. Alle waren besorgt, bis auf Jinshan.

Dieser hörte dem Bericht aufmerksam zu. Die ersten zwei chinesischen Angriffe auf Hawaii und Guam waren Fehlschläge gewesen. Da es sich bei diesen Anläufen um risikoreiche, aber lohnenswerte Versuche gehandelt hatte, war Jinshan nicht wirklich davon ausgegangen, dass beide erfolgreich sein würden. Aber er war erfreut zu hören, dass es in den letzten Stunden immerhin so gut gelaufen war, dass China sich einen Vorteil erarbeite hatte.

Nach einigen Minuten erhob sich General Chen von seinem Stuhl und durchquerte den Raum. Er ging zu einem der Männer an den Computerterminals hinüber und bat ihn um ein Raketen-Update.

Jinshan wandte sich an Admiral Zhang. „Was ist Ihre empfohlene Vorgehensweise, jetzt, da Guam weiterhin von den Amerikanern kontrolliert wird?"

„Herr Vorsitzender, Sie sind mit unserem früheren Plan vertraut, bei dem die Jiaolong-Klasse zur Bewachung unseres Konvois durch den Pazifik eingesetzt wurde. Aber wir wissen noch nicht, ob sie sich in Gefechtssituationen bewähren wird."

„Die Tests sahen sehr vielversprechend aus."

„In der Tat, Sir. Dennoch mache ich mir Sorgen über die von Guam ausgehenden Luftangriffe der Amerikaner. Mit Ihrer Erlaubnis möchte ich, dass wir unsere Südflotte mit der

Jiaolong zusammenlegen. Japan hat signalisiert, dass es kapitulieren wird. Die Relevanz des koreanischen Militärs nimmt rapide ab. Aber ich glaube nicht, dass wir Operationen im Westpazifik unterstützen können, ohne vorher die amerikanische Luftwaffe auf Guam zu zerstören."

Jinshan zog eine Augenbraue hoch. „Einverstanden. Setzen Sie ihren Vorschlag um."

Eines der Mitglieder des Zentralausschusses fragte: „Was ist mit Südkorea?"

General Chen erklärte: „Die amerikanische Reaktion auf den Erstschlag Nordkoreas erfolgte schnell, aber unsere Beteiligung an dem Angriff hat sie überrascht. Infolgedessen ist die in Südkorea stationierte amerikanische Luftverteidigungs- und Luftangriffskapazität ernsthaft angeschlagen. Augenblicklich verschaffen chemische Waffen den nordkoreanischen Truppen einen Vorsprung. Artillerie- und Raketenangriffe bombardieren den Süden mit Nervengas. Der nordkoreanische Führer bittet um unsere Unterstützung. Er behauptet, amerikanische Atomwaffen hätten seine Raketensilos getroffen."

Einige der Männer am Tisch tauschten untereinander Blicke aus. Nicht jeder hier wusste, dass es sich um eine chinesische Operation unter falscher Flagge handelte, im Rahmen derer U-Boot-gestützte Atomraketen auf nordkoreanische Ziele gelenkt wurden. Aber diejenigen, die nicht in die Pläne eingeweiht waren, spürten, dass etwas im Gange war, und ihr politischer Instinkt ließ sie schweigen.

Jinshan räusperte sich. „Schicken Sie keine unserer Bodentruppen dorthin, General. Leisten Sie weiterhin Hilfe auf dem Luftweg, sofern sie China dienlich ist."

„Jawohl, Sir."

Ein Analyst kam auf die erhöhte Plattform gerannt, auf der das Führungsteam saß. Er ging auf den Oberst zu, der das

Briefing leitete und flüsterte ihm etwas ins Ohr. Dieser wurde daraufhin leichenblass.

General Chen stand nicht weit entfernt, die Hände zu Fäusten geballt. „Nun?"

Der Oberst nickte, woraufhin der junge Analyst verkündete: „Wir haben soeben Aktualisierungen der Flugbahnen erhalten, Sir. Wir verfolgen zehn Abschüsse von amerikanischen landgestützten Interkontinentalraketen. Unsere ersten Schätzungen scheinen korrekt gewesen zu sein. Wir sind sicher, dass diese ICBMs auf unsere nördlichen Raketenstandorte nahe der russischen Grenze zielen."

General Chen baute sich bedrohlich vor dem jungen Mann auf. „Die anderen Raketen – was ist damit?"

„Sir, wir sind weniger sicher in Bezug auf das Ziel der Langstreckenraketen, die aus dem Südpazifischen Ozean gestartet sind. Wir glauben, dass es vier Stück waren – jeweils abgeschossen von einem U-Boot. Sie könnten auf militärische Ziele in Peking gerichtet sein. Oder Peking selbst. Oder ..."

„Oder was?", schäumte General Chen.

„Oder die Bergbunker im Khingan-Gebirge, General", beendete Jinshan den Satz. Seine Stimme war ruhig. Furchtlos.

Es wurde still am Tisch, mit Ausnahme von General Chen, der den Analysten ansah. „Wann werden sie einschlagen?"

„Es bleiben noch fünf und zehn Minuten, Sir."

General Chen warf einen panischen Blick zurück zu Jinshan, der ihn ignorierte.

Jinshan war jetzt der Führer der größten Nation der Welt mit dem größten Militär der Welt. Aber selbst er war in diesem Moment machtlos. Das Einzige, was jetzt noch zu tun war, war abzuwarten, bis diese Raketen ihre Ziele getroffen hatten.

Jinshan signalisierte dem Oberst, mit dem Bericht fort-
zufahren.

General Chen stand mit weit aufgerissenen Augen da und
starrte Jinshan an, als würde dieser ein ihn angreifendes
Raubtier ignorieren.

Der Vortragende ging mit zitternder Stimme auf die
Cyber- und EMP-Angriffe auf die Vereinigten Staaten ein. Er
streifte kurz einige der Sondereinsätze innerhalb der USA
und den gescheiterten Anschlag auf Hawaii.

Schließlich wurde er von General Chen unterbrochen.
„Vorsitzender Jinshan", begann dieser, „ich muss Sie dringend
bitten, auf die amerikanische Aggression mit Atomwaffen zu
reagieren. Wir können nicht länger warten. Wenn ihre
Raketen tatsächlich im Anflug sind, haben wir nur noch
wenige Augenblicke, um den Angriff anzuordnen."

Jinshan neigte seinen Kopf. „Warum, General?"

„Verzeihung, Sir?"

„*Warum* wollen Sie, dass ich das veranlasse?"

Auf der Stirn des Generals hatten sich Schweißperlen
gebildet. Er wandte sich der Karte zu, auf der sich nun diverse
Kreise über die nördlichen strategischen Raketenstandorte,
die Militärregion Peking sowie das Netz der Gebirgsbunker
legten.

Der General schüttelte sprachlos den Kopf.

Jinshan sagte: „Wenn es sich hierbei um einen uneinge-
schränkten Atomschlag handeln würde, wären weitaus mehr
Raketen abgefeuert worden. Daher können wir davon ausgehen, dass nur ein begrenzter Angriff befohlen wurde. Das
habe ich erwartet. Nein, General, das habe ich *gehofft*."

„Gehofft? Sir?"

Jinshan zwang sich zur Geduld. Das war die Strafe für das
Aufstellen einer Marionette. Jinshan hatte sich keine
Gedanken über einen zweiten Putsch machen wollen. Er hätte

zwar einen fähigeren Mann für General Chens Aufgabenbereich auswählen können, aber Jinshan schätzte die Vorhersehbarkeit des ehrgeizigen Dummkopfs mehr als jedes
strategische Denken, das eine alternative Wahl eventuell mit
sich gebracht hätte.

Angesichts der jüngsten politischen Umwälzungen und
des Wachwechsels in der militärischen Führung machte sich
Jinshan Sorgen um die Loyalität seines Führungsteams. Jeder
seltsame Blick eines Flaggoffiziers erschien ihm verdächtig.
Jedes Mal, wenn er sich umdrehte, fürchtete er sich vor einem
Dolchstoß. Er hatte bereits mehrere ranghohe Offiziere von
ihren Posten entfernt, weil sie hinter vorgehaltener Hand
seine Legitimität infrage gestellt hatten.

Jinshans Gesichtsausdruck war teilnahmslos, als er seinen
nervösen General anstarrte. Chen verdankte Jinshan alles. Er
hatte es nur deshalb weiter als bis zum Oberst gebracht, weil
er Jahrzehnte zuvor Jinshans Angebot hinsichtlich seiner
Tochter angenommen hatte. Das war für beide eine kluge
Investition gewesen. Jinshan war so zu seiner besten Agentin
gekommen, die hochtalentierte Schläferin Lena Chou. Im
Gegenzug war General Chen in der Lage gewesen, seine vor
sich hindümpelnde Karriere wiederzubeleben. Nun erntete er
die Früchte und bekleidete den höchsten Militärposten in
ganz China. Der Tauschhandel bezüglich seiner Tochter war
natürlich längst abgegolten. Aber Jinshan zog es vor, sich mit
den Dämonen zu umgeben, die er einschätzen konnte. Es
wäre nicht hilfreich, einen nachdenklichen Militärangehörigen in dieser Position zu haben. Jemanden, der Jinshans
Entscheidungen infrage stellen könnte. Die Denker konnten
sich später einschalten, wenn der Krieg gewonnen war.

Jinshan blieb ohnehin nicht mehr viel Zeit. Er musste nur
noch dieses Jahr überstehen. Höchstens zwei. Er betrachtete
die Leberflecke an seinen Händen. Seine Haut war gelb von

der Gelbsucht. Die Krebsbehandlung verlangsamte sein unausweichliches Ende zwar, aber nichts konnte es aufhalten.

Er seufzte. Die anderen wussten, dass seine Gesundheit angeschlagen war. Jinshan musste Stärke vermitteln, um ehrgeizige Möchtegern-Nachfolger abzuwehren. Oder er musste ihnen so viel Angst einflößen, dass sie es nicht wagen würden, den Gedanken auszusprechen, der in ihren Köpfen sein musste.

Selbst General Chen war ihm gegenüber nicht wirklich loyal. Aber er war ein Kampfhund, der nicht viel nachdachte. Chen erkannte, dass sein Herrchen Fleisch in der einen und einen Knüppel in der anderen Hand hielt. In dem Moment, in dem Jinshan keines von beidem mehr zur Verfügung stellen konnte, würde auch Chen ihn verraten. Aber vorerst erfüllte er seinen Zweck. Doch seine Reaktion auf den erhöhten Druck des Krieges warf die Frage auf, ob seine Vorhersehbarkeit es wirklich wert war, in Momenten wie diesen auf jemanden zu verzichten, der einen gewissen Mehrwert schuf ...

„General, bitte nehmen Sie Platz."

Dessen Gesicht zuckte praktisch vor Angst. Die Augen des Mannes waren starr auf den elektronischen Bildschirm gerichtet, auf dem die Flugbahnen der Raketen ständig aktualisiert wurden. Jetzt waren es nur noch Minuten, bis das erste Geschoss sein chinesisches Ziel an der russischen Grenze traf. Jinshans Vorabbericht enthielt Schätzungen, dass achtundneunzig Prozent der chinesischen Langstreckenraketen zerstört werden würden.

Chen schaute zum Oberst. „Wie lange würde es dauern, um unsere –"

„Es reicht", schnitt Jinshan ihm in einem leicht gereizten Tonfall das Wort ab, was nur sehr selten vorkam.

Alle Augen waren nun auf den Vorsitzenden gerichtet.

„Meine Herren, wir haben es hier mit einem überschau-
baren Militärschlag der Amerikaner zu tun. Ihre Doktrin
schreibt vor, dass eine nukleare Reaktion verhältnismäßig und
die Zielwahl angemessen sein müssen. Deshalb sind wir
davon ausgegangen, dass sie unsere ICBM-Anlagen im
Norden angreifen würden. Sobald dieser eingeschränkte
Angriff abgeschlossen ist, können wir den Krieg mit konventionellen Mitteln weiterführen."

Der großgewachsene General Chen stützte sich mit den
Händen auf dem Konferenztisch ab und beugte sich vor. „Wir
können nur reagieren, wenn wir ihren begrenzten Atomangriff *überleben*."

In Chens Blick lagen Furcht und Unsicherheit. Jinshan
wusste, dass man erst dann wirklich einschätzen konnte, wozu
jemand fähig war, wenn man ihn unter echtem Druck agieren
sah. Er hatte nun genug von Chen gesehen, um dessen Ernen-
nung ernsthaft zu hinterfragen. Wenn der General nicht in
der Lage war, seine Emotionen im Zaum zu halten und in
einer Krise zu funktionieren, konnte Jinshan ihm in einem
mit so viel Macht ausgestatteten Posten nicht vertrauen. Die
Schwäche und das Kontrollbedürfnis Chens würden früher
oder später zu einem Problem werden. Jinshan speicherte den
Gedanken für später ab.

General Chen fuhr fort: „Und die von den U-Booten abgefeuerten Waffen könnten hierher unterwegs sein, in
Richtung –"

Der Vertreter des Ministeriums für Staatssicherheit
meldete sich zu Wort: „Unsere Geheimdienste gehen davon
aus, dass die Amerikaner unseren genauen Aufenthaltsort
nicht kennen. Wir glauben, dass die Amerikaner wissen, dass
es in diesen Bergen Bunker gibt, aber nicht, dass wir sie als
Hauptquartier für Kriegszeiten ausgebaut haben. Und selbst
wenn sie es herausfinden sollten, ist es ihnen aufgrund

unseres Protokolls fast unmöglich herauszufinden, in welchem der sechs Bunker wir uns derzeit befinden."

„Aber es besteht zumindest eine Chance, dass sie uns treffen –"

Jinshan erhob seine Stimme, sein Gesicht rot vor Zorn. „Und wenn das geschieht, General, wird jemand anderes unsere Arbeit fortsetzen. Es lohnt sich nicht, Zeit damit zu vergeuden, das Risiko unseres eigenen Untergangs zu diskutieren."

Es wurde still am Tisch.

General Chen blickte zu Boden. Jinshan schluckte seinen Ekel hinunter und sagte dann: „Aller Wahrscheinlichkeit nach werden wir die nächsten Stunden überleben und aus dieser Situation als politischer Sieger hervorgehen. Die Russen werden auf der Weltbühne ihre Verurteilung der Ereignisse verkünden und ein Ultimatum aussprechen. Unsere Strategie sieht vor, dass Amerika den Anschein eines Schurkenstaats erweckt. Um das zu erreichen, müssen wir unseren Krieg mit konventionellen Mitteln führen."

Ein Zentralausschussmitglied erwiderte: „Aber wir haben EMP-Waffen eingesetzt. Wir haben Atomwaffen auf Nordkorea abgefeuert ..."

Jinshan bemerkte, dass einige der Männer am Tisch den Politiker wegen dieser Äußerung mit missbilligenden Blicken bedachten. Vielleicht waren ihre Blicke auch für Jinshan gedacht, um ihrem Anführer zu signalisieren, dass sie unerschütterlich zu ihm hielten. So viele Spielchen ...

Ebenso wie General Chen war dieser Politiker an vielen Planungsphasen des Krieges nicht beteiligt gewesen. Viele der militärischen Bewegungen kamen für ihn daher überraschend.

Jinshan würde vorübergehend ein wenig Nachsicht walten lassen. „Sie irren sich." Er lächelte leicht. „Es war Amerika, das Nordkorea mit Atomwaffen beschossen hat, nicht China. Das ist es, was in den globalen Mediennetzwerken verbreitet wird, während wir hier sprechen. Unsere eigenen Militäraktionen sind eine Reaktion auf das Eindringen Amerikas in Nordkoreas souveränes Territorium. Unsere Kampfhandlungen finden vor dem Hintergrund ihrer fortgesetzten religiös motivierten Angriffe innerhalb Chinas statt. Die Volksrepublik China setzt sich für die freiheitsliebenden Menschen in der ganzen Welt ein. Amerika soll als Schurkenstaat dargestellt werden. Einer, der gemieden werden sollte."

„Aber westliche Nachrichtenquellen werden dies sicher zurückweisen –"

„Westliche Medien sind ebenfalls Angriffen ausgesetzt. Die amerikanischen Medien werden aufgrund der EMP-Anschläge im Chaos versinken. Und wir verfügen über ganze Armeen von Cyberkriegern und Geheimdienstorganisationen, die an der globalen Meinungsbildung arbeiten. Niemand will in den Krieg ziehen oder seine Wirtschaft ruiniert sehen. Japan hat sich zur Kapitulation bereiterklärt. Die Europäer werden es ihnen gleichtun, sobald das russische Ultimatum in der Welt ist. Wir müssen das amerikanische Militär von seinen Verbündeten isolieren und verhindern, dass sie auf die Unterstützung anderer Nationen, deren Treibstoff und anderweitige Ressourcen zurückgreifen können. Dann werden wir siegreich sein. Dieser eingeschränkte Nuklearschlag der USA spielt uns in die Hände. Amerika hat etwas Undenkbares getan und eine Grenze überschritten – die anderen friedliebenden Nationen der Welt werden das nicht hinnehmen."

Jinshan beobachtete General Chen, dessen Augen sich schnell hin und her bewegten und dabei Informationen aufnahmen, die ihm bereits hätten bekannt sein müssen, wenn er alle ihm zur Verfügung stehenden Dokumente studiert hätte.

Der Oberst nahm ein klingelndes Telefon ab. Nach einer Weile nickte er und legte auf, bevor er sich wieder den obersten Führungskräften zuwandte. „Wir haben die Kommunikation mit unserer strategischen Raketentruppe entlang der russischen Grenze verloren. Wir glauben, dass die amerikanischen ICBMs ihre Ziele getroffen haben."

Einer der Generäle am Tisch sagte: „Bitte legen Sie möglichst schnell eine Schadensbeurteilung vor."

„Jawohl, Sir."

Jinshan blieb ruhig und wandte sich an den am Tisch sitzenden Admiral. „Wir müssen unsere Pläne für die Marine besprechen. Der Seekrieg wird in den nächsten Wochen im Fokus stehen. Informieren Sie mich über den aktuellen Stand der Schiffe der Jiaolong-Klasse."

Der Admiral antwortete: „Aufgrund des verkürzten Zeitrahmens für unsere Angriffspläne konnten wir nur ein Schiff mit allen neuen Waffensystemen ausrüsten. Es ging nur langsam voran, da wir verdeckt arbeiten mussten."

Jinshan nickte. „Ich verstehe. Es war eine kluge Entscheidung, die Schiffe im Hafen versteckt zu halten. Gehen wir davon aus, dass die Amerikaner über die Technologie noch immer nicht Bescheid wissen?"

Der Minister für Staatssicherheit erwiderte: „Das ist unsere Überzeugung, Vorsitzender Jinshan. Die Amerikaner wissen, dass wir den Bau unserer neuen Marinekriegsschiffe an diesem Standort intensiviert haben, aber wir haben ihnen falsche Informationen über die Einzelheiten dieses speziellen Waffensystems geliefert. Sie denken, dass es sich bei diesen Schiffen um zwei neue Lenkwaffenzerstörer vom Typ 055 handelt."

Jinshan nickte abermals. „Wann können sie auslaufen?"

Der Admiral sagte: „Wir gehen davon aus, dass das Erste noch in dieser Woche einsatzbereit sein wird, Sir. Wir mussten den für neue Schiffe normalerweise vorgesehenen Testbetrieb größtenteils ausfallen lassen. Aber wir haben im Hafen Simulationen durchgeführt, die etwaige Risiken weitgehend minimieren dürften. Das zweite Schiff wird länger brauchen."

„Sehr gut."

General Chen runzelte die Stirn. „Wenn diese Schiffe so wichtig sind, warum haben wir sie dann nicht bei den Eröffnungsangriffen eingesetzt?"

Der Admiral erklärte: „General, bei allem Respekt, die Beschaffenheit dieser Waffen ist genau der Grund, warum wir sie vor unnötigem Schaden bewahren wollten. Die Jiaolong-Waffensysteme sind die ersten ihrer Art. Wenn ihre Technologie funktioniert, können sie jede Trägerkampfgruppe vor feindlichen Truppen abschirmen."

Jinshan spürte ein entferntes Beben und bemerkte Aufregung auf der Ebene, auf der sich die Computerterminals befanden. Das Telefon klingelte, und einmal mehr nahm der neben dem Tisch stehende Oberst ab. Mit dem Hörer am Ohr verkündete er: „Wir haben die Kommunikation mit den Bunkern vier, fünf und sechs verloren."

General Chen sagte: „Bunker vier befindet sich hundert Kilometer von hier entfernt. Wenn sie getroffen wurden ..."

Der Oberst fuhr fort: „Alle amerikanischen Raketen haben ihre Ziele getroffen. Es sind keine ICBMs mehr im Anflug. Der Sicherheitsbeauftragte des Stützpunkts berichtet, dass die Tunnel zwischen allen Bunkern versiegelt wurden und die Belüftungssysteme in Betrieb sind. Er empfiehlt, dass wir uns so schnell wie möglich mit dem Tunnelzug zu Bunker zwei aufmachen, Sir. Angesichts der vorherrschenden Winde wird dies das Strahlungsrisiko bei künftigen Lufttransporten minimieren."

General Chen stieß einen Seufzer aus, ließ die Schultern hängen und wischte sich den Schweiß von der Stirn.

Jinshan nickte. „Sehr gut. Geben Sie uns zwei Stunden Zeit und treffen Sie dann die nötigen Vorbereitungen." Er wandte sich wieder dem Admiral zu; die Tatsache, dass sie gerade mit dem Leben davongekommen waren, schien ihn nicht zu berühren. „Wie beabsichtigt Admiral Song, die Jiaolong-Klasse einzusetzen?"

„Er ist meiner Meinung, Sir. Er will Guam endgültig erledigen."

General Chen schüttelte den Kopf und sah die anderen Männer am Tisch an. „Wie ist der Status unserer strategischen Nuklearstreitkräfte?"

Der Militäroffizier, der in der Nähe des Computerterminals stand, telefonierte gerade. Er signalisierte mit einem Kopfnicken, dass er die Frage vernommen hatte und gab sie per Telefon weiter.

„Wir haben keine umfassende Bestätigung, General, aber es scheint, dass die Amerikaner direkte Treffer auf unsere Raketensilos und Atomwaffenlager erzielt haben."

General Chen fluchte. „Und die U-Boote mit den ballistischen Raketen?"

Admiral Zhang runzelte die Stirn. „Wir haben in der letzten Stunde nichts mehr von ihnen gehört. Vielleicht wurden sie getroffen."

„Getroffen?"

„Versenkt, General."

General Chen schlug mit der Faust auf den Tisch. „Genau aus diesem Grund hätten wir unsere Atomwaffen zuerst abfeuern sollen." Er blickte zwischen Jinshan und Admiral Zhang hin und her. „Sie sollten Songs Flotte nicht nach Guam schicken. Der dortige Stützpunkt wurde bereits getroffen. Sie werden ihre Wunden lecken. Wir sollten die Trägergruppe von Admiral Song mit den anderen nach Hawaii schicken. Wenn wir Hawaii erobern, haben wir freie Fahrt."

Admiral Zhang erwiderte: „Bei allem Respekt, General, ich empfehle, dass wir –"

General Chen sagte: „Die Jiaolong-Klasse ist eine unerprobte Technologie. Sie sollten Vertrauen in Ihre Männer haben, Admiral. Wir sollten nach Osten segeln und Hawaii einnehmen, während die Amerikaner im Chaos versinken."

Die beiden Flaggoffiziere begannen zu streiten, wurden aber von Jinshan unterbrochen.

„Sie haben Ihre Missbilligung hinreichend zum Ausdruck gebracht, General." Jinshan stand auf, seine ledrige Stirn in Falten gelegt. Der Raum verstummte und General Chen senkte den Blick. „Wenn jemand noch weitere Fragen zu unserer Strategie hat, kann er dies mit mir unter vier Augen erörtern."

Jinshan verließ den Raum und hustete in seine Faust.

8

David und Lindsay hatten hin und her überlegt, ob sie sich in
ihr funktionstüchtiges Auto setzen und D. C. verdammt weit
hinter sich lassen oder an Ort und Stelle bleiben sollten.
Ohne Elektrizität oder Mobilfunkanschluss gab es einfach
keine Möglichkeit, Informationen darüber zu erhalten, was da
draußen vor sich ging. Einige der Nachbarn waren aus ihren
Häusern gekommen und David hatte kurz mit ihnen gesprochen. Mindestens zwei Familien aus ihrer Straße hatten
gepackt und waren weggefahren. Ein Vater trug ein Holster
mit einer Pistole an der Hüfte, als er in seinen Minivan stieg.
Er hatte nicht gesagt, wohin sie wollten.

David und Lindsay beschlossen, dazubleiben. Sie
befanden sich jetzt im Kriegszustand, und David hörte die
Pflicht rufen. Er wurde im Büro gebraucht. Ein Teil von ihm
fragte sich, ob er sich jetzt, mitten in der Nacht, auf den Weg
nach Langley machen sollte. Aber mangels Anweisungen
entschied er sich dagegen. Ein paar Stunden Ruhe würden
auch ihm nicht schaden.

Lindsay hatte ihre Jüngste wieder hingelegt. Ihre ältere
Tochter – sie war im Kindergartenalter – hatte den Beginn des

Dritten Weltkrieges erwartungsgemäß verschlafen. Lindsay und er waren auch wieder zu Bett gegangen, fanden aber keinen Schlaf.

„Es fühlt sich falsch an, jetzt im Bett zu liegen", sagte David. „Andererseits, was zum Teufel sollten wir tun?"

„Es sind ganz schön viele Sirenen da draußen unterwegs", bemerkte Lindsay.

„Ja." David war froh, dass zumindest die Polizei und die Rettungsdienste einsatzfähig waren. Unter seinen Kollegen gab es eine anhaltende Debatte darüber, wie schlimm ein EMP-Angriff wirklich sein würde – das schlimmste Szenario sah vor, dass nach einem Anschlag kein einziges Fahrzeug mehr anspringen würde.

„Wir sollten versuchen, gleich morgen früh einkaufen zu gehen."

David seufzte. „Ich werde arbeiten müssen."

„Ich weiß."

„Geh nicht allein zum Supermarkt. Die Leute werden verängstigt sein."

„Du hast wahrscheinlich recht." Lindsay legte den Kopf auf seine Schulter. „Sollten wir irgendwo hinfahren ... wo es, ich weiß auch nicht ... ländlicher ist? Ich habe das Gefühl, dass es dort vielleicht sicherer wäre. Meine Mutter kann zu ihrer Schwester nach Purceville fahren. Glaubst du, dass es dort genug Platz für uns alle gibt?"

„Ich bin mir nicht sicher, ob die Apokalypse ausreicht, um mich dazu zu bewegen, bei deiner Mutter zu wohnen."

Lindsay lachte nicht. Im Moment schien sie nichts komisch zu finden. An Schlaf war nicht zu denken. Die meiste Zeit herrschte Schweigen, unterbrochen von kurzen Gesprächsfetzen. David wusste nicht, wie lange sie so da lagen. Sie besaßen keinen funktionierenden Zeitmesser mehr.

Doch schließlich fiel Scheinwerferlicht durch das Schlafzimmerfenster.

„Ist das in unserer Einfahrt?" Er warf sich einen Bademantel über und ging zu seiner Haustüre, an der es klopfte. Dort standen zwei höfliche, aber nervös aussehende Armeesoldaten.

„Guten Abend, Sir, ist Ihr Name David Manning?"

„Das ist richtig."

„Sir, alle SILVERSMITH-Mitarbeiter werden einbestellt. Ich soll Sie und Ihre Angehörigen so schnell wie möglich dorthin bringen."

„Meine Angehörigen?"

„Ja, Sir. Jeder, der Sie im Falle einer Standortverlegung eventuell begleiten müsste."

„Verlegung wohin?"

„Außerhalb von D. C., Sir. Das ist alles, was ich weiß."

„Jetzt sofort?"

Keiner der Männer antwortete, aber ihre Mienen sprachen Bände. Einer sah kaum älter als zwanzig Jahre aus. Beide wirkten erschöpft.

David dämmerte, worum es ging. Angesichts der Ansprache, die er im Fernsehen gesehen hatte, der Warnmeldung und der EMP-Detonation mussten die CIA und das Pentagon sofort reagieren. Das Verteidigungsministerium hielt für ein solches Ereignis Pläne bereit. Einen „im Notfall die Scheibe einschlagen"-Plan. Es würde sich um eine andere Art von Krieg handeln, als ihn die Vereinigten Staaten je zuvor erlebt hatten.

David winkte die Soldaten herein. „Kommt rein, Leute. Ihr könnt auf der Couch warten, während ich die Truppe zusammentrommle." Die beiden jungen Männer tauschten einen Blick aus und zuckten mit den Achseln, was David im Schein ihrer hellen Taschenlampe beobachtete. Dann folgten sie ihm ins Haus.

Lindsay hatte bereits einen Trainingsanzug und Turn-schuhe an, als David zurück ins Schlafzimmer kam. Sie hatte das Gespräch mitgehört und war nicht besonders glücklich darüber, dass sie die Kinder schnappen und mitten in der Nacht ihr Haus verlassen mussten. Aber sie beschwerte sich trotzdem nicht. In ihren mütterlichen Instinkt mischte sich ihr eigenes nationales Pflichtgefühl. Sie wusste, welcher Art von Arbeit ihr Mann nachging. Was auch immer Uncle Sam von David verlangte, sie würden es tun.

Sie packten schnell und saßen wenig später auf dem Rück-sitz des weißen Regierungsfahrzeugs. Die Kinder schliefen und die Eltern fragten sich, was zum Teufel nun auf sie zukam. Die Fahrt war kürzer, als David erwartet hatte. Sie mussten immer noch in Vienna, Virginia, sein.

„Fahren wir nicht nach Langley?"

„Wir haben den Auftrag, Sie hierher zu bringen, Sir."

Auf dem Parkplatz eines vierstöckigen Gebäudes standen mobile Generatoren, an die Flutlichter angeschlossen waren. Die dunklen Glasfenster und die beigefarbene Steinfassade ähnelten denen der meisten Bürogebäude in der Gegend. Der einzige Unterschied war der Kontrollpunkt mit mehreren bewaffneten Wachen, den das Fahrzeug passieren musste, um auf das mit Stacheldraht eingezäunte Gelände zu gelangen. Hätte David das Dach des Gebäudes sehen können, wären ihm die zahlreichen Satellitenschüsseln und Antennen aufgefallen.

Es gab Dutzende ähnlicher weißer Regierungsfahrzeuge, mit denen andere Familien abgesetzt wurden. Sie alle wurden am Eingang mehreren Ausweiskontrollen unterzogen und versammelten sich dann in einem Konferenzraum, der eindeutig nicht für so viele Menschen gedacht war.

Ein Mann in einem Trainingsanzug wies die Leute ein. „Familienmitglieder bitte hier rüber. SILVERSMITH-Personal bitte den Flur hinunter."

„Kommst du zurecht?" David drückte seiner Frau die Schulter.

„Mach dir keine Sorgen", erwiderte Lindsay.

Maddie, ihre dreijährige Tochter, war nun wach und schritt an der Hand ihrer Mutter mutig voraus. Ihr Baby schlief noch in einer Trage vor Lindsays Bauch. Lindsay sah erschöpft, aber entschlossen aus.

„Ich komme danach zu euch", erklärte David. Er küsste sie auf die Wange und entfernte sich.

Das Personal der SILVERSMITH-Task Force strömte in einen Sitzungsraum ein Stockwerk höher. General Schwartz und Susan Collinsworth, die für das Team verantwortliche CIA-Einsatzleiterin, standen an der Vorderseite des Raums.

„Schließen Sie bitte die Tür", sagte Schwartz.

Susan erklärte: „Wir werden uns kurzfassen, da wir uns beeilen müssen. In den letzten Stunden hat das chinesische Militär begonnen, die USA anzugreifen, sowohl im In- als auch im Ausland."

Im Raum brach allgemeines Gemurmel aus.

„Mindestens ein EMP ist über den Mittelatlantikstaaten explodiert, was zu massiven Strom- und Elektronikausfällen an der gesamten Ostküste geführt hat. Wir erhalten Geheimdienstberichte über mindestens drei elektromagnetische Impulsdetonationen über den USA innerhalb der letzten Stunde. Aber die Informationen, die wir bekommen, sind unvollständig und in einigen Fällen widersprüchlich."

Sie warf einen Blick auf General Schwartz, der an dieser Stelle übernahm. „Meine Damen und Herren, wir haben den Befehl erhalten, den gesamten US-Militär- und Geheimdienstapparat zu dezentralisieren und zu verlagern. Das

SILVERSMITH-Team wird zusammen mit seinen Familienangehörigen an einen anderen Ort gebracht, Personenschützer werden dabei für unsere Sicherheit sorgen. Wir rechnen damit, dass der morgige Tag die Zivilbevölkerung in ein großes Chaos stürzen wird."

Mehr Geflüster im Raum.

„Der Transport wird sich schwierig gestalten, da die Infrastruktur vielerorts vorübergehend zum Erliegen kommen wird. Wir haben die Absicht, den Umsiedlungsprozess unverzüglich einzuleiten."

Jemand fragte: „Wo fahren wir hin?"

„Das werden wir aus Sicherheitsgründen nicht bekanntgeben."

„Was bedeutet unverzüglich? Jetzt sofort?"

„Die Busse werden in diesem Moment betankt. Unsere sollten in einer Stunde hier sein."

„Was ist mit unseren Häusern? Scheiße, ich habe eine Katze, Mann. Was passiert mit meiner Katze?"

Ein paar Flüche wurden laut. Einige Leute schüttelten den Kopf.

„Meine Damen und Herren, wir haben gerade den Beginn des Dritten Weltkrieges erlebt. Dieser Tag wird in die Geschichtsbücher eingehen. Jeder von Ihnen hat den Red Cell-Bericht zur Analyse der Bedrohungslage gelesen. Sie wissen, was Sie erwartet. EMP-Anschläge gepaart mit Cyberattacken und Angriffen durch Spezialeinheiten. Angriffe auf die amerikanische Infrastruktur und Versorgungseinrichtungen, Verkehrsknotenpunkte, die politische Führung. Wir müssen davon ausgehen, dass sie all das versuchen werden. Als Teil des SILVERSMITH-Teams verfügen Sie über entscheidende Kenntnisse und Fähigkeiten, um unsere Verteidigungsstrategie und -taktik zu steuern. Wir müssen dafür sorgen, dass die Regierung funktionsfähig bleibt, und das ist eine der Möglichkeiten, wie wir dazu beitragen können."

Es klopfte an der Tür. Ein Offizier der Luftwaffe reichte dem General ein Blatt Papier. Dieser las es und biss sichtbar die Zähne zusammen.

Er schaute auf. „Der Tod des Präsidenten wurde soeben bestätigt."

Entsetzte Mienen. Einige schnappten nach Luft. Jemand sagte: „*Heilige Scheiße* ..."

„Der Vizepräsident ist als neuer Oberbefehlshaber vereidigt worden, und die Exekutive hat bis auf Weiteres das Kriegsrecht ausgerufen." General Schwartz hielt inne und blickte zu den Gesichtern im Raum auf. „Wir werden bald abreisen. Bitte helfen Sie Ihren Familien beim Einsteigen."

Es gab zwei Busse und zwei Begleitfahrzeuge. Kurz nachdem die SILVERSMITH-Mitarbeiter und ihre Familien eingestiegen waren, fuhren die Busse ab, wobei sie den Beltway und danach den I-95 Richtung Süden nahmen. David vermutete, dass es noch vor fünf Uhr morgens war, als sie den Highway erreichten. Normalerweise war der Verkehr in Richtung Süden um diese Zeit nicht besonders schlimm. Aber heute war alles anders und es waren bereits viele Fahrzeuge unterwegs.

Als sie im Morgengrauen Richmond, Virginia, passierten, wurden die ersten Anzeichen von Panik sichtbar.

Lindsay zeigte durch das getönte Busfenster. „Was ist das? Was *ist* das?"

Auf einer der Autobahnbrücken war ein riesiges Lagerfeuer entzündet worden. Der SILVERSMITH-Konvoi mit den Verteidigungs- und Geheimdienstmitarbeitern und ihren Familien fuhr darunter hindurch. Eine Limousine stand in Flammen. Ein schlaffer Körper hing einige Meter von dem brennenden Fahrzeug entfernt im Maschendrahtzaun der

Überführung. Die Person hatte einen Kopfschuss erhalten. Polizei und Rettungsdienste waren nicht in Sicht.

Die Begleitfahrzeuge hatten zu diesem Zeitpunkt bereits das Blaulicht eingeschaltet. Sie fuhren auf der Überholspur und die meisten Fahrzeuge machten schnell Platz. Doch im Laufe des Morgens wurde die Autobahn immer voller. Obwohl ihre Eskorte zusätzlich Sirenen und Hupen einsetzte, machten die Leute auf der linken Fahrbahn nur noch zögerlich den Weg frei.

Susan, die ganz vorne im Bus saß, fing Davids Blick ein und signalisierte ihm, sich zu ihr zu gesellen. David vergewisserte sich, dass seine Frau und die Kinder schliefen, ging den Gang entlang und nahm gegenüber seiner Vorgesetzten Platz.

„Guten Morgen, David. Setzen Sie sich bitte zu uns. Ich möchte, dass Sie auf dem Laufenden sind." General Schwartz und mehrere von Davids Kollegen saßen bereits in ihrer Nähe. Auf der Sitzbank direkt hinter dem Busfahrer befanden sich zwei Männer, von denen David wusste, dass sie zum Cybercommand gehörten. Sie hatten Militär-Laptops, die mit einem großen schwarzen Kommunikationsgerät verbunden waren.

„STRATCOM ist online. PACFLEET. CENTCOM. Die Heimatschutzbehörde ebenfalls. Okay, wir bekommen jetzt Echtzeitdaten. Es dauert etwas, aber es kommt."

David sah Susan verwirrt an. Sie flüsterte: „Sie haben ein drohnengestütztes Netzwerk über den USA eingerichtet, um uns abzudecken, bis wir unsere neuen Satelliten in Betrieb nehmen können. Es wird lückenhaft sein, aber es ist besser als nichts, und wir sind relativ sicher, dass es nicht gehackt wurde."

David nickte.

Ein paar Augenblicke später begann die Gruppe damit, Aktualisierungen aus verschiedenen Quellen rund um den Globus durchzugehen. Die Situation war schrecklich. Der

Krieg hatte vor weniger als zwölf Stunden begonnen, und die große Mehrheit der Vereinigten Staaten war bereits ohne Strom und Internet. Die Auswirkungen der EMPs waren nicht so schlimm, wie Sci-Fi-Filme glauben machen wollten. Aber die kollektiven Auswirkungen von Cyber- und EMP-Anschlägen sowie dem, was die chinesischen Spezialeinheiten veranstalteten, waren ziemlich verheerend.

„Wir haben mehrere Atomkraftwerke, die kurz vor einer Kernschmelze standen. Eines hat sich noch nicht rückgemeldet. Cyberangriffe haben viele der Rechenzentren ausgeschaltet. Es sieht so aus, als seien die Unternehmen im Logistik- und Transportbereich am schlimmsten betroffen."

„Ist das wirklich ein so großes Problem?"

David antwortete: „Ja, für den Warenverkehr. Es bedeutet, dass die Speditionen nicht in der Lage sein werden, die Lastwagen zu koordinieren oder festzulegen, wie sie diese beladen müssen. Alles das wird digital gemacht. Einige Lagerhäuser werden Überschüsse haben, während andere leer sein werden. Das Endergebnis ist, dass die Menschen in ein paar Tagen keine Lebensmittel und Wasser oder Seife und Zahnpasta mehr kaufen können. Angesichts der Panik und den Unruhen wird es aber wahrscheinlich schon in ein paar Stunden so weit sein."

General Schwartz fragte: „Was können Sie über die chinesischen Bodentruppen in den USA sagen?"

Der Kommunikationsspezialist sagte: „Acht Stützpunkte wurden angegriffen. Alle wurden hauptsächlich von der Luftwaffe genutzt – offenbar waren Luftbetankungsflugzeuge das Ziel. Die meisten Angreifer wurden getötet oder gefangen genommen, aber nicht alle. Es gibt Berichte über eine größere Anzahl chinesischer Bodentruppen im nördlichen Teil der Great Plains. Bislang jedoch unbestätigt. Viele Menschen rufen auf dem Festnetz bei den Polizeistationen an und berichten, sie hätten nach der Krisenansprache im Fernsehen irgendwo Chinesen gesehen. Es gibt sehr viele solcher Meldungen. Wir wissen nicht, was da dran ist, aber die örtlichen Behörden haben die Order, die Augen offen zu halten. Das Problem ist, dass die normalen Kommunikationskanäle zum größten Teil zusammengebrochen sind."

„Gibt es diplomatische Kommunikation zwischen China und dem POTUS?", erkundigte sich Susan.

David hörte die Bremsen des Busses quietschen, als dieser zum Stehen kam. Die Autobahn war nun ein Meer aus roten Bremslichtern, da der Verkehr auf dem I-95 Richtung Süden komplett zum Erliegen gekommen war.

„Das Außenministerium wurde angewiesen, einen offenen Dialog mit der Volksrepublik China und eine sofortige Deeskalation der Feindseligkeiten einzuleiten."

David bemerkte: „Ich bin mir nicht sicher, wie das funktionieren soll, ich denke nicht –"

Die Sirene des führenden Begleitfahrzeugs heulte kurz auf, als ihr Konvoi auf den Seitenstreifen fuhr und sich langsam vorwärts bewegte.

„Warten Sie – die UNO und China haben soeben über offizielle Kanäle eine Erklärung herausgegeben. Sie fordern einen sofortigen und vollständigen Waffenstillstand zwischen der VR China und den Vereinigten Staaten."

„Wollen Sie mich verarschen?"

David fragte: „Was steht noch in der chinesischen Erklärung?"

Der Kommunikationsexperte überflog die Nachricht mit seinem Finger. „China bestreitet jegliches Fehlverhalten. Sie dementieren sämtliche Anschuldigungen, die Feindseligkeiten angezettelt zu haben. Sie erklären, dass die Cyberangriffe und Stromausfälle in den USA ein weiterer religiös motivierter Terroranschlag sei. Sie verurteilen die USA für ihren atomaren Vergeltungsschlag ...“

„Atomar? Wovon zum Teufel reden die?“

„... und verlangen, dass der Rest der Welt diese Aktionen ebenfalls verurteilt. Dann folgt etwas über den amerikanischen radikal-religiösen Antagonismus. Ich weiß nicht, was das ist ... wahrscheinlich eine Art Propaganda. Sie rufen zu einem einwöchigen Waffenstillstand auf, um Zivilisten aus den jeweiligen Staatsgebieten zu evakuieren, und fühlen sich dadurch ermutigt, dass die Vereinten Nationen bereit sind, den Waffenstillstand zu verhandeln.“

David sagte: „Das haben die gerade veröffentlicht?“

„Ja.“

„Und sie zitieren bereits jetzt die Erklärung der UNO ...“

Susan sagte: „Sieht aus wie ein Drehbuch, nicht wahr?“

„Sehe ich genauso“, pflichtete ihr General Schwartz bei.

David fragte: „Was zur Hölle meinen die mit atomarer Vergeltung?“

Susan warf dem General einen schnellen Blick zu. Der nickte. Susan flüsterte: „Die USA haben eine kleine Anzahl strategischer Nuklearwaffen auf chinesische Atomraketenstandorte sowie auf eine Militäranlage in Nordchina abgefeuert.

David lehnte sich in seinem Sitz zurück, eine Hand vor dem Mund. „Verdammte Scheiße ...“

Susan sah sich im Bus um. Sie waren außer Hörweite der anderen Fahrgäste. „Behalten Sie das für sich.“

Die Reise dauerte noch weitere zweiundzwanzig Stunden. Sie machten einige Zwischenstopps, und nach etwa der Hälfte der

Fahrt wurde ein abgepacktes Mittagessen verteilt. Danach gab es bis zum Ziel nur noch Wasser. In North Carolina erhielt der Konvoi eine umfangreichere Militäreskorte. Drei Humvees und ein MRAP, ein minengeschütztes leichtgepanzertes Fahrzeug. Zu diesem Zeitpunkt waren die linken Fahrspuren aller größeren Autobahnen geräumt worden und nur noch für Militär- und offizielle Regierungsfahrzeuge freigegeben. An jeder Autobahnauffahrt waren entweder Polizei- oder Militärposten aufgestellt.

David wurde mehrmals zur Vorderseite des Busses gerufen, um Updates zu bekommen und seine Meinung zu globalen Entwicklungen zu äußern. Je mehr er über das Ausmaß des chinesischen Angriffs erfuhr, desto mehr Sorgen machte er sich um seine Schwester, seinen Bruder und seinen Vater. Das Schiff seiner Schwester Victoria war in eine See- und Luftschlacht bei Guam verwickelt gewesen. Sein Bruder Chase hatte sich zum Auftakt der Angriffe in Korea aufgehalten, aber David erfuhr, dass er jetzt in Japan und unverletzt war. David kannte den Status seines Vaters nicht, der sich an Bord der USS *Ford* in der Nähe von Hawaii befand, aber er nahm an, dass Admiral Manning vorerst in Sicherheit war.

Als sie auf dem Luftwaffenstützpunkt Eglin ankamen, waren alle mehr als froh, dass die Reise vorbei war. Die vielen Familien im Bus brauchten Platz und mehr als nur eine Toilette.

Eine Frau in einer Uniform der Luftwaffe erwartete sie, als sie aus dem Bus stiegen. Sie notierte alle Namen auf einem Notizblock und wies ihnen den Weg zu einer vorübergehenden Unterkunft. David und seine Familie landeten im Junggesellenquartier der Offiziere. Es war im Grunde eine Zweizimmer-Hotelsuite mit einem Doppelbett und einer ausziehbaren Couch. Lindsay wechselte ihrer Jüngsten die Windeln, während Maddie auf der Couch saß und malte.

„Ich muss rüber ins Büro. Susan sagte, wir haben um elf Uhr eine erste Besprechung. Geht es dir gut?"

Lindsay nickte. Sie hatte Tränensäcke unter den Augen. „Das wird schon wieder. Wir sehen uns später."

David verließ ihr neues Heim und ging die Straße hinunter in Richtung des Gebäudes, in dem er arbeiten würde. Eine Kolonne von Truppentransportern und Humvees fuhr an ihm vorbei, und in der Ferne konnte er das Dröhnen von Düsentriebwerken hören.

Es war der frühe Morgen des ersten Tages nach Kriegsbeginn. David war sich nicht so sicher, ob sie jemals wieder zur Normalität zurückkehren würden.

9

Chinesischer Flugzeugträger Liaoning
Philippinisches Meer
Tag 3

Admiral Song stand hinter den großen Plexiglasfenstern seiner Brücke und überblickte seine Flotte. Der Träger stampfte gegen den Wind nach Westen, während sie ein weiteres Flottenersatzgeschwader von Jagdflugzeugen aufnahmen.

Der Kapitän des Flugzeugträgers hatte sich zu ihm gesellt. „Diese Piloten werden weniger erfahren sein."

Der Admiral fragte: „Und was sind wir? Veteranen eines drei Tage alten Krieges? Zumindest sind sie am Leben. Das trifft auf die Männer, die sie ersetzen, leider nicht zu."

In anderer Gesellschaft würde Admiral Song es nicht wagen, seine Männer für weniger als unbesiegbar zu halten. Aber die beiden hohen Offiziere kannten sich seit Jahrzehnten. Der Trägerkapitän war ein Nachwuchsoffizier gewesen, als der Admiral selbst die Position eines Schiffskapitäns bekleidet hatte. Jetzt war er einer der wenigen Vertrauten des Admirals.

Der Kapitän sagte: „Wir werden mit der Aufnahme des neuen Geschwaders bis zum Ende des Abends fertig sein."

Der Admiral behielt den Jet im Auge, der im Endanflug hereinkam. Sein Fanghaken ließ Funken sprühen, als er über die Oberfläche des Flugdecks schrammte und sich in einem der Fangseile verfing, wodurch das Flugzeug bis zum vollständigen Stillstand abgebremst wurde. Der Admiral konnte sehen, wie der Kopf des Piloten bei dem abrupten Bremsvorgang nach vorne geschleudert wurde. Dann rollte das Flugzeug langsam vorwärts und wurde von der Flugdeckbesatzung zu seinem Parkplatz am Bug gelenkt.

Admiral Song sagte: „Wir werden heute Abend Kurs nach Norden nehmen."

„Die amerikanische U-Boot-Präsenz ist dort größer."

„Die Amerikaner haben unser Waffenstillstandsabkommen akzeptiert. Wir haben eine Gnadenfrist."

„Halten Sie es für klug, dass wir auf ein solches Abkommen vertrauen?"

Admiral Song zuckte mit den Achseln. „Wir haben unsere Befehle. Wir werden nach Norden fahren und uns mit einer Jiaolong treffen. Der Ersten ihrer Klasse."

Der Kapitän runzelte die Stirn. „Die Schiffe der Jiaolong-Klasse sind seeklar?"

„Nur eines. Aber es wird morgen auslaufen."

„Ist es getestet worden?"

„Mir wurde versichert, dass sie unsere operativen Anforderungen erfüllen wird."

Die beiden alten Kollegen tauschten wissende Blicke aus. Normalerweise funktionierte eine neue Technologie anfangs weniger gut. Dies galt insbesondere für komplexe neue Militärausrüstung. „Wenn das wahr ist, ist das eine ausgezeichnete Nachricht."

Der Admiral drehte sich zum Flugdeck um und umfasste die Reling mit den Händen. Der soeben gelandete Jet wurde zum Aufzug gebracht. Seine Flügel waren hochgeklappt, und eine Laufkatze zog ihn an der Steuerbordseite des Flugdecks entlang. Er würde zusammen mit Dutzenden von anderen Neuankömmlingen unter das Hangardeck gebracht werden. Wartungsmannschaften mit Schraubenschlüsseln kontrollierten den Ölstand. Waffenwarte befüllten Munitionskapseln und befestigten Raketen.

„Wir können keine weiteren Verluste wie die bei der Eröffnung des Krieges hinnehmen. Wir werden uns mit der Jiaolong und mehreren Truppentransportern zusammenschließen und nach Guam zurückkehren."

„Die tägliche Botschaft von General Chen deutete darauf hin, dass seine Priorität die Eroberung Hawaiis ist. Er wies uns an, Pläne zu erstellen, um das zu erreichen. Werden wir seine Befehle nicht befolgen?"

Admiral Song war der festen Überzeugung, dass General Chen ein Schwachkopf war. Er hätte niemals zum Major, geschweige denn zum ranghöchsten Militär in ganz China befördert werden dürfen. Song hatte einen immensen Respekt vor Cheng Jinshan, aber er konnte nicht nachvollziehen, warum er Chen in seine jetzige Position berufen hatte.

„Wir arbeiten nicht für General Chen."

„Er ist der ranghöchste ..."

„Wir arbeiten für Admiral Zhang."

„Der für Chen arbeitet."

„Und beide berichten dem Vorsitzenden Jinshan."

Der Kapitän wartete geduldig eine Erklärung ab. Admiral Song beobachtete die Landung des nächsten Jets und wandte sich dann wieder dem Kapitän zu. „Ich bekomme meine

Anweisungen direkt vom Vorsitzenden Jinshan. Admiral Zhang war anwesend. General Chen nicht. Wir brauchen die Zustimmung von General Chen nicht, um Guam erneut anzugreifen."

Admiral Song konnte die Überraschung auf dem Gesicht seines Untergebenen sehen.

„General Chen wird verärgert sein, dass er von dem Prozess ausgeschlossen wurde. Er scheint mir der Typ Mann zu sein, der Vergeltungsmaßnahmen gegen diejenigen ergreifen könnte, die sich dagegen nicht wehren können."

„Ich glaube, dass Sie mit Ihrer Einschätzung der Reaktion des Generals richtig liegen. Ich fürchte mich vor dem Tag, an dem das Schicksal Chinas vom Urteil eines solchen Mannes abhängt."

„Warum spielen Männer wie er solche Spiele?"

Admiral Song lächelte. „Die Tatsache, dass Sie diese Frage stellen, sagt mir, dass Sie nicht einer dieser Männer sind. Und das ist gut so. Deshalb habe ich Sie für diese Position ausgewählt."

Mehrere Glockenschläge und der Bordlautsprecher kündigten an, dass es Zeit für das Abendessen war.

Sie aßen in der Offiziersmesse des Admirals. Echtes Silberbesteck und bemalte Porzellanteller. Der Admiral erteilte den acht ranghöchsten Offizieren der Kampfgruppe ihre Befehle. Es waren allesamt loyale und fähige Männer, von ihm persönlich ausgewählt und ausgebildet. Ihre Gesichter spiegelten den Eifer und die Entschlossenheit eines in die Schlacht ziehenden Kriegers wider.

„Das Schiff der Jiaolong-Klasse wird uns einen entscheidenden taktischen Vorteil verschaffen. Wir müssen alles in unserer Macht Stehende tun, um sie zu schützen und ihre Fähigkeiten so lange wie möglich geheim zu halten."

Der Kapitän des Flugzeugträgers sagte: „Das bedeutet,

dass alle amerikanischen U-Boote oder Flugzeuge, die in Reichweite kommen, unverzüglich angegriffen werden müssen."

Einer der Offiziere bemerkte: „Sir, es herrscht Waffenstillstand. Wie werden unsere Einsatzregeln aussehen, wenn wir auf ein amerikanisches Militärmittel stoßen, während wir die Jiaolong begleiten?"

Admiral Song sagte: „Dann müssen wir sie angreifen. Friedensvertrag hin oder her."

Nach dem Abendessen blieben Admiral Song und der Flugzeugträgerkapitän allein am Tisch zurück. Sie tranken Tee und besprachen ihre Pläne im Detail.

Ein Matrose aus der Kommunikationsabteilung betrat den Raum und überreichte dem Admiral eine Mappe. Dieser setzte seine Brille auf, las die Nachricht und gab dem Matrosen die Mappe zurück, woraufhin der sich entfernte.

Admiral Song sagte: „General Chen hat seine Zustimmung zu der mit dem Vorsitzenden Jinshan besprochenen Planänderung erteilt."

Der Kapitän sah verblüfft aus. „Sie haben ihn um Erlaubnis gefragt?"

Der Admiral lächelte. „Das habe ich nicht. Der Mann will sich wichtig machen."

Der Kapitän schmunzelte.

Admiral Song schüttelte den Kopf. „Wenn General Chen nur halb so fähig wäre wie seine Tochter, wäre dieser Krieg in einer Woche vorbei."

„Ich weiß nichts über seine Tochter."

„Wahrscheinlich ist es so sicherer für Sie."

10

Japan

Lena Chou war am Tag des Kriegsbeginns in Tokio eingetroffen. Ihr Flugzeug war gerade gelandet, als die erste Welle chinesischer Raketen gestartet wurde, um amerikanische und japanische Militärziele auf dem Festland anzugreifen.

Sie hatte den Auftrag, Natesh Chaudrey zu töten. Natesh hatte die chinesische Spionageoperation unterstützt, deren Ziel es war, zwei Dutzend amerikanischen Experten Kriegspläne zu entlocken. Aber dann war er zu einer Belastung geworden. Nun hielt Lena die Füße still und versuchte sich vor den Amerikanern in Japan zu verstecken, bis diese das Land verließen. Sie ging davon aus, dass amerikanische Agenten noch immer nach ihr suchten.

Insbesondere einer.

Wenn sie an Chase Manning dachte, überkamen sie gemischte Gefühle. Sie bewunderte ihn für das, was er war. Ein „Wasserläufer" wie sie selbst. Jemand, der über die mentale Stärke und die körperlichen Voraussetzungen verfügte, im Leben alles zu erreichen. Aber ihre Beziehung stand unter einem schlechten Stern. Er würde die Welt nie so sehen wie sie. Sie war von Jinshans Lehren erleuchtet worden und hatte das Glück, schon in jungen Jahren für ihre besondere Aufgabe ausgewählt worden zu sein.

Ein Teil von ihr wünschte sich, dass sie nie in dieses von Spionage und Gewalt geprägte Leben gedrängt worden wäre. Vor allem, wenn sie über die Dinge nachdachte, die sie tun musste. Für einen Moment kam ihr das Gesicht dieses jungen Mädchens in den Sinn. Aber genauso schnell, wie es aufgeblitzt war, verdrängte sie es wieder.

Lena hatte im Namen ihres Landes viele Menschen getötet. Vor allem in letzter Zeit, nachdem ihre Tarnung aufgeflogen war und man ihre Talente auf andere Weise instrumentalisiert hatte. Aber keine dieser Taten konnte man mit der Tötung des ehemaligen Präsidenten Chinas, seiner Frau und Tochter vergleichen.

Diese Erfahrung hatte sie verändert.

Es klopfte an der Tür.

„Kommen Sie herein."

Einer der Mitarbeiter des Ministeriums für Staatssicherheit (MSS) folgte ihrer Aufforderung und ließ auf dem einzigen Tisch im Raum ein Tablett mit Essen stehen. Der Tisch war nur einen Fuß hoch, wie es in traditionellen japanischen Häusern üblich war. Auf dem Tablett befanden sich eine einfache Mahlzeit und ein Glas Wasser. Das MSS war quasi die CIA Chinas. Es war die Organisation, für die Lena seit ihrer Jugend auf die eine oder andere Weise gearbeitet hatte.

„Brauchen Sie sonst noch etwas?"

„Nein."

Der junge Mann verbeugte sich und verließ das Zimmer wieder.

Lena nippte an der Tasse mit der heißen Suppe und

starrte durch die Glasschiebetür hinaus. Ihr Blick ging auf einen kleinen Garten. Hohe Steinmauern und ein einzelner blattloser Baum. Lena trank die Suppe aus, die Brühe war warm und beruhigend. Dann nahm sie die Essstäbchen auf, um den Rest zu essen, eine Schüssel mit klebrigem Reis und rohem Fisch.

Anschließend ging sie nach draußen. Sie konnten in der kühlen Luft ihren Atem sehen und verschränkte ihre Arme vor der Brust. Die dröhnenden Explosionen in der Ferne hatten aufgehört. Endlich. Sie begann sich Sorgen zu machen, dass die Dinge nicht nach Plan verlaufen waren.

Als ihre Hände vor Kälte langsam taub wurden, öffnete sie die Schiebetür und betrat wieder ihr Zimmer. Sie machte einige Gymnastikübungen und ein wenig Yoga, fühlte sich aber träge. Angesichts der vielen Reisen und der ärztlich verordneten Ruhe nach den schweren Verbrennungen war sie nicht in der Lage gewesen, ihr gewohntes rigoroses Sportprogramm aufrechtzuerhalten. Sie betrachtete sich missmutig im Spiegel – die ein oder zwei zusätzlichen Pfunde behagten ihr gar nicht.

Sie schaltete einen kleinen Fernseher an und stellte den Ton leise. Es gab nur noch zwei Sender, die ein Programm ausstrahlten. Ein Kanal zeigte die nationalen Nachrichten, von denen Lena wusste, dass sie stark von chinesischen Spezialisten für psychologische Kriegsführung beeinflusst wurden. Der andere Sender war Skynews, der ebenfalls von Jinshans Netzwerk infiltriert worden war, aber nicht so gründlich. Das chinesische Ministerium für Staatssicherheit hatte das von langer Hand vorbereitet, indem es seine Agenten als Produktionsleiter, Regisseure und Videoeditoren in globale Nachrichtensender eingeschleust hatte. Jeder war sorgfältig darin geschult worden, wie man das Denken der Massen beeinflussen konnte, um sie für die politischen Ziele Chinas empfänglich zu machen.

Während Lenas Zeit als Agentin in Amerika war sie immer amüsiert gewesen, wenn die Nachrichten über den Wandel der öffentlichen Meinung berichteten. Ein geändertes Vertrauen der Verbraucher in die Wirtschaft oder die gewachsene Unterstützung für eine bestimmte Politik. Die öffentliche Wahrnehmung wurde direkt von den Informationen bestimmt, die die Menschen erhielten, und diese wiederum wurden von einigen wenigen ausgewählten Gatekeepern geprägt. In jeder Nachrichtenredaktion wählten Produzenten und Führungskräfte aus, welche Geschichten verbreitet und wie sie dargestellt werden sollten. Die Menschen hatten keine eigene Meinung. Nicht wirklich. Man sagte ihnen, was und wie sie denken sollten. Jinshan betrachtete dieses Phänomen als den größten Strukturfehler innerhalb der demokratischen Nationen. Die Führer von Nationen sollten es besser wissen, als den Eigentümern und Leitern von Medienkonglomeraten zu erlauben, Meinungen zu bilden, die diese Regierungsmitglieder betrafen. Damit Fortschritte erzielt werden konnten, musste Jinshan diese Meinungen selbst formen.

Auf dem Bildschirm gab der Nachrichtensprecher eine Zusammenfassung des UNO-Gipfels wieder, der am gestrigen Tag in Genf stattgefunden hatte.

Sie zeigten immer wieder dasselbe Filmmaterial. Die Person im Zentrum des Podiums war ein russischer Diplomat. Lena sah, wie sich die Lippen des Mannes bewegten und lauschte der englischen Übersetzung mit britischem Akzent, die mit einigen Sekunden Verzögerung ausgestrahlt wurde.

„Die Russische Föderation ist entsetzt und bestürzt über die jüngsten Aggressionen, die die Vereinigten Staaten auf der Weltbühne gezeigt haben. Die Vereinigten Staaten haben gegen das humanitäre Völkerrecht verstoßen, indem sie bei einem Erstschlag gegen Nordkorea und die Volksrepublik China Atomwaffen eingesetzt haben. Angesichts dieser Verstöße hat die Russische Föderation beschlossen, folgendes Ultimatum zu stellen: Wenn die Vereinigten Staaten erneut Massenvernichtungswaffen einschließlich chemischer, biologischer oder nuklearer Waffen einsetzen, wird die Russische Föderation keine andere Wahl haben, als China in diesem Krieg zur Seite zu stehen. Wir fordern alle anderen UNO-Mitgliedsstaaten auf, sich neutral zu verhalten. Darüber hinaus fordern wir, dass die Vereinten Nationen die internationalen Wirtschaftssanktionen gegen die Vereinigten Staaten unverzüglich ratifizieren, einschließlich des Embargos für ausländische Erdölprodukte und aller Lieferungen, die für die Kriegsführung verwendet werden könnten."

Der Nachrichtensprecher wurde wieder eingeblendet. „Nach dem russischen Ultimatum haben mehrere Mitgliedstaaten der NATO ihr Bündnis mit den Vereinigten Staaten aufgekündigt und die Organisation verlassen. Japan hat einer friedlichen Lösung mit der Volksrepublik China zugestimmt und den raschen Abzug aller dort derzeit stationierten amerikanischen Truppen gefordert. Damit sind wir bei der wichtigsten Entwicklung des Tages angelangt, nämlich dem chinesisch-amerikanischen Waffenstillstandsabkommen. Der US-Präsident hat die chinesischen Bedingungen akzeptiert, was viele überrascht hat."

Ein Analyst sagte: „In der Tat. In den USA streiten die politischen Parteien über die Richtung, die sie einschlagen sollen, während ihrer Nation morgen der vierte Tag ohne Strom bevorsteht. Viele Amerikaner verlangen nach einer aggressiveren Reaktion, insbesondere im Hinblick auf den Tod des bisherigen US-Präsidenten. Während die offizielle Ursache des Absturzes der Air Force One noch untersucht wird, deuten durchgesickerte vorläufige Berichte auf einen Angriff mit einer Boden-Luft-Rakete hin."

Der Nachrichtensprecher schüttelte den Kopf. „Entsetzlich."

„In der Tat. Die Chinesen leugnen zwar jede derartige Aktion, aber das trägt nicht dazu bei, die aufkommende Wut vieler Amerikaner zu beschwichtigen. Es ist daher ziemlich schockierend, dass der neue US-Präsident diesen Friedensvertrag akzeptiert hat. Aber wir hören von US-Diplomaten und Militärexperten, dass der US-Präsident die Notwendigkeit einer Deeskalation erkannt hat. Er will damit alle Amerikaner im asiatisch-pazifischen Raum aus der Schusslinie bringen. Und die Amerikaner hatten Angst, dass der weitere Einsatz nuklearer, biologischer oder chemischer Waffen ihrer Nation irreparablen Schaden zufügen könnte."

Auf dem Monitor war ein Standbild des ehemaligen Vizepräsidenten der Vereinigten Staaten bei seiner Vereidigung zum Präsidenten zu sehen. Dazu wurde eine Tonaufnahme mit seiner Stimme abgespielt. „Meine amerikanischen Mitbürger und Mitbürgerinnen, unsere wichtigste Verantwortung ist es, die Sicherheit unserer Bürger zu gewährleisten, einschließlich der Hunderttausenden, die sich momentan noch in Asien aufhalten. Auch wenn wir die Militäraktion Chinas energisch ablehnen, müssen wir Frieden schließen, um die Stabilität unserer großen Nation zu garantieren."

Der Analyst erklärte: „Viele US-Bürger sind nicht glücklich mit der Entscheidung des Präsidenten, den chinesischen Friedensvertrag zu unterzeichnen. Einige Mitglieder seiner eigenen Partei fordern ihn deshalb zum Rücktritt auf."

Der Nachrichtensprecher hielt seine Hand an sein Ohrstück. „Könnten Sie jetzt auf die Einzelheiten des Friedensvertrags eingehen? Erklären Sie uns, worauf genau sich die beiden Nationen geeinigt haben."

Die Kamera schwenkte zu einem dritten Mann. „Natürlich. China hat die Vereinigten Staaten aufgefordert, ihre Truppen von ihren Stützpunkten im Westpazifik abzuziehen, und es scheint, dass die USA dieser Forderung zugestimmt haben. Jetzt wurde mir gesagt, dass alle US-Truppen innerhalb eines bestimmten Zeitraums östlich eines bestimmten Längengrads verlagert werden müssen ...“

„Und die USA kommen den Wünschen Chinas tatsächlich nach?“

„Es hat den Anschein, dass sie es tun. Japanische und amerikanische Verkehrsflugzeuge wurden beschlagnahmt, um den Rücktransport von US-Zivilisten und Truppen in die Vereinigten Staaten einzuleiten, und die US-Streitkräfte beginnen mit dem – nun, sie nennen es nicht offiziell Rückzug, aber ich habe gehört, dass mehrere Militärexperten es so bezeichnen.“

„Faszinierend. Und wie wird sich das global auswirken? Sind weitere Länder an das Abkommen gebunden? Wir haben von Australien, Kanada und natürlich Großbritannien einige sehr entschiedene Erklärungen gesehen, in denen sie Amerika ihre Unterstützung zusagen. Aber kein Mitglied der Europäischen Union hat sich verpflichtet, den USA beizustehen? Auch nicht andere Mitglieder der NATO?“

„Nun, einige NATO-Mitglieder haben erklärt, dass sie Militärmaßnahmen ergreifen würden, wenn die Vereinigten Staaten und China die Feindseligkeiten wieder aufnähmen. Oder wenn Russland –“

„Tja, nun zu diesem russischen Ultimatum ... Das scheint alles durcheinandergebracht zu haben, nicht wahr? Ist es wirklich das, wonach es aussieht? Sagt Russland tatsächlich, dass es einen Atomkrieg mit den Vereinigten Staaten anfangen würde, wenn die Amerikaner zusätzliche Kernwaffen einsetzten?“

„Nun, ich möchte Ihre Aussage nur in einem Punkt korrigieren. Wir wissen nicht mit Sicherheit, dass die Vereinigten Staaten tatsächlich Kernwaffen *eingesetzt haben*."

„Wie können Sie das sagen? Es gibt Berichte über Nuklearexplosionen in Nordkorea und China."

„Das ist mir bekannt. Bis wir jedoch von der Regierung der Vereinigten Staaten diesbezüglich eine Bestätigung erhalten haben, möchte ich dringend darum bitten, dass wir allen Informationen mit einer gesunden Skepsis begegnen. Aus meinen Quellen höre ich, dass in Wirklichkeit China und Nordkorea die Aggressoren waren. Und dass sie einen Überraschungsangriff auf die US-Streitkräfte im Pazifik gestartet haben."

„Selbst wenn dem so wäre, widerlegt es nicht die Tatsache, dass die Vereinigten Staaten als Vergeltungsmaßnahme Atomwaffen abgefeuert haben. Wie können Sie das bestreiten?"

„Ich bestreite es nicht. Ich sage nur, dass ich nicht weiß, ob es wahr ist."

Die Experten begannen hitzig durcheinanderzureden. Dann sagte der Moderator: „Nun, sagen Sie mir eines – glauben Sie, dass die Vereinigten Staaten die Drohung Russlands ernst nehmen werden?"

„Das tue ich. Aus folgendem Grund: Die Russische Föderation verfügt über ein zu großes Atomwaffenarsenal, als dass man diese Drohung *nicht* ernst nehmen könnte. Niemand will weiteres Blutvergießen. Und ich bin schockiert, dass es zwischen den Vereinigten Staaten und China dazu gekommen ist. Aber wenn es zu Gefechten kommt, dann hat meines Erachtens die ganze Welt ein geteiltes Interesse daran, dass mit konventionellen Waffen gekämpft wird. In Ihrem Bericht hieß es, dass es am ersten Tag des Krieges mindestens zehn nukleare Explosionen gegeben hat. Allein das ist schon brandgefährlich. Der Verlust von Menschenleben, die radioaktive Strahlung und die möglichen Auswirkungen auf die Umwelt sind verheerend real. Ich hoffe von ganzem Herzen, dass bei dieser Sache wenigstes eines herauskommt: dass die führenden Politiker der Welt durchatmen, sich beruhigen und vielleicht lernen, ihre Differenzen friedlich beizulegen. Mir ist klar, dass das viel verlangt ist, nach dem, was wir in den letzten Tagen gesehen haben."

Lena hörte ein erneutes Klopfen an der Tür und schaltete den Fernseher aus.

„Eintreten."

Derselbe MSS-Mann, der ihr das Essen gebracht hatte, kam wieder in den Raum. „Miss Chou, wir haben ein Telegramm erhalten. Ihr Transport zum Festland wird für morgen erwartet."

Lena war überrascht. „Ach ja? Ich dachte, ich sollte die nächste Woche hier ausharren."

„Sie wurden einbestellt, Miss Chou."

„Ich verstehe."

Sie brauchte nicht zu fragen, wer ihr Erscheinen angeordnet hatte.

11

Chase Manning saß auf dem Rücksitz eines Toyotas, der vor dem Business Terminal des Narita Flughafens in der Nähe von Tokio parkte. Der Fahrer, ein junger CIA-Agent, der für Tetsuo arbeitete, war im Gebäude und vergewisserte sich, dass Chases Papiere in Ordnung waren und es keine Probleme beim Besteigen eines Flugzeugs der US-Regierung geben würde. Es lagen Berichte über US-Geheimdienstmitarbeiter vor, die von in Tokio stationierten chinesischen Agenten festgenommen und verschleppt wurden.

„Siehst du die roten Armbinden?" Tetsuo reichte Chase sein Fernglas und nickte in Richtung des Ankunftsbereichs des Terminals. Ganze Busladungen amerikanischer Truppen und ihrer Angehörigen wurden vor dem Flughafen abgesetzt. Das war der amerikanische Massenexodus, der durch das Friedensabkommen in Gang gesetzt wurde.

„Ich sehe sie."

„Die roten Armbinden stehen für ‚pro-chinesisch'. Das sind japanische Bürger, die nur darauf warten, dass die Chinesen die Macht übernehmen."

„Du willst mich doch verarschen. Was zum Teufel denken die sich dabei?"

„Schau ein wenig nach rechts. Hinter diesen Leuten ist eine graue Limousine geparkt. Diplomatisches Kennzeichen. Die sind vom chinesischen Konsulat. Ich erkenne den Fahrer. Chinesischer Geheimdienst."

„Warum sind die hier?"

„Sieht aus, als würden sie die Einheimischen aufwiegeln. Wahrscheinlich rekrutieren sie diese Typen schon eine ganze Weile. Aber sie wollen, dass es so aussieht, als wollten uns die Japaner aus dem Land haben. Jemand wird das Ganze mit seinem Handy aufnehmen und das Video anschließend online verbreiten. Es wird von Influencern und vielleicht sogar den großen Medien aufgegriffen, und dann wird das die Schlagzeile: *Japaner schmeißen amerikanische Unterdrücker raus.* Darüber sollen die Leute am Esstisch reden."

„Aber wir sind nicht –"

„Mich musst du nicht überzeugen, Kumpel. Vertrau mir. Ich weiß es." Tetsuo streckte seine Hand aus und Chase gab ihm das Fernglas zurück.

Die chinesischen Geheimdienstoffiziere gingen aggressiv vor. Der Waffenstillstand war erst wenige Stunden alt, und dennoch waren sie bereits vor Ort, um ihr Territorium abzustecken. Eine chinesische Besetzung würde bald folgen. Die VBA war noch nicht da, aber es war nur eine Frage der Zeit. Dann würde sich dieses Land wirklich verändern.

Ein 747-Jumbojet war gerade gestartet und hatte sein Fahrwerk im riesigen Rumpf verstaut. In der Maschine saßen amerikanische Familien und Soldaten, die nach Hawaii oder San Diego flogen. Die Evakuierung war in vollem Gange. Die japanische Regierung hatte klargestellt, dass amerikanische Soldaten und Regierungsangestellte in Erfüllung des Waffenstillstandsabkommens das Land sofort verlassen mussten. Japan sah darin seine einzige Möglichkeit, eine Katastrophe zu verhindern. Weder Chase noch Tetsuo hatten es kommen sehen.

Tetsuo war ein CIA-Agent, der in der amerikanischen Botschaft in Tokio stationiert war. Chase Manning gehörte zur Sondereinsatzgruppe der CIA. Er war im Rahmen eines Sonderauftrags unterwegs gewesen, bei dem es um die Aufdeckung geheimer chinesischer Kriegspläne ging. Vor einer Woche hatte er zusammen mit einem Army-Delta-Team eine chinesische Militärbasis ausgekundschaftet. Kurz vor Ausbruch des Krieges war er von China nach Südkorea ausgereist. Er hatte es gerade noch geschafft, Korea mit einem Militärtransport Richtung Japan zu verlassen, bevor nordkoreanische Raketen das Land angriffen. Aber seine Mission war hilfreich gewesen. Er hatte der CIA wichtige Informationen geliefert, aufgrund derer sich das amerikanische Militär auf die Angriffe auf Hawaii und Guam vorbereiten konnte.

Als Chase in Japan angekommen war, hatte man ihm befohlen, Natesh Chaudrey – einen chinesischen Agenten, der zu den Amerikanern übergelaufen war – in Sicherheit zu bringen. Die Dinge waren nicht planmäßig verlaufen.

„Denkst du wieder an sie?"

Chase warf ihm einen Blick zu, antwortete aber nicht.

Tetsuo lächelte leicht. „Bruder, wenn du diesen Krieg überlebst, werden sie dich auf die Couch eines Seelenklempners verfrachten und tief in deinen Kopf hineinschauen – und Lena Chou wird dort auf dich warten. Vertrau mir. Ich sehe es dir an."

Chase kaute auf seiner Unterlippe herum, sein Knie zuckte. „Sie ist wahrscheinlich immer noch hier. In Tokio."

„Ich werde meine Augen offen halten." Er sah nicht allzu besorgt aus.

„Meine Augen sind auch gut."

Tetsuo warf ihm einen skeptischen Blick zu. „Sei kein Dummkopf. Du hast neue Befehle."

Bilder von Lena kamen ihm in den Sinn. Er sah sie vor sich, wie er sie in Dubai gekannt hatte. Sie waren dort eine Zeit lang ein Liebespaar gewesen, als sie noch für die CIA gearbeitet und bevor jemand geahnt hatte, welchem Herrn sie in Wahrheit diente. Erinnerungen an ihre verschlungenen Körper auf weißen Bettlaken in schicken Hotels. Offene Fenster und das Geräusch sich brechender Wellen. Ihr wallendes, tiefschwarzes Haar, das ihren sinnlichen Körper bedeckte und seine nackte Brust kitzelte. Mit einer Haut wie Seide und so leidenschaftlich. Ihr Blick, stoisch und doch verführerisch.

Chase wusste, dass sein abgespeichertes Bild von ihr nicht mehr zutreffend war. Ihre linke Körperseite war von Brandnarben übersät. Brandnarben, die *er* verursacht hatte. Vielleicht hatte er sich etwas vorgemacht, als er dachte, dass sie jemals etwas anderes als eine Feindin war.

Er durfte keine Zuneigung mehr für sie hegen. Lena Chou war ein Monster. Eine Verräterin. *War sie wirklich eine Verräterin?* Sie war ihrer eigenen Sache treu geblieben. Sie war eine Schläferin, die vor Jahren in die USA entsandt worden war. Chase versuchte, das alles zu verstehen. Wie lange hatte sie diese Lüge schon gelebt? Ein Teil von ihm bewunderte sie beinahe für die Hingabe und Disziplin, die sie dafür aufgebracht haben musste.

Er hatte sie schreckliche Dinge tun sehen. Aber er wusste auch, was er seinen Mitmenschen im Namen seines Landes anzutun fähig war. Auch wenn er wie jeder Krieger mit inneren Dämonen zu kämpfen hatte, war er dennoch meistens in der Lage, sie zu verdrängen: Aufgrund des festen Glaubens, dass er ehrenhaft und auf Seiten der Gerechtigkeit diente. War es möglich, dass Lena sich an denselben Krieger-kodex hielt?

Er schüttelte den Gedanken ab, er war einfach nicht in der Lage, sie nach rationalen Gesichtspunkten zu beurteilen. Er hegte Sympathien für den Teufel. Chase musste sich ein für alle Mal klarmachen, dass Lena nicht die Frau war, mit der er all die Nächte in Dubai verbracht hatte. Es musste für sie eine Scharade gewesen sein. Sie hatte ihn benutzt, um Informationen und Zugang zu erhalten, so wie bei allen anderen auch, mit denen sie bei der CIA zusammengearbeitet hatte. Mit wie vielen anderen war sie ins Bett gegangen? Er war nichts Besonderes. Er durfte nicht so naiv sein. Lena hatte die Vereinigten Staaten verraten, ein Land, das viele Jahre lang ihre Heimat gewesen war. Er sollte sie für diesen Verrat töten wollen. Er sollte Ekel und Wut empfinden.

Aber das tat er nicht.

Er befand sich in einem Gewissenskonflikt. Ob es die letzten Überbleibsel von Liebe oder Lust waren oder das Gefühl, dass sie ein ihm verwandter Geist, eben auch ein Krieger und Spion war, Chase hatte ein intensives Verlangen, sie zu finden. Und er war sich nicht sicher, was er tun würde, wenn er sie aufspürte.

Chase wandte sich an Tetsuo. „Gib mir 24 Stunden."

„Nein."

„Die Flugzeuge starten nonstop. Wir haben noch ein paar Tage Zeit."

„*Auf gar keinen Fall.*"

„Lass uns wenigstens darüber reden ..."

Tetsuo schaute ihn von der Seite an. „Hör zu, weißer Junge. Falls du es noch nicht gemerkt hast, das hier ist *Tokio*. Siehst du die Typen mit den roten Armbinden? Die mögen dich nicht. Du wirst hier nicht mehr operieren können, Chase. Lass es gut sein. Du wirst sie nicht finden. Steig ins Flugzeug.

Befolg deine Befehle. Lass nicht zu, dass deine Emotionen dein Urteilsvermögen trüben."

Chase atmete langsam durch die Nase aus. Ein weiterer Jumbojet hob von der Startbahn ab.

„Da kommt mein Mann." Tetsuos CIA-Kollege verließ das private Flugterminal und kam auf ihr Auto zu. Tetsuo kurbelte das Fenster herunter, während er sich näherte. „Alles in Ordnung?"

„Sozusagen."

„Sozusagen bedeutet nicht dasselbe wie gut."

„Ich kenne den Typen am Schalter. Es sollte alles in Ordnung sein. Das Flugzeug landet in wenigen Minuten, dreißig Minuten später startet es wieder. Es werden fünf unserer VIPs aus der Botschaft an Bord gehen. Mit Chase zusammen sind es sechs. Der Flieger ist voll. Die Piloten sind Amerikaner, sie sind koscher. Ich gehe zum anderen Wagen und informiere die Kollegen vom Außenministerium."

„Was stimmt dann nicht?"

„Sie sagen, dass Leute Erkundigungen einholen. Leute von der Regierung, die nach Passagierlisten fragen."

Tetsuo schaute Chase an.

„Was?"

Tetsuo nickte in Richtung der chinesischen Geheimdienstmitarbeiter am anderen Terminal. „Diese MSS-Typen sind wahrscheinlich auf der Suche nach einigen hochkarätigen Zielpersonen, die sie sich schnappen können, solange sie damit durchkommen. Ich bin sicher, du stehst auch auf ihrer Liste."

In einiger Entfernung parkte eine weitere graue Limousine hinter der ersten. Ein asiatischer Mann stieg aus dem hinteren Fahrzeug aus, ging auf das Führungsfahrzeug zu und begann, sich mit dessen Fahrer zu unterhalten.

Tetsuo sagte: „Solange sie dort drüben bleiben, sollten wir

sicher sein. Es gibt im Terminal für den kommerziellen Luft-
verkehr genügend offizielle Sicherheitsvorkehrungen. Sie
merken wahrscheinlich nicht, dass wir im privaten Terminal
Sondertransporte für unsere VIPs abfertigen."

Tetsuos CIA-Kollege, der vor dem Auto stand, sagte: „In
Ordnung, ich bin gleich wieder da. Chase, viel Glück."

Tetsuo kurbelte das Fenster wieder zu.

Chase schüttelte den Kopf. „Diese ganze Situation ist
einfach bescheuert. Wir ziehen den Schwanz ein und hauen
einfach ab. Weißt du, wie viel militärische Ausrüstung wir
zurücklassen?"

„Sie verladen das wichtigste Zeug gerade auf Schiffe."

„Nicht wirklich. Es würde Monate dauern, wenn man es
richtig machte. Nein, wir werden gezwungen sein, eine Tonne
Nachschub, Geschütze und Daten auf all diesen Stützpunkten
zurückzulassen. Sie werden zerstören, was sie können, aber das
braucht Zeit, und sie haben nur sehr wenig Zeit. Das heißt, letzten
Endes werden sich die Chinesen alles unter den Nagel reißen."

Tetsuo zuckte mit den Achseln. „Das ist die Schock-
Methode, Mann. Und der Wille des Volkes. Wir haben die
erste Schlacht verloren und die internationale Gemeinschaft
steht nicht hinter uns."

„Scheiß auf die."

„Tja, unser neuer Präsident sieht das offensichtlich
anders."

„Dann auch auf ihn."

„Hast du schon herausgefunden, wohin man dich schicken wird?"

Chase antwortete: „Irgendeine Task Force. Die Befehle
sind recht vage in Bezug darauf, was ich tun werde. Ich weiß
nur, dass ich mich in San Diego mit jemandem treffen soll,
sobald ich aus dem Flugzeug steige."

„CIA?"

„Das glaube ich nicht. Ich habe einen Namen, einen Ort und soll dort auf weitere Anweisungen warten." Chase seufzte. „Was ist mit dir?"

„Wir werden untertauchen. Agenten führen und Informationen zurückschicken, soweit es uns möglich ist. Es wird ein ganz neues Spiel sein, sobald aus Japan das chinesisch besetzte Japan wird. Die Welt hat sich verändert, mein Freund. Sie hat sich wirklich verändert."

Chase fluchte leise vor sich hin. Eine Gulfstream mit laut aufheulenden Triebwerken rollte in Sichtweite auf das Business Terminal zu.

„Sieht nach meiner Maschine aus."

Chase streckte seine Hand aus. Tetsuo griff zu und schüttelte sie fest. „Pass auf dich auf."

Zehn Minuten später saß Chase im Flugzeug. Alle waren angeschnallt und die Kabinentür war geschlossen.

Die Stimme des Piloten kam über den Lautsprecher. „Meine Damen und Herren, in wenigen Augenblicken heben wir ab."

Durch das Kabinenfenster konnte Chase Tetsuo und seinen CIA-Kollegen in ihrem Toyota sitzen sehen. Dann näherten sich zwei graue Limousinen und parkten den Wagen zu. Chase umklammerte seinen Sicherheitsgurt und lehnte sich gegen das Fenster. Für einen kurzen Moment überlegte er, aus dem Flugzeug zu stürzen und einzugreifen.

Mehrere Männer mit rot-gelben Armbinden stiegen aus. Zwei von ihnen richteten Waffen auf die CIA-Männer. Scheiße! Chase überlegte, was er tun konnte.

Dann entdeckte er Tetsuo, der direkt zum Flugzeug schaute. Direkt zu Chase. Ihre Blicke trafen sich. Tetsuo lächelte kaum wahrnehmbar und schüttelte leicht den Kopf.

Dann folgten Schüsse, Glas zersplitterte, eine Blutlache breitete sich auf dem Bürgersteig aus.

Die beiden bewaffneten Männer, die hinter Tetsuos Fahrzeug gestanden hatten, lagen regungslos auf dem Boden. Tetsuos Autotür öffnete sich, und er trat heraus und stand neben den Leichen. Seine Bewegungen waren gezielt, ruhig und schnell. Er hob seine Pistole und begann, auf die Fahrerseite einer der Limousinen zu schießen. Tetsuos Kollege war ebenfalls ausgestiegen und feuerte auf die andere Limousine.

Die anderen Passagiere im Flugzeug schauten nun ebenfalls gebannt zu. Chase hörte, wie ein paar Leute nach Luft schnappten, aber niemand sprach oder schrie. Alle beobachteten das Geschehen schweigsam. Vor ihrem Fenster spielten sich Szenen eines neuen Krieges ab.

Das Flugzeug ruckte vorwärts und begann zu rollen, schneller als normal. Kurz bevor Chase Tetsuo aus den Augen verlor, sah er, wie dieser auf einen Mann schoss, der auf der Straße vor ihm wegrannte. Der Flüchtende wurde von drei Kugeln im Rücken getroffen und brach auf dem Asphalt zusammen.

Tetsuo hatte recht. Die Welt hatte sich verändert.

12

USS Ford
1000 Seemeilen west-nordwestlich von Hawaii

Admiral Manning stand hinter seinem polierten Holzschreib-
tisch und blätterte durch eine mit Dokumenten gefüllte blaue
Unterschriftenmappe. Auf einer kunstvoll verzierten Doku-
mentenablage aus Kastanienholz stapelten sich solche blauen
Mappen. Befehle, Statusberichte und Genehmigungen. Jeder
schien seine Unterschrift zu brauchen. Das Deckblatt dieser
Mappen wurde in aufsteigender Rangordnung von der
zuständigen Befehlskette abgezeichnet. Er würde es niemals
schaffen, diesen Berg abzuarbeiten. Schlussendlich würde der
Stabschef der Trägerkampfgruppe, ein Marinekapitän, die
meisten von ihnen unterzeichnen und dem Admiral nur die
wichtigsten Dokumente vorlegen.

So wie die Nachricht, die nun auf seiner ledernen Schreib-
tischunterlage lag.

VON: USPACCOM

AN: FORDCSG

BETREFF: OPERATION GEWISSENHAFTER
GELEITSCHUTZ

US-CHINA WAFFENSTILLSTAND IN KRAFT. ALLE IN
JAPAN UND KOREA STATIONIERTEN US-MILITÄRANGE-
HÖRIGEN SOWIE ZIVILE ANGEHÖRIGE WERDEN
ZWANGSEVAKUIERT, GESCHÄTZTE DAUER DER MASS-
NAHMEN: ZWEI WOCHEN. FORD CSG WIRD BEI
BEDARF ALS GELEITSCHUTZ FÜR ALLE KRIEGS-
SCHIFFE UND SEETRANSPORTE IN RICHTUNG USA
SOWIE ZUR ABSICHERUNG DES GESAMTEN MILITÄRI-
SCHEN UND KOMMERZIELLEN LUFTVERKEHRS IM
PAZIFISCHEN RAUM DIENEN.

„Sie warten auf Sie, Sir."

Admiral Manning blickte zu Lieutenant Kevin Suggs auf,
dem großen afroamerikanischen Kampfpiloten der Navy, der
ihm gegenüberstand. Suggs war der persönliche Adjutant des
Admirals, auch Loop genannt.

„Okay, danke. Irgendwelche Neuigkeiten von der SAG?"
Die Surface Action Group war ein Verband von Marineschif-
fen, der in die Südhälfte des Pazifik geschickt worden war.

Der Loop des Admirals antwortete: „Minimale Schäden,
Sir. Die Besatzung der USS *Farragut* ist vollzählig."

Admiral Manning nickte und versuchte, die Welle der
Erleichterung zu überspielen, die ihn erfasste. Die Tochter des
Admirals, Victoria Manning, war an Bord der USS *Farragut*
und kommandierte die Hubschrauberabteilung des Schiffs.

Die *Farragut* war einige Tage zuvor, als der Krieg begonnen hatte, in der Nähe von Guam ins Gefecht gezogen. Admiral Manning hatte an jedes seiner Kinder gedacht, vor allem aber an seine einzige Tochter Victoria. Technisch gesehen hatte der Admiral die TACON inne, d. h. die taktische Kontrolle über ihr Schiff. Das war eine recht ungewöhnliche Situation; eine, die in Friedenszeiten wahrscheinlich auf administrativem Wege hätte vermieden werden können. Auch wenn er sämtlichen Untergebenen gegenüber ein enormes Verantwortungsgefühl empfand, hatte ihn die Sorge um Victorias Wohlergehen besonders belastet.

„Vielen Dank, Mr. Suggs." Der Admiral nahm kurz Augenkontakt auf. Suggs war intelligent. Er wusste, was den Admiral wirklich interessierte und warum es ihm unangenehm war, direkt zu fragen. Er nickte in Richtung der Seitentür seines Büros.

Suggs machte die Tür auf, nahm Haltung an und rief: „Achtung!"

Im Konferenzraum der *Ford*-Trägerkampfgruppe, bekannt als Lageraum oder auch „War Room", waren einmal mehr die leitenden Offiziere und Planer der Kampfgruppe versammelt. Vertreter aller Einheiten standen still, als der Admiral eintrat: der CAG, seines Zeichens der Kommandant des Luftkampfgeschwaders; der für das Zerstörergeschwader – DESRON – zuständige Kommodore; der Kommandant für Informationskriegsführung (IWC) sowie der kommandierende Offizier (CO) des Flugzeugträgers. Jeder dieser Männer hatte die Soldstufe O-6, was dem Dienstgrad eines Navy Captains entsprach. Mehrere O-5-Offiziere wurden als so wichtig angesehen, dass auch sie direkt am Tisch Platz fanden. Außerdem gab es eine zweite Stuhlreihe. Hinter jedem dieser Stühle standen die Offiziere der mittleren Ebene: die Leutnants und die Kapitänleutnants, die die täglichen Operationen der Kampfgruppe leiteten. Diese Männer und Frauen hatten eine

Vielzahl unterschiedlicher Funktionen. Sie lieferten Informationen, planten Schiffs- und Flugzeugbewegungen, erstellten den Flugplan, starteten und holten Flugzeuge ein und flogen diese. Sie wussten über alles Bescheid, was in dem Trägerverband vor sich ging, und kommunizierten mit allen anderen Kriegsmitteln wie Drohnen, U-Booten und Spezialeinheiten.

„Setzen, bitte."

Die Gruppe nahm Platz und der Stabschef (COS), der zur Rechten des Admirals saß, ergriff das Wort. „Admiral, guten Tag. Zunächst einmal haben wir das geopolitische Update. Die Ereignisse haben sich schnell entwickelt, sodass wir es für angebracht hielten, alle hier Anwesenden auf den neuesten Stand zu bringen." Der COS nickte einem Geheimdienstoffizier der Marine im vorderen Teil des Raums zu, der drei Tage nach Kriegsbeginn anhand einiger Dias einen Überblick über den Zustand der Vereinigten Staaten und der Welt präsentierte.

Es gab unzählige Namen für dieses spezielle Briefing. Hier auf der USS *Ford* begann es jeden Tag um Punkt null achthundert Stunden. Militäreinheiten auf der ganzen Welt vollzogen dasselbe wiederkehrende Ritual. Viele nannten es den „Opsintel"-Bericht. Operationen und Geheimdienstinformationen. Es war die Besprechung, bei der alle Verantwortlichen erfuhren, was auf sie zukam, und auf deren Grundlage die Bosse die Entscheidungen trafen, die getroffen werden mussten.

Wie jedes militärische Treffen sollte es kurz, effizient und emotionslos ablaufen. Was mit jedem Tag weniger gelang.

„... wir befinden uns jetzt etwa hundertfünfzig Meilen südlich der Midwayinseln. Unsere derzeitige Aufgabe besteht darin, Verkehrsflugzeuge und Schiffe zu eskortieren, die amerikanische Familien aus Japan und Korea evakuieren."

Admiral Manning wandte sich an den CO des Trägers und seinen CAG. „Wie viele Zyklen heute?" Der Flugplan operierte nach einer festgelegten Struktur, um maximale Effizienz zu erreichen. Starts und Landungen wurden in Gruppen oder Zyklen durchgeführt.

„Sir, wir haben acht eingeplant. Bei jedem Start geht eine Gruppe von Abfangjägern hoch. Mehrzweckflugzeuge an Deck sind in Bereitschaft, falls nötig."

„Was ist mit der U-Boot-Abwehr?"

„Eine P-8 und eine P-3 werden die ganze Zeit über in der Luft sein. Dazu drei Hubschrauberzyklen."

Da dieses Briefing nur als geheim klassifiziert war, erkundigte sich der Admiral nicht nach den Positionen der U-Boote, aber er wusste, dass sich in ihrem Bereich mehrere Jagd-U-Boote aufhielten.

„Das VPU, das spezielle Patrouillengeschwader, verfügt über ein Flugzeug für Sondereinsätze. Es hat den Auftrag, die US-Konvois zu überwachen, die Japan verlassen."

„Alle Schiffe und Flugzeuge sind von unseren Manövrierbeschränkungen unterrichtet?" Gemäß den Bedingungen des Waffenstillstandsabkommens zwischen den USA und China durften sich die militärischen Mittel der USA nicht westlich des hundertvierundvierzigsten Längengrads Ost bewegen.

„Ja, Sir. Sie wurden kommuniziert und werden von allen Befehlshabern und Beobachtungsteams genauestens überwacht."

Admiral Manning nickte und sah den neben der Projektorleinwand stehenden Nachrichtenoffizier an. „Fahren Sie fort."

Der junge Offizier fasste die Situation zusammen. Die *Ford*-Kampfgruppe, inzwischen über zwanzig Schiffe stark, verlegte ihre Kriegsschiffe nach Westen, um die Truppentransporte und Kreuzfahrtschiffe mit amerikanischen Zivilisten an Bord auf der Flucht aus Asien besser abzusichern. China ließ diesen taktischen Rückzug ohne militärische

Eingriffe zu, nachdem der neue US-Präsident der vorübergehenden Feuerpause mit China zugestimmt hatte.

Der chinesische Präsident, Cheng Jinshan, hatte die
vorläufige Feuerpause vorgeschlagen. Der US-Geheimdienst
glaubte, dass Jinshan den Waffenstillstand als einen Weg sah,
sich weltweit politischen Rückhalt zu sichern. Er verschaffte
seinen Streitkräften außerdem die Möglichkeit, strategisch
vorteilhafte Stellungen einzunehmen, während die Amerikaner wertvolles Territorium abtraten: Japan und Korea.

Die Bedingungen des Abkommens räumten den Amerikanern zwei Wochen ein, um ihre Streitkräfte östlich des
hundertvierundvierzigsten Längengrads Ost zu verlegen.

„Wie ist der Fortschritt der Evakuierung in Japan?"

„Sie gehen davon aus, dass der Zeitrahmen eingehalten
wird, Sir. Bis nächste Woche sollten die Zivilisten vollständig
evakuiert sein. Die Mehrheit unserer kritischen militärischen
Einrichtungen sind entweder verschifft oder zerstört worden."

„Zerstört?"

„Ja, Sir. Mehrere der Flugzeuge waren so schwer beschädigt, dass es unwahrscheinlich war, sie ausfliegen zu können.
Sprengkommandos haben sie vernichtet, damit die Chinesen
keinen Nutzen daraus ziehen konnten. Auf dem Stützpunkt
Kadina wurden die Start- und Landebahnen gesprengt.
PACCOM beschloss, unsere Verluste zu begrenzen und das zu
zerstören, was zurückgelassen wurde.

„Ich verstehe."

Der Stabschef fragte: „Was ist mit Korea?"

Einer der am Tisch sitzenden Offiziere, der Befehlshaber
des Informationskrieges, ergriff das Wort. „Unsere Geheimdienstberichte zeigen, dass die koreanische Halbinsel durch
Bomben, Raketen und chemische Angriffe schwere Schäden
erlitten hat."

Jemand auf den äußeren Plätzen murmelte etwas. Das

einzige Wort, das der Admiral verstehen konnte, war „... Ödland."

„Die Zahl der Opfer in den USA – Zivilisten eingeschlossen – wird auf Zehntausende geschätzt. Wenn man die Koreaner einrechnet, gehen einige Schätzungen von einer siebenstelligen Zahl von Todesopfern aus. Es ist schlimm, Sir. Vielerorts säumen Leichen die Straßen. Die Nordkoreaner halten sich noch nicht an den Waffenstillstand. Sie haben ihre Truppen nach Seoul geschickt, wo noch immer schwere Kämpfe stattfinden."

Es wurde still im Raum. Admiral Manning wusste aus seinen streng geheimen Akten, dass die Nordkoreaner bei ihrem ersten Angriff so effektiv gewesen waren, weil sie chinesische Militärhilfe gehabt hatten. Er wusste auch, dass chinesische Diplomaten und Kinder chinesischer VIPs im Rahmen des Waffenstillstandsabkommens aus den USA ausgeflogen wurden. Das Ganze geschah unter der Hand, was nicht schwer war, da die meiste Elektronik ausgefallen war. Aber allein die Tatsache, dass diese Informationen der Öffentlichkeit vorenthalten wurden, war bemerkenswert.

„Was ist mit Anschlägen in den USA?"

Die meisten der Anwesenden hielten den Atem an, als der junge Nachrichtenoffizier weitere Folien aufrief. Alle machten sich Sorgen wegen dem, was zu Hause vor sich ging. Das Schwierigste an diesem Krieg war nicht die Angst, dass einem selbst etwas passieren könnte; es war das Wissen, dass man nichts tun konnte, um seine Familie zu Hause zu beschützen, während die USA einem postapokalyptischen Albtraum ausgesetzt waren.

„Sir, in den USA ist es Tag vier nach den EMP- und Infrastrukturangriffen. Aus einigen Gegenden, insbesondere aus Ballungsgebieten, gibt es Berichte über Ausschreitungen und soziale Unruhen. Das Kriegsrecht wurde ausgerufen, und die mir vorliegenden Informationen deuten darauf hin, dass sich die Gesamtsituation allmählich stabilisiert."

Admiral Manning war klar, dass die Städte am schlimmsten betroffen waren. Die Ballungszentren waren auf einen konstant großen Nachschub an Nahrungsmitteln und Versorgungsgütern angewiesen. Wenn der Warentransport zum Erliegen käme, würde in den Städten der Hunger ausbrechen. Und nicht wenige würden brennen, wenn Unruhestifter und Plünderer auf die Straße gingen.

Das Briefing endete, und wieder war es still im Raum. Normalerweise hielt der Admiral im Anschluss eine kleine aufmunternde Ansprache. Heute sagte er nur: „Ich danke Ihnen allen." Dann gingen er und sein Stabschef mit den Kriegsbefehlshabern im Schlepptau hinaus.

Der CAG, der Commodore und mehrere ranghohe Führungskräfte nahmen kurz darauf in seinem Büro Platz. Der Admiral stand hinter seinem Schreibtisch, die Arme vor der Brust verschränkt.

„Der US-Plan sieht vor, Guam und Hawaii um jeden Preis zu halten. Damit können wir die Kontrolle über den Pazifik absichern."

„Ich habe gehört, dass es in den USA eine chinesische Spezialeinheit gibt. Es gibt sogar Gerüchte über mehrere Verbände, die aus Kanada eingeflogen wurden. Ist das wahr?"

„Da ist nichts dran."

Admiral Manning unterbrach den Tratsch seiner ranghohen Kommandanten. „Meine Herren, ich schlage vor, dass wir uns den Dingen zuwenden, die wir steuern können."

„Jawohl, Sir."

„Unser Anliegen ist die Mission dieser Kampfgruppe. Im Moment ist es unsere Aufgabe, dafür zu sorgen, dass möglichst viele Amerikaner aus Asien unversehrt amerikanischen Boden erreichen."

Der CAG sagte: „Sir, das ist Teil der chinesischen Strategie. Sie haben uns dazu gebracht, unsere Stellungen aufzugeben ...“

Admiral Manning sah ihm in die Augen. „Und wir werden dasselbe mit ihnen tun.“

Der CAG blickte ihn fragend an.

Admiral Manning nickte seinem Stabschef zu, der in leisem Ton erklärte: „Die USA nutzen den Waffenstillstand auch zur Festigung unserer eigenen Stützpunkte. Während wir uns unterhalten, bereitet sich die Luftwaffe auf eine massive Verstärkung Guams vor.“

Admiral Manning sagte: „Die Chinesen haben uns nicht angegriffen, um anschließend Frieden zu schließen. Wir werden bereit sein, falls und wenn die Kämpfe wieder aufgenommen werden.“

Der Stabschef fuhr fort: „An der Ostküste stationierte Schiffe sind durch den Panamakanal auf dem Weg in den Pazifik. Wie viele von Ihnen wissen, hat sich das Zentralkommando (CENTCOM) im Persischen Golf zu einem Brennpunkt entwickelt. Russland entsendet weiterhin Truppen nach Syrien. Und in dem Moment, als sich unser Flugzeugträger im Golf nach Osten in Richtung Pazifik bewegte, feuerte der Iran Raketen auf Saudi-Arabien ab. Wir glauben, dass der Iran von China angetrieben wird. China will, dass wir die Gebietsverteidigung übernehmen. Wir werden rund um den Globus in Gefechte verwickelt. Wenn wir uns dafür entscheiden, unsere CENTCOM-Truppen in der Region zu belassen, werden sie untergehen. Aber wenn wir es nicht tun, steht unsere langfristige Treibstoffversorgung auf dem Spiel.“

„Dieser Treibstoff wird früher oder später entscheidend sein.“

„Wir sehen bereits jetzt Anzeichen für Versorgungsengpässe ...“

„Wohin ist der Träger unterwegs? Der, der im Golf war."

„Die *Truman*. Das ist eine Frage für das Oberkommando der Navy. Der Stützpunkt Diego Garcia ist zerstört. Vorerst kann dort niemand mehr landen. Unsere australischen Verbündeten und die dortigen US-Militäranlagen wurden ebenfalls angegriffen. Das Pentagon überlegt, die Mehrheit unserer CENTCOM-Streitkräfte nach Australien zu entsenden, aber sie müssen die Einzelheiten des Friedensvertrags überprüfen, um herauszufinden, ob dies eine Verletzung des Abkommens darstellen würde. Die chinesische Invasion Taiwans ist so gut wie abgeschlossen, und die Philippinen werden sich zu einem Hotspot entwickeln, sobald die Kämpfe beginnen. Australien wurde von den Chinesen angegriffen, aber nicht schwer. Und vorausgesetzt, wir könnten unsere Truppen dort stationieren, wären sie weit genug entfernt, um eine Art Verteidigungswall zu bilden, aber nahe genug, um die Krisenregion schnell erreichen zu können."

Der CAG fragte: „Falls und wenn die Feindseligkeiten nach dem Ende der Feuerpause wieder aufgenommen werden, wo wird sich die *Ford* befinden?"

„Das ist es, was ich mit Ihnen besprechen möchte", erwiderte Admiral Manning. „PACFLEET hat uns gebeten, landgestützte Landeplätze zu evaluieren. Sie wollen wissen, ob wir notfalls Inselflugpisten aus der Ära des Zweiten Weltkriegs als Stützpunkte nutzen könnten."

Jemand lachte.

„Das soll ein Scherz sein, oder?"

Admiral Manning schüttelte den Kopf. „Keinesfalls. Sie nennen sie ‚unsinkbare Träger.'"

„Unsinkbar bedeutet nicht unzerstörbar."

Admiral Manning erwiderte: „Es gibt nur eine Handvoll von Inseln, die unsere Kriterien erfüllen. Inseln, die groß genug sind für eine Landebahn, welche gegen die vorherrschende Windrichtung ausgerichtet ist. Wir können Hubschrauber oder Kipprotorflugzeuge einsetzen, aber PACFLEET zieht es aus Effizienzgründen vor, nichts auf einer Insel zu stationieren, auf der keine größeren Lufttransporte landen können. Auch der Luftwaffe gefällt die Idee. Sie wollen zwei bis vier Kampfflugzeuge und eine mit Treibstoff und Wartungsgeräten beladene C-17 auf jede Insel schicken."

„Wir werden also nach ... wo genau werden wir hingeschickt? Zu den Midwayinseln?"

Der Stabschef nickte. „Wir haben die Verträge bereits alle ausgearbeitet. Die Bautrupps der Navy werden phasenweise dorthin geflogen. Die Vertragsunternehmen werden innerhalb weniger Wochen auf dem Wasserweg an den meisten Orten eintreffen. Diese neuen US-Basen werden unsere virtuellen Bunker im Pazifik sein. Mit der Dezimierung unserer Luftbetankungsflotte hat sich auch unsere Reichweite verringert. Dieser Plan trägt dazu bei, den ursprünglichen Aktionsradius wiederherzustellen. Wenn die Chinesen versuchen, eine große Streitmacht über den Pazifik zu transportieren, werden wir dort mehrere Stützpunkte haben, von denen aus wir angreifen können."

„Von wie vielen sprechen wir?"

„Die genaue Zahl wird momentan noch diskutiert. Aber im Gespräch sind die Midwayinseln, Wake Island, das Johnston-Atoll, das Palmyra-Atoll und Samoa."

Ein Klopfen an der Tür unterbrach die Diskussion. Der Kommandant der Informationskriegsführung (IWC) steckte den Kopf durch die Tür.

„Bitte, treten Sie ein."

Der Navigator des Flugzeugträgers folgte ihm. Als Kommandant und Flieger hatte der Navigator mit dem IWC der Kampfgruppe normalerweise nicht viel zu tun. Admiral

Manning ging im Geist blitzschnell alle Problemstellungen durch, die die beiden Männer zusammenbringen könnten.

Der IWC sagte: „Sir, ich fürchte, wir haben schlechte Nachrichten."

Schüchtern blickte der Navigator zu seinem Vorgesetzten hinüber, dem Flugzeugträgerkapitän, der auf dem Sofa des Admirals saß.

„Vor etwa einer Stunde, kurz vor dem Morgenbriefing, kam der Navigator zu mir, da ihm einige Anomalien aufgefallen waren ...", fuhr der IWC fort.

Der Navigator übernahm. „Sir, wir haben unseren Kurs mithilfe der Navigationssoftware des Schiffs berechnet. Für morgen ist eine Seeversorgung anberaumt, und ich wollte noch etwas überprüfen ..." Bei der Seeversorgung handelte es sich um ein Manöver, bei dem Kriegsschiffe in sicherem Abstand auf parallelem Kurs neben einem Versorgungsschiff herfuhren, um Treibstoff, Nahrungsmittel, Vorräte und Munition aufzunehmen.

Admiral Manning sagte: „Spucken Sie es aus, Commander."

„Wir befinden uns jetzt in tiefem Gewässer und werden es auch während der Seeversorgung sein. Aber die Navigationssoftware des Computers sagt etwas anderes."

Der CAG setzte sich aufrecht hin. „Das verstehe ich nicht. Dann orientieren sich Sie sich eben an den Seekarten. Warum ist das –"

„CAG, das habe ich getan. Darum geht es mir nicht. Das Problem ist ein anderes – ich glaube, dass diese vermeintlichen Flachwasserzonen böswillig in unsere Software eingefügt wurden", erwiderte der Navigator.

Der Raum wurde still.

Admiral Manning sah den IWC an. „Was haben Sie herausgefunden?"

Der IWC antwortete: „Ich lasse das jetzt von unseren Fachleuten prüfen. Aber die vorläufigen Ergebnisse sehen nicht gut aus. Unsere Cyberexperten fanden in unserem Netzwerk eine Backdoor, die kürzlich ausgenutzt wurde. Sie identifizierten auf unserem Server eine Logikbombe und schafften es, sie unter Quarantäne zu stellen, ebenso wie den Wurm, der die bordeigene Navigationssoftware manipuliert hatte."

„Wir passen unsere Verfahren an, um sicherzustellen, dass wir alle Softwaredaten mit den Karten abgleichen", ergänzte der Navigator.

„Haben wir das nicht auch schon vorher getan?"

„Ja, Sir, aber wenn der Navigationscomputer uns in der Vergangenheit gesagt hätte, dass wir uns flachen Gewässern nähern, hätten wir daraufhin den Kurs geändert."

Admiral Manning blickte an die Decke und zog als erster Schlüsse aus dem Gehörten. „Aber wenn die Software absichtlich von chinesischen Hackern korrumpiert wurde, dann könnten uns diese vermeintlichen Flachwasserzonen zu Stellen führen, an denen sie uns haben wollen. Korrekt?"

„Und uns wie eine Herde Schafe zusammentreiben. Das ist möglich, Sir. Wenn es ihnen gelänge, die Kampfgruppe auf eine bestimmte Route zu lenken, könnten sie uns in eine Falle locken. In ein Minenfeld. Eine Gruppe Jagd-U-Boote. Alles Mögliche."

Der Stabschef murmelte: „Verdammt. Ihre U-Boote müssten gar nichts machen, sondern einfach nur warten, während die Ziele zu ihnen kommen."

Admiral Manning nickte dem Navigator zu. „Gute Arbeit, diese Entdeckung." Er wandte sich an den IWC. „Wir brauchen Ihre Cyberteams, um jeden Server, Computer und jedes Programm auf dem Schiff unter die Lupe zu nehmen. Und geben Sie das auf jeden Fall an die Befehlskette weiter. Die Geheimdienstleute werden das sicher wissen wollen."

Das Telefon auf dem Schreibtisch des Admirals klingelte. Er nahm den Hörer ab und bedeckte das Mikrofon mit der Hand. „Wir müssen sicher sein, dass unsere Entscheidungsprozesse nicht manipuliert werden. Alle am Krieg beteiligten Befehlshaber müssen ihre Verfahren überprüfen und überlegen, ob wir uns von eventuell unsicheren Netzwerken absondern müssen." Jetzt sprach er ins Telefon: „Admiral Manning, legen Sie los." Seine Miene wurde grimmig. „Verstanden." Er legte auf.

„Sie haben auf einem unserer Begleitschiffe gerade einen Spion entdeckt. Ein Unteroffizier wird hingeflogen, um seinen Platz einzunehmen. Sie haben ihn erwischt, als er versuchte, einen USB-Stick in einen Geheimcomputer zu stecken."

Der Kapitän des Trägers erhob sich von seinem Platz. „Sir, wenn Sie mich entschuldigen, ich werde das mit meinem XO besprechen. Bei fünftausend Menschen an Bord müssen wir vorbereitet sein, falls hier dasselbe passiert."

Der Stabschef deutete zum Navigator hin. „Kapitän, ich glaube, das ist es schon."

Der Kommandant der *Ford* nickte, runzelte die Stirn und verließ den Raum. Der Navigator und der IWC folgten ihm und die Kabinentür wurde hinter ihnen verschlossen.

Der Nachrichtenoffizier fing an, sie über die streng geheimen Pläne für die U-Boot-Flotte der US-Marine zu unterrichten.

„Der einzige Lichtblick während der Schlachten im Westpazifik war die vollständige Überlegenheit bei allen Gefechten der US-U-Boote. Wir glauben, dass uns das in Bezug auf das Waffenstillstandsabkommen einen gewissen Einfluss verschafft hat. Wir schätzen, dass U-Boote der US-Marine mehr als fünfundzwanzig chinesische Kriegsschiffe und acht ihrer U-Boote versenkt haben. Wir haben große Gebiete gegen die chinesische Flotte verteidigt."

Der Stabschef, der das goldene Abzeichen eines U-Boot-Offiziers auf der Brust trug, lächelte breit. „Wenn die Kämpfe wieder anfangen, wird alles in ein paar Wochen vorbei sein, meine Herren."

Der Admiral beobachtete das allseitige Kopfnicken angesichts einer seltenen guten Nachricht.

„Wo befinden sich die chinesischen Trägerverbände?"

Der Nachrichtenoffizier drehte seinen Laptop um und blätterte zu einer bestimmten Folie. „Sir, die Chinesen haben ihre Seestreitkräfte in zwei Hauptgruppen aufgeteilt. Die erste Gruppe umfasst zwei Träger nahe dem Japanischen Meer und hat die Hoheitsgewässer nahe der chinesischen Küste beschützt. Eines unserer Boote der Los-Angeles-Klasse ist ihnen seit heute Morgen auf den Fersen. Bei der zweiten Gruppe handelt es sich um eine Flotte mit einem Träger in der Nähe der Philippinen. Der Flugzeugträger ist die *Liaoning*. Das war derjenige, von dem der fehlgeschlagene Luftangriff auf Guam ausging."

„Wird die Flotte verfolgt?"

„Nicht wirklich, Sir. Sie haben gerade mit ihren Seefernaufklärern ein sehr umfangreiches Sonobojenfeld gelegt, während sie nach Westen, in Richtung China, fährt."

„Westen?"

„Ja, Sir. Wir glauben, dass die *Liaoning* neue Flugzeugstaffeln an Bord nehmen wird. Unseren Geheimdienstberichten zufolge läuft sie vielleicht in den Hafen ein. Obwohl ..." Der Geheimdienstoffizier zögerte.

„Was ist los?"

„Nun, es gibt beim ONI, dem Marinenachrichtendienst, einige Meinungsverschiedenheiten darüber, ob die *Liaoning* tatsächlich in den Hafen einlaufen wird oder nicht. Sie ist auf dem Weg dorthin, aber sie scheinen im Hafen nicht die üblichen Vorbereitungen für ihre Ankunft zu treffen."

Der CAG sagte: „Wir sind uns also nicht sicher, was ihre Absichten sind, und wir haben keine genaue Position des Trägers. Ist das richtig?"

Die Augen des Offiziers huschten nervös umher. „Ja, Sir."

Der CAG verdrehte die Augen. „Wir müssen wissen, wo der Feind ist und was er vorhat."

„Jawohl, Sir." Der Nachrichtenoffizier räusperte sich. „Unabhängig davon haben wir in letzter Zeit Berichte erhalten, dass eine sehr große Gruppe von Schiffen dabei ist, chinesische Handelshäfen zu verlassen, und zu dieser Gruppe könnten einige Marineschiffe gehören, die dort angedockt waren."

„Warum sollten sie das tun?"

„Wir wissen es nicht."

Admiral Manning klopfte auf seinen Schreibtisch. „Ich danke Ihnen. Sie können gehen." Der Nachrichtenoffizier huschte aus der Kabine des Admirals.

„Meine Herren, wir müssen auf das, was uns bevorsteht, vorbereitet sein. Wir müssen bereit sein, zurückzuschlagen."

Der U-Boot-Stabschef lächelte wieder. „Das Überraschungsmoment ist passé. Wenn die Kämpfe wieder anfangen, werden wir sie zerquetschen. Es wird schneller vorbei sein, als Sie gucken können, Sir."

Admiral Manning runzelte die Stirn. Er hatte seinen COS immer für einen intelligenten Mann gehalten. Wie viele Kriege hatten mit denselben Worten aus dem Mund eines ansonsten intelligenten Mannes begonnen?

13

Lena Chou fuhr in einer Kolonne von Regierungsfahrzeugen durch Peking. Sie hatte ihre Haare zu einem strengen Dutt hochgesteckt und trug ein Kapuzensweatshirt, das sie warm hielt und die Narben auf ihrer linken Gesichtshälfte verdeckte.

Sie war erst vor wenigen Wochen in der Stadt gewesen, aber es hatte sich zwischenzeitlich viel verändert. Die Lebensweise war eine andere. Die Gesichter der Menschen sahen anders aus. Die Menschen selbst waren anders.

Digitale Werbetafeln, die einst für Nagellack oder Spülmittel geworben hatten, zeigten nun einen Aufruf zum Kampf an.

KÄMPFE FÜR CHINA stand auf einer der Anzeigen. Es war das Bild eines gut aussehenden jungen Mannes mit einem auf das Meer gerichteten Gewehr, seine Familie hinter ihm zusammenkauert.

TRAGE DEINEN TEIL DAZU BEI. DIENE DEINER NATION stand auf einer anderen. Diese Tafel zeigte drei Frauen, die Seite an Seite standen. Sie waren alle sehr hübsch.

Eine hatte eine Fliegerkombi an und ihren Helm unter den Arm geklemmt. Eine andere war in einen grünen Tarnanzug gekleidet. Die Dritte trug die weiß-schwarze Ausgehuniform der Marine, komplett mit schwarzer Krawatte und Schulterklappen. Die Frauen wirkten entschlossen und stolz.

Lenas Fahrzeug bog in eine stark befahrene Straße ein. Sie sah, dass an jeder Geschäftsfassade ähnliche Regierungspropaganda angebracht worden war. An der Straßenecke wartete eine Reihe junger Männer vor einem Rekrutierungszentrum. Die Schlange reichte bis um den Block, die meisten der Jungs starrten auf ihre Handys.

Sie vermutete, dass sie sorgfältig kuratierte Artikel lasen, die ihren Kampfgeist anstacheln sollten. Die digitalen Anzeigen und Artikel, Beiträge und Bilder in den sozialen Medien ... all das war miteinander verzahnt und diente nur einem Zweck: aus China einen Kriegsstaat zu machen.

Als die Regierungsfahrzeuge in einen Stau gerieten, legte der Fahrer am Armaturenbrett einen Schalter um. Auf dem Autodach begann eine Sirene rot zu blinken und aufzuheulen. Der Ton war anders als der, an den sie sich in Amerika gewöhnt hatte. Das Meer von Autos teilte sich, und Lenas Konvoi fuhr weiter.

Wenige Minuten später erreichten sie eine kleine bewachte Armeebasis im Stadtzentrum. Ein VBA-Hubschrauber wartete mit drehenden Rotoren auf einem Landeplatz. Lena wurde durch den Rotorkreis in die Kabine eskortiert, dann schloss sich die Tür hinter ihr und sie hoben ab. Aus der Luft ließ sich der Kontrast zwischen den verschiedenen Stadtvierteln Pekings gut erkennen. Die wohlhabenden und modernen Stadtteile mit den hellen LED-Bildschirmen und beeindruckenden Wolkenkratzern und die verarmten Arbeiterviertel mit ihren eintönigen, mit Blech verkleideten Einzimmerwohnungen. Aber überall waren unzählige Freiwillige unterwegs, um ihren patriotischen Pflichten nachzukommen. Die Dynastie von Cheng Jinshan schlug die Trommeln des Krieges.

Eine Stunde lang flog der Helikopter über bergiges Gelände, das von endlosem immergrünen Wald bedeckt war. Sie landeten auf einem quadratischen Betonlandeplatz, der zwischen hohen Kiefern versteckt lag. Die Tür ging auf und eines der Besatzungsmitglieder führte sie unter den sich drehenden Rotorblättern vom Heli weg.

Anschließend wurde sie von einer Militäreskorte zu einem Armeefahrzeug gebracht, das fünfzig Meter fuhr, bevor es am Fuß einer Felswand zum Stehen kam. Sicherheitsbeamte inspizierten den Wagen und gingen dann zu ihrem getarnten Wachhaus zurück.

Dann bewegte sich der Berg.

Was wie eine dunkle Felswand ausgesehen hatte, war in Wirklichkeit ein sorgfältig bemaltes Tor. Dieses glitt nun zur Seite und enthüllte einen langen, gut beleuchteten Tunnel, der steil in die Erde hinunterführte. Nach einer etwa fünfminütigen Fahrt wurde sie an einer Laderampe abgesetzt.

Ihre Begleitperson war weiblich. Eine hübsche junge VBA-Offizierin. Wahrscheinlich eine von dem Rekrutierungsposter, sinnierte Lena. Die Frau war sehr beflissen. Sie schwieg beharrlich, als sie durch mehrere sterile Korridore und zwei Treppenhäuser marschierten. Lena fragte sich, wie die Frau hier gelandet war. Hätte so auch ihre Laufbahn ausgesehen, wenn sie nicht als Teenager von Jinshan angeworben worden wäre?

Sie gingen eine weitere Treppe hinauf und durch ein Labyrinth von Gängen, in denen sich uniformierte Männer und Frauen tummelten. Alle hatten erschöpfte, aber entschlossene Mienen.

Lenas Eskorte blieb vor einer Tür stehen und klopfte. Auf

dem roten Namensschild stand ein ihr bekannter Name, unter dem fünf Sterne zu sehen waren. Lenas Augen weiteten sich leicht, als sie ihn las. Sie blickte ihre Begleiterin an, die höflich nickte, aber keine Ahnung zu haben schien, dass dies ein besonderer Moment war.

Sie wusste nicht, dass an der Tür der Name von Lenas Vater stand. Ein Mann, den sie seit zwanzig Jahren nicht mehr gesehen hatte. Ein Mann, der zugestimmt hatte, seine Tochter nie wiederzusehen. Der sie an China ausgeliefert hatte, damit sie als Schläferin eingesetzt werden konnte.

Dieser Mann war anscheinend zum ranghöchsten General in ganz China aufgestiegen. Ein ziemlicher Fortschritt gegenüber dem, was er gewesen war, als sie ihre Heimat ohne auch nur einen Abschied verlassen hatte.

Die Tür wurde aufgerissen. Ein Oberst mit schütterem Haar stand dahinter. „Sie kann hereinkommen", sagte er und sah Lena an. Die Eskorte verbeugte sich und entfernte sich wortlos.

Lena hatte viele Talente. Diese Fähigkeiten, sowohl körperlicher als auch geistiger Art, hatten ihr ein enormes Selbstvertrauen gegeben. Sie war immer sehr selbstsicher gewesen.

Aber als sie jetzt General Chens Büro betrat und ihn hinter seinem Schreibtisch sitzen sah, zitterten ihr die Knie. Der General sah stolz aus, als er sie erblickte.

„Nimm Platz."

Der General wies auf einen der Stühle vor seinem Schreibtisch. Seine Adjutanten verließen den Raum und ließen Vater und Tochter schweigend zurück.

„Möchtest du Tee?" Er deutete auf ein Tablett, das neben seinem Schreibtisch aufgestellt worden war.

Lena zögerte, und der General sagte: „Mach uns beiden eine Tasse."

„Jawohl, General." Die ersten Worte, die sie seit über zwanzig Jahren zu ihrem biologischen Vater gesprochen hatte.

Lena erhob sich von ihrem Stuhl und begann, zwei Tassen Tee vorzubereiten. Ihr Vater beobachtete, wie sie heißes Wasser über die getrockneten Teeblätter goss. Ein holziges Aroma stieg ihnen in die Nase, als der Dampf aus den Tassen aufstieg.

General Chen sagte: „Es muss eine Überraschung für dich gewesen sein, nach all dieser Zeit hierher gebracht zu werden."

Lena interpretierte die Bemerkung als Versuch, das Thema auf ihre in Amerika verbrachten Jahre zu verlagern. Sie wollte gerade antworten, als der General fortfuhr. „Mich hier zu sehen, meine ich. Als Führer der gesamten Volksbefreiungsarmee."

Sie zögerte einen Moment und musterte ihn. Dann nickte sie und rührte weiter in der Tasse. „Ihre Leistungen ehren mich, Vater." Sie war darauf bedacht, trotz der aufsteigenden Emotionen einen respektvollen Ton beizubehalten.

Längst vergessene Erinnerungen aus ihrer Kindheit kamen ihr in den Sinn. Als junges Mädchen hatte sie ihrem Vater oft Tee serviert. Aber jetzt war sie ein anderer Mensch.

„Es war mir eine Freude, dich hierher einzuladen."

Sein Ton legte nahe, dass er dieses Treffen als etwas betrachtete, für das Lena dankbar sein sollte. „Schließlich bist du meine Tochter." Sie hielt erneut inne, und ihre Blicke trafen sich kurz. Dann rührte sie weiter.

Lena wusste aufgrund ihrer Erziehung, dass die chinesische Teekultur viele grundlegende Bedeutungen hatte. Ihrem Vater Tee zu servieren, war ein Zeichen des Respekts. Den Tee zu servieren konnte auch eine Möglichkeit sein, die Familienbande aufzufrischen. Oder sich zu entschuldigen.

Nein. Das hier war nichts dergleichen.

Lena spürte, dass im Herzen dieses Mannes für Bedauern oder Kummer kein Platz war. Seine Aufforderung, dass sie ihm Tee servieren solle, musste als ein Ausdruck von Dominanz interpretiert werden. Ein Verweis auf seine Position. Warum?

Sie stellte eine Tasse auf seinen Schreibtisch und nahm dann ihre eigene Tasse vom Tablett. Als sie von diesem zurücktrat, wartete Lena darauf, dass der General mit ein paar Fingern neben seiner Tasse auf den Tisch klopfte. Das war die traditionelle kantonesische Geste der Dankbarkeit. Sie kam nicht.

Er nippte an seinem Tee. „Wie ich höre, hast du China über die Jahre gut gedient."

„Ich habe versucht, ehrenhaft zu dienen, General."

„Der Vorsitzende spricht in den höchsten Tönen von dir."

Der Vorsitzende. Natürlich. Er war der Grund, warum ihr Vater an ihr interessiert war. Und der Grund, warum er sie fürchtete, auch wenn es ihm nicht bewusst war. Ihr Selbstvertrauen kehrte augenblicklich zurück, als ihr klar wurde, dass sie Macht über ihn hatte.

„Ich fühle mich geehrt, dass dem so ist."

„Hast du irgendwelche Fragen an mich? Gibt es irgendetwas, dass du brauchst?"

Lena dachte einen Moment lang nach und fragte dann: „Wie geht es meiner Mutter?"

Der General sah plötzlich angespannt aus. „Es geht ihr gut."

Sie führten diese unangenehme und gezwungene Unterhaltung noch einige Minuten fort.

Lena hielt ihren Blick gesenkt und beobachtete ihren Vater nur aus den Augenwinkeln. Sie trug absichtlich eine gewisse Unterwürfigkeit zur Schau. Es entsprach zwar nicht ihrer Persönlichkeit, aber sie hatte einen ausgeprägten Instinkt für Gefahr.

Auch wenn der militärische Schlagabtausch Tausende Kilometer von diesen Gebirgsbunkern entfernt wütete, war dies kein sicherer Ort. Sie musste sich nicht vor einem amerikanischen Angriff fürchten. Lena befand sich nun in der Höhle des Löwen. Jeder Flaggoffizier und jeder erfahrene Staatsmann buhlte um eine künftige Position. Für sie war Lena entweder ein Spielball oder ein Hindernis. Das galt selbst für ihren Vater.

General Chen schien sich viel wohler zu fühlen, wenn er über sich selbst und seine herausragenden Leistungen sprach, die seiner Meinung nach zahlreich waren. Er wirkte auch daran interessiert, was Lena über Jinshan zu sagen hatte, was sie auf ein Minimum reduzierte.

„Hat er dir etwas versprochen?"

Lena legte ihren Kopf schräg. „Mir etwas versprochen? Was denn zum Beispiel, General?"

„Titel. Eine Position?"

„Jinshan weiß, dass das Dinge sind, nach denen ich nicht strebe."

Die Augen des Generals wurden schmal. „Natürlich nicht."

Das jetzt an der Tür ertönende Klopfen ignorierte der General. Stattdessen fragte er: „Warum hat er dich herbestellt?"

Lena verzog keine Miene. „Ich bin über den Grund noch nicht informiert worden."

Es klopfte abermals.

„Herein!", rief der General und klang dabei ein wenig genervt.

Die Frau, die Lena in das Büro ihres Vaters begleitet hatte, öffnete die Tür. Sie sagte: „Der Vorsitzende Jinshan bittet um Ihre Anwesenheit."

„Gut. Ich werde gleich da sein."

Die Frau antwortete: „Jawohl, General. Und um Missverständnisse auszuräumen – er bittet Sie beide, zu ihm zu kommen." Sie verbeugte sich und machte die Tür wieder zu.

Der Kopf von General Chen wurde noch etwas röter. Lena starrte stoisch auf den Boden, sie wollte ihn nicht provozieren. Sie hatte längst erkannt, dass er sich im Gegensatz zu ihr nicht verändert hatte. Seine Mankos fielen ihr jetzt noch deutlicher auf. Aufgrund ihrer jahrelangen Geheimdienstausbildung registrierte sie jede Kleinigkeit während ihres Gesprächs. Jedes Wort und jede Reaktion wurden erfasst und abgespeichert.

Wäre General Chen ein Amerikaner und Lena ihm im Rahmen ihrer Tätigkeit begegnet, hätte sie später einen Bericht über ihn verfasst und diesen an ihren chinesischen Führungsoffizier geschickt. Dieser hypothetische Report hätte in etwa so gelautet: *Flaggoffizier der höchsten Ebene der VBA weist Anzeichen für übermäßigen Stolz, Egoismus und Arroganz auf. Subjekt wäre meiner Ansicht nach empfänglich für Appelle an seine Eitelkeit und seinen Ehrgeiz. Aufgrund der Autorität seiner Position hat das Subjekt Zugang zu einem breiten Spektrum an Informationen und Einflussnehmern. Empfehle die sofortige Anwerbung als Spitzel.*

General Chen runzelte die Stirn. „Jinshan hat uns also beide zu sich gerufen. Nun, ich nehme an, wir werden gleich erfahren, warum du hier bist."

Jinshans Quartier war viel größzügiger als das von General Chen, aber gemessen an dem, was er gewohnt war, immer noch spärlich. Jinshan war durch sein Geschick und seine Verbindungen zu Regierungskreisen zu einem milliardenschweren Geschäftsmann geworden. Lena wusste, dass seine Geschäftslaufbahn anfangs nur als Tarnung gedient hatte, als er noch ein kleiner MSS-Agent gewesen war. Seine Vorgesetzten von damals hatten keine Ahnung gehabt, wozu er fähig war.

Lena war erfreut, ihn zu sehen. Er begrüßte sie herzlich und nahm ihre Hände in seine eigenen. „Es ist schön, dich zu sehen, Lena." Sie bemerkte, dass er sie mit ihrem Decknamen ansprach, den sie in den Vereinigten Staaten angenommen hatte. Sie fragte sich, was der gute General davon hielt.

Aus Respekt verneigte sie sich vor Jinshan. „Danke, Vorsitzender Jinshan."

Abgesehen von ihr und General Chen waren noch zwei weitere Personen im Raum. Ein Admiral der VBA-Marine namens Zhang und ein ranghoher Mitarbeiter aus dem Ministerium für Staatssicherheit, soweit Lena informiert war. Die Gruppe nahm um einen Tisch herum Platz, während der MSS-Mann sie über die Ergebnisse des Tages unterrichtete.

Lena beobachtete das Treffen schweigend und nahm alles auf. Sie studierte die Männer am Tisch aufmerksam. Was sie sagten und wie sie es sagten. Sie erriet ihre Motive und ihre Meinungen übereinander, aktualisierte und verfeinerte ihre Einschätzungen, je länger die Besprechung dauerte.

Sie hatte richtig gelegen. Jeder der Männer produzierte sich. Es ging ihnen nicht etwa darum, einen Krieg zu gewinnen, sondern aufzusteigen, die Herrschaft über die anderen zu erobern. Ihr Vater schien von der Invasion Hawaiis besessen zu sein. Admiral Zhang, der Chef der VBA-Marine, war nicht der Meinung, dass dies ihr vordringlichstes Ziel sei. Er wollte mit einem neuen Schiffstyp zuerst Guam angreifen und sich anschließend um Hawaii kümmern. Aber dieser zusätzliche Schritt könnte den Zeitplan um Wochen oder sogar Monate verzögern.

General Chen sagte: „Die Amerikaner werden ihre Militärpräsenz auf Hawaii in den nächsten Wochen verstärken. Wir können es uns nicht leisten, zu warten, bis –"

Admiral Zhang erklärte: „Admiral Song ist der Flottenkommandant. Wir sollten sein Urteil in dieser Sache respektieren. Er hat dargelegt, warum es unbedingt erforderlich ist, die US-Luftstreitkräfte in der westlichen Hälfte des Pazifik zu vernichten, bevor unsere Flotte nach Hawaii aufbricht. Die Landebahn auf Guam wurde bereits saniert. Wenn Guam nicht zerstört wird –"

„Dann sollten wir die Flotte aufteilen. Wir haben genug Schiffe", fiel im Chen ins Wort.

Der Admiral schüttelte den Kopf. „Das ist kein guter Plan. Unsere Seekampfstrategie –"

„Erzählen Sie mir nichts über Strategie, Admiral. Ich bin ein Experte in Sachen militärische Strategie."

Lena warf einen Blick auf Jinshan, dessen Gesicht teilnahmslos war. Wie sie war er ein Zuhörer. Sie registrierte, wie müde und gebrechlich er aussah. Seine Haut hatte einen gelben Schimmer. Der Krebs, wusste sie. Den Mitgliedern des Zentralausschusses musste bewusst sein, wie krank er war. Wenn sein Gesundheitszustand weiter nachließ, würden sie anfangen darüber nachzudenken, was als Nächstes käme. Wenn das geschah, wäre er in Gefahr, wenn er es nicht schon längst war.

Sie verstand jetzt, warum Jinshan es so eilig hatte. Warum sie einige Schritte früher als geplant durchgeführt hatten. Jinshan musste diesen Krieg zu Ende führen. Damit kein anderer – wie z. B. ihr stümperhafter Vater – die Chance bekäme, alles zu vermasseln.

Admiral Zhang seufzte. „Wir werden die Schiffe der Jiaolong-Klasse brauchen, um die Gefechte mit den amerikanischen Trägerverbänden zu gewinnen."

General Chen höhnte: „Die chinesische Marine sollte wohl in der Lage sein, unsere Gegner im direkten Kampf zu besiegen. Wenn Sie uns nicht zum Sieg führen können, Admiral, sollten wir vielleicht jemand anderen finden –"

Jinshan lächelte. „Das ist genug, General. Ich schlage vor, dass wir uns daran erinnern, wer unsere Feinde sind." Er machte eine kurze Pause und wandte sich dann an Lena. „Lena, sag mir, was sollen wir tun?"

Lena ignorierte den missbilligenden Blick ihres Vaters und antwortete: „Wir müssen davon ausgehen, dass die Amerikaner ihre militärischen Fähigkeiten an beiden Stützpunkten bereits jetzt verstärken. Beide Standorte sind wichtig für sie, aber die Nähe Guams zu China macht die Insel einzigartig. Wenn Guam stürzt, kann unsere Flotte den Pazifik ungehindert in Richtung Hawaii überqueren. Aber wenn die amerikanischen Flugfelder in Guam einsatzbereit sind, werden sie in der Lage sein, unsere Konvois auf ihrem Weg nach Westen zu schikanieren und unsere Seestützpunkte wirksamer anzugreifen."

Jinshan lächelte sanft. „Ich stimme dem zu", sagte er. „Wir werden der Empfehlung von Admiral Zhang folgen und zuerst Guam angreifen."

Lena konnte sehen, wie sich auf dem Gesicht ihres Vaters Verachtung breitmachte, als er zwischen ihr und Jinshan hin und her blickte. *Ich habe mir meinem eigenen Vater zum Feind gemacht*, dachte sie. *Nicht zu ändern.*

Lena sah ihm direkt in die Augen. Diesmal hielt sie seinem Blick stand, bis er wegsah. Sie merkte, dass er innerlich vor Wut schäumte.

„General Chen ..."

Die wortlose Willensschlacht wurde unterbrochen, als der Leiter des MSS General Chen in einer anderen Angelegenheit um eine Stellungnahme bat. Die Unterhaltung währte noch ein paar Minuten. Nachdem sich Jinshan und seine Militärberater auf einige letzte Details geeinigt hatten, entließ er sie.

„Lena, bitte bleib", forderte Jinshan sie leise auf.

Er wartete, bis die anderen gegangen waren, und bemerkte dann: „Ich gratuliere dir zu deinen Leistungen. Du hast meine höchsten Erwartungen übertroffen."

Sie lächelte. „Ihr Lob ehrt mich, Vorsitzender Jinshan." Sie meinte es ernst.

Vom Verstand her wusste Lena, dass sie Jinshan gegenüber eigentlich Ressentiments hegen sollte. Er war der Mann, der ihr das Leben gestohlen hatte, als er sie im Namen des MSS für die Ausbildung zur Undercover-Agentin rekrutiert hatte. Diese Welt der Spionage und verdeckten Operationen hatte aus ihr eine bösartige und gewalttätige Frau gemacht. Sie wusste, dass er zumindest teilweise für die psychischen und emotionalen Schäden verantwortlich war, die sie im Laufe der Jahre erlitten hatte. Gelegentlich hatte sie Albträume. Hinzu kam ihr unerklärlicher innerer Drang, Gewalttaten zu begehen, auch außerhalb der Arbeit. Sie hatte sich mit beiden Symptomen ausgiebig beschäftigt. Sie deuteten auf ein größeres psychisches Problem hin – eines, das wahrscheinlich das Ergebnis ihrer brutalen und manchmal traumatischen Arbeit war.

Andererseits bot die Spionagewelt aber auch Aufregung, Erfüllung und Leidenschaft. Ein einzigartiges Leben voller Höhepunkte. Man hatte sie als ahnungslose Teenagerin aufgenommen und zu einer der stärksten Waffen Chinas geschmiedet. Jinshan war für diese Entwicklung verantwortlich. Auf diese Weise war er ihr mehr ein Vater, als General Chen es je gewesen war. Er hatte sie zu der Frau geformt, die sie heute war. Er war stolz auf ihre Leistungen. Den Teenager, den er rekrutiert hatte, gab es nicht mehr. Li Chen war ein verängstigtes kleines Mädchen gewesen. Aber Lena Chou war trotz ihrer inneren und äußeren Narben unbesiegbar.

Es war Jinshan, dem die Vergänglichkeit ins Gesicht geschrieben stand.

„Wie steht es um Ihre Gesundheit, Herr Vorsitzender?"

Jinshan zuckte mit den Schultern. „Wir alle haben nur begrenzt Zeit. Ich bin zuversichtlich, dass ich so lange handlungsfähig bleiben werde, bis wir unser Ziel erreicht haben."

Lena war sich nicht so sicher, widersprach ihm aber nicht. „Wie kann ich Ihnen dienen?"

Jinshan zeigte auf eine digitale Karte des Pazifikraums an der Wand. „Ich möchte, dass du hier vorerst die Rolle einer Beraterin des Vorsitzenden übernimmst. Du wirst an den Besprechungen meines Führungsteams teilnehmen. Deine Einschätzungen stellen eine willkommene Ergänzung dar."

„Wie Sie wünschen."

„Du verfügst über einen einzigartigen Einblick in die Herzen und Köpfe des amerikanischen Geheimdienstes. Ich möchte, dass du mit dem Minister für Staatssicherheit zusammenarbeitest. Wir haben bereits viele der amerikanischen Geheimdienstmitarbeiter in China festgenommen. Bald werden wir dasselbe in Korea, Japan und allen anderen Gebieten tun, in denen wir expandieren. Einige der Informationen, die hereinkommen, müssen ...", er suchte nach dem richtigen Wort, „untersucht werden. Ich habe keine Zeit, diese Projekte zu beaufsichtigen. Wir werden die Richtigkeit der Informationen, die wir von unseren amerikanischen Agenten erhalten, überprüfen müssen. Die Amerikaner werden versuchen, uns zu täuschen. Dein Verständnis des amerikanischen Geheimdienstes, des Militärs und der Politiker geht über das vieler unserer besten Analysten hinaus. Arbeite dich in das

Programm ein. Mach dich mit unseren Strategien auf höchster Ebene vertraut und prüfe, ob die Informationen, die wir erhalten, unsere Entscheidungen untermauern."

Lena nickte. „Ich stehe zu Ihren Diensten, Herr Vorsitzender."

14

Wisconsin, Vereinigte Staaten
Tag 5

„Hey Sie! Was machen Sie da?"

Lin Yu blickte den Sergeanten seiner Kompanie mit großen Augen an. Dieser Oberfeldwebel zweiter Klasse war ebenso unerfahren im Kampf wie Lin Yu, aber er war älter und schon viel länger bei der Armee.

„Sergeant, ich wollte nur ..."

„Egal. Steigen Sie in das Fahrzeug."

Auf dem Flugplatz, auf dem die Chinesen gelandet waren, herrschte reges Treiben. Die Soldaten packten ihre Ausrüstung zusammen, bauten Zelte ab und bewegten sich in Richtung der Waldgrenze, außer Sichtweite von Drohnen oder Flugzeugen, die nach ihnen suchen könnten. Alle paar Minuten kamen Lieferwagen an, und Trupps von Männern huschten zwischen den Bäumen hervor, um die Fahrzeuge zu besteigen. Die Transporter brachten die chinesischen Truppen vom Flugplatz weg. Lin Yu wusste nicht, wo sie hinfuhren.

Noch vor zwei Monaten hatte Lin Yu in einem kleinen Elektronikgeschäft in Guangzhou, der drittgrößten Stadt Chinas, gearbeitet. Dort hatte er Großbestellungen von gebrauchten Handyteilen an internationale Hersteller verkauft.

Dann war der chinesische Präsident im Rahmen eines verräterischen amerikanischen Komplotts ermordet worden. Lin Yu hatte alles darüber in den sozialen Medien gelesen. Die Amerikaner waren religiöse Eiferer. Sie hassten die Chinesen, weil diese nicht an ihren christlichen Gott glaubten. Genau wie die Muslime und andere Religionen. China war ein friedliebendes Land, aber es musste sich schützen.

Zumindest stand das so in allen chinesischen Medienberichten. Diese Ansichten wurden durch die Kurse zur Bildung eines politischen Bewusstseins, die sie während ihrer zweiwöchigen militärischen Grundausbildung absolvierten, noch verstärkt.

Lin Yu war sich nicht sicher, was er glauben sollte.

Seine Anwesenheit hier war eine Anomalie. Er war bei Weitem der Jüngste in der Gruppe. Aber er war aufgrund seiner Begabungen und seiner Englischkenntnisse für einen Sondereinsatz ausgewählt worden. Jemand in einer der besser ausgebildeten VBA-Einheiten war kurz vor Kriegsausbruch verletzt worden. Man hatte Lin Yu als seinen Ersatz auserkoren.

Der Flug über den Pazifik war anfangs seltsam und dann beängstigend gewesen. Es war Lin Yus erster Flug überhaupt. Ein Verkehrsflugzeug hatte sie von einer Militärbasis abgeholt. Sie hatten geschwitzt, weil sie während des langen Flugs ihre Winteruniformen trugen. Zwei Mahlzeiten und acht Stunden unruhigen Schlafs später verschlechterte sich die Lage plötzlich. Die Lichter des Flugzeugs wurden absichtlich gelöscht. Die Sonnenblenden wurden geschlossen. Lin Yu und seine Mitreisenden schrien auf, als das Flugzeug anfing, Manöver zu fliegen und abrupt abzutauchen. Der Oberfeldwebel sagte, dass jemand auf sie geschossen habe und sie sich über Kanada befänden.

Dann waren sie mitten in der Nacht auf einem abgedunkelten Flughafen gelandet. Lin Yu und die Truppen waren ausgestiegen und hatten begonnen, ein Lager aufzuschlagen. Entfernte Schüsse beunruhigten die Soldaten, aber der Oberfeldwebel hatte ihnen erklärt, dass sie nichts zu befürchten hätten – es handele sich lediglich um die ersten Treffer der Kompanie. Später erfuhr Lin Yu, dass die Opfer amerikanische Polizisten waren, die nachsehen wollten, was auf dem eigentlich verlassenen Flugplatz vor sich ging. Lin Yu hatte viele amerikanische Filme gesehen. Die Polizisten waren eigentlich immer die Guten gewesen ...

Lin Yu arbeitete als Verwaltungsassistent für den Stabsoffizier der Kompanie, einen jungen Hochschulabsolventen, nicht viel älter als Lin Yu selbst. Der Junge setzte eine tapfere Miene auf, aber Lin Yu merkte, dass ihm ihr Aufenthaltsort ebenso viel Angst machte wie ihm selbst. Sie lagen hinter den feindlichen Linien. Im Operationszelt erfuhr Lin Yu, dass sie sich in North Dakota befanden, einem der nördlichsten Gebiete der Vereinigten Staaten. Chinesische Angriffe hatten das amerikanische Stromnetz und die Radaranlagen weitgehend lahmgelegt. Die Operation, an der Lin Yu beteiligt war, umfasste fast zweitausend VBA-Soldaten, die mit ihm angekommen waren.

Sie wurden von einem VBA-Sonderkommando empfangen, das sie bereits erwartet hatte. Die Truppen wurden in Kompanien und Zügen ausgesandt, wobei jede Einheit eine andere Zielvorgabe erhielt. Die Kompanie von Lin Yu wurde auf der Ladefläche eines großen Lastwagens hundert Kilometer nach Süden verlegt. Als sie ihr Ziel erreichten, eine von Bäumen umgebene Farm, bauten sie ihre Zelte auf und tarnten sie mit allem, was sie in der Natur finden konnten. Blätter, Äste, Kiefernnadeln. Lin Yu bezweifelte, dass das wirklich wichtig war, aber der Oberfeldwebel bellte unverdrossen seine Anweisungen und die Männer gehorchten.

Sie waren bereits seit fünf Tagen in Amerika. Die Kompanie hatte sich die letzten vier Tage hier versteckt gehalten und auf Befehle gewartet. Eigentlich hätten sie am ersten Tag umziehen sollen, aber es hatte ein Kommunikationsproblem gegeben. Ihre Rationen gingen zur Neige und es war kalt. Lin Yu hatte bisher in der Nähe des Farmhauses Wache geschoben und die sporadischen Berichte anderer VBA-Einheiten überwacht, die über Funk hereinkamen. Das war alles.

Aber heute sollte sich das ändern.

Der Oberfeldwebel lächelte, als das VBA-Sonderkommando eintraf. Zwei Pick-ups beladen mit chinesischen Männern, alle gekleidet wie amerikanische Jäger oder Wanderer. Über ihren Schultern hingen schwarze halbautomatische Gewehre. In ihren Blicken lag Erfahrung und Stolz.

„Diese Männer sind die Besten der Besten", hatte der Sergeant seinem Zug zugeflüstert. Jemand fragte ihn, was sie auszeichnete. Ihr Anführer antwortete: „Sie sind die Elite. Marinekommandos vom sogenannten ‚Scharfen Schwert' Südchinas. Alle heiklen Missionen werden von diesen Männern ausgeführt. Sie sind schon seit Wochen hier. Sie sind echte Killer." Aus seiner Stimme klang Neid.

Lin Yu beobachtete, wie der Kommandant der Kompanie und der Stabsoffizier die chinesische Elite-Spezialeinheit begrüßten. Sie führten sie in das Farmhaus und versorgten sie mit Essen und Schlafplätzen.

Eine Stunde später rief der Kompaniekommandant den Oberfeldwebel zu sich. Zwei Mitglieder des Sonderkommandos sollten mit einem Teil von Lin Yus Kompanie in der nächstgelegenen Stadt Transportmittel für die Truppen beschaffen.

„Lin Yu, Sie sprechen gut Englisch. Sie werden mitkommen. Wir werden mit dem zweiten Zug in die Stadt fahren."

Der Oberfeldwebel lächelte beim Sprechen. Er wollte Amerikaner töten, dachte Lin Yu. Er wollte den Krieg auskosten. Lin Yu war sich seiner eigenen Gefühle nicht so sicher. Aber er machte mit, denn das war seine Pflicht und er hatte Angst.

„Jawohl, Sergeant."

Sie fuhren in einem Konvoi aus zwei Fahrzeugen. Ein Pickup besetzt mit vier Männern der VBA-Spezialeinheit, im hinteren Wagen Lin Yu, sein Sergeant sowie zwei weitere Kompaniekollegen. Ihre Fahrzeuge ruckelten die Schotterstraße hinunter, die sich durch sanfte Grashügel schlängelte. Der Himmel blau und wolkenlos. Es war sehr kalt hier in Amerika, aber die Schönheit der Natur war ein extremer Kontrast zu der sumpfigen Stadt, in der Lin Yu aufgewachsen war.

Die Fahrzeuge verließen die unbefestigte Straße und fuhren auf eine Autobahn auf. Ihnen kam ein Pick-up entgegen, bei dessen Anblick sich die Passagiere in Lin Yus Auto unwillkürlich verkrampften. Als sie den Randbezirk der amerikanischen Kleinstadt erreichten, vernahm Lin Yu ein metallisches Klicken – seine Kameraden kontrollierten ihre Waffen.

Lin Yu musterte die Gesichter seiner Begleiter. Ihm dämmerte, dass er als Einziger nicht in den Plan eingeweiht worden war. Als er seine fragende Miene bemerkte, erklärte der Oberfeldwebel: „Sie bleiben im Auto. Wir brauchen Sie vielleicht als Dolmetscher. Wenn das der Fall ist, werden wir Sie rufen." Lin Yu nickte nervös und betrachtete die Häuser und Schaufenster, an denen sie vorbeifuhren. Zwei alte weiße Männer in dicken Winterjacken saßen auf einer Bank vor einem der Geschäfte. Lin Yu entzifferte den Namen auf dem Ladenschild. Ein Friseur.

Dann fuhren sie auf einen großen vollen Parkplatz. Ein Autohaus. Die chinesischen Fahrzeuge blieben mit quietschenden Reifen stehen, ihre Türen gingen auf. Lin Yu konnte einen Amerikaner sehen, der durch eine der Scheiben sah, aus denen das komplett verglaste Hauptgebäude bestand.

Die Augen des Amerikaners wurden groß, als er die auf ihn gerichteten Maschinenpistolen erblickte und begriff, was gerade passierte. Einer der VBA-Elitesoldaten signalisierte ihm, nach draußen zu kommen, aber der Mann war starr vor Angst. Zwei weitere Soldaten rannten in das Gebäude und schleiften ihn nach draußen. Sie begannen zu schreien und auf ihn zu zielen. Der Mann hatte die Ellbogen angewinkelt und hielt die Hände hoch. Er schüttelte heftig mit dem Kopf und sagte etwas, das Lin Yu nicht verstehen konnte.

Als Nächstes wurde eine mollige schwarze Frau nach draußen gezerrt. Sie hielt ihren Kopf gesenkt und starrte auf den Boden.

Lin Yu drehte sich zur Straße um und suchte sie nach möglichen Problemen ab. Die Stadt hatte bei ihrer Herfahrt verlassen gewirkt. Er fragte sich, ob sich in der Nähe Militärangehörige oder Polizisten aufhielten. Sie waren nur zu acht und würden nicht sehr lange durchhalten, wenn –

„Lin Yu! Kommen Sie her!"

„Ja, Sergeant." Er stieß seine Tür auf und rannte hinüber.

Ein weiterer weißer Mann wurde mit vorgehaltener Waffe aus dem Gebäude geführt. Zwei VBA-Soldaten hinter ihm.

„Der Rest des Gebäudes ist sauber", sagte einer der Soldaten auf Mandarin.

Der Sergeant sagte: „Lin Yu, sagen Sie ihnen, dass sie zweiundzwanzig Wagen aufschließen und uns die Schlüssel geben sollen. Wir brauchen allradgetriebene Fahrzeuge, und zwar vollgetankt."

Lin Yu nickte und übersetzte ins Englische.

Der Mann, der zuerst nach draußen gebracht worden war, hörte zu und war kooperationswillig. Er schien das Sagen zu haben und zeigte auf das Gebäude. „Ich brauche meine Codes. Alle Wagen sind mit digitalen Schlössern gesichert. Ich brauche die Zugangscodes ..."

Lin Yu erklärte dies dem Oberfeldwebel, der nickte. Zwei Minuten später fummelte der stämmige Amerikaner an der Zahlenkombination des ersten Fahrzeugs herum. Jede falsche Eingabe wurde mit einem piepsenden Geräusch quittiert. Er sah auf. „Ich glaube, die Codes haben sich geändert."

Lin Yu fragte: „Was bedeutet das?"

„Die Zentrale könnte sie geändert haben. Das können sie tun. Sie müssen die Codes geändert haben. Ich kann die kleinen Schließfächer nicht mehr öffnen, in denen die Schlüssel aufbewahrt werden. Wenn meine Codes nicht funktionieren, kommen wir nicht an sie dran."

Lin Yu übersetzte für seinen Vorgesetzten, der die Stirn runzelte. „Sagen Sie ihm, er soll es noch einmal versuchen."

Aber auch das führte zu keinem anderen Ergebnis. Der Amerikaner, der im Hemd da stand, zitterte und rieb seine Hände, um sich warm zu halten. Er sagte: „Es funktioniert noch immer nicht. Es gibt nichts, was ich tun kann." Lin Yu übersetzte erneut.

In der Ferne begann eine Polizeisirene zu heulen.

Einer der Soldaten der Spezialeinheit kam zu ihnen herüber. „Wo liegt das Problem?" Der Sergeant erklärte die

Situation, woraufhin der Elitesoldat die beiden anderen
Amerikaner herbeirief. Er setzte sein Gewehr an und schoss
der schwarzen Frau in die Brust. Der Mann neben ihr schrie
auf und rannte auf den Schützen zu. Der Soldat gab zwei
weitere Schüsse ab und der Mann ging zu Boden, wobei sein
Kopf implodierte.

Lin Yu fühlte, wie ihm die Galle hochkam, und drehte sich
weg, um tief Luft zu holen. Als er wieder aufblickte, sah er,
dass sich der andere Amerikaner in die Hose gemacht hatte;
der, der behauptet hatte, die Schlösser ließen sich nicht
öffnen. Mit zitternden Fingern tippte er den Code ein,
woraufhin das Schließfach aufging und einen Schlüsselan-
hänger preisgab. Der Soldat des Sonderkommandos nahm
den Schlüssel an sich, entriegelte das Fahrzeug und vergewisserte sich, dass es problemlos ansprang. Dann kontrollierte er
die Tankanzeige und sagte: „Dieser ist OK. Noch einund-
zwanzig weitere."

Augenblicke später tauchte ein amerikanischer Streifen-
wagen auf dem Parkplatz auf. Die Angehörigen der chinesischen Spezialeinheit hatten die sich nähernde Sirene gehört
und waren vorbereitet. Zwei der Soldaten hatten Stellung
bezogen, um der Polizei aufzulauern, und feuerten aus
weniger als zehn Metern Entfernung auf das Einsatzfahrzeug.
Kaum dass das Fahrzeug auf das Gelände auffuhr, waren seine
Scheiben bereits mit Einschusslöchern übersät. Anschließend
überprüften die Angreifer das Wrack, stellten sicher, dass die
Zielpersonen tot waren und suchten nach nützlichen
Kommunikationsgeräten oder Waffen.

Fünfzehn Minuten später verfügten die Chinesen über
fünfundzwanzig aufgetankte und einsatzbereite Fahrzeuge.
Sie schickten drei davon mit je einem Fahrer zurück zum
Lager der VBA-Kompanie, um weitere zwanzig Mann abzuholen. Genug, um alle Fahrzeuge zu steuern.

Vor ihrer Abfahrt jagte Lin Yus Sergeant dem Amerikaner eine Kugel in den Hinterkopf. Der Anblick verfolgte Lin Yu, als er auf dem Rückweg zum Lager auf dem Beifahrersitz saß. Der Sergeant schwieg die ganze Zeit.

Im Lager angekommen wurde Lin Yu vom Stabsoffizier ins Farmhaus beordert, um diesem vor ihrem Aufbruch noch bei der Beschriftung einiger Papierkarten zu helfen. Während der Arbeit belauschte Lin Yu den Kompaniekommandanten, den Stabsoffizier und den Teamleiter der Spezialeinheit bei einem Gespräch über das, was vor ihnen lag.

„... wir werden im Laufe der nächsten Stunde ausrücken ...“

„... werden die Kampfmittelexperten vor Ort sein, wenn wir ankommen?“

„Ja, Sir. Diese Teams wurden im Vorfeld positioniert und wissen, was auf sie zukommt.“

„Und wir werden keine weitere Verstärkung aus der Luft bekommen? Ist es das, was Sie hören?“

„Das ist korrekt, Sir. Wir konnten leider nur ein einziges Regiment bereitstellen. Die anderen Flugzeuge haben es nicht geschafft.“

„Was ist mit ihnen passiert? Egal. Es ist nicht wichtig. Die Amerikaner werden sich von den EMP-Angriffen erholen. Wir müssen schnell handeln.“

„Werden uns die Leute vom Scharfen Schwert Südchinas in den Süden begleiten?“

„Für den Moment.“

Lin Yu rollte die letzten Karten zusammen, als die Männer des VBA-Sonderkommandos das Gebäude verließen. Zwanzig Minuten später hatte seine gesamte Kompanie ihre Ausrüstung in den kürzlich beschafften amerikanischen Fahrzeugen verstaut und war auf der Autobahn Richtung Süden unterwegs.

Lin Yu blickte aus dem Fenster, als sie durch die weitläufige Landschaft fuhren. Er versuchte sich vorzustellen, diese Schönheit eines Tages zu genießen, ohne vor seinem inneren Auge die Gesichter derer zu sehen, bei deren Ermordung er gerade beteiligt gewesen war.

15

San Diego, Kalifornien

Chase landete kurz nach ein Uhr mittags auf dem Marine-
stützpunkt North Island. Sie waren in Honolulu kurz
zwischengelandet, aber Chase hatte den Flughafen nicht
verlassen dürfen. Stattdessen war er in das Gebäude des
Privatterminals gegangen und hatte Leuten zugehört, die sich
über die EMP-Angriffe und den Krieg unterhielten. Aber
präzise Nachrichten und Informationen waren Mangelware,
das meiste war Klatsch und Tratsch. Chase fragte sich, welche
Situation er auf dem Festland der USA vorfinden würde.

Der Regierungsjet rollte bis zur Operationsbasis, wo er
zum Stillstand kam und abgeschaltet wurde. Die Treppe
wurde ausgefahren. Auf der Rollbahn warteten bereits zwei
Eskorten, eine für die Diplomaten, die andere für ihn.

„Chase Manning?"

„Ja, Sir."

„Mein Name ist Pat. Steigen Sie ein." Pat trug ein dünnes
Tarnhemd ohne Namensschilder oder Aufnäher, abgesehen
von einer amerikanischen Flagge auf einer Schulter.

Chase warf seine Tasche auf die Rückbank und setzte sich auf den Beifahrersitz der blauen Regierungslimousine. Pat beförderte sie vom Park- und Servicebereich des Flugfelds in Richtung der Gebäude, in denen die SEAL-Teams untergebracht waren.

Chase sagte: „Wissen Sie, wo sie mich hinschicken?"

„Sie stoßen zum SEAL-Team Fünf. Wir brechen heute Nacht auf."

„Wohin?"

Pat schaute zu ihm hinüber. „Mittlerer Westen. Das ist alles, was wir bis jetzt wissen."

„Und weshalb?"

„Wir gehen jagen."

Chase war verwirrt, aber er wusste, dass er beizeiten mehr erfahren würde. Pat entpuppte sich als ein Chief Petty Officer, ein Unteroffizier. Er war seit fast fünfzehn Jahren bei der Spezialeinheit und öfter als Chase sowohl in Afghanistan als auch im Irak im Einsatz gewesen. Er schien ein anständiger Kerl zu sein.

Sie gingen in das Gebäude, das Chase aus den frühen Tagen seiner Ausbildung kannte. Er war hauptsächlich an der Ostküste stationiert gewesen, weshalb er Coronado nach Abschluss des BUD/S-Programms, dem Auswahlverfahren der SEALs, nicht mehr oft besucht hatte. In jedem Team herrschte eine etwas andere Kultur. Aber es waren alles zusammengeschweißte Mannschaften. Skeptische Blicke trafen ihn, als er jetzt die Räume der Einheit betrat.

„Sie können diesen Spind haben. Jake da drüben wird Ihnen die Ausrüstung besorgen. Der Kommandant will Sie jetzt sehen."

Chase ließ seine Tasche in den Spind fallen. Auf dem Weg nach draußen nickte er den anderen Teammitgliedern höflich zu.

„Der Typ riecht nach Offizier. Und, sind Sie einer?"

Chase antwortete: „Schuldig."

„Großartig. Genau das, was wir hier brauchen, noch ein verdammter Offizier."

Pat sagte: „Halt die Klappe, Jones." Er sah Chase an. „Ignorieren Sie ihn einfach. Alle anderen tun das auch."

Chase zuckte mit den Achseln und lächelte nachsichtig.

Pat führte ihn den Flur entlang und zu einem offenen Bereich, in dem zwei Sekretärinnen an ihren Schreibtischen saßen. Hinter ihnen befand sich eine geschlossene Holztür.

„Guten Tag, Mary. Ist der CO da?"

„Er sagte, Sie sollen mit Mr. Manning eintreten, wenn Sie ankommen."

„Danke."

Pat nickte Chase zu, klopfte kurz an die Tür und öffnete sie. In dem Büro saßen drei Männer. Alle trugen grüne Kampfuniformen. Zwei waren Offiziere im Dienstgrad eines Commanders, der andere ein ranghoher Unteroffizier, ein Master Chief.

Pat sagte: „Sir, das hier ist Chase Manning. Tut mir leid, Sir, ist es Lieutenant oder ..."

Chase zuckte mit den Schultern. „Ich schätze, es heißt jetzt technisch gesehen Lieutenant Commander. Reserve. Aber ich habe nicht gedient als ..."

Der Master Chief streckte ihm eine kräftige Hand entgegen. „Schön, dass Sie bei uns sind, Mr. Manning. Ich habe einst unter Ihrem Vater im Pentagon gedient. Scheißjob. Aber Ihr Vater hat ihn erträglich gemacht."

„Danke, Master Chief."

Chase schüttelte dem CO und XO, dem Ersten Offizier, die Hand.

„Danke, Pat. Wir übernehmen ab hier", erklärte der Commanding Officer, kurz CO.

„Jawohl, Sir." Der Chief verließ den Raum und schloss die Tür hinter sich.

„Nehmen Sie Platz, Chase."

Chase setzte sich neben den Master Chief auf das Sofa.

„Wie ich höre, haben Sie mit der CIA zusammengearbeitet. Ist das korrekt?"

„Ja, Sir."

„General Schwartz hat Sie für die absehbare Zukunft unserer Einheit zugeteilt."

Chase war zufrieden. „Klingt gut, Sir."

Der Kommandant des SEAL-Teams führte aus: „Vor weniger als einer Woche detonierten die Chinesen EMPs über dem US-Kontinent und griffen unsere Stützpunkte im Pazifik an. Außerdem setzten sie Cyber- und elektronische Angriffswaffen ein, um viele der NORAD-Radarstationen entlang der Küsten Kanadas und Alaskas zu zerstören. Wir schätzen, dass bis zu vier Dutzend große Verkehrsflugzeuge, alle besetzt mit speziell ausgebildeten chinesischen Infanteristen, kurz nach diesen Angriffen eingeflogen wurden. Nach einer Weile haben wir erkannt, was da vor sich ging. Unsere Kampfjets konnten viele der Flugzeuge runterholen. Einige drehten um, und wir glauben, dass ihnen über dem Pazifik wahrscheinlich der Treibstoff ausgegangen ist. Aber ein paar sind durchgekommen."

Chase konnte nicht fassen, was er da hörte. „Wie viele?"

„Wir wissen es nicht. Vielleicht ein oder zwei? Vielleicht ein paar Dutzend. Die Radardaten gingen verloren und die Geheimdienstberichte beruhen auf den Interviews mit Radarlotsen, die die schlimmste Nacht ihres Lebens durchgemacht haben. Die höchste Schätzung beläuft sich auf viertausend chinesische Soldaten, die jetzt auf amerikanischem Boden operieren. Im günstigsten Fall sind es nur ein paar Hundert Chinesen. Diese Soldaten werden sich zu den, wie wir glauben, mindestens sechs verbliebenen VBA-Sondereinsatzkommandos gesellen, die bereits *vor dem* Angriff in die USA eingeschleust wurden. Vielleicht haben Sie ja mitbekommen, dass am Tag des Kriegsausbruchs mehrere US-Luftwaffenstützpunkte attackiert wurden. Diese Angriffe wurden von diesen SOF-Teams unter Verwendung von Mörsern und anderen Waffen verübt."

Chase vermutete, dass er genau diese chinesischen Sondereinsatzkommandos bei ihrem Training in China beobachtet hatte.

Der Kommandant sagte: „Chase, SEAL-Team Fünf wird sich einer JSOC-Einheit anschließen, die für einen Einsatz auf amerikanischem Boden vorgesehen ist. Wir waren gerade auf dem Rückweg nach Korea, als dort die Bombe hochging. Angesichts der derzeitigen Lage auf der koreanischen Halbinsel wurde dieser Einsatz als eine bessere Nutzung der Ressourcen angesehen."

Ein Joint Special Operations Command (JSCO) war eine teilstreitkräfteübergreifende Kommandoeinrichtung, die temporäre und missionsabhängige Spezialeinheiten bildete und leitete.

„Ja, Sir."

„General Schwartz hat uns genauestens über Sie informiert. Ihm zufolge sind Sie mit den Teams vertraut, die wir zur Strecke bringen sollen. Man sagte mir, Sie hätten sie beim Training observiert. In *China*. Ist das korrekt?"

„Das habe ich. Ja, Sir."

„Nun, dann macht das also Sinn. Sie werden uns bei der Jagd eine große Hilfe sein."

Am nächsten Tag saß Chase in einem Klassenzimmer einer High School irgendwo in Nebraska. Die restlichen Plätze waren alle von einem Zug des SEAL-Teams Fünf besetzt. Weitere Züge erhielten in anderen Klassenzimmern separate Briefings. Am Ende des Flurs fanden ähnliche Unterweisungen für Green Beret-Teams und Ranger-Einheiten statt, beides Eliteeinheiten der Armee. Die Schule war zu einer behelfsmäßigen Einsatzzentrale für die Jäger umgerüstet worden. Bunker aus Sandsäcken und Ausweiskontrollen. Wachhunde, Sicherheitstürme mit Scharfschützen, Kommunikationsantennen und Radaranlagen. All das gehörte zur Umgestaltung der Schule.

Chase hörte das Klopfgeräusch der Drehflügler, die draußen landeten und starteten. Die Sportplätze waren zu Landezonen für Blackhawks, Chinooks und die kleinen Vögel des 160. SOAR geworden, dem Hubschrauber- und Drohnenregiment der Spezialeinheiten der US-Streitkräfte.

Ein Mann in Jeans und Pullover trat vor die Klasse. Er hatte zwei Tage alte Bartstoppeln und die Ringe unter seinen Augen erweckten den Eindruck, als hätte er die letzte Woche nicht geschlafen. Chase war sich sicher, dass er vom Geheimdienst war.

Die Berichterstattung der Nachrichtendienste kam auf dem Festland der USA nur schleppend wieder in Gang. Drohnen wurden über die USA geflogen. In den Datalink-Netzwerken musste neue Verschlüsselungssoftware installiert werden. In einigen Fällen war sogar die Hardware beschädigt worden. Chinesische Cyberkrieger hatten so viele US-Systeme infiltriert, dass zahlreiche Drohnen ganz aus dem Verkehr gezogen werden mussten, um sie eingehend zu untersuchen. Da bis auf wenige Ausnahmen alle Satelliten außer Betrieb waren und die weltweite Nachfrage nach Informationsgewinnung, Überwachung und Aufklärung (ISR) explodierte, fingen bemannte Flugzeuge den momentanen Mangel innerhalb der kontinentalen USA auf.

Die Einsatzbesprechung dauerte dreißig Minuten. Die Hubschrauberbesatzungen und Spezialkräfte hatten am frühen Vormittag die Pläne bereits ausgiebig besprochen. Jetzt gab es nur noch wenig Fragen und letzte Aktualisierungen bezüglich der Lage und der Zielvorgaben.

Im Anschluss an die Einweisung begab sich Chase mit seiner Teileinheit zum Footballfeld, wo abflugbereite Hubschrauber auf sie warteten. Sie verteilten sich auf zwei Blackhawks und zwei MH-6 Little Birds. Zwei SEALs saßen auf den Außenlastgestellen des MH-6, ein SEAL pro Seite. Die winzigen Hubschrauber waren für schnelle Präzisionsangriffe ausgelegt. Ein weiteres Paar AH-6 Little Birds bot zusätzliche Feuerunterstützung. Letztere beförderten keine Passagiere. Stattdessen wurde die verfügbare Nutzlast zur Beförderung von vollautomatischen Miniguns und Raketenbehältern verwendet.

Die Little Birds hoben zuerst ab, wobei ihre Rotoren verglichen mit dem schweren, dröhnenden Klopfen der Blackhawks wie wütende Hornissen klangen. Die kleinen Maschinen nutzten für den Start die gesamte Länge des Footballfeldes, blieben mit den Kufen tief über dem Boden, bis sie an Geschwindigkeit gewannen und dann in der Nähe des Torraums aufstiegen. Die Blackhawks gingen alle gleichzeitig in die Luft. In einer engen Formation fliegend zeigten ihre Nasen nach unten, während sie Geschwindigkeit aufnahmen. Die sechs Fluggeräte flogen in nordwestliche Richtung, wie dunkelgrüne Geister, die in die Schlacht zogen und über Baumkronen und dann die Dächer der Vorstädte schwebten.

Chase saß in der Kabine des letzten Blackhawks. An beiden offenen Türen saßen jeweils drei SEALs Schulter an Schulter, ihre Füße hingen heraus. Sie trugen grüne Kampfanzüge und verschiedene Arten von Kampfstiefeln. Gewölbte Sportsonnenbrillen und eine schützende grüne Kopfbedeckung. Die dunklen Handschuhe boten Schutz, falls und wenn sie sich zügig abseilen mussten. Zwischen dem Cockpit und den Kabinentüren des Blackhawks befand sich auf beiden Seiten eine weitere Öffnung, an der jeweils ein Besatzungsmitglied des 160. SOAR ein M134-Minigun besetzte.

Von seinem Platz aus konnte Chase ein Wohnviertel unter ihnen durchrauschen sehen. Er war bereits einige Male im Tiefflug über die USA geflogen, wenn er mit den Teams unterwegs gewesen war. Normalerweise winkten die Leute und lächelten. Chase erhaschte einen Blick auf ein paar Zivilisten auf dem Boden, die zu ihnen hochsahen. An ihrem Gesichtsausdruck konnte er erkennen, dass die Dinge jetzt anders standen. Ängstlich war nicht das richtige Wort für ihre Mienen. Sie sahen ernst aus. Unbeugsam. Es schien, als wäre in der kollektiven amerikanischen Psyche ein Schalter umgelegt worden. Wieder einmal waren sie eine Nation im Krieg, und die in ihrer DNA verwurzelte Mentalität eines Kriegerstammes machte sich bemerkbar. Diese Zivilisten, die die Formation von Armeehubschraubern beobachtete, die am Himmel vorüberzog, waren keine Zuschauer in diesem Krieg. Sie waren *Teilnehmer*.

Chase hielt sich an seinem Sitz fest, als sich der Hubschrauber stark zur Seite neigte und einen Bergrücken überquerte.

„Noch zwei Minuten. Kontakt. Truppenstärke fünfzig. Zehn Fahrzeuge im Konvoi. Little Birds greifen zuerst an."

Chase sah das Nicken und die zustimmenden Gesten der anderen SEALs im Blackhawk. Das Spiel konnte beginnen. Die Männer, die an den Türen saßen, waren bereit zum Abseilen. Diejenigen, die auf den inneren Kabinenplätzen saßen, lockerten ihre Unterschenkel. Die meisten schauten in Richtung der Pilotenkanzel und warteten darauf, dass es losging. Einige inspizierten ihre Ausrüstung noch einmal. Einer kaute Kaugummi und sang vor sich hin. Jeder bereitete sich auf seine eigene Weise vor.

Die beiden H-60er und zwei MH-6er scherten nach rechts aus und begannen in einer Warteschleife ihre Flughöhe zu reduzieren, während die kleinen AH-6-Kampfhubschrauber ihren Angriffsflug starteten.

Chase konnte die aus zehn Pick-ups und Limousinen bestehende Kolonne am Horizont gerade so ausmachen. Sie waren auf einer schmalen einspurigen Autobahn unterwegs, die durch einen dichten Kiefernwald führte.

Die Ziele waren von speziell modifizierten King Air-Aufklärungsflugzeugen gesichtet worden. Ein Team der Defense Intelligence Agency (DIA), einem militärischen Nachrichtendienst, hatte die Bilder mithilfe eines NSA-eigenen Gesichtserkennungsprogramms ausgewertet. Sie hatten nur einen einzigen Treffer erhalten, aber es wurde mit über 98%iger Sicherheit bestätigt, dass es sich um einen Kompanieführer einer VBA-Infanterieeinheit handelte.

Nun waren die beiden AH-6-Hubschrauber mit etwas mehr als hundertzwanzig Knoten unterwegs. Die hohen Bäume, die die Straße auf beiden Seiten säumten, bildeten eine Art Schlucht, was die wendigen Luftfahrzeuge zu ihrem Vorteil nutzten. Sie blieben lange tief über den Baumkronen und dadurch versteckt, und tauchten erst spät in die Schneise hinunter, nur wenige Fuß über der Straße, um den Konvoi zu verfolgen und sich für ihre Attacke aufzureihen.

Die Miniguns schossen zuerst.

Eine achtzehn Zoll lange Stichflamme schoss aus dem sechsläufigen Maschinengewehr, während es sich drehte und 7,62-mm-Munition mit einer Kadenz von über zweitausend Schuss pro Minute abfeuerte. Das hochfrequente Wimmern des Geschützes füllte das Cockpit, leere Patronenhülsen hagelten auf die Straße.

Kugeln durchlöcherten die Fahrzeuge und rissen mehrere Dächer auf. Der Führungshubschrauber arbeitete sich entlang des Konvois nach vorne und feuerte Raketen aus den M260 FFAR-Raketenbehältern ab, als er das Führungsfahrzeug erreichte. Die hochexplosiven Raketen töteten alle Personen an Bord dieses Trucks und setzten seinen Treibstofftank in Brand, weshalb das Fahrzeug von der Straße abkam und explodierte. Zwei von zehn Fahrzeugen folgten diesem Beispiel, ein anderes prallte gegen einen Baum.

Der erste AH-6 drehte ab, als sich die verbleibenden Wagen aus der Kolonne lösten, auch wenn sie noch immer in die gleiche Richtung fuhren. Als die Insassen der restlichen Fahrzeuge begannen, auf den führenden Hubschrauber zu schießen, startete der zweite AH-6 seinen Angriff und überzog den Konvoi mit einem tödlichen Kugelhagel. Raketen trafen das neue Führungsfahrzeug und verursachten verheerendere Detonationen.

Die MH-6er und Blackhawks kreisten in einer engen Formation um den sich verlangsamenden Konvoi. Die Miniguns dieser Fluggeräte schossen auf alles und jeden, der das Feuer erwiderte. Die Kolonne kam nun vollständig zum Erliegen; Rauch, Flammen und tote chinesische Soldaten waren auf einer Strecke von einer Meile verstreut. Die Blackhawks und MH-6er landeten auf einem freien Straßenabschnitt, wo Chase und die SEALs heraussprangen, sich aufteilten und jeden töteten, der sich widersetzte, und diejenigen gefangen nahmen, die sich ergaben.

Chase und zwei der SEALs bewegten sich schnell auf einen Geländewagen zu, der gegen einen Baum geprallt war. Seinen SCAR-Schaft fest gegen seine Schulter gedrückt, zielte er mir der Waffe auf das Fahrzeug, während die SEALs nach Überlebenden suchten.

Eine Bewegung in den Bäumen.

Ein Ziel. Ein chinesischer Soldat, der seine Waffe ausrichtete. Chase drückte zweimal auf den Abzug. Knack. Knack. Zwei Schüsse in die Körpermitte. Mehr Gewehrfeuer zu seiner Linken. Chase führte seine Waffe entlang der Bedrohungsachse, für die er verantwortlich war, und vertraute darauf, dass die anderen in seinem Team ebenfalls ihre Arbeit tun würden.

Im Norden brach ein kleines Feuergefecht aus, das jedoch schnell endete, als die Widerständler in ihrem Pick-up getötet wurden. Es blieben sieben chinesische Soldaten übrig, von denen alle, die noch dazu in der Lage waren, ihre Kapitulation signalisierten. Fünf waren verletzt, zwei von ihnen schwer. Die Sanitäter der SEALs begannen sofort mit der Stabilisierung der verletzten Chinesen. Die anderen wurden mit Kabelbindern gefesselt und bekamen Augenbinden angelegt.

„Eine Minute bis zur Abholung."

„Verstanden."

Der Zug der SEALs hatte sich rund um das Zentrum des Konvois aufgestellt, wobei alle Waffen nach außen zielten, während andere Spezialkräfte chinesische Kommunikationsausrüstung oder Datenspeicher einsammelten, die für den Geheimdienst nützlich sein könnten. In wenigen Minuten würde ein Chinook mit einem gemeinsamen Forensikteam aus Militär- und FBI-Angehörigen eintreffen, um eine gründlichere Suche durchzuführen. Chase und seine Einheit hatten ihre Zielvorgabe erfüllt. Ihre Fähigkeiten wurden anderswo gebraucht.

„Es geht los."

Die Hubschrauber waren bis jetzt über ihnen gekreist, nahe genug, um bei Bedarf Unterstützung zu leisten, aber weit

genug entfernt, um nicht selbst zum Ziel zu werden. Nun
näherten sie sich und landeten auf der Autobahn. Die SEALs
rannten auf die Maschinen zu und verfrachteten ihre Gefangenen sowie die gefundenen Ausrüstungsgegenstände in die
Kabinen der H-60er.

Später am Abend saß Chase mit dem Zugführer von
SEAL-Team Fünf, einem Lieutenant und seinem Senior
Chief, einem Haudegen mit zwei Jahrzehnten Kampferfah-
rung, zusammen. Sie aßen gemeinsam in der Cafeteria, wo die
Köche der Armeemesse das Regime übernommen und eine
halbwegs annehmbare Mahlzeit aus Reis, Hühnchen und
Gemüse aufgetischt hatten.

Chase erzählte ihnen, was er bei der Nachbesprechung
des Geheimdienstes erfahren hatte, von der er gerade kam.
„Diese chinesische Einheit war auf dem Weg zu einem
Wasseraufbereitungswerk zwanzig Meilen von hier entfernt.
Sie sollten es sabotieren und dann eine Liste anderer Ziele
abarbeiten."

„Sie sind also nur hier, um uns das Leben schwer zu
machen?"

„Das glaube ich nicht. Die Geheimdienstleute glauben, es
sei eher eine Art Ablenkungsmanöver gewesen."

„Ein Ablenkungsmanöver wovon?", fragte der Senior
Chief.

„Die Antwort darauf kennen wir noch nicht."

16

USS Ford
Tag 8

Lieutenant Bruce „Plug" McGuire näherte sich der sechsten und letzten Stunde seines Wachdienstes als taktischer Einsatzoffizier (TAO) im Zulu-Raum der *Ford* Carrier Strike Group. An den Computerterminals zu seiner Rechten saßen ein Lieutenant Junior Grade (LTJG) und ein Chief. Sie waren seine Assistenten und wie er dem Zerstörungsgeschwader zugeteilt. Ihr Chef, der Kommodore, befehligte die Seekriegsführung der *Ford*-Kampfgruppe und war direkt Admiral Manning unterstellt.

Es gehörte zu seinen Pflichten als Air Operations Officer, täglich sechs Stunden Wache zu schieben. In dieser Zeit überwachte er die taktischen Anzeigen, um sicherzustellen, dass die seiner Kontrolle unterstehenden Schiffe und Flugzeuge das taten, was sie tun sollten, was anscheinend nie der Fall war.

„Was zum Teufel machen diese Dumpfbacken auf der *Stockdale*? Nicht zu fassen! Sie hat im Moment buchstäblich nur eine einzige Aufgabe. Eine Aufgabe." Er beugte sich näher zu dem großen Monitor, der die Positionen aller Schiffe und Flugzeuge anzeigte und flüsterte: *„Bleib in deinem abgesteckten Gebiet."*

Der Monitor antwortete nicht.

Plug schüttelte den Kopf. „Ihre festgelegte Position im Verband ist verdammte 50 Meilen weiter da drüben. Kann mir jemand erklären, warum sie es nicht schafft, in ihrer Zone zu bleiben? Was machen die dort?"

„Wollen Sie das wirklich wissen, Sir?"

Plug runzelte angesichts der taktischen Anzeige die Stirn und überhörte die Frage. Der Chief war so freundlich gewesen, die Positionen ihrer jetzt fünfundzwanzig Schiffe auf dem minutiös geplanten Schutzschild einzugeben. Plug hatte zwei Stunden gebraucht, um die Genehmigung dafür zu erhalten. Der Schutzschild bestand aus mehreren riesigen kreisförmigen Zonen, die den Flugzeugträger umgaben. Jede Zone war wie ein Kuchen in Abschnitte unterteilt. Den Begleitschiffen – Zerstörern, Kreuzern, Versorgungsschiffen und Schiffen für die küstennahe Gefechtsführung – waren jeweils bestimmte Sektoren zugewiesen, in denen sie sich aufhalten durften. Während der Flugzeugträger Manöver fuhr, um die Starts und Landungen der Jets zu ermöglichen, sollte jedes Schiff in seinem spezifischen Quadranten bleiben. Dadurch blieb das Geleit des Flugzeugträgers stets in der richtigen Verteidigungsposition. Damit das funktionierte, mussten die Leute, die die Schiffe steuerten, aufpassen und mit dem Träger Schritt halten. Denn dieser hielt sich an nichts und niemandem auf.

„Sagen Sie der verdammten *Stockdale*, dass sie ihre Post nicht bekommen wird, wenn sie sich nicht zurück in ihre Zone bewegt." Der LTJG begann, über das verschlüsselte Chat-System eine Nachricht zu verfassen. Die Verwendung des Chats sollte eigentlich hinter dem Funkverkehr zurückstehen. Aber Millenials wie ihm erschien der Instant Messenger viel effizienter. Ganz zu schweigen davon, dass das Medium so vertraut war. Das Kommunikationsnetzwerk war in den ersten Kriegstagen aufgrund des lähmenden chinesischen Cyberangriffs ausgefallen. Aber die Spezialisten für Informationskriegsführung hatten einen Großteil der Kryptographie und der Software ausgetauscht, und somit war Plug erneut der Sucht des Überwasserkriegers ausgesetzt: der Schiff-zu-Schiff-Kommunikation via Instant Messenger.

„Die *Stockdale* antwortet, dass sie fix damit rechnen, dass der Heli die Post in einer Stunde ausliefert."

„Nicht, wenn sie nicht in ihrer Zone bleiben! Ich rufe die Jungs vom HSC an und sage ihnen, sie sollen sich nicht die Mühe machen, sie anzufliegen. Der Hubschrauber schafft es nicht, rechtzeitig zum nächsten Startzyklus zum Träger zurückzukehren, wenn die *Stockdale* ihre verdammte Position nicht hält." Das Hubschrauber-Seekriegsgeschwader (HSC) auf dem Träger flog eine Seahawk-Variante – den MH-60S. Aufgrund seiner beeindruckenden Ladekapazität wurde er mit vielen Logistikaufgaben betraut.

Zu Plugs weiteren Aufgaben zählte die Erstellung des Flugplans für alle Hubschrauber der Kampfgruppe. Das war wesentlich einfacher, wenn es nur drei oder vier Schiffe waren. Jetzt, da der Verband fünfundzwanzig Schiffe umfasste und alle potenziellen Landeplätze ständig ihre Position änderten, war es, als versuchte man, eine sich ständig ändernde mathematische Gleichung zu lösen. Er nutze seinen Einfluss auf die Zuweisung der Schiffspositionen im Schutzschild, um sich die Planung des Flugplans zu erleichtern. Wenn er die Schiffe an festgelegten Orten hielt, konnte er den Transport von Menschen und Ersatzteilen per Hubschrauber innerhalb der Kampfgruppe effizient gestalten. Aber in dem Moment, in dem ein Dominostein fiel, stürzte das gesamte Konstrukt zusammen. Dann gab es Treibstoffengpässe, fehlende Ersatzteile, kaputte Radargeräte, unbekannte Oberflächenkontakte und das *Geschrei*. Oh Gott, das Geschrei. Meistens von den O-5- und O-6-Offizieren, die sauer waren, weil man sie bei der Beförderung übergangen hatte. Warum hatte er jemals zugestimmt, seine Fliegerstaffel zu verlassen? Ach ja, das hatte er gar nicht. Die Genies im Marinepersonalbüro hatten entschieden, dass er hierher versetzt werden sollte. Er hoffte bei Gott, dass die gleichen Leute nicht eines Tages an der Himmelspforte stehen würden.

„Die *Stockdale* sagt ‚verstanden, out.'"

Plug murmelte vor sich hin. „Das will ich ihnen auch geraten haben ..."

Der Juniorffizier am Arbeitsplatz neben ihm sagte: „Plug, ich glaube, Sie haben den Dreh langsam raus. Sie haben den genervten Blick eines Nachwuchsoffiziers im Überwasserkrieg echt überzeugend drauf. Sie sollten darüber nachdenken, sich als nautischer Offizier zu qualifizieren, während Sie hier sind. Ich bin sicher, die Jungs von der *Ford* können Ihnen dabei helfen ..."

Plug seufzte. „Wahrscheinlich haben Sie recht. Ich bin mir ziemlich sicher, dass sich mein Gehirn langsam dem eines Überseekriegers anpasst. Seit ich hier bin, wird es nonstop langsamer. Und meine Augen werden Tageslicht gegenüber auch immer empfindlicher. Ich fühle mich schon wie ein Vampir. Ich kann nicht mal mehr an Deck gehen. Bald fange ich an, mehr Donuts zu essen. Dann passt irgendwann meine Fliegerkombi nicht mehr."

„Schon gut, ganz ruhig, Held der Lüfte", antwortete der Chief. „Ich würde gerne zugucken, wenn Sie in meinem Alter einen Fitnesstest absolvieren."

„Chief, ich wollte nicht respektlos sein. Ich mache nur Spaß."

Der Chief lächelte.

Plug trank den letzten Schluck Kaffee aus seinem Becher. Er war kalt und bitter wie seine Seele, die sich nach dem Fliegen sehnte.

Plug fixierte das kleine blaue Symbol der USS *Stockdale* auf der großen Digitalanzeige im vorderen Teil des Raums. Er wandte den Blick nicht mehr ab, bis er sah, dass der Zerstörer der Arleigh-Burke-Klasse seinen Kurs und seine Geschwindigkeit änderte. Eine blaue Linie zog sich von der jetzigen Position der *Stockdale* bis zu der Stelle, an der er sie haben wollte. Zufrieden richtete Plug seine Aufmerksamkeit auf den erhöht hängenden Monitor an seinem Arbeitsplatz: eine Liveübertragung vom Flugdeck des Flugzeugträgers. Zwei Hubschrauber waren startbereit und wurden betankt, währenddessen wechselten die Besatzungen.

Plug spürte eine Hand auf seiner Schulter. „Vermisst du dein vergangenes Leben? Erzähl mir nicht, dass du dahin zurückwillst."

Er schaute auf und sah Subs, den U-Boot-Offizier des DESRON, hinter sich stehen. Subs war sein Zimmergenosse, sein Freund und vor allem seine Wachablösung.

„Und dafür auf all diesen Glamour verzichten?" Plug wedelte mit der Hand durch den Raum. An zwei von vier Computerterminals waren die Bildschirme ausgeschaltet. Auf den Post-it-Notizen stand: „IT-Reparatur im Gange." Das statische Rauschen mehrerer Funkgeräte erfüllte den Raum.

Der Chief und der LTJG, für die Plug während seiner Schicht verantwortlich war, lächelten ihn mit müden Gesichtern an. Der Ältere sagte: „Ich glaube, dieser Ort wächst ihm langsam ans Herz, Sir." Dann tauchten ihre eigenen Wachablösungen in der Tür auf und sie begannen mit der Übergabe.

„Ja, ich schätze, Sie haben recht", sagte Subs. Er und Plug klatschen ab. Dann stand Letzterer von seinem Drehstuhl auf und streckte sich. Subs hatte Plug hier unten eingewiesen und ihm in kurzer Zeit viel beigebracht.

„Hey, der Commodore hat gebeten, dass du uns bei einem Treffen um null neun dreißig Stunden vertrittst. Im Lageraum. Sowohl er als auch sein Stellvertreter machen während dieser Zeit Schiffsbesuche."

Wie auf Stichwort meldete sich der Bordlautsprecher: „DESRON hebt ab."

Die Anwesenden blickten zu dem Fernsehmonitor in der Ecke, auf dem einer der Hubschrauber vom Flugdeck des Flugzeugträgers abhob. In der Ferne war das weit entfernte Dröhnen der sich drehenden Rotoren zu hören, sogar hier unten.

Jemand sagte: „Gott sei Dank", als sei er froh, dass sein Chef für eine Weile weg war.

Subs drehte sich wieder zu Plug um. „Okay, *technisch gesehen* haben sie mich gebeten, aber ich nehme an, dass du lieber an einem Meeting teilnimmst, als länger Wache zu schieben. Das Treffen soll wichtig sein, sie wollen jemand dabei haben, der sich mit U-Booten auskennt."

„Und da schickst du ausgerechnet *mich*?"

„Auskennen ist ein relativer Begriff."

Plug seufzte. Das war der fünfte Tag in Folge mit nur vier Stunden Schlaf und er brauchte dringend ein Nickerchen. Von 0930 bis 1000 war heute seine einzige freie Zeit. Er würde alles dafür geben, um sich dreißig Minuten aufs Ohr legen zu können.

Stattdessen sagte er: „Ich werde da sein. Und ich danke dir für diese zusätzliche Gelegenheit, meinem Land dienen zu dürfen. Ich freue mich wirklich sehr darauf."

„Guter Junge." Subs sah sich im Raum um. „Verdammt,

was zur Hölle macht die *Stockdale* außerhalb des Schutz-schilds? Der Wachleiter des Stabs wird mir den Arsch aufrei-ßen. In Ordnung, ich werde die Sauerei aufräumen, die du mir hinterlassen hast. Gibt es sonst noch was?"

Plug listete den Status aller Schiffe auf, erläuterte den rele-vanten Teil des Flugplans und einige andere wichtige Punkte.

Unter der Oberfläche ihrer routinemäßigen Gespräche und unbeschwerten Scherze lag eine Spannung, die zwei Wochen zuvor noch nicht da gewesen war. Alle waren nervös und extrem bemüht, ihre Aufgaben perfekt zu erledigen. Weil alle davon ausgingen, dass jederzeit ein Angriff auf ihren Flugzeugträger erfolgen könnte, der eines der wertvollsten Ziele der gesamten US-Marine darstellte.

Plug sagte: „Wie du weißt, ist die Warnstufe für die Unter-wasserbedrohung nach wie vor hoch. Wir starten jetzt rund um die Uhr Flüge zur U-Boot-Jagd. Zwei Seefernaufklärer haben tagsüber Bereitschaft. Das eine ist eine P-3, das andere eine P-8. Tu mir einen Gefallen, Subs. Lass die Jungs einfach ihr Ding machen, wenn sie in der Luft sind. Gebt alle verfüg-baren Infos über Kontakte weiter, aber versucht nicht, sie bis ins Detail zu managen. Sie wissen, was sie tun. Bitte. Mir zuliebe."

Plug hatte den Eindruck, dass die TAOs auf den Schiffen – wenn man sie machen ließ – die Flugzeuge wie Figuren in einem Videospiel behandelten. Sie schienen völlig zu verges-sen, dass darin gut ausgebildete und fähige Flugzeugbesat-zungen saßen, die völlig autonom waren. Als Pilot hatte Plug sich stets maßlos darüber aufgeregt, wenn ihm eines der verantwortlichen Genies grundlos befahl, sich zwanzig Meilen von einer Position zu entfernen, obwohl er gerade im Begriff war, ein geortetes U-Boot zu verfolgen.

„Verstanden. Noch weitere herablassende Ratschläge?", erkundigte sich Subs.

„Nein, das sollte alles gewesen sein."

„Gut. Dann hol dir einen Kaffee, damit du für das Treffen um halb zehn ein strahlendes Lächeln parat hast."

„Ich trete ab." Plug salutiert scherzhaft.

Der Bordlautsprecher machte eine weitere Durchsage, angekündigt von einem Glockenschlag: „Captain, United States Navy, landet."

Alle Blicke richteten sich auf das Bild der Flugdeckkamera. Eine C-2 Greyhound war gerade auf dem Flugzeugträger gelandet. Sie machte den Auftakt für den heutigen Flugplan der Starrflügler.

„Wer ist das?"

Subs sagte: „Ich glaube, es ist der PACFLEET-Nachrichtenzoffizier. Er ist auch wegen der Besprechung hier."

Neunzig Minuten später betrat Plug mit seinem unverzichtbaren Kaffeebecher den Lageraum des Trägers. Suggs, der Loop des Admirals, saß in der äußeren Stuhlreihe, die den Konferenztisch umgab. Suggs war ein F-18-Pilot. Wie Plug war er ein Leutnant, der an mehreren Einsätzen teilgenommen hatte und kurz davor stand, zum O-4 aufzusteigen. Plug nahm neben seinem Freund Platz.

„Also, was ist hier los, Mann?"

„Hey, Plug. Bin nicht sicher. Ich war vorher nicht bei dem alten Mann. Ich stehe wieder auf dem Flugplan." Aufgrund des Pilotenmangels hatte der Admiral seine Beziehungen spielen lassen, weshalb Suggs pro Woche ein paar Flüge machen konnte, obwohl er technisch gesehen eine nicht fliegende Position innehatte.

„Oh. Schön."

Die zur Admiralskabine führende Luke schwang auf, und

der Stabschef der *Ford*-Kampfgruppe betrat den Raum. Der Marinekapitän blieb neben der Tür stehen und rief: „Achtung an Deck."

Alle nahmen schweigend Haltung an, als Admiral Manning hereinkam, der jetzt ein Zwei-Sterne-General war. Ein weiterer Kapitän – einer, den Plug nicht kannte – folgte ihm. Der Admiral nahm am Kopfende des Tischs Platz, während der Navy Captain zum anderen Ende des Raums ging, um eine Präsentation zu halten.

Admiral Manning sagte: „Meine Damen und Herren, aufgrund der sensiblen Natur dessen, was wir gleich hören werden, hielt es PACFLEET für das Beste, diese Informationen persönlich zu überbringen. Der Nachrichtenoffizier der Pazifikflotte wird uns daher unterrichten."

Der Marinekapitän, der sich neben der Projektorleinwand aufgebaut hatte, erklärte: „Wie Sie alle wissen, ist das Waffenstillstandsabkommen mit China vor fünf Tagen unterzeichnet worden."

Auf der Leinwand erschien eine Karte des Westpazifik. Der Redner klickte auf eine Schaltfläche, und auf der Karte wurden rote und blaue Symbole angezeigt.

„Hier sehen Sie, wo sich die chinesischen und alliierten Streitkräfte vor Beginn der Kampfhandlungen befanden."

Er klickte erneut auf die Schaltfläche, und die meisten blauen Symbole verschwanden oder bewegten sich auf die rechte Seite der Karte.

„Und hier sind wir jetzt. Sie werden feststellen, dass wir keine Schiffe in der Nähe des Südchinesischen oder Ostchinesischen Meeres haben. Gemäß der Vereinbarung sollten sich die letzten verbliebenen Schiffe im Philippinischen Meer innerhalb von achtundvierzig Stunden auf unsere Seite des hundertvierundvierzigsten Längengrads Ost begeben. Die Evakuierung der amerikanischen Zivilbevölkerung aus Korea ist schätzungsweise zu fünfzig Prozent abgeschlossen, wobei die Nordkoreaner kürzlich auf Geheiß Chinas einer vorübergehenden Feuerpause zugestimmt haben. Die Evakuierung der US-Zivilbevölkerung aus Japan und Okinawa ist nun zu über achtzig Prozent abgeschlossen. Der Abzug des Militärs aus diesen Gebieten gestaltet sich komplexer, folgt aber im Allgemeinen diesen Trends."

Der PACFLEET-Nachrichtenoffizier sah die Anwesenden an. Plug konnte an seinem Gesichtsausdruck erkennen, dass jetzt etwas Wichtiges kam.

„Nun … hier können Sie sehen, wo zwei unserer Jagd-U-Boote im westlichen Pazifik bis vor Kurzem stationiert waren."

Plug registrierte, dass keiner im Raum darauf hinwies, dass das einen Verstoß gegen das Waffenstillstandsabkommen darstellte.

„Wir haben natürlich noch andere U-Boote in der Region, aber diese beiden sind für unsere Diskussion relevant."

Plug sah, dass alle Symbole bis auf die zwei blauen U-Boote von der Karte verschwanden. Eines lag etwa hundert Meilen südlich von Hongkong. Das andere befand sich in der Nähe der Luzon-Straße.

„Das waren ihre bekannten Positionen zu Beginn der Feuerpause. Ihre Befehle lauteten, die Stellung zu halten, die Bewegungen der feindlichen Marine zu beobachten und darüber zu berichten."

Auf der Leinwand tauchten nun Dutzende von roten Symbolen auf. „Und dies waren die letzten bekannten Positionen und Bewegungen der chinesischen Über- und Unterwasserschiffe vor Kriegsausbruch. Wie Sie erkennen können, hat die Marine der VBA ihre Kriegsmittel großflächig verteilt, wobei die Schwerpunkte im Süd-und Ostchinesischen Meer liegen."

Die Ansicht änderte sich erneut. Diesmal verschwanden

die beiden amerikanischen U-Boote im Südchinesischen Meer, und die roten Spuren verdichteten sich in der Nähe der beiden Kampfgruppen.

„Das war vor achtundvierzig Stunden. Es wird deutlich, dass sich die Chinesen in zwei Kampfgruppen konsolidiert haben. Die südlichste chinesische Kampfgruppe war diejenige, die Guam angegriffen hat. Die hochwertige Einheit dieser Gruppe ist der chinesische Flugzeugträger *Liaoning*. Nach dem fehlgeschlagenen Angriff auf Guam fuhr die *Liaoning*-Kampfgruppe nach Westen in Richtung China und schloss sich unterwegs mit einer anderen Gruppe von Schiffen zusammen, die erst vor Kurzem in See gestochen ist. Die nördlichste chinesische Kampfgruppe umfasst die beiden anderen chinesischen Flugzeugträger und Dutzende von Kriegsschiffen. Die nördliche Gruppe hat sich in den Süden von Tokio verlagert und scheint dort die US-Evakuierung zu überwachen."

Plug bemerkte, dass der Kapitän das Wort *Rückzug* nicht verwendete.

„Uns liegen keine genauen Angaben über die Gefechtsgliederung dieser Trägergruppen vor. Aber unsere Quellen berichten, dass viele dieser Schiffe den Hafen erst nach Beginn des Waffenstillstands verlassen haben. Die Zahl liegt bei weit über fünfzig Schiffen pro Gruppe."

Jemand stieß einen Pfiff aus.

„Was die beiden amerikanischen U-Boote angeht ..."

Wieder eine neue Folie, auf der die beiden blauen U-Boot-Symbole nicht mehr zu sehen waren. Stattdessen zwei X-Symbole, jeweils gekennzeichnet mit den Worten „letzte bekannte Position".

„Stand gestern nehmen wir an, dass die südlichste chinesische Kampfgruppe die Straße von Luzon durchquert hat. Wir haben die Verbindung zu beiden U-Booten verloren."

Im Raum herrschte ein unbehagliches Schweigen. Waffenbrüder, die sowohl den Verlust von anderen Seemännern als
auch eine erhebliche Bedrohung am Horizont registrierten.

Die Karte wurde von einer Folie mit Stichpunkten abgelöst, welche der Nachrichtenoffizier fast wortwörtlich
wiedergab.

„Beide amerikanischen Jagd-U-Boote hatten davon berichtet, mit einer großen Gruppe chinesischer Kriegsschiffe in
Kontakt gekommen zu sein. Zwei Stunden nach dem Kontakt
haben sich die U-Boote gemeldet. Wenig später sind beide
untergetaucht."

Der Kapitän des Flugzeugträgers bat: „Definieren Sie
‚untergetaucht.'"

„Keine weitere Kommunikation. Alle Versuche, mit ihnen
Kontakt aufzunehmen, sind gescheitert."

Der *Ford*-CO fragte: „Nun, ist es denkbar, dass sie einfach
Kommunikationsprobleme haben? Zum Teufel, wir haben
eines der fortschrittlichsten Kommunikationssysteme auf dem
Planeten, und nichts scheint momentan zu funktionieren.
Wenn sie beschädigt oder gesunken wären, hätten sie doch
eigentlich ein Notsignal abgeben sollen, oder nicht?"

Der Nachrichtenoffizier von PACFLEET erwiderte: „Vorausgesetzt, dass der Sender nicht beschädigt wurde, ja. Falls
die U-Boote von feindlichen Waffen getroffen wurden, hätte
das Notortungs-Signal in jedem Fall ausgelöst werden
müssen. Unter normalen Umständen würden unsere Satelliten diese Funksignale auffangen, wir könnten das in Seenot
geratene U-Boot sofort orten und Rettungsmaßnahmen
einleiten. Da unsere GPS- und Satellitenkapazitäten jedoch
außer Gefecht sind, können wir für unsere U-Boote nur alternative Kommunikationsnetze nutzen. Die Chinesen stören die
Funkübertragungen in diesem Gebiet erheblich. Wir sind
einfach nicht in der Lage, zu bestätigen, was passiert ist."

Admiral Manning sagte: „Aber wir können das Schlimmste annehmen."

„Ja, Sir. Ich fürchte, das ist die logische Schlussfolgerung."

Der Kapitän der *Ford* bemerkte: „Die Chinesen haben ihren Friedensvertrag also bereits gebrochen. Sind Sie hergekommen, um uns das zu sagen?"

Plug war gespannt auf die Antwort. Die meisten von ihnen dachten, dass der Friedensvertrag zwischen den USA und China nur vorläufiger Natur war. Die amerikanischen Diplomaten würden versuchen, ihn in ein dauerhaftes Abkommen umzumünzen. Aber wer wirklich glaubte, dass ihnen das gelingen würde, war in Plugs Augen ein Narr. Die eigentliche Frage lautete, wie lange der Waffenstillstand halten würde. Oder hatte der mutmaßliche Untergang dieser beiden U-Boote ihn bereits beendet?

„Bitte wiederholen Sie, was Sie mir vor dem Briefing gesagt haben, Captain", forderte Admiral Manning ihn auf.

Der Nachrichtenoffizier von PACFLEET nickte. „Beide U-Boote übermittelten in ihren letzten Berichten ähnliche Informationen. Dazu gehörte eine Beschreibung anormaler akustischer Signaturen und seltsamer Taktiken, die von der sich nähernden Gruppe chinesischer Schiffe ausgingen. Aufgrund ihrer Position können wir davon ausgehen, dass es sich bei diesen Schiffen um die neu zusammengestellte *Liaoning* Strike Group, die südlichste chinesische Trägergruppe, handelte. Aufgrund der Entfernung, aus der unsere U-Boote diese Signale empfingen, war es für sie unmöglich, genau zu identifizieren, was genau sie da hörten. Aber mithilfe der Bordcomputer konnten sie immerhin ausschließen, dass wir derartige Signale jemals zuvor erfasst haben."

Einer der Kommandanten der Hubschrauberstaffel saß ein paar Stühle von Plug entfernt. Jetzt hob er eine Hand und stellte ein paar Fragen zu den akustischen Signalen. Die

Taktik und die technischen Details der U-Boot-Kriegsführung waren recht komplex, weshalb viele im Raum dem Gespräch nicht folgen konnten.

Ihr Austausch dauerte einige Minuten, bevor sie vom CAG unterbrochen wurden: „In Ordnung, Leute. Erklärt es so, dass der Piloten-Heini auch etwas kapiert. Sie haben offensichtlich eine Idee, um was für ein Geräusch es sich handeln könnte."

Der Vortragende antwortete: „Kurz gesagt, CAG, wir denken, dass es sich um eine neue Plattform zur U-Boot-Bekämpfung handelt. Eine völlig neue Technologie. Diese Jagd-U-Boote sollten für die Chinesen praktisch unsichtbar sein, bis sie sich direkt über ihnen befinden. Aber anscheinend ist das nicht der Fall. Wir wissen nicht, wie die Chinesen es machen, aber sie haben einen Weg gefunden, unsere U-Boote weit entfernt von ihren Überwassereinheiten aufzuspüren und sie mit tödlicher Effizienz zu verfolgen."

Die unbehagliche Stille im Raum hielt an.

Admiral Manning bemerkte: „Wenn das stimmt, beeinflusst dies das Kräfteverhältnis erheblich."

„Ja, Sir."

„Welches sind nun die neuesten Standorte der einzelnen chinesischen Flotten?"

Der Nachrichtenoffizier von PACFLEET trat von einem Fuß auf den anderen. „Wir arbeiten an einem Update, Sir. Aber es sind mehr als vierundzwanzig Stunden vergangen und es ist schwierig, das Waffenstillstandsabkommen einzuhalten und genaue Positionen zu bestimmen. Diese U-Boote waren in der Lage, dies verdeckt zu tun. Aber ..."

„Aber das ist keine Option mehr."

„Korrekt, Admiral."

Admiral Manning fragte: „Wäre ISR eine Möglichkeit?"

„Ein Flugzeug so weit nach Westen zu schicken, würde die Feuerpause verletzen."

„Das setzt voraus, dass sich die chinesischen Flotten an diese Vereinbarung halten. Was wäre, wenn sie sich östlich des Hundertvierundvierzigsten bewegten?"

„Sir, wir arbeiten an einer Lösung. Selbst wenn die Feindseligkeiten wieder aufgenommen würden – ohne Satellitenabdeckung und mit der Ausweitung der Sperrzone wäre ISR eine große Herausforderung. Vor der Waffenruhe haben Boden-Luft-Raketen viele unserer Drohnen und Aufklärungsflugzeuge ausgeschaltet. Die Reichweite der chinesischen Boden-Luft-Raketen hat sich als viel größer erwiesen als ursprünglich angenommen. Die Luftwaffe arbeitet daran, mehr Aufklärungssatelliten hochzuschicken, aber wir wissen nicht genau, wann das passiert."

Der CAG sagte: „Waffenruhe, was für ein Witz. Sie rüsten auf und besetzen Territorien."

Admiral Manning erkundigte sich: „Haben sich die USA bei den Chinesen über die Verletzung des Waffenstillstands offiziell beschwert?"

„Sir, das wurde diskutiert, ist aber in Anbetracht der U-Boot-Standorte schwer machbar. In beiden Fällen verstießen unsere U-Boote gegen das Abkommen, da sie sich westlich des hundertvierundvierzigsten Längengrads aufhielten."

Admiral Manning runzelte die Stirn. „Ich nehme an, solange wir so tun, als wären wir nicht da gewesen, werden die Chinesen so tun, als hätten sie uns nicht versenkt."

Der PACFLEET-Nachrichtenzoffizier öffnete seinen Mund, um etwas zu sagen, entschied sich aber dagegen. Die Anwesenden fingen an, hitzig durcheinanderzureden.

Admiral Manning sagte: „In Ordnung, beruhigen wir uns und kommen zum Ende."

„Ich danke Ihnen, Sir. Viele von Ihnen fragen sich wahrscheinlich, warum ich hierher geflogen bin, um Ihnen das zu sagen, obwohl die *Ford*-Kampfgruppe von dem Geschehen doch so weit entfernt ist."

Plug war einer von diesen Menschen.

„Unsere China-Analysten gehen davon aus, dass die Marine der VBA, sollte der Krieg wieder aufflammen, weiter nach Osten vordringen und unsere Pazifikflotte herausfordern wird. Wenn das geschieht, erwarten wir, dass Hawaii und Guam erneut zu den Hauptzielen gehören werden. Wir brauchen die *Ford*-Kampgruppe, um gegen diese chinesischen Flotten gewappnet zu sein. Und das vor dem Hintergrund, dass sich unsere U-Boote zurückhalten müssen, bis wir wissen, was es mit dieser neuen Technologie zur U-Boot-Bekämpfung auf sich hat."

Admiral Manning runzelte die Stirn. „Danke für ihren Bericht, Captain. Bitte leiten Sie meine Anfrage an die Befehlskette weiter. Die Leute an vorderster Front müssen die Standorte der beiden chinesischen Trägergruppen kennen. Wir müssen genau wissen, worum es sich bei der neuen Technologie handelt und wie man sie besiegen kann. Und wir brauchen diese beiden Geheimdienstberichte *gestern*."

„Jawohl, Sir."

„Meine Damen und Herren, in der Navy gibt es ein altes Sprichwort. Ich umschreibe es ein wenig, aber es lautet ungefähr so: *Wenn Sie ein Loch in einen Flugzeugträger machen wollen, benutzen Sie eine Rakete. Wenn Sie einen Flugzeugträger versenken wollen, benutzen Sie einen Torpedo.* Wenn diese chinesische Plattform zur U-Boot-Bekämpfung so tödlich ist, wie unsere Analysten glauben, dann nimmt das unserer U-Boot-Abwehr die Fähigkeit, die feindlichen Flugzeugträger zu versenken. Das bedeutet für uns einen erheblichen Nachteil. Denn umgekehrt können sie uns immer noch versenken."

17

Luftwaffenstützpunkt Eglin
Florida

Der Krieg war zwar erst eine Woche alt, aber David hatte das Gefühl, dass das Land in die 1940er Jahre zurückversetzt worden war. Regelmäßige Radio- und Fernsehübertragungen hatten das Internet verdrängt. Treibstoff, Mahlzeiten und Kleidung waren rationiert worden. Der Patriotismus war voll entflammt und vor den Rekrutierungszentren des Militärs standen ellenlange Schlangen, weil unzählige körperlich fitte Männer und Frauen versuchten, sich den Streitkräften anzuschließen. Gestern hatte David auf seinem Schreibtisch sogar einen Bericht über mehrere US-Automobilhersteller gesehen, die ihre Fabriken umrüsteten, um auf militärische Produktion umzustellen.

Die Angestellten in diesen Produktionsstätten würden ihre Arbeitsplätze behalten. Andere hatten nicht so viel Glück. Die Weltwirtschaft beruhte seit circa zwanzig Jahren auf dem weltweiten Handel, der zunehmend auf Hochgeschwindigkeits-Internetverbindungen angewiesen war. Mit dem chinesischen EMP-Angriff war diese Ära zum Stillstand gekommen.

Der Zugang zu Informationen, Arbeitskräften, Ressourcen und Geld wurde dadurch extrem erschwert. Da das Internet nicht funktionierte, wurden über Nacht Millionen von Arbeitsplätzen vernichtet. Das allein reichte aus, um Panik und Chaos zu verursachen. Aber in Kombination mit Stromausfällen und Nahrungsmittelknappheit waren die Auswirkungen verheerend.

Selbst wenn es im Supermarkt Lebensmittel gab, wie sollte man sie bezahlen? Die meisten Leute trugen nicht mehr viel Bargeld mit sich herum. Das Wenige, das sie hatten, war schnell ausgegeben. Die Welt war inzwischen selbst hinsichtlich der einfachsten Aufgaben völlig von der Technik abhängig. Kreditkarten als auch Smartphones waren wert- und nutzlos. Die Panik, die mit dem Überlebensinstinkt einherging, setzte allerorts schnell ein.

Die Busfahrt nach Süden hatte ihnen die Augen geöffnet. Sie erlebten hautnah, wozu eine verängstigte Gesellschaft fähig war. Einige Szenen in diesen ersten Tagen erinnerten David an eine Zombie-Apokalypse. Unruhen. Schießereien. Faustkämpfe wegen Benzinknappheit und leerer Supermärkte. Alle hatten Angst und versuchten, ihre Familien zu schützen und zu überleben.

Der neue Präsident hatte innerhalb der ersten sechsunddreißig Stunden das Kriegsrecht ausgerufen. Gemeinsam waren das amerikanische Militär und die Strafverfolgungsbehörden auf die Straßen gegangen und hatten für Ordnung und Disziplin gesorgt. Die Nationalgarde und die militärischen Reserven waren aktiviert worden. Eine Woche später funktionierten die meisten Versorgungseinrichtungen und Stromnetze zwar immer noch nicht, aber sie wurden nach und nach instand gesetzt. Das Internet und die Mobilfunknetze würden für eine Weile nicht mehr mit der Zeit vor dem Anschlag vergleichbar sein, aber die Menschen passten sich an.

In jeder Stadt wurden Notfallzentren gebildet. Die Lkw-Branche wurde verstaatlicht. Das Militär und die Katastrophenschutzbehörden der Regierung arbeiteten mit den Unternehmen zusammen, um die Ressourcen zu rationieren und sie so gut wie möglich zuzuteilen. Es war, als hätte ein Kategorie-5-Hurrikan über Nacht jede Stadt in Amerika getroffen. Es gab viele Todesopfer. Die Schätzungen schwankten, aber die niedrigsten Zahlen lagen bei mehr als hunderttausend Toten, und die Zählung hatte gerade erst begonnen. Die Ursachen waren vielfältig. Dehydrierung oder Hungertod. Unfälle und Krankheiten. Krankenhäuser ohne Elektrizität. Gefängnisse, in denen die Wärter nicht mehr zur Arbeit erschienen. Zugunglücke. Massenkarambolagen. Flugzeugabstürze.

Aber die schlimmsten Ereignisse brachten oft auch das Beste im Menschen zum Vorschein. Die Geschichten, die David über Privatunternehmen und Bürger hörte, die ihre eigenen Interessen zurückstellen, um ihren amerikanischen Mitbürgern zu helfen, bewegten ihn sehr. In Zeiten der Not rücken Menschen zusammen und schauen zu den Tapferen auf. Rettungskräfte. Soldaten. Krankenschwestern und Ärzte. Und viele stellen fest, dass sie zu mehr fähig sind, als sie je für möglich gehalten hätten.

David dachte über diese Dinge nach, als er durch das Fenster auf die Straße und seinen Vorgarten blickte, der in der blaugrauen Morgendämmerung lag. Einige Männer und Frauen waren unterwegs zu ihrem Arbeitsplatz auf der Militärbasis. Vom Autofahren wurde abgeraten, wenn es nicht absolut notwendig war. Das Benzin war zu einem heiligen Gut geworden.

„Auf dem Tisch steht Müsli." Davids Frau berührte leicht seinen Arm und holte ihn in die Gegenwart zurück.

„Danke." Er küsste sie auf die Stirn, zog sie an sich und spürte den flauschigen Bademantel. „Hast du letzte Nacht überhaupt geschlafen?" Das Baby hatte so lange geweint, bis Lindsay schließlich im anderen Schlafzimmer geblieben war.

„Ein wenig."

David nahm sich etwas Müsli mit Milch. Seine Frau war am Tag zuvor auf dem Stützpunkt im Commissary, einem Lebensmittelgeschäft, einkaufen gewesen. Das Angebot war mager, aber die Regale waren besser bestückt als in den zivilen Supermärkten in der Stadt. Und das Leben auf der Basis war gut im Vergleich zu den Geschichten, die er von den Notverteilungszentren für Nahrungsmittel gehört hatte, die in den am schlimmsten betroffenen Gebieten der Nation Brot und Wasser rationierten.

Sie hatten Glück, dass sie dank Davids Job auf dem Luftwaffenstützpunkt Eglin in einem der Häuser untergebracht waren. Ein Bungalow mit zwei Schlafzimmern und einem hübschen Hinterhof, wie es in Florida typisch war. Bei ihrer Ankunft gab es fließendes Wasser und Strom, was mehr war, als einem Großteil des Landes im Moment zuteilwurde.

David beendete sein Frühstück, verabschiedete sich von seiner Frau und ging zu Fuß die Meile bis zu seinem Bürogebäude, wo er kurz nach sechs Uhr morgens ankam. Er arbeitete eine Stunde lang an seinem Schreibtisch in der neuen Einsatzzentrale des SILVERSMITH-Teams, bevor ihm der einsetzende Fluglärm sagte, dass es fast Zeit für die morgendliche Besprechung war. Die Jagdgeschwader starteten jeden Tag zur gleichen Zeit, wenn der Flugbetrieb einsetzte.

Susan klopfte gegen die graue Trennwand seiner Arbeitsnische. „Kommen Sie?" Eine Schar von Teammitgliedern ging auf dem Weg zur Morgenbesprechung an ihnen vorbei, die meisten hatten Ordner und einen Becher Kaffee dabei.

„Ja. Eine Sekunde." David schnappte sich sein Notizbuch, das der Geheimhaltung unterlag. Er musste es jeden Tag im Büro für Dokumentenverwaltung ein- und auschecken, aber es half ihm, wenn er bei diesen Sitzungen wichtige Fakten und Zahlen aufschreiben konnte, die alle als geheim eingestuft waren.

Er stand auf und ging neben seiner Vorgesetzten her.

„Ich habe in meinem Posteingang gesehen, dass wir jetzt mit dem Raven Rock-Netzwerk verbunden sind.

„Ja. Ein Großteil der Führungsetage des Pentagon arbeitet jetzt von dort aus."

„ONI hat über diesen Kanal eine Anfrage an unsere Gruppe gestellt. Etwas über eine neue Klasse von chinesischen Kriegsschiffen?"

Susan musterte ihn, sie schien beeindruckt. „Die müssen heute Morgen Tausende von Anfragen geschickt haben, und doch schaffen Sie es immer wieder, die relevantesten Dinge herauszupicken. Wir werden uns der Sache annehmen. Unsere Mission ändert sich mit jedem Tag."

„Ja, das kann ich mir vorstellen."

„Wir müssen eine Einschätzung zu diesem chinesischen Schiff vorlegen. Und es gibt noch etwas, in das ich Sie gerne einweihen möchte. Ein Sonderprojekt, das wir auf der anderen Seite der Basis eingerichtet haben."

„Oh?"

„Wir reden später darüber." Sie hielt ihm die Tür auf und sie betraten nacheinander einen Schulungsraum, den sie mit einigen der F-35-Trainingsstaffeln auf der Basis teilten. Nun, da Davids Team den Raum mitbenutzte, suchte ihn ein NSA-Techniker alle paar Stunden nach Wanzen ab. Ein Sergeant der Sicherheitsabteilung der Air Force kontrollierte die

Ausweise an der Tür. David hielt sein Namensschild hoch, das der junge Mann studierte. Der Soldat winkte David durch, und er nahm seinen Platz ein.

General Schwartz und Susan saßen vorne. Es gab viele neue Gesichter im Raum. Aufgrund der im Team vorhandenen China-Expertise wurde SILVERSMITH schnell zu einer der wichtigsten Ressourcen der Militärführung. Während ihre Aufgabe vor einigen Wochen noch darin bestanden hatte, einen Krieg zu verhindern, war SILVERSMITH jetzt eine Analyse- und Ideenfabrik. Eine Informationsdrehscheibe, in der ranghohe Mitglieder des Geheimdienstes, des Militärs und der Strafverfolgungsbehörden ihr Wissen austauschten und Lösungen für die gesamte Befehlskette erarbeiteten.

Als sich die Tür schloss, verstummten die Gespräche.

Der Bildschirm an der Vorderseite des Raums wurde eingeschaltet und zeigte eine Karte der USA.

General Schwartz sagte: „Guten Morgen, meine Damen und Herren. Unsere Task Force INCONUS SOCOM macht solide Fortschritte. Wir haben jetzt über neunhundert Chinesen innerhalb der kontinentalen USA, also INCONUS, getötet oder gefangen genommen, schätzungsweise fünfhundert sind noch auf freiem Fuß. Die örtlichen Strafverfolgungsbehörden geben Hinweise an die örtlichen militärischen Verbindungsbeamten raus, die ihre Informationen an die SOCOM-Zelle weiterleiten. Unsere Hoffnung ist es, bis Ende der Woche die restlichen chinesischen INCONUS-Einheiten zu zerschlagen. Die Gefangenen werden in Internierungslagern festgehalten, wo sie verhört werden."

General Schwartz warf Susan einen Blick zu, den David nicht verstand. Hatte sie etwas mit den Verhören zu tun? Es machte Sinn, dass sie Zugang zu allen Informationen wollte, die von chinesischen Gefangenen gewonnen wurden.

Ein Mann, der im vorderen Teil des Raums saß, hob die Hand. „General, ist diese andauernde chinesische INCONUS-Aktivität nicht ein Beweis dafür, dass sich die Chinesen nicht an das Waffenstillstandsabkommen halten?"

„Offensichtlich, ja. Das ist es."

„Also ... werden wir etwas dagegen unternehmen? Ich meine, auf diplomatischer Ebene?"

General Schwartz antwortete: „Das Außenministerium hat über offizielle Kanäle gegen die fortgesetzte Präsenz und die illegalen Aktivitäten chinesischer Militäreinheiten innerhalb der Grenzen der Vereinigten Staaten protestiert. Die Chinesen bestreiten den Wahrheitsgehalt dieser Behauptungen. Sie sagen, dass sie keine Truppen hier haben. Die internationale Gemeinschaft ist geteilter Meinung und in dieser Angelegenheit für uns in gewisser Weise nutzlos."

Die Anwesenden verdrehten die Augen und machten spöttische Bemerkungen.

Der Fragesteller fuhr fort: „Aber wenn sie die Waffenruhe verletzen –"

Susan meldete sich zu Wort. „Entschuldigung. Wir *wollen nicht*, dass der Waffenstillstand endet. Die Machthaber haben entschieden, dass wir jede realistische Möglichkeit verloren haben, Korea oder Japan zu halten, und daher einen Waffenstillstand ausgehandelt, um unsere Leute aus diesen Nationen zu evakuieren. Jeder Tag, den dieses Abkommen eingehalten wird, ist also ein weiterer Tag, den wir nutzen können, um Amerikaner aus der Schusslinie zu bringen."

David wusste, dass sie recht hatte. Viele Verkehrsflugzeuge und Schiffe mit amerikanischen Soldaten und ihren Familien verließen nach wie vor Japan und Korea.

Jemand fragte: „Warum sollte Cheng Jinshan der Feuerpause überhaupt zustimmen? Ich meine, wenn China die USA angreifen ..."

Einer der CIA-Analysten erwiderte: „Zwei Gründe. Erstens erlaubt es ihm, chinesische VIPs aus den USA herauszuholen. Kinder von Politikern und wohlhabenden Geschäftsleuten. Das ist wichtig für ihn, weil es ihm hilft, Machthaber in China bei Laune zu halten. Was ihm wiederum dabei hilft, auf dem Thron zu bleiben."

„Warum hat er das nicht schon vor Kriegsbeginn getan?"

„Damit hätte er seine Absichten verraten."

„Und was ist der andere Grund?"

David sagte: „Weil er sich so Korea und Japan einverleiben kann. Er hat gerade einen ganz großen Wurf gemacht."

General Schwartz nickte. „Genau."

David fragte: „Sir, darf ich? Cheng Jinshan will nicht nur die Kontrolle über Asien oder gar den Pazifik übernehmen. Zu seinen Zielen gehört auch die Machtübernahme in den Vereinigten Staaten. Damit würde er seine einzige wirkliche Opposition auf dem Globus beseitigen. Sein ultimatives Ziel ist eine von China dominierte Welt."

Jemand fragte: „Weiß Russland das?"

Susan kniff die Augen zusammen. „Worauf wollen Sie hinaus, David?"

„Wir alle wissen, dass es einen dritten Grund für den Waffenstillstand gibt. Jinshan nutzt diese Kampfpause zu seinem strategischen Vorteil. Er ist ein äußerst detailverliebter Mensch. Es muss einen Grund dafür geben, dass wir uns an diese spezifischen Bedingungen halten sollen."

General Schwartz ergriff das Wort: „Nun, Mr. Manning, das ist der Grund, warum wir hier sind. Um feindliche Absichten zu erkennen und Wege zu finden, sie zu bekämpfen."

Der General gab dem jungen Militäroffizier, der den Computer bediente, ein Zeichen. Der Bildschirm wechselte zu einer Ansicht des Pazifik. „Die chinesische Südflotte, wie sie

von unseren Freunden im Büro des Marinenachrichtendienstes genannt wurde, hat die Luzon-Straße passiert und
befindet sich jetzt im Philippinischen Meer. Wir haben in den
letzten Tagen die Verbindung zu zwei U-Booten in der Nähe
dieser Flotte verloren. Wir glauben, dass sie durch Einheiten
der chinesischen Südflotte versenkt wurden. Wir haben viele
Anfragen für Aufklärung und Überwachung bezüglich dieser
Gruppe. Im Augenblick haben wir eine ungefähre Vorstellung
davon, wo sie sich befinden könnten, aber die Ungewissheit
wird mit jedem Tag größer."

David dachte an die Nachricht über die mögliche neue
chinesische Plattform zur U-Boot-Bekämpfung, die er gelesen
hatte. Seine Gedanken wanderten zu seinen Familienangehörigen, die jetzt dort draußen unterwegs waren. Ohne den U-
Boot-Vorteil der USA wären die Chinesen in einem Seekrieg
ein weitaus angsteinflößenderer Gegner.

Susan stand auf, als auf dem Monitor das Bild eines sehr
seltsam aussehenden Containerschiffs erschien.

Susan erklärte: „Sie nennen sie die Jiaolong-Klasse. Das ist
ein Schlachtschiff. Oder das, was sich die VBA-Marine unter
einem modernen Schlachtschiff vorstellt. Dieses Bild wurde
vor wenigen Wochen aufgenommen, als das Schiff noch im
Bau war. Es ist das Einzige, das wir haben. Es ist groß. Es ist
geheimnisvoll. Und darüber hinaus wissen wir nicht viel."

David studierte das Foto aufmerksam. Das Containerschiff
war nebelgrau gestrichen, wie ein Kriegsschiff eben. Ein
hoher Aufbau mit einer breiten Brücke achtern. Seltsam
aussehende Plattformen, die sich mittschiffs nach außen
erstreckten, zwei auf jeder Seite, dazu zwei hohe Türme, die
aus dem vorderen und hinteren Teil des Schiffs nach oben
ragten. Die Türme waren jeweils von einem Gerüst umgeben.
Es erinnerte David an das Washington Monument während
seiner Renovierung, obwohl diese Türme aus Metall und

funktionale Komponenten des massiven Schiffs zu sein schienen.

Jemand fragte: „Was hat es mit den Türmen auf sich?"

„Wir denken, es könnte eine neue Art von Radar sein."

„Und das sind die Flugdecks?"

„Wir wissen es nicht. Aber HUMINT-Quellen in China berichten, dass mindestens eines der Schiffe diese Woche im Schutze der Dunkelheit den Hafen verlassen hat. Wir glauben, dass es jetzt den Flugzeugträger *Liaoning* als Teil der chinesischen Südflotte begleitet."

David betrachtete die Karte auf dem Bildschirm. Er konnte einen Verband der amerikanischen Marine in der Nähe von Guam ausmachen. SAG-121. Davids Schwester Victoria war auf einem dieser Schiffe, der USS *Farragut*. Ein größer werdender Kreis zeigte an, wo die chinesische Südflotte sein konnte. Er reichte bis an Victorias Schiff heran. Und in ein oder zwei Wochen könnte sich dieser Kreis bis zu den Midwayinseln ausdehnen, in deren Nähe sich die USS *Ford* mit seinem Vater an Bord befand.

General Schwartz fuhr fort. „Das US-Militär baut den Stützpunkt auf Guam aus. Sollten die Feindseligkeiten nächste Woche wieder aufgenommen werden, wird Guam zu einer wichtigen Drehscheibe für die US-Luftwaffe werden. Sollte die *Liaoning*-Kampfgruppe versuchen, Guam erneut anzugreifen, wird sie es mit einer Bodentruppe und einer beträchtlichen Luftmacht zu tun bekommen. Wir planen bereits offensive Operationen, falls die chinesische Südflotte in Reichweite kommt. Das Problem besteht weiterhin darin, sie zu lokalisieren. Das U-Boot USS *Columbia* steuert von Guam aus das Gebiet an, in dem sich die chinesische Flotte aufhalten könnte. Dieses liegt aber jenseits des hundertvierundvierzigsten Längengrads Ost, und es macht uns sehr nervös, sie ohne ein umfassendes Verständnis dieser neuen

Technologieplattform dorthin zu schicken. Neue Aufklärungssatelliten werden frühestens in einer Woche gestartet, unsere unbemannten Luftfahrzeuge haben sich als sehr anfällig für elektronische Angriffe erwiesen, und die Lockheed U-2 Höhenaufklärer wären leichte Beute für chinesische Flugabwehrraketen."

David runzelte die Stirn. „Sir, ich habe bei In-Q-Tel an einem Projekt gearbeitet, bei dem es auch um die …" Er sah sich plötzlich unsicher im Raum um, da er nicht wusste, ob er über das Programm reden durfte.

General Schwartz bemerkte es und sagte: „Spucken Sie es aus, mein Sohn. Wir haben keine Zeit für den normalen Schwachsinn."

„… die SR-72 ging. Das zukünftige unbemannte Aufklärungsflugzeug der Luftwaffe mit dem Scramjet-Antrieb. Es fliegt sehr hoch und schnell und wird in der Lage sein, Bilder weit jenseits des hundertvierundvierzigsten Längengrads Ost zu machen, ohne durch einen elektronischen Angriff beeinträchtigt zu werden. Und es ist zu schnell für die Flugabwehr."

General Schwartz schüttelte den Kopf: „Dieses Programm braucht noch einige Jahre bis zur Einsatzreife. Sie haben noch nicht einmal einen Prototypen in Originalgröße gebaut."

David lächelte. „Sir, da bin ich anderer Meinung."

18

Testgelände Flughafen Tonopah
Nevada
Tag II

Colonel Johnny „Flipper" Wojcik schlich um sein Flugzeug herum und inspizierte jede einzelne Schraube und Niete. Jeder Schritt, den er tat, wurde vom Sicherheitsdienst der Luftwaffe genau beobachtet. In diesem Hangar, der nur nachts geöffnet wurde, hielten sich Tag und Nacht jeweils fünf bewaffnete Wachen auf. Der heutige Abend war jedoch etwas Besonderes. Drei weitere Männer beobachteten Wojcik bei der Durchführung seiner Vorflugkontrolle. Zwei waren vor Kurzem angereist. Der Dritte war von einem Rüstungsunternehmen, der im Auftrag seiner Firma technischen Support leisten sollte.

Oberst Wojcik war seit dreißig Jahren als Pilot tätig, die letzten zwanzig Jahre als Testpilot. Die vergangenen acht Jahre hatte er jedoch in der trockenen Wüste von Nevada, in Tonopah, verbracht. Hier spielte die Musik: die Projekte, die es offiziell nicht gab, die Jets, von denen niemand wusste. Colonel

Wojcik war einer der wenigen Militärs im aktiven Dienst, die an all das eingeweiht waren. Die anderen waren alle ehemalige Militärangehörige, jetzt Testpiloten unter Vertrag. Obwohl diese über mehr Fachwissen verfügten, war es sein militärischer Status im aktiven Dienst, der ihn zur richtigen Wahl für diesen speziellen Auftrag machte.

Im Hangar standen zwei identisch aussehende Flugzeuge. Dunkles Metall, futuristisches Design. Strenge, aerodynamische Form, ein abgerundeter Rumpf. Oberst Wojcik hatte in den letzten Jahren täglich mehrere Stunden in diesem Hangar verbracht und fand immer noch, dass das Ding wie ein gottverdammtes Raumschiff aussah. Die SR-72 hatte genau den Sexappeal, den ein streng geheimes Aufklärungsflugzeug haben sollte, dachte er. Das Konstruktionsteam hatte sich mit diesem Vogel selbst übertroffen.

Er führte die Vorflugkontrolle heute Abend besonders aufmerksam durch. Colonel Wojcik fühlte sich wie ein Jockey vor dem Kentucky Derby, der sein wertvolles Rennpferd streichelte. *Lass mich jetzt nicht im Stich, Baby. Gemeinsam werden wir das gewinnen.*

Die operativen Fähigkeiten des auch unbemannt einsetzbaren Prototypen, den er jetzt fliegen sollte, waren nur wenigen Menschen auf der Welt bekannt. Natürlich waren von der Rüstungsfirma Berichte über das SR-72-Programm der Luftwaffe veröffentlicht worden. Sie dienten dem Zweck, im Umfeld von Capitol Hill für Aufsehen zu sorgen, was zur Absicherung der Finanzierung beitrug.

Aber nur wenige kannten die Einzelheiten. Einer dieser Männer war zufällig David Manning, ein ehemaliger Angestellter von In-Q-Tel, der Private-Equity-Firma der CIA. David beobachtete den Colonel nun bei seiner Vorfluginspektion.

„Sie haben Sie also hergeschickt, um mir beim Abheben zuzusehen?"

„Tatsächlich werde ich Ihnen nicht zuschauen, Sir. Ich fliege in etwa fünfzehn Minuten zurück nach D. C. Meine neuen Vorgesetzten wollten nur sicherstellen, dass wir die Anforderungen der Mission effektiv kommunizieren, da die Kommunikationssysteme in letzter Zeit nicht besonders gut funktioniert haben."

Wojciks Hand hielt auf der glatten Oberfläche des linken Flügels inne. Er drehte sich um, um David in die Augen zu sehen.

„Und was machen Sie in D. C.?"

Als David zögerte und der Oberst ihm sein Unbehagen ansah, hielt Letzterer beschwichtigend eine Hand hoch. „Machen Sie sich keine Sorgen. Ich mache das hier schon lange genug und weiß, wann ich etwas nicht wissen muss. Sie haben mir die Anforderungen der Mission effektiv mitgeteilt, Mr. Manning. Ich soll um die halbe Welt fliegen und ein paar Fotos von einer chinesischen Superflotte machen, dann zurückfliegen und diese Bilder den Intelligenzbestien zukommen lassen, damit sie herausfinden können, was zum Teufel unsere U-Boote killt."

Der Testpilot mit dem dicken Schnurrbart schaute David wieder an und zwinkerte ihm zu. „Ist das eine akkurate Zusammenfassung?"

David lächelte. „Das ist in etwa richtig, Sir."

„Lassen Sie mich Ihnen eine Frage stellen, Mr. Manning. Diese turmartigen Aufbauten auf den Schiffen, die Sie mir gezeigt haben – kann es sein, dass Sie deshalb nach D. C. unterwegs sind?"

David lächelte wieder und schwieg.

„Das habe ich mir gedacht. Ich sagte ja bereits, dass ich das schon eine Weile mache."

David und ein weiteres Mitglied des SILVERSMITH-Teams waren nach Nevada geflogen worden, nachdem die Air

Force und Lockheed zugestimmt hatten, den SR-72-Proto-typen für diese Mission zu verwenden.

„Also, Johnny, du musst vorsichtig sein, wenn du sie über Mach 4 beschleunigst."

„Ich weiß, Al. Ich weiß."

„Und wir haben keine der ISR-Konfigurationen getestet, die wir installieren mussten. Die waren eigentlich für die U-2 bestimmt. Wir haben unser Bestes getan, die Systeme zu inte-grieren, aber ... Na ja, es ist möglich, dass du umsonst fliegst und ohne Bilder zurückkommst." Der Mann aus der Verteidi-gungsbranche war ganz aufgeregt. „Es besteht ein großer Unterschied zwischen den operativen Fähigkeiten und dem tatsächlichen Einsatz eines Prototypen eines wiederverwend-baren Hyperschallflugzeugs! Das haben wir In-Q-Tel erklärt, als Mr. Manning letztes Jahr hier war."

David unterbrach ihn. „Wir verstehen die Risiken, Sir. Ich habe zum Ausdruck gebracht, dass Ihr Unternehmen keine Schuld trägt, wenn etwas schiefgeht."

„Hey, ich meine offiziell ist sie noch nicht mal gebaut worden, was, Al?", fragte der Colonel grinsend.

David und sein Kollege schüttelten dem Piloten die Hand.

„Viel Glück, Sir. Guten Flug."

„Vielen Dank, Mr. Manning. Ich wünsche Ihnen auch viel Erfolg."

David und sein Kollege entfernten sich und wurden zur Gulfstream der CIA gebracht. Kurz darauf waren sie in der Luft und auf dem Rückweg nach D. C.

Neunzig Minuten später rollte die SR-72 zum Anfang der Startbahn, beschleunigte und hob in den Nachthimmel ab.

Bei den meisten Luftverteidigungssystemen tauchte sie nicht einmal auf den Radarschirmen auf. Diejenigen, die sie entdeckten, wurden sofort darüber informiert, dass es sich um ein freundliches Flugzeug handelte und angewiesen, auf unverschlüsselten Kanälen nichts darüber zu berichten.

Oberst Wojcik flog mit Unterschallgeschwindigkeit, bis er über dem Pazifik war. Im Cockpit war es düster und eng. Durch ein sehr kleines Fenster ein paar Fuß vor ihm konnte er nach draußen sehen, wo es dunkel bleiben würde, bis er über dem Pazifik in den Tag flog. Dann ging er seine Checkliste durch, kontrollierte, dass er fest angeschnallt war und sprach ein kurzes Gebet. Das konnte nie schaden.

Sein Daumen und Zeigefinger schwebten über dem letzten Schalter in seiner Checkliste, mit dem er das Scramjet-Triebwerk einschalten würde. Er liebte und hasste dieses Teil.

Eine Bewegung.

Der Schalter war umgelegt.

Als Erstes kam der ohrenbetäubende Lärm. Aus dem Heck des Flugzeugs ertönte ein rhythmisches Dröhnen, das ihn mit jedem Stoß tiefer in seinen Sitz drückte und die auf dem digitalen Fahrtmesser angezeigte Geschwindigkeit pulsierend ansteigen ließ.

Ein Jahrzehnt früher hatten Luftfahrtenthusiasten den Kondensstreifen des Prototyps eines Scramjet-Triebwerks am Himmel entdeckt. Große Wolkenkringel, Tausende von Fuß voneinander entfernt. Das Triebwerk war seitdem verbessert worden, und nun lief es hinter ihm warm. Das Geräusch wurde lauter und lauter.

WHOMP. WHOMP. WHOMP.

Das Staustrahltriebwerk beschleunigte weiter. Vor der dicken Cockpitscheibe wurde es heller, als er dem Sonnenuntergang des Vortags nachjagte. Seine Flugbahn würde ihn fast sechstausend Meilen nach Westen führen, von Nevada bis zum Philippinischen Meer. Bei Mach 6 würde er weniger als achtzig Minuten benötigen, um dorthin zu gelangen. Dann würde er eine langgezogene Kurve fliegen und in der

Nähe von Hawaii tanken, bevor er nach Nevada zurückkehrte.

Die rhythmischen Explosionsgeräusche des Motors wurden durch seinen Gehörschutz gedämpft. Etwas später erreichte die SR-72 in einer Höhe von fünfundachtzigtausend Fuß eine gleichmäßige Geschwindigkeit von viertausendsechshundert Meilen pro Stunde.

Oberst Wojcik ging seine nächste Checkliste durch und sagte aus Gewohnheit die Schritte laut vor sich hin, während seine Finger die elektronische Tastatur bedienten. Die vor ihm eingebaute Mehrzweckanzeige teilte sich in drei Bereiche, als die Überwachungssysteme hochfuhren.

Die in der SR-72 installierte Überwachungs- und Aufklärungsnutzlast war die fortschrittlichste Ausrüstung im Bestand der US Air Force. Sie umfasste elektrooptische Kameras und Infrarotkameras, ein Radargerät mit synthetischer Apertur sowie ein multispektrales Zielerfassungssystem. Oberst Wojcik musste über diesen letzten Namen lachen. Er war mit Mach 6 unterwegs und unbewaffnet. Welche Ziele zum Teufel sollte er denn erfassen? Es gab auch eine Signalaufklärungsnutzlast, die für die NSA eine Vielzahl von Daten sammeln würde.

Wojcik schaute auf den äußersten linken Bildschirm, um sich zu vergewissern, dass der Autopilot ihn auf seinem vorgesehenen Kurs hielt.

In zwanzig Minuten würde er den hundertvierundvierzigsten Längengrad Ost erreichen.

Auf dem Bildschirm ganz rechts konnte er die von der optischen Kamera aufgenommenen Bilder sehen. Während diese alles aufnahm, was in ihrem Sichtfeld lag, hatte Oberst Wojcik die Möglichkeit, den Zoom und die Schärfe seiner Anzeige mit Hilfe einer Software einzustellen. Auf diese Weise konnte er einen Teilausschnitt des Gesamtbilds heranzoomen, während das Gerät dennoch die gesamte Szene für später aufzeichnete. Wojcik bewegte einen Trackball und tippte auf ein paar Tasten, um einen weißen Punkt auf der Meeresoberfläche zu vergrößern. Der weiße Punkt nahm langsam Gestalt an, bis er sich in ein Handelsschiff verwandelte. Funktionsprüfung bestanden.

Als das Flugzeug zu vibrieren anfing, überprüfte er die Mittelkonsole. Das interne Kühlsystem eines der Scramjet-Triebwerke hatte seine Belastungsgrenze erreicht.

Komm schon, Baby. Nur noch ein paar Minuten, dann können wir abbremsen.

Die Welt raste verschwommen unter ihm hinweg, das Rasseln wurde lauter. Wojcik spürte ein stechendes Gefühl der Angst in seiner Brust. Oder waren es die Vibrationen des Flugzeugs? Er prüfte die Karte. Er hatte gerade den Kontrollpunkt für die Kursänderung erreicht. Eine gestreckte Eintausend-Meilen-Kehre, die ihn über den pazifischen Bereich der Ungewissheit führen würde, in dem sich die südlichste chinesische Flotte vielleicht aufhielt.

Das Motorengeräusch nahm zu. Seine Augen kehrten zu den Instrumenten zurück. *Scheiße.* Die Innentemperatur im Scramjet-Triebwerk lag nun außerhalb der zulässigen Grenzwerte.

Er kontrollierte die rechte Seite der Anzeige. Eine große Gruppe weißer Punkte war von einem computergenerierten roten Quadrat umgeben. Wojcik tippte auf eine Taste, woraufhin sich das Bild vergrößerte und deutlicher wurde. Weißes Kielwasser. Dutzendfach.

Es war die chinesische Flotte.

Ein rotes Blinklicht ging an, während in dem im Helm integrierten Ohrhörer ein Klingelton ertönte.

· · ·

WARNUNG: MOTOR-TEMP

Die allgemeine Warnleuchte verkündete, was er bereits wusste. Wenn er die Fluggeschwindigkeit nicht drosselte, wäre das Kühlsystem nicht länger in der Lage, mit der Reibung Schritt zu halten, die durch die Geschwindigkeit der vom Motor angesaugten Luftmoleküle erzeugt wurde. Das Ergebnis: möglicherweise ein katastrophaler Motorschaden.

Ein weiteres Blinklicht und ein völlig anderer Ton in seinem Ohr.

WARNUNG: FLUGABWEHR-RADAR ENTDECKT

Die elektronischen Sensoren hatten die Radarsignatur chinesischer Boden-Luft-Raketen empfangen.

Sein Atem unter der Sauerstoffmaske ging schnell und schwer. Jedes WHOMP des Motors signalisierte ihm, dass wertvolle Zeit verstrich. Die jahrzehntelange Ausbildung von Oberst Wojcik übernahm die Regie.

WHOMP. Er kontrollierte die Navigationskarte, den Kurs und die Höhe.

WHOMP. Er kalkulierte, wie lange die chinesischen Schiffe brauchen würden, um einen Angriff auf sein Flugzeug zu starten, wenn er seine Geschwindigkeit beibehielt oder diese auf unter Mach 1 drosselte, wie es das Notfallverfahren vorschrieb.

WHOMP. Seine Augen wanderten zurück zu der Ansicht der chinesischen Flotte, die jetzt ...

Was zur Hölle war das? Für einen kurzen Moment blendete er alles andere aus. Die Alarmtöne, die blinkenden Lichter –

sein Verstand konzentrierte sich komplett auf ein neues und interessantes Rätsel. Er versuchte, die riesigen weißlich-grauen Formen, die er um den Flugzeugträger herum sah, einzuordnen. *Sie sahen beinahe aus wie ...*

BOOM.

Seine zentrale Warnanzeige leuchtete auf wie ein Weihnachtsbaum.

EJECT.

EJECT.

EJECT.

Alles schien in Zeitlupe abzulaufen. Das Gyroskop, auch Kreiselinstrument genannt, zeigte eine starke Linksneigung an. Seine Geschwindigkeit nahm ab. Mach 4,2. Mach 3,8. Der helle Himmel und das dunkle Blau des Ozeans begannen vor dem Fenster ineinanderzulaufen. Dann wurde alles strahlend weiß, als sich das Flugzeug um ihn herum auflöste.

Oberst Wojcik spürte, wie sein Magen zu flattern begann, als die negativen g-Kräfte auftraten. Er wurde nach unten gedrückt, während das Sicherheitssystem des Flugzeugs ein Rettungsverfahren einleitete. Sein Druckanzug blies sich auf, was gut war. Dieser Höhenschutzanzug würde verhindern, dass sein Blut auf fast fünfundachtzigtausend Fuß über dem Meeresspiegel zu sieden begann, und wirkte außerdem wie eine Art Rettungskapsel ... solange er nicht barst. Er versorgte ihn auch mit Sauerstoff. Ein kleiner Schlag in den Rücken signalisierte ihm, dass der winzige Fallschirm hinter seinem Schleudersitz aktiviert worden war. Er sollte ihn abbremsen und Taumelbewegungen unterbinden.

Er raste auf den Ozean zu und fragte sich, ob er die nächsten Minuten überleben würde.

19

Victoria Manning hörte über ihr Headset das vertraute Geräusch eines Emergency Location Transmitters (ELT). So ein Notpeilsender wurde vor jedem Flug überprüft. Jedes Flugzeug hatte einen. Er übertrug einen hohen Ton auf der sogenannten „Guard", der Notfunkfrequenz, die von Flugzeugen und Schiffen ständig überwacht wurde.

„Kontrolle, Cutlass, hört ihr das Notsignal?"

„Bestätigt, Cutlass, bereithalten."

Victoria saß auf dem rechten Pilotensitz ihres Hubschraubers, die Rotoren drehten sich bereits und der Horizont bewegte sich im Rhythmus des rollenden Schiffs langsam auf und ab.

Sie blickte auf ihre Treibstoffanzeige hinunter. Sie hatten fast vollgetankt. Dies war der zweite Teil ihrer aus zwei Flügen bestehenden Schicht. Sie patrouillierten den Ozean nördlich von Guam und tasteten das Gebiet mit ihrem Radar und den sogenannten elektronischen Unterstützungsmaßnahmen (ESM) ab, auf der Suche nach Anzeichen für die monströse chinesische Flotte, von der alle sprachen.

„Cutlass, Deck."

Sie schaute zum Glasfenster der Kabine des Landing Signal Officer (LSO), in der sich ihr Wartungsoffizier Spike befand.

„Sprechen Sie, Deck."

„Cutlass, Deck, ich habe gerade mit der Einsatzzentrale telefoniert. Klingt so, als wäre dieser ELT ein echtes SAR-Szenario. Ich habe im Quartier der Aircrewmen Bescheid gesagt, ein Rettungsschwimmer zieht gerade seine Ausrüstung an. Er ist gleich soweit."

Victoria drückte zweimal auf den Trigger ihres Steuerknüppels, was über Funk zwei schnelle Klicks übertrug, das Zeichen, dass sie verstanden hatte.

„Kontrolle, Cutlass, bitte verbinden Sie mich auf der sicheren Leitung mit dem TAO."

„Verstanden, Boss."

Sie wechselten zum sicheren Kommunikationskanal und der taktische Einsatzleiter des Schiffs meldete sich über Funk.

„Boss, hier ist der CSO. Wir haben eine ungefähre Position für den Überlebenden. Sie liegt etwa 200 Meilen nordwestlich von hier ... Bereithalten ...."

Victoria beobachtete, wie sich die Tür des Hangars öffnete und ihr zweites Besatzungsmitglied in einem Taucheranzug und seiner Rettungsausrüstung herauskam.

„Zweihundert Meilen? Boss, wir sollen uns doch nicht so weit rausbewegen, oder?"

Victoria warf ihrem Copiloten einen Blick zu „Hören wird uns die Situation erst einmal an."

Eine weitere Stimme ertönte über Funk. Commander Boyle. „Airboss, hier spricht der Captain. Wir wurden gerade von der Siebten Flotte informiert, dass dies ein Rettungseinsatz höchster Priorität ist. Der Admiral hat die operative Notwendigkeit erklärt. Wir werden Ihnen jede denkbare

Unterstützung geben, aber Sie sind die Lufteinheit, die am nächsten dran ist."

„Verstanden, Sir. Bitte geben Sie die Position durch."

„Wir geben die Koordinaten jetzt ein."

Victoria beobachtete das Mehrzweckdisplay. Darauf erschien ein X, neben dem die Worte „AF rescue" standen.

„Wie groß ist die Entfernung?", fragte Victoria über das interne Kommunikationssystem des Hubschraubers.

Ihr Copilot benutzte den Joystick, um diese von ihrem aktuellen Standort aus zu messen. Es war verdammt schwierig, ohne GPS genaue Navigationsinformationen zu erhalten, aber da sie gerade erst auf dem Schiff gelandet waren, wären die Angaben im Moment relativ präzise.

„Hundertsiebenundneunzig Seemeilen, Boss."

Über den externen Funk erkundigte sich Victoria: „Captain, wie genau ist diese Position?"

„Wir haben die Peilung mithilfe der *Michael Monsoor* ermittelt. Eine P-8 ist gerade gestartet und wird bei der Suche helfen, aber ..." Er machte eine Pause. „Aber diese Position liegt etwa zwanzig Meilen westlich des Hundertvierundvierzigsten."

Victoria begutachtete erneut die digitale Karte auf ihrem Display und klappte ihr Visier hoch, um sie besser sehen zu können. „Und dafür haben wir eine Genehmigung?"

Der Kapitän erwiderte: „Die Siebte Flotte sagte, dies habe höchste Priorität. Sie haben die Freigabe, den Längengrad zu überfliegen."

Victoria fragte sich, wer dieser Absturzüberlebende war und ob er überhaupt noch am Leben sein würde, wenn man ihn fand. „Verstanden", war alles, was sie dem Kapitän antwortete. „Sie haben die Steuerung", sagte sie zu ihrem Copiloten.

„Ich habe die Steuerung", bestätigte dieser.

Victoria ließ sowohl den Cyclic als auch den Collective los und zog ihren Stift aus der Metallspirale ihres Klemmbretts. Sie begann mit den Berechnungen. Bei einer Geschwindigkeit von hundertfünfundfünfzig Knoten würde der Flug etwa achtzig Minuten dauern und die Hälfte ihres Treibstoffs verbrauchen. Den Überlebenden zu orten und anschließend zu retten, würde Zeit und weiteren Treibstoff kosten. Geschätzte fünfhundert Pfund.

„Boss, wir sind hier hinten fertig", gab ihr Besatzungsmitglied über das interne Kommunikationssystem durch.

„Verstanden." Sie schaltete um auf extern. „Erbitte Startfreigabe."

„Cutlass, Deck, Sie haben gelbes Deck für die Entsicherung, grünes Deck für den Start."

„Verstanden, Entsicherung freigegeben. Captain, ich werde mich während des Flugs mit dem Treibstoff beschäftigen. Erbitte Fahrt mit Höchstgeschwindigkeit in Richtung des Überlebenden, sobald wir in der Luft sind."

„Bereits in Arbeit, Airboss. Viel Glück."

Die Besatzung des Flugdecks hatte die Unterlegkeile und Ketten entfernt und hielt sie hoch, damit Victoria und ihr Copilot sie inspizieren konnten. Sie signalisierte ihr Okay und wandte sich dann wieder ihrer Berechnung zu. Sie entschied sich für die Fluggeschwindigkeit für maximale Reichweite, welche hundertzwanzig Knoten betrug. So konnte sie ein wenig Treibstoff sparen. Wenn das Schiff achtundzwanzig Knoten machte ...

„Bereit, Boss?", fragte ihr Copilot.

„Absolut. Rechts klar. Triebwerksinstrumente Check OK."

„Gehe hoch."

Victoria schob ihren Stift zurück in die Metallspirale und ließ beide Hände knapp über den Bedienelementen schweben. Nah genug, dass sie übernehmen konnte, sollte ihr

Copilot einen Fehler machen, aber weit genug weg, damit er selbstständig flog. Der Hubschrauber stieg senkrecht auf und driftete nach hinten. Mit dem Abheben hörte das synchrone Rollen mit dem Schiff auf.

„Rechts klar."

„Links klar, Nase kommt nach rechts."

Der Copilot benutzte seine Fußpedale, um das Fluggerät um fünfundvierzig Grad nach rechts zu neigen.

„Triebwerkinstrumente Check OK, gebe Schub. Ein, zwei, drei positive Steigraten. Sichere Steiggeschwindigkeit mit einem Triebwerk, beschleunige voraus. Radaraltimeter an, bitte."

„Radaraltimeter an."

Victoria drückte auf den quadratischen Knopf, der das computergesteuerte Radarhöhenmessgerät des Hubschraubers aktivierte. Sie gab die Position ein, an der sich der SAR-Überlebende angeblich befand und registrierte zufrieden, dass ihr Copilot bereits von selbst den richtigen Kurs gewählt hatte. Ein gutes Arbeitsklima im Cockpit sparte Zeit. Richtig erfahrene Piloten, Copiloten und Flugzeugbesatzungen lasen praktisch die Gedanken des jeweils anderen, antizipierten Kommandos und Manöver und verkürzten auf diese Weise zeitraubende Abläufe ein wenig.

„Ich gehe die After-Takeoff-Checkliste durch. Geschwindigkeit hundertzwanzig Knoten, bitte. AW2, gehen Sie bitte die SAR-Checkliste durch."

„Wird gemacht, Boss."

Zwanzig Minuten später meldete sich die P-8 bei ihnen. Bei der P-8 Poseidon handelte es sich um die Marineversion einer Boeing 737, die für die Seefernaufklärung sowie die Schiffs- und U-Boot-Bekämpfung ausgerüstet war.

„Cutlass 471, Mad Fox 436."

„Mad Fox, Cutlass."

„Mad Fox hat die Position erreicht, beginnen mit der Umkreissuche."

„Verstanden, Mad Fox." Cutlass ist zwanzig Minuten entfernt."

„Verstanden."

Victoria funkte die *Farragut* erneut an und vergewisserte sich, dass diese tatsächlich mit Höchstgeschwindigkeit auf ihren Hubschrauber zuhielt. Das gesamte Szenario war im Grunde genommen ein mathematisches Problem. Würden sie den Überlebenden finden, bevor Victorias Hubschrauber der Treibstoff ausging? Und selbst wenn das gelänge, hätte sie dann ausreichend Zeit, um die Rettung durchzuführen und immer noch genug Sprit für die Rückkehr zum Schiff? Sie betrachtete ihre unterschiedlichen Berechnungen. Egal wie sie es anstellte, das Ergebnis hatte immer ein negatives Vorzeichen. Sie fing noch einmal von vorne an und änderte ihre Kalkulation des Bingo-Treibstoffs – der Reserve, die sie brauchte, um sicher zum Schiff zurückkehren zu können. Das neue Ergebnis brachte sie zwar wieder an Deck, ließ ihnen aber nur wenig Zeit für die Suche.

„Cutlass, Mad Fox, wir haben den Überlebenden gefunden. Bereithalten für Koordinaten."

Victoria verspürte einen Freudeschauer. „Geben Sie sie durch."

Die P-8 teilte ihnen Breiten- und Längengrad des Opfers mit, was Victoria zur Aktualisierung ihres Kurses verwendete. Der Heli neigte sich leicht nach links, als ihr Copilot die Anpassung vornahm. Sie übermittelte das Update an ihr Schiff und kalkulierte ihr Bingo noch einmal.

„Wir sollten etwa zehn Minuten haben. Wie schnell könnt ihr Jungs sein, Fetternut?"

„Boss, wir gehen rein und wieder raus", antwortete der

Petty Officer First Class über die interne Kommunikation. „Vertrauen Sie uns."

Das Resultat von Victorias neuerlicher Treibstoffberechnung ließ ihre Stimme angespannt klingen. „Gut. Denn unser Treibstoffvorrat ist *sehr* begrenzt."

„Verstanden, Boss."

Sie wusste, dass ihre Rettungsschwimmer gut waren. Sie hatte in der Vergangenheit schon viele SAR-Übungen mit ihnen durchgeführt. Die Soldaten, die sich zum Naval Aircrewman ausbilden ließen, waren ein Haufen von Verrückten. Aber wenn alles auf dem Spiel stand, gab es keine besseren Männer. Die Besatzungen der US Navy-Hubschrauber waren stolz darauf, bei Such- und Rettungseinsätzen zu den besten der Welt zu gehören. Und ihre Jungs waren da keine Ausnahme.

Victoria konnte das Rauchsignal jetzt erkennen. Sie richtete sich in ihrem Sitz auf, beugte sich nach vorne und legte ihre linke Hand auf den Collective, die rechte Hand auf den Cyclic und stellte ihre Füße auf die Pedale.

„Ich übernehme."

„Sie haben die Steuerung."

„Ich habe die Steuerung", antwortete Victoria. „Ich gehe runter auf fünfzig Fuß. Der Rauch ist auf zwölf Uhr."

Ihr Copilot bemerkte: „Boss, wir haben gerade den Hundertvierundvierzigsten überflogen."

„Verstanden."

Der P-8-Pilot sagte: „Cutlass, Mad Fox ist über euch auf drei Uhr. Wir werden östlich der Linie bleiben."

„Verstanden, Mad Fox."

„Boss, können Sie uns fünfzehn und null geben?", fragte ihr Besatzungsmitglied.

„Fünfzehn und null, verstanden. Der Überlebende ist auf

zwölf Uhr, etwa eine Meile entfernt. Gehe runter auf fünfzehn Fuß, null Knoten."

Victoria zog mit der rechten Hand den Cyclic nach achtern und drückte mit der linken Hand den Schubhebel nach unten. Dadurch nahm sie die Nase beim Sinkflug leicht nach oben und der Heli wurde langsamer. Sie kontrollierte abwechselnd das Geschehen außer- und innerhalb des Hubschraubers.

„Der Wind kommen aus Südwesten, Boss."

„Verstanden, ich orientiere mich am Rauch. Ich mache den Anflug gegen den Wind."

Ihr Situationsbewusstsein wurde nonstop aktualisiert, jedes Detail floss in ihren kontinuierlichen Entscheidungsprozess ein. Höhe: zweihundert Fuß. Vertikale Geschwindigkeitsanzeige, Sinkrate: fünfhundert Fuß pro Minute. Die weiße Rauchfahne begann in ihrem Sichtfeld nach links zu driften, also bewegte sie den Steuerknüppel einen Hauch nach rechts, um ihren Kurs anzugleichen. Das Fluggerät reagierte, indem es sich nach rechts neigte. Dann richtete sie die Nase aus, um ihren neuen Kurs zu halten, und bewertete ihre Drift neu.

Sie konnte den Überlebenden jetzt durch den Rauch ausmachen. Ein treibendes weißes Objekt, das immer größer wurde. Sie kontrollierte den Wellengang.

„Fünfzig Fuß", sagte ihr Copilot. „Radaraltimeter aus?"

„Ja, bitte."

Er beugte sich herüber und drückte auf den Knopf. „Radaraltimeter aus. Der Pipper ist auf zehn Fuß eingestellt."

„Verstanden."

„Wir sind hier hinten parat, Boss."

„Verstanden."

Der Überlebende befand sich jetzt vor dem Helikopter. Er trug einen futuristisch anmutenden Helm und eine Art weißen Raumanzug. Dieser musste wasserdicht sein und unter Druck stehen, er sah luftgefüllt aus. Hinter dem Mann trieb ein orange-weißer Fallschirm im Wasser, der mit ihm zusammen von den acht Fuß hohen Wellen alle paar Sekunden hoch und runter geschaukelt wurde.

„Fünfundzwanzig Fuß. Die Oberfläche ist ein wenig rau."

„Verstanden." Victoria gab etwas mehr Schub, was ihren Sinkflug verlangsamte. Der von den Rotoren erzeugte Abwind wirbelte rund herum weiße Gischt auf.

„Fünfzehn Fuß."

Eine weitere kleine Korrektur mit dem Collective. Sie drehte ihren Kopf von links nach rechts, scannte den Horizont und überprüfte dann erneut ihre Instrumente. Das Spritzwasser peitschte jetzt auch gegen die Windschutzscheibe des Cockpits.

„Scheibenwischer an."

Die behandschuhte Hand ihres Copiloten schoss nach oben und legte den Schalter um, der die Scheibenwischer einschaltete.

Victoria neigte ihren Kopf nach rechts, blickte aus dem Seitenfenster und durch das Fenster zu ihren Füßen. Die Überlebende war jetzt direkt vor ihnen, und in Anbetracht des Seegangs konnte sie nicht tief heruntergehen. „Fetternut, wie sieht es aus?"

„Sieht gut aus, Boss."

„Verstanden, Springen. Springen. Springen."

Im Heck des Fluggeräts signalisierte AWR1 Fetternut dem Rettungsschwimmer, dass es so weit war.

Der Rettungsschwimmer trug einen schwarzen Neoprenanzug, Handschuhe, eine Maske sowie einen Schnorchel, und rutschte auf seinem Hinterteil über das graue Kabinendeck des Hubschraubers. Das Adrenalin rauschte durch seine Adern, als er sich mit den Füßen voraus in Richtung Tür bewegte. Er versuchte, nicht über die Größe der Wellen nachzudenken, die sich nur wenige Fuß unter den Rädern des Hubschraubers brachen. Der Überlebende befand sich auf zwei Uhr und trieb mit dem Gesicht nach oben, Arme und Beine von sich gestreckt, sein astronautenähnlicher Helm war geschlossen.

Nach zwei aufmunternden Klapsen auf den Rücken durch seinen Kameraden drückte sich AWR2 Jones von der Kante ab. Er ließ sich in Richtung der blau-weißen Meeresoberfläche fallen, die Beine geschlossen, die Flossenspitzen gerade nach unten gerichtet, die Arme vor der Brust verschränkt.

Er war aus größerer Höhe abgesprungen als erwartet. Nach ungefähr fünfundzwanzig Fuß freiem Fall schlug er auf dem Wasser auf. Der Lärm der Triebwerke und Rotoren verstummte, als er in die dunkle Stille eintauchte. Grünlichblaues Licht von oben. Dann war sein Kopf wieder über der Wasserlinie und die Geräusche kamen zurück. Jones setzt schnell seine Maske auf. In seinem Kopf begann ein imaginärer Timer zu ticken, als er mit kräftigen Beinschlägen auf den Piloten zu schwamm.

Jones erreichte den im Wasser Treibenden und begann sich Sorgen zu machen, dass dieser nicht mehr lebte. Da das Helmvisier reflektierte, konnte Jones das Gesicht des Mannes nicht sehen. Doch dann bewegte der eine seiner Hände leicht.

Sie wurden von einer Welle überspült und der Rettungsschwimmer verlor vorübergehend die Orientierung. Als Jones erneut seine Position neben dem Überlebenden einnahm, sah er, wie Fetternut ihm aus der Kabine des Hubschraubers ein Zeichen gab und auf seine Uhr zeigte. *Beeilung.*

Im Kampf gegen die von den Rotoren aufgewirbelte Gischt und das Rollen der Wellen schwamm Jones seitlich, um den abgestürzten Piloten in Richtung des schwebenden Hubschraubers zu ziehen. Fetternut bediente die Rettungswinde und ließ bereits den großen Metallkorb hinunter. Jones half dem Überlebenden schnell, aber vorsichtig hinein und zeigte den Daumen hoch. Dann stabilisierte er den Korb, während Fetternut diesen hochzog. Einen Augenblick später kam die Rettungswinde ohne den Korb wieder herunter. Der kräftige Rotorabwind wirbelte unablässig Meerwasser in die Höhe, fast wie ein Hurrikan, die Wellen warfen den Schwimmer auf und ab. Schließlich hakte sich Jones in die Winde ein und wurde ebenfalls eingeholt.

Kaum dass er wieder im Vogel saß, beobachtete er, wie Fetternut etwas in sein Helmmikrofon rief und spürte, wie der Helikopter beschleunigte.

Der Mann im Raumanzug saß aufrecht da und hatte seinen Helm abgenommen. Fetternut kümmerte sich um ihn. Der Pilot war ein älteres Semester. Mindestens fünfzig, so wie er aussah, dachte Jones. Was zum Teufel hatte der alte Kerl hier draußen zu suchen?

Victoria hatte sich gerade frisch gemacht und eine saubere Fliegerkombi angezogen, als das Telefon in ihrer Kabine klingelte.

„Airboss."

„Ma'am, der Captain bittet um Ihre Anwesenheit auf der Krankenstation."

„Ich bin auf dem Weg."

Victoria durchquerte das Offiziersquartier und die Offiziersmesse. Das Abendessen wurde gerade serviert. Das Klappern von Besteck auf leeren Tellern und laute Gespräche. Im Fernseher in der Ecke lief ein alter Actionfilm.

„Boss, schließen Sie sich uns an?"

„Ich muss zum Captain."

„Jones sagt, er will eine Medaille. Er hört nicht auf, von seinem Einsatz zu erzählen. Er glaubt, er habe einen Astronauten gerettet und den Krieg gewonnen."

Trotz der ernsten Situation konnte Victoria ein Schmunzeln nicht unterdrücken. „Astronaut, hm? Na ja, sagen Sie ihm, er soll das in seinen Bericht aufnehmen."

Einer der Köche fragte: „Airboss, sollen wir Ihnen einen Teller aufbewahren?"

„Das wäre großartig, CS2."

„Was möchten Sie?"

„Mir ist alles recht. Ich habe einen Bärenhunger."

Sie verließ die Messe und ging den Gang und dann die Leiter hinunter in Richtung der medizinischen Abteilung des Schiffs. Vor der Tür stand ein bewaffnetes Mitglied der Militärpolizei, ein M-9.

„Ma'am."

„Wachdienst, hm?"

„Anweisung vom XO, Ma'am."

Durch die offene Tür entdeckte sie den Kapitän. „Bitte kommen Sie herein, Victoria."

Sie trat ein und sah den Kapitän sowie den Ersten Offizier neben dem Mann stehen, den sie gerettet hatten. Sein linkes Auge war blau und geschwollen, er hatte ein Pflaster am Hals und saß auf dem blauen Untersuchungstisch. Außerdem hatte er einen buschigen grauen Schnurrbart und einen erschöpften Gesichtsausdruck. Jemand hatte ihm einen Marineoverall zum Anziehen gegeben, dessen Kragenabzeichen den Besitzer als einen O-6, also einen Captain, identifizierte.

„Das ist Colonel Wojcik. Er ist gerade eingeflogen", erklärte der Kapitän ganz beiläufig.

Victoria streckte ihre Hand aus. „Wie fühlen Sie sich, Sir?"

„Entschuldigen Sie, dass ich nicht aufstehe. Aber mir tut noch alles weh." Sie gaben sich die Hand. „Ich habe gehört, dass Sie mich rausgefischt haben?"

„Das war einer meiner Rettungsschwimmer, Sir. Aber ich habe den Heli geflogen."

„Nun, ich möchte mich aufrichtig bei Ihnen und Ihren Männern bedanken. Sollten wir jemals in der gleichen Bar sein, werde ich nicht zulassen, dass einer von Ihnen auch nur einen einzigen seiner Drinks bezahlt."

„Das würden Sie wahrscheinlich nicht sagen, wenn Sie meine Leute kennen würden, Sir."

Der Oberst lachte, dann zuckte er zusammen und hielt sich die Rippen.

„Sir, darf ich fragen, was passiert ist? Wurden Sie abgeschossen?"

„Soweit ich mich erinnern kann, war es eher ein Unfall. Mechanisches Versagen der Motorkühlung. Wir müssten die Computer bergen, um sicher zu sein. Das Flugzeug ist ein Prototyp ... *war* ein Prototyp, sollte ich besser sagen. Als sie diese Mission geplant haben, wussten sie, dass so etwas passieren könnte."

„Es war eine Aufklärungsmission, Sir?"

„Das war es."

Commander Boyle sagte: „Victoria, ich fürchte, der Colonel hat dringende Neuigkeiten. Ich wollte, dass Sie und der XO sie auch hören. Ich werde die anderen Abteilungsleiter selbst informieren."

Victoria sah zwischen den Männern hin und her.

„Bevor mein Flugzeug abstürzte, hat die ISR-Konfiguration Daten über die chinesischen Flottenbewegungen erfasst. Ich habe nur einige der Aufnahmen aus der Nähe gesehen, es war schwer zu erkennen, was abgebildet wurde", erklärte Wojcik.

Commander Boyle sagte: „Die ISR-Daten wurden auf ein Speicherlaufwerk im Helm des Colonels hochgeladen. Wir bewahren sie in einem Safe auf."

„Sie werden auf dem Schiff nicht in der Lage sein, auf die Informationen zuzugreifen", bemerkte der Oberst. „Aber vielleicht haben die Leute auf Guam die entsprechende Ausrüstung. Wenn nicht, können sie mich von dort aus zurück in die Staaten bringen."

„Natürlich. Wann starten wir?", erkundigte sich Victoria.

„Die Siebte Flotte wird einen ihrer Hubschrauber schicken, um den Oberst und seinen Helm abzuholen", antwortete der Kapitän. „Ich habe Ihren Wartungsoffizier gebeten, den Vogel in die Scheune zu bringen, um das Flugdeck freizumachen."

„Ja, Sir." Victoria runzelte die Stirn. „In dem Fall – brauchen Sie noch etwas von mir?"

Wojcik sagte: „Ich glaube, Ihr Kapitän wollte, dass Sie sich anhören, was ich beobachtet habe, als ich die chinesische Südflotte überflog."

20

Tag 12

Admiral Song stand neben dem General des VBA-Marine-korps auf der Admiralsbrücke, sie genossen die Unterbrechung zwischen den Briefings. Der General war für einen Nachmittag zu Besuch, um den Flugzeugträger *Liaoning* zu besichtigen und mit dem Admiral zu Abend zu essen.

„Sind Ihre Männer gut versorgt, General?", erkundigte sich Admiral Song.

„Das sind sie. Ich danke Ihnen." Wellen brachen sich am Bug des großen Schiffs, das backbord von ihnen lief. Der General untersuchte es mit Interesse. „Das ist also die mächtige Jiaolong-Klasse?"

„Ja. Ein wunderbares Schiff. Mehr als ein Schiff. Ein ganzes Waffensystem."

„Sie sieht aus wie ein Öltanker. Oder wie ein Frachter. Abgesehen von den Flugdecks und Türmen natürlich."

„Die Schiffe der Jiaolong-Klasse wurden nicht gebaut, damit sie gut aussehen, General. Aber ich versichere Ihnen, sie sind dafür absolut tödlich. Ich habe dieses Schiff selbst inspiziert, als es noch im Dock lag. Trotzdem liegen Sie mit Ihrer Beobachtung richtig, da für die Schiffe der Jiaolong-Klasse der Rumpf eines Tankers verwendet wird. Der ist wesentlich billiger und schneller gebaut als ein herkömmliches Kriegsschiff. In der Zeit, die wir für die Fertigstellung eines Zerstörerrumpfs vom Typ 055 benötigen, können wir viele Jiaolongs produzieren. Schon jetzt rüsten wir andere Tankschiffe auf diese Schiffsklasse um. Die militärischen Modifikationen sind alle modular. Einige der Module werden in der Form vorgefertigter Schiffscontainer eingebaut. Auch das ist sehr wirtschaftlich. Aber die Technologie ist unübertroffen."

„Wie haben Sie es geschafft, das geheim zu halten – mit diesen riesigen Aufbauten, die kaum zu übersehen sind?"

Der Admiral lächelte. „Sie waren bis Kriegsbeginn in nahe gelegenen Hangars versteckt. Das Verholen erfolgte nachts, erst kurz bevor die Jiaolong in See stach."

„Unglaublich."

Das Schiff der Jiaolong-Klasse wogte und rollte im blauen Meer. Vier erhöhte Flugdecks ragten mittschiffs aus dem Rumpf heraus: zwei Plattformen auf jeder Seite, eine am Bug und eine achtern. Aber niemandem, der dieses Ungetüm betrachtete, fielen als Erstes die Flugdecks ins Auge.

Atemberaubend war das, was *direkt über* den Flugdecks schwebte.

Der General bemerkte: „Sie sehen nicht so aus, wie ich sie mir vorgestellt hatte."

Admiral Song nickte. „Das sagen alle."

„Nun, es ist mir egal, wie sie aussehen, solange sie in der Lage sind, meinen Marines sicheres Geleit zu gewähren."

„Ich bin zuversichtlich, dass sie das tun werden, General.

Sie haben sich bereits im Einsatz gegen zwei amerikanische U-Boote bewährt."

Auf der anderen Seite der Admiralsbrücke klingelte ein Telefon. Einer der Stabsoffiziere nahm den Hörer ab und sprach schnell hinein. Er sah auf. „Herr Admiral, sie haben ein weiteres amerikanisches U-Boot geortet."

Kaum dass der Offizier zu Ende gesprochen hatte, wurde die Sonne von einem riesigen, lautlosen Fluggerät verdeckt, das langsam vom Schiff der Jiaolong-Klasse abhob und in die Ferne entschwand.

An seinen Offizier gerichtet sagte Admiral Song: „Sehr gut. Ich werde gleich nach unten gehen." Er wandte sich an den General. „Begleiten Sie mich in den Gefechtsstand. Dann können Sie mit eigenen Augen sehen, was das Jiaolong-Waffensystem zu leisten vermag."

USS Columbia (SSN-771)
  U-Boot der Los-Angeles-Klasse
  Philippinisches Meer
Commander Wallace, Captain der USS *Columbia,* betrat die Brücke, als die ersten Kontakte gemeldet wurden.

„Kommandostand, Sonar, neuer Kontakt, Kennzeichnung Sierra-drei-sieben mit Peilung drei-drei-fünf, Klassifizierung Kriegsschiff."

„Sonar, Kommandostand, aye."

Der Offizier im Kommandostand erstattete dem Kapitän Bericht.

„Wie viele?"

„Inzwischen mindestens fünfzig Kontakte, Sir."

„Kriegsschiffe?"

„Vierzig von ihnen sind Kriegsschiffe, Sir, verschiedene Typen."

„Was ist mit den anderen?"

„Klassifiziert als Frachter oder Transportschiffe der Verkehrsgruppe drei. Aber sie sind alle Teil desselben Konvois, Sir. Ich habe noch nie etwas so Großes gesehen. Das muss die Südflotte sein." Er zeigte auf das Display. „Ich glaube, diese Kontakte hier sind Truppentransporte oder Versorgungsschiffe für den Konvoi."

Commander Wallace betrachtete die digitale Anzeige. Winzige Symbole tauchten am äußersten Rand ihrer Sonarabdeckung auf – sie wurden vom Sonar und dem Bordcomputer automatisch erzeugt. Die Oberflächenspuren bildeten zusammen eine über zwanzig Meilen lange Kolonne, die sich nach Osten bewegte.

„Wie hoch ist die Geschwindigkeit?"

„Im Durchschnitt 15 Knoten, Captain."

„Gibt's was Neues über Sierra-zwei-vier?"

Sierra-zwei-vier war ein mutmaßliches chinesisches U-Boot, das sie dank günstiger akustischer Bedingungen am Vortag aus großer Entfernung entdeckt hatten.

„Nicht seit gestern Abend, Sir."

„Sehr gut." Der U-Boot-Kapitän atmete erleichtert aus, während seine Augen zwischen den verschiedenen Anzeigen hin und her wanderten und alle Informationen registrierten.

In Anbetracht der Annäherungsgeschwindigkeit des chinesischen Konvois mussten sie aufpassen, dass sie keine Aufmerksamkeit auf sich zogen und plötzlich zu Gejagten wurden. Wären die Kriegsschiffe des sich nähernden Konvois weiter weg, könnte Commander Wallace das Risiko eingehen und ihre Geschwindigkeit erhöhen, um nach dem chinesischen U-Boot zu suchen. In einer perfekten Welt würde er die Bedrohung durch das chinesische U-Boot beseitigen, bevor er einen Angriff auf den feindlichen Verband startete. Aber es war keine perfekte Welt, und die ihm erteilten Befehle würden einen solchen Angriff nicht zulassen.

Wallace sah sich im Raum um. Seine Männer sahen müde, aber hoch konzentriert aus. Aber er wusste, dass sich hinter jeder der aufmerksamen Mienen vielfältige Emotionen verbargen. Ehemänner, die sich fragten, ob es ihren Frauen gut ging. Väter, die überlegten, ob sie ihre Kinder wiedersehen würden. Junge Matrosen, die bangten, ob sie die nächsten vierundzwanzig Stunden überlebten. Es gab solche, die tapfer sein und sich bewähren wollten und andere, die einfach nur von zu Hause träumten.

Seit Anbeginn des Krieges hatten sie in einem Höllentempo gearbeitet. Ihr U-Boot war in den ersten Tagen aus Pearl Harbor ausgelaufen und angewiesen worden, chinesische Ziele aufzuspüren und zu zerstören. Anfangs hatte Hochstimmung geherrscht. Die amerikanische U-Boot-Flotte war die beste der Welt. Sie würden den Krieg gewinnen und in wenigen Monaten als Helden in die Heimat zurückkehren.

Dann kam die Nachricht über den „strategischen Rückzug" der Amerikaner aus Japan, und kurz darauf erhielten sie die neuen Rules of Engagement (ROE), die mit dem Waffenstillstandsabkommen einhergingen. Die Besatzung war wegen der Einschränkungen sauer und frustriert, aber sie hoffte dennoch, dass die USS *Columbia* die Chance erhalten würde, etwas zu bewirken. Einige nahmen es sehr persönlich. Commander Wallace wusste, dass viele seiner Männer Rache für die Tausenden von Amerikanern nehmen wollten, die zum Auftakt des Krieges getötet worden waren.

Eine Weile nachdem die USS *Columbia* den Hafen verlassen hatte, waren die neuen Befehle gekommen. Gemäß dem Waffenstillstandsabkommen sollte es keine US-Militärbewegungen jenseits des hundertvierundvierzigsten Längen-

grads Ost geben. Die amerikanischen Truppenverbände, die
sich westlich dieser Linie aufhielten, sollten sich auf US-Terri-
torium zurückziehen. Aber die amerikanischen U-Boot-Streitkräfte waren in der Lage, in feindlichen Gewässern verdeckte
Operationen durchzuführen. Der Befehl der *Columbia*, die
chinesischen Bewegungen über und unter dem Wasser zu
überwachen, führte sie jenseits der roten Linie. Offiziere und
Besatzung waren erneut hoch motiviert. Kommandant
Wallace überprüfte ihre Zielposition auf der digitalen Karte
ein ums andere Mal, als könne er sein U-Boot dadurch
schneller dorthin bringen. Jeder von ihnen wollte in diesem
Krieg etwas bewirken.

Dann wurden sie über die vermissten U-Boote informiert.

Die ersten Berichte kamen von der Einsatzleitung. Es ging
um eines ihrer Jagd-U-Boote, das einen ähnlichen Auftrag
hatte und bereits vor Ort im Südchinesischen Meer war. Einer
der Funker bemerkte, dass dieses U-Boot sein Kommunikati-
onsfenster verpasst hatte. Zweimal. Dann dreimal. Dann ein
zweites U-Boot in der gleichen Gegend, kurz nachdem es
einen Kontakt mit der chinesischen Flotte gemeldet hatte.

Irgendwie versenkten die Chinesen ungestraft ihre Jagd-
U-Boote. Die Nachricht verbreitete sich unter der Besatzung
wie ein Lauffeuer, nachdem die emotionslose Bestätigung
über die offiziellen Kommunikationswege der Marine eingegangen war. COMSUBPAC hatte eine Eilmeldung herausge-
schickt, mit der die gesamte Flotte darüber informiert wurde,
dass die Chinesen über eine neuartige, sehr effektive Technologie zur U-Boot-Kriegsführung verfügten. Weitere Einzelheiten würden gerade zusammengetragen.

Darauf wären sie von selbst nie gekommen ...

Gestern hatte die *Columbia* eine Nachricht vom Marinenachrichtendienst erhalten, in der ausführlichere Informationen preisgegeben wurden. Zwei U-Boote hatten kurz vor

Gefechtsbeginn Notrufe ausgesandt. Die Mitteilungen enthielten Berichte über ungewöhnliche akustische Signaturen aus dem Umfeld der chinesischen Flotte.

Marineexperten für U-Boot-Abwehrsysteme am Undersea Warfare Development Center glaubten, dass es sich bei den Geräuschen um aus der Luft abgeworfene Munition oder Sonobojen handeln könnte. Da das Satellitenkommunikationssystem ausgefallen war, lieferten Stealth-Drohnen Informationen über eine Verbindung mit eingeschränkter Bandbreite. Die Drohnen wurden von der US-Luftwaffe über dem Pazifik eingesetzt, was nur eine vorübergehende Lösung für ein großes Problem darstellte. Das bedeutete, dass die *Columbia* nicht in der Lage war, die eigentlichen Sounddateien herunterzuladen und als Referenzgeräusch auf dem Schiffscomputer zu speichern. Die Sonarexperten von Commander Wallace wussten also nicht einmal, wonach sie horchen sollten – nur, dass es anders klang als alles, was sie in den Trainingsdateien der US-Marine je gehört hatten.

Gestern, während die USS *Columbia* im Philippinischen Meer nach Westen unterwegs gewesen war, hatte COMSUBPAC ihre Befehle ein weiteres Mal aktualisiert. Sie sollten nicht nur die mörderische chinesische Flotte orten und verfolgen, sondern nun auch „möglichst viele visuelle, elektronische und akustische Informationen" über die neue U-Boot-Abwehr-Technologie sammeln und die Daten mit Hilfe ihrer bordeigenen Aufklärungsdrohne zurücksenden. Für die Navigation ihrer Drohne hatten sie spezielle Programmierungsanweisungen erhalten.

Nur sehr wenige Besatzungsmitglieder wurden über die neue Mission informiert. Diejenigen, die eingeweiht wurden, wussten, was die Befehle bedeuteten. Die anderen verstanden auch so, dass ihnen Unheil drohte: Aufgrund der Bestimmungen des Waffenstillstands durften sie den Konvoi nicht angreifen. Der Konvoi versenkte jedes U-Boot, das sich ihm näherte. Und die *Columbia* fuhr direkt auf den Feind zu.

Commander Wallace wurde auf der Brücke von seinem XO erwartet. „Guten Morgen, Captain."

„Guten Morgen, XO."

„Wir schätzen etwa vier Stunden, bis wir in Reichweite des Führungsschiffs des Verbands sind."

Die beiden Männer standen über ihre Karte gebeugt. Der Decksoffizier schloss sich ihnen an und sagte: „Sir, mit Ihrer Genehmigung werden wir genau hier die Stellung halten, bis sie den Punkt der größten Annäherung erreicht haben."

Er zeigte auf eine Position etwas vor und leicht versetzt von der Stelle, an der der Konvoi vorbeikäme. Commander Wallace untersuchte die Karte und nickte. Das Jagd-U-Boot würde lautlos ausharren, bis die Chinesen in Reichweite kamen, Daten sammeln, in die Festplatte der Drohne einspeisen und diese in dem Moment starten, in dem auf sie geschossen wurde. Sollten sie das Glück haben, nicht angegriffen zu werden, würden sie den Verband passieren lassen, die Verfolgung aufnehmen und die Drohne losschicken, sobald sie sich in sicherer Entfernung befanden.

Seit den Anfängen der U-Boot-Kriegsführung war der wichtigste strategische Vorteil eines jeden U-Boots seine *Tarnung* gewesen. U-Boote waren in der Lage, in Gefahrenzonen einzudringen und Informationen zu sammeln, Spezialkräfte abzusetzen, Geheimdienstagenten aufzunehmen oder künftige Ziele in aller Ruhe zu beobachten. Wenn es nach Commander Wallace ginge, würde die USS *Columbia* die größte chinesische Flotte, die je in See gestochen war, aus sicherer Entfernung auskundschaften.

Und dann, falls und wenn der Waffenstillstand endete, wäre die *Columbia* bereit. Sie würde ihr Waffenarsenal ausspielen und dem Feind maximalen Schaden zufügen – bei minimalem Risiko für das U-Boot selbst. Mit etwas Glück und Geschick würde Wallace sein Wasserfahrzeug so manövrieren, dass es unentdeckt bliebe und erneut angreifen könnte. Bei seiner Pazifikquerung nach Osten würden sie sowohl Kriegsschiffe als auch Truppentransporte vernichten, wie ein Hai, der langsam einen Fischschwarm fraß, bis nichts mehr übrig war.

Ein Teil von ihm war angesichts des Gedankens, auf chinesische Transportschiffe zu schießen, empört. Kriegsschiffe waren eine Sache. Aber die Truppentransporte, auf denen sich Soldaten und Matrosen befanden, die zu Hause Familien und eine Zukunft vor sich hatten, machten ihm Kopfzerbrechen. Ein inneres Zwiegespräch, an dem er seine Männer nicht teilhaben lassen würde. Aber er wusste auch, dass er diese empfundene Abscheu beiseiteschieben würde, wenn die Zeit gekommen war. Das Räderwerk des Krieges drehte sich, und nur rücksichtslose Effizienz würde verhindern, dass der Feind seinen Willen durchsetzte.

Töten oder getötet werden – dieser Instinkt, dem Tiere natürlich folgten, regierte auch das Leben verfeindeter Stämme, seitdem sich die Menschheit in diese untergliederte. Sobald dieser Waffenstillstand endete, wäre es seine Pflicht, den Feind zu vernichten, bevor dieser die Gelegenheit bekam, seinen Waffenbrüdern Tod und Zerstörung zu bringen. So grausam das auch sein mochte. Die Chinesen brachten Frachtschiffe über den Pazifik. Diese Schiffe beförderten Männer und Munition, mit denen Amerikaner getötet werden sollten. Er würde sie versenken.

Vielleicht meinte es das Schicksal gut mit ihnen und er müsste solche Maßnahmen nicht ergreifen. Vielleicht kämen die führenden Politiker der Welt doch noch zur Vernunft. Fürs Erste würde er schweigen und –

„Kommandostand, Sonar. Mehrere Aufschläge auf dem

Wasser. Es klingt, als ob etwas aus der Luft abgeworfen wird, Sir."

Commander Wallace runzelte die Stirn. Der Sonartechniker sollte eigentlich Richtung und Entfernung angeben.

Der wachhabende Offizier fragte: „Peilung und Entfernung, Sonar?"

„Der nächste Kontakt ist zwanzigtausend Yard entfernt. Aber, Sir ... sie machen das Gebiet zu. Es waren bislang mindestens zwanzig Aufschläge und es hört nicht auf. Die verlegen da oben ein großes Bojenfeld."

Der wachhabende Offizier ging auf die Navigationskarte in der Mitte des Raums zu.

„Sir, es sieht so aus, als bilde dieses Bojenfeld eine Barriere parallel zum Kurs des chinesischen Konvois. Es wird schwer für uns sein, in ihre Nähe zu kommen."

Der XO erkundigte sich: „Und was zum Teufel spuckt die Bojen aus? Haben wir Fluglärm?"

„Negativ, Sir. Eventuell ein Seefernaufklärer in großer Höhe?"

Der Kapitän rieb sich das Kinn und betrachtete die Karte. „Entfernung?"

Der Sonartechniker gab eine Peilung und die Distanz zum nächstgelegenen Abwurfort einer Sonoboje durch. „Ich nehme an, dass es eine Sonoboje ist, Sir. Sie scheinen eine Tonne davon zu verteilen. Nicht einmal eine P-3 wirft so viele ab."

Der XO warf dem Kapitän einen angespannten Blick zu. Sie standen so dicht beieinander, dass niemand ihr Gespräch mithören konnte.

Der Kapitän flüsterte: „XO, das könnte unsere Chance sein, das angeforderte Bildmaterial zu beschaffen."

„Sir, die Distanz zu dem Bojenfeld ..."

„... wird abnehmen, je näher der Konvoi kommt. Das

gefällt mir kein bisschen. Aber das hier könnte unsere konservativste Option sein, ELINT und FLIR-Daten zu sammeln."

Der XO betrachtete die Daten, die anzeigten, wo die letzten Sonobojen ausgelegt worden waren und atmete tief aus.

Der Kapitän forderte ihn auf: „Sagen Sie mir, was Sie denken."

Der XO antwortete: „Wenn es um eine andere Gruppe von Zielen ginge, würde ich nicht zögern, in dieser Entfernung aufzutauchen. Aber laut den Geheimdienstberichten haben wir keine Ahnung, um was es sich bei ihrer Ausrüstung für die U-Boot-Bekämpfung handelt." Er machte eine Pause. „Sir, ich denke, wir sollten uns das ansehen. Aber wir müssen vorsichtig sein."

Der Kapitän nickte. Er drehte sich zu der Brückenbesatzung um. „Hier spricht der Kapitän, ich übernehme den Steuerstand, Lieutenant James behält das Deck." Er wartete auf die Bestätigung seiner Anweisung und sagte dann: „Maschinen stopp. Auf Periskoptiefe aufsteigen. Sehen wir uns das mal näher an."

„Aye, Sir."

Wenige Augenblicke später tauchte das mit einem Tarnanstrich versehene Periskop nur wenige Zoll über den Schaumkronen auf. Die daran montierten Kameras und Sensoren drehten sich zweimal im Kreis, bevor das Periskop wieder im Meer versank.

Auf der Brücke war es totenstill, als die Männer gebannt auf die Monitore starrten, auf denen die Bilder von der Meeresoberfläche wiedergegeben wurden. Das Video zeigte einen weiß-grauen Himmel, dazu mehrere dunkle Silhouetten am nordwestlichen Horizont.

„Halt. Da. Gehen Sie zurück. Okay. Stopp. Gehen Sie zurück auf zwei-sechs-fünf." Die Aufnahme wurde zurückgespult, bis die Richtung auf dem Magnetkompass zwei-sechsfünf anzeigte.

Der XO sagte: „Das sind mindestens ein Dutzend Masten am Horizont. Sieht auch nach ein paar Schiffen vom Typ 52 und Typ 55 aus. Was ist das da für einer?"

„Fregatte. Typ 54. Und da ist der Flugzeugträger." Im Westen waren die Umrisse des gigantischen Flugzeugträgers gut zu erkennen, die Startrampe auf seinem Flugdeck ragte aus dem Bug heraus. Die Schiffe lagen sehr nah beieinander. Näher, als es für solche Verbände üblich war.

Der Kapitän schaute auf die Karte und dann zurück auf den Bildschirm. „Wo ist es?"

„Wo ist was, Sir?"

„Das Flugzeug. Das diese Bojen abwirft?"

Alle Augen studierten den Bildschirm eingehend.

Der Kapitän kniff die Augen zusammen. „Vergrößern Sie den Horizont. Dort. Was ist das?"

„Was ist was, Sir?"

„Über dem Transportschiff unmittelbar hinter dem Flugzeugträger."

Der Decksoffizier fragte: „Was ... *zur Hölle* ... ist das?"

„Ist das ein Luftschiff?"

„Das Ding sieht aus wie ein schwebendes Schlachtschiff."

„Oder eine Wolke. Sir, ich glaube, das ist nur eine Wolke."

„Die Chinesen werfen also Sonobojen von Luftschiffen ab?"

„Das ist kein Luftschiff. Machen Sie sich doch nicht lächerlich."

„Sir, das sieht anders aus als alle Luftschiffe, die ich bisher gesehen habe."

Der XO kam näher und zeigte auf den Bildschirm. „Sprechen Sie *darüber*? Sieht für mich aus wie eine Wolke."

„Das glaube ich nicht. Der Umriss ist zu glatt. Sieht menschengemacht aus. Okay, speichern Sie das Video und lassen Sie es in Echtzeit laufen."

Wenig später wurde die Aufzeichnung erneut abgespielt. Es war aufgrund des sich verändernden Kamerawinkels schwer zu erkennen, ob sich das Objekt bewegte oder nicht. Die Periskopkamera hatte zwei Umdrehungen vollführt, sodass sich letztlich alles, was sie beobachteten, bewegte.

„Schauen Sie, da ist noch eins. Auf Position zwei-sieben-fünf. Hinter der Formation."

„Sind Sie sicher?"

Der Kapitän seufzte. Er war sich nicht sicher. Das Bild war aus dieser Entfernung zu grobkörnig. Seine Augen konnten ihm einen Streich spielen. Er ging wieder zu der Karte hinüber. „Sonar, Kommandostand, haben sie noch mehr Bojen abgeworfen?"

„Kommandostand, Sonar, negativ, Sir. Nichts seit dem letzten Feld vor dem Auftauchen des Periskops, Sir."

Der Kapitän sagte: „Ich möchte mir das noch einmal ansehen."

„Sir, ich denke, wir sollten unser Glück nicht überstrapazieren", mahnte der XO.

Der Kapitän warf seinem XO einen irritierten Blick zu. „Deshalb wurden wir aber hierher geschickt." Dann befahl er: „Periskop ausfahren."

Dieses Mal hielten alle auf der Brücke den Atem an, als das Bild auf der Leinwand erschien. Der Kapitän ergriff das Periskop und vollführte damit eine 360-Grad-Drehung.

„Periskop einfahren!", rief der Kapitän. „Abtauchen! Auf 600 Fuß gehen!"

Das Kommando hallte noch nach, als bereits der Boden unter ihren Füßen wegkippte. Die Männer lehnten sich zurück, um das Gleichgewicht zu halten, während der Tiefenmesser fiel.

Auf dem Monitor war die jüngste Kameraaufnahme eingefroren.

Ein riesiges Luftschiff stand direkt über ihnen.

Admiral Song verfolgte die digitalen Updates im abgedunkelten Gefechtsstand an Bord seines Flugzeugträgers. Die dreihundert Fuß langen Zeppeline bewegten sich mit einer Geschwindigkeit von bis zu hundert Knoten – in etwa so schnell wie ein langsames einmotoriges Flugzeug. Dieses Tempo war jedoch mehr als ausreichend, um trotz Gegenwind mit den Schiffen der Kampfgruppe Schritt zu halten. Noch wichtiger war, dass sie schneller waren als die amerikanischen U-Boote, die es auf die Flotte abgesehen hatten.

Die Luftfahrzeuge konnten zwar bemannt werden, aber im Standardbetrieb wurden sie per Funk über eine Sichtverbindung gesteuert. Jeder Zeppelin war mit dem Mutterschiff der Jiaolong-Klasse verbunden, das als ihre Bodenkontrollstation fungierte. Ihre Nutzlast entsprach der eines C-130-Transportflugzeugs, was bedeutete, dass sie ein todbringendes Sortiment für die U-Boot-Bekämpfung mitführen konnten: Hunderte von Sonobojen, Dutzende von Torpedos und sogar ein fortschrittliches Tauchsonar. Der flüsterleise Flugbetrieb ermöglichte ein nahezu geräuschloses Eintauchen des Sonars, was ein Albtraum für ihre Beute unter Wasser war.

Die Schiffe der Jiaolong-Klasse und ihre Zeppeline waren

so konzipiert worden, dass sie die U-Boot-Abwehr für sehr
große Gefechtsverbände übernehmen konnten. Sie waren mit
den modernsten Sensoren ausgestattet, darunter Radar, elektronische Unterstützungsmaßnahmen und FLIR. Die Verwendung einer Sichtverbindung über Funk stellte bei großen
Entfernungen zu den Mutterschiffen eine Herausforderung
dar. Um diese zu bewältigen, wurden neue Taktiken entwickelt. Diejenigen, die die U-Boot-Abwehr-Drohnen bedienten,
mussten stets wachsam sein, um den Weg für die Flotte freizumachen. Jedes Schiff der Gefechtsgruppe sowie jedes Luftschiff war mit einer speziellen Datenlink-Antenne
ausgestattet, mithilfe derer die verschlüsselten Informationen
zwischen den Luftschiffen und den Kontrolleuren auf dem
Mutterschiff mit hoher Geschwindigkeit übertragen werden
sollten.

Durch dieses System entstand ein Netzwerk von mobilen
Datenknotenpunkten, dank derer die Zeppeline auch in
großer Entfernung von ihren Mutterschiffen zuverlässig
operieren konnten. Die Datenverbindung war so fortschritt-
lich, dass alle acht Drohnen gleichzeitig von einem einzigen
Schiff aus gesteuert werden konnten. Die Videobilder und
akustischen Daten wurden für die anschließende Verarbei-
tung durch die Netzwerkknoten weitergeleitet.

Die acht Luftschiffe der Flotte operierten als Rudeljäger.
Rund um die Uhr flogen immer zwei der monströsen Luftschiffe der Flotte voraus und nutzten ihr nahezu geräuschloses Tauchsonar als passives Sonar, um amerikanische U-
Boote in großer Entfernung aufzuspüren. Währenddessen
legten zwei weitere Zeppeline dichte Bojenfelder entlang der
Längsseiten des Konvois. Zwei weitere Luftschiffe wurden als
Schutzschild am Ende des Verbands eingesetzt, die verbleibenden beiden Luftfahrzeuge entweder beladen oder gewartet. Sie hatten eine starre Hülle und einen variablen Auftrieb

auf der Basis von Innenmembranen, die mit in Druckbehältern komprimiertem Helium gefüllt waren. Am Heck waren vier Stabilisatoren angebracht, die eine gigantische Ruderanlage darstellten und so eine Richtungssteuerung ermöglichten. Zwei seitlich angebrachte Propeller und zwei Heckpropeller sorgten für zusätzlichen Schub. Sie konnten ohne Betankung tagelang in der Luft bleiben und den Ozean unablässig nach feindlichen U-Booten absuchen. Sie waren extrem anfällig für schlechtes Wetter, aber die Chinesen hatten Verfahren entwickelt, um dieses Risiko zu mindern.

Auch die Sonobojen waren eine fortschrittliche Neukonstruktion. Ihre Akkubetriebsdauer war kurz, aber dank der kleineren Batterien konnten die Ingenieure das eingesparte Gewicht für andere Zwecke zu nutzen, wie z. B. für mehr Rechenleistung und modernere akustische Sensoren.

Während der U-Boot-Verfolgung verwendeten die lenkbaren U-Jagd-Drohnen der Jiaolongs ein ausgeklügeltes vermaschtes Netz, das von Computern mit künstlicher Intelligenz gesteuert wurde. Da sich der Schiffsverband stetig vorwärts bewegte, wurden die Sonobojen nach einer gewissen Zeit aufgrund leerer Akkus oder ihrer überholten geografischen Position nutzlos; hier kam eines der Luftschiffe ins Spiel, das in niedriger Höhe über den Bojen schwebte und sie mit einem mechanischen Arm aufnahm. Die benutzten Bojen wurden in einer Bordkammer des Zeppelins verstaut und auf einer der unbenutzten Flugdeckplattformen des Mutterschiffs abgeladen. Dort wurden die Akkus aufgeladen und die Bojen anschließend wieder in ein einsatzbereites Luftschiff verfrachtet.

Das Schiff der Jiaolong-Klasse sammelte und verarbeitete die gewaltige Menge an akustischen Informationen von den Tauchsonaren sowie den unzähligen Sonobojen. Das gesamte System war in den letzten fünfzehn Jahren im Geheimen entwickelt worden. Während des Kalten Krieges war die U-Boot-Abwehr auf erfahrene Soldaten angewiesen gewesen, die horchen, analysieren, interpretieren und Entscheidungen treffen konnten. Menschen mussten anhand von wenigen akustischen Daten erraten, wo sich ein Ziel befinden könnte. Daten, die präzise sein konnten oder auch nicht.

Dieses neue chinesische System übertrug die Analyse und Entscheidungsfindung vollständig auf den Computer. Das maschinelle Lernen ermöglichte es den Luftschiffen, die Positionen zu identifizieren, an denen sich ein feindliches U-Boot am wahrscheinlichsten annähern würde. Die Computer konzentrierten den Abwurf der Sonobojen und den Einsatz des Tauchsonars auf diese Gebiete, die weite Ozeanabschnitte abdeckten. Es waren Stellen, an denen U-Boot-Kapitäne niemals mit dem Feind rechnen würden. Das System war mörderisch effizient.

Auf der Jiaolong-Klasse überwachte einer der U-Jagd-Offiziere den Eingang des letzten Berichts der Luftschiffe.

„Das amerikanische U-Boot befindet sich fünfundvierzigtausend Meter östlich von uns. Die U-Jagd-Drohnen verfolgen das Ziel."

„Sehr gut", lautete die Antwort des ranghöheren Offiziers.

Ein weiteres amerikanisches U-Boot, das ihnen ins Netz gegangen war.

USS Columbia

Commander Wallace hatte die chinesischen Luftfahrzeuge direkt über ihrer Position mit Entsetzen wahrgenommen. Kurz darauf meldete sein Sonarraum im Umkreis Wasseraufschläge.

Der Kapitän sagte: „Kommandostand, bringen Sie uns

sicher von hier weg in östliche Richtung. Was auch immer das da oben sein mag, wir wollen uns nicht in diesem Gebiet aufhalten."

Der Offizier im Steuerstand befahl: „Maschinen voraus zwei Drittel. Kurs rechts auf null-zwei-null und auf zweihundert Fuß gehen."

Die Befehle wurden auf der ganzen Brücke wiederholt, bevor sich die gesamte Besatzung zurücklehnte, als das U-Boot auf die Anweisungen reagierte.

Der Navigator verkündete: „Sir, flaches Gewässer in östlicher Richtung."

„Verstanden."

Ein hochfrequentes Pingen hallte durch den Metallrumpf des U-Boots. Die Männer fluchten leise.

„Volle Kraft voraus, auf Kurs eins-sieben-null gehen", rief der Kapitän und übernahm damit wieder die Aufgabe des nautischen Offiziers.

„Kommandostand, Sonar, ein weiterer Wasseraufschlag tausend Yard entfernt, Peilung eins-acht-null."

Commander Wallace verarbeitete die neuen Informationen. Sie hatten eine weitere Boje gesetzt, direkt vor der Stelle, an die er sein U-Boot hatte manövrieren wollen. Zumindest hoffte er, dass es eine Boje war ...

„Neuer Kurs: null-neun-null."

„Null-neun-null, aye."

Wie zum Teufel schafften sie es, die Bojen genau an der richtigen Position abzuwerfen? Es war, als kannten die Chinesen seine Befehle. Es dämmerte Wallace, warum die beiden anderen U-Boote, die es mit diesem Konvoi zu tun bekommen hatten, nicht zurückgekehrt waren.

Ein weiteres lautes Pingen hallte durch den Rumpf. Mehr Flüche. Wallace bemerkte, dass einer seiner jungen Offiziere, ein Esign, kaum länger als einen Monat an Bord, nicht mehr auf seiner Station war. Er geisterte ziellos durch die Abteilung und murmelte nonstop etwas vor sich hin, wobei seine Augen wild umher huschten. Der Junge sah aus, als würde er durchdrehen. Wallace nahm Augenkontakt mit dem XO auf und nickte in Richtung des Soldaten. Der XO nickte ebenfalls und ließ den jungen Mann vom Chief aus dem Raum eskortieren, bevor er die unbesetzte Station übernahm.

„Kommandostand, Sonar, wir haben ein erneutes Platschen."

„Peilung und Entfernung?"

Die Stimme klang entmutigt. „Direkt über uns, Sir."

„Kommandostand, Sonar, Torpedo im Wasser!"

Das Pingen des Torpedos begann. Diese Pings klangen anders als die vorherigen, die von einer Sonoboje oder einem Tauchsonar stammten, und sie klangen verdammt nahe.

Die Pings erfolgten in kürzeren Zeitabständen.

„Sir, der Torpedo hat uns erfasst."

„Gegenmaßnahmen einleiten! Ruder hart links –"

Aber Commander Wallace wusste, dass es zu spät war.

Das Luftschiff schoss seinen Torpedo mit Zielinformationen ab, die von insgesamt siebzehn akustischen Geräten stammten, welche die USS *Columbia* allesamt geortet hatten. Die erfassten Daten waren verarbeitet und verfeinert worden, bevor die künstliche Intelligenz mit einer Wahrscheinlichkeit von achtundneunzig Prozent die Position des U-Boots im Zeitpunkt des Torpedoabwurfs berechnet hatte.

Der leichte Torpedo fiel aus einer Höhe von hundert Fuß und traf auf die Wasseroberfläche auf, kurz nachdem sich sein Fallschirm geöffnet hatte. Der Motor setzte sich bei dem Kontakt mit dem Meerwasser in Gang und sendete einige

Pings aus, um sein Ziel zu erfassen. Als die Unterwasserwaffe mit der eigentlichen Zielsuche begann, erhöhte sie die Frequenz ihrer Pings.

An Bord des Flugzeugträgers *Liaoning* erhielt Admiral Song einen Bericht.

„Das feindliche U-Boot wurde zerstört, Sir."

21

Bunkeranlage Raven Rock
Pennsylvania
Tag 13

David Manning saß in einem privaten Konferenzraum und ging mit Susan Collinsworth die morgendlichen Geheimdienstberichte durch. Sie waren nach Raven Rock geflogen, um den neuen CIA-Direktor und die militärische Führungsriege zu unterrichten, die wissen wollten, was zum Teufel dieses neue chinesische Schiff anrichten konnte. Ihr Bericht würde auf der SILVERSMITH-Analyse der ISR-Bilder aus Colonel Wojciks Aufklärungsflugzeug sowie auf den Ergebnissen eines Gesprächs basieren, das sie und David vorab mit drei Experten führen würden.

Tausende von Führungskräften aus Politik, Militär und den Geheimdiensten der US-Regierung waren in Raven Rock und einer Reihe anderer Notfalleinrichtungen entlang der Appalachen untergebracht. In Raven Rock wurden die militärischen Pläne auf höchster Ebene ausgearbeitet.

„Wir haben den Kontakt zu einem weiteren U-Boot verlo-

ren?", fragte David beim Lesen der täglichen Zusammenfassung.

Susan runzelte die Stirn und nickte langsam. „Die
Columbia."

„Warum schicken wir überhaupt U-Boote in die Nähe
dieses Schiffs der Jiaolong-Klasse? Sollten wir unsere Leute
nicht auf Distanz halten, bis wir eine Möglichkeit haben,
diese Bedrohung zu bekämpfen?"

„Das Pentagon stimmt dieser Einschätzung nun zu."

„Wunderbar. Und es mussten lediglich drei U-Boote
sinken, um sie davon zu überzeugen."

Die Tür öffnete sich und die drei Experten betraten den
Raum. Einer trug einen Laborkittel und eine gerahmte Brille.
David wusste, dass er der Vertreter von DARPA war, der
Defense Advanced Research Project Agency, einer teilstreit-
kräfteübergreifenden Forschungsbehörde des Pentagon. Der
zweite Mann war ein Spezialist für Luft- und Raketenabwehr,
der dritte im Bunde ein Fachmann für Kriegsschiffstech-
nologie.

David legte den Ordner weg und stand auf, als sich alle
reihum vorstellten. Susan begann das Gespräch mit den
Belehrungen bezüglich der Geheimhaltungsstufe und betonte
die offenkundige Bedeutung ihrer Aufgabe. Dann entnahm
sie einem braunen DIN-A4-Umschlag eine Reihe von Bildern
und legte sie auf den Tisch.

Sie sagte: „Meine Herren, was Sie hier sehen, ist ein
Kriegsschiff der Jiaolong-Klasse. Die Chinesen bezeichnen es
als Schlachtschiff."

Die drei Männer reichten sich gegenseitig die Fotos weiter
und stießen leise Pfiffe aus. Sie waren fasziniert.

„Es sieht so aus, als verwendeten sie Frachter für den
Rumpf. Clever. Wir haben uns das angesehen. Sie kosten

einen Bruchteil dessen, was der Bau eines Zerstörers verschlingen würde."

„Zumindest hat man uns das gesagt", warf David ein.

„Was sind das für Türme?"

„Das ist es, worüber wir hier reden wollen", antwortete Susan.

„Haben Sie vergrößerte Aufnahmen ... oh, hier ist eine." Der DARPA-Wissenschaftler griff nach einem Bild von einem Turm des Schiffs der Jiaolong-Klasse.

Der Experte für Marineschiffe bemerkte: „Es ist merkwürdig, dass sie die Flugdecks seitlich angeordnet haben. Haben sie vor, vier Hubschrauber gleichzeitig landen zu lassen?"

David erwiderte: „Wir glauben, dass jedes dieser seitlich angebrachten Flugdecks für ein unbemanntes Luftschiff bestimmt ist. Die Zeppeline sind etwa dreihundert Fuß lang. Das hier ist eine Nahaufnahme." David schob ihm ein anderes Bild zu. „Und obwohl wir nicht viel über sie wissen, glauben wir, dass sie als U-Jagd-Plattformen äußerst effektiv sind."

Der Mann legte seine Stirn in Falten. „Nicht zu fassen. Zeppeline."

Der DARPA-Vertreter sagte: „Wir haben vor ein paar Jahren an so einem Projekt gearbeitet. Nicht für die U-Boot-Jagd, wohlgemerkt. Unser Luftschiff war für den Gütertransport und Logistikaufgaben gedacht. Man konnte damit doppelt so viel transportieren wie mit einer C-130, und das zu viel niedrigeren Kosten pro Meile."

David fragte: „Warum wurde das Programm eingestellt?"

„Nun, der Grund dafür macht diese Sache hier umso erstaunlicher. Luftschiffe bergen offensichtliche Risiken, wenn sie in einem militärischen Umfeld eingesetzt werden."

„Sie meinen, sie können leicht abgeschossen werden."

„Natürlich. Ein 300-Fuß-Ziel wäre leichte Beute, wenn es

in Reichweite von – na ja, so ziemlich jeder Flugabwehrwaffe der Welt käme ...“

„Warum sollten die Chinesen also ein solches Risiko eingehen?“, erkundigte sich David.

Einer der Männer erwiderte: „Sie erwähnten eben, dass sie sehr effektiv seien. Inwiefern?“

„Wir haben in der vergangenen Woche drei amerikanische Jagd-U-Boote verloren. Soweit wir wissen, sind unsere U-Boote nicht einmal in Torpedoreichweite gekommen, bevor sie zerstört wurden.“

„Während des Waffenstillstands? Verdammt. Und warum haben wir die Chinesen daraufhin nicht wieder angegriffen?“

David und Susan warfen sich einen Blick zu. Dann sagte David: „Das ist nicht unser Thema heute.“

Als er sah, dass die Männer mit dieser Antwort nicht zufrieden waren, fuhr er fort: „Es finden weiterhin Auseinandersetzungen statt. Solche, über die wir nicht sprechen. Verflucht vielen amerikanischen Zivilisten und Militärs wird in diesem Moment gestattet, Asien unversehrt zu verlassen. Aber diese Dinge liegen jenseits unserer Gehaltsklasse.“

„Tut mir leid.“

Der Luftverteidigungsexperte bemerkte: „Moment mal. Diese Türme – ich glaube, ich weiß, was das sein könnte.“

„Gerichtete Energiewaffen, auch Strahlenkanonen genannt.“

Nachdem sie sich eine Stunde lang mit den drei Fachleuten ausgetauscht hatten, saßen Susan und David nun mit dem Nationalen Sicherheitsberater, mehreren Flaggoffizieren und dem Direktor der CIA in einem anderen Konferenzraum von Raven Rock.

„Das stellen also diese Türme dar?“

Die Anwesenden studierten eingehen die Projektorleinwand, auf der das Schiff der Jiaolong-Klasse abgebildet war.

„Das ist unsere Hypothese, Sir. Wir glauben, dass sie als
eine neuartige Waffe zur Luftverteidigung eingesetzt werden."
Susan drückte auf eine Taste, und die Ansicht wechselte zu
einem Infrarotbild von einem Modell der neuen Schiffsklasse.
„Unsere Analysten glauben, dass auf diesen Schiffen kleine,
modulare Kernreaktoren installiert wurden, die ausschließ-
lich für diese Waffen gedacht sind. Wenn das stimmt, hätten
sie an Bord eine nahezu unbegrenzte Quelle elektrischer
Energie."

Ein Admiral am Ende des Konferenztischs wirkte skeptisch. „Wir haben selber Energiewaffen. Die Liste der einge-
stellten Projekte ist endlos. Wie haben sie die Probleme
bezüglich der Reichweite und der Absorption der Strahlung
gelöst? Derzeit stellen diese Systeme keine brauchbaren
Mittel zur Luftverteidigung dar. Woher wissen Sie überhaupt,
dass diese Dinger wirklich funktionieren?"

David meldete sich zu Wort. „Sir, ich habe mit unseren
Experten gesprochen, die das chinesische Konzept gesehen
haben. Sie sind davon überzeugt, dass die Chinesen die richtigen Ideen haben. Sie verwenden Milliarden von Kohlenstoffnanoröhren, die in den Türmen übereinandergestapelt
angeordnet werden. Diese Nanoröhren absorbieren das
Licht und wandeln es in verschiedene Arten von Energie
um."

Fragende Blicke.

„Wie groß ist die Reichweite?", fragte ein am Tisch
sitzender Armeegeneral.

„Das wissen wir nicht, Sir."

„Warum diskutieren wir dann überhaupt darüber?"

„Weil die Chinesen davon ausgehen müssen, dass sie
verdammt effektiv sind, wenn sie das Risiko eingehen, Luft-

schiffe für die U-Jagd einzusetzen. Ein Zeppelin ist leichte Beute für Boden-Luft-Raketen."

Der General konterte: „Vielleicht sind die Chinesen auch einfach nur dumm. Schließlich sind sie Kommunisten. Schicken wir doch einfach die Luftwaffe dorthin und schalten diese Zeppeline aus, anschließend kümmern sich dann die U-Boote um den Rest."

David schüttelte den Kopf.

General Schwartz räusperte sich. „Meine Damen und Herren, wie viele Kriege sind verloren gegangen, weil in Räumen wie diesem die Wirksamkeit einer neuen Technologie unterschätzt wurde?"

David sah sich im Raum um. Einige der Männer und Frauen wirkten noch immer skeptisch. Dann musste er wohl oder übel aus der Reihe tanzen, um es ihnen klar zu machen.

Als er sich erhob, richteten sich alle Augen auf ihn. „Dieses Schiff der Jiaolong-Klasse verfügt über zwei bahnbrechende Technologien – sie bedeuten einen Leistungssprung sowohl in der U-Jagd als auch im Bereich der Flugabwehr. Wenn ein Schiff nur eine dieser neuen Fähigkeiten besäße, wäre es immer noch recht verwundbar und das amerikanische Militär nach wie vor im Vorteil. Wenn also ein chinesischer Zerstörer mit dieser modernen Strahlenkanone aber keiner Neuerung im Bereich U-Boot-Abwehr ausgestattet wäre, könnten wir diesen Zerstörer immer noch mit einem unserer U-Boote versenken. Aber *in Kombination* könnten diese Technologien die chinesische Flotte zu einer tödlichen Bedrohung machen."

„Das ist weit hergeholt, mein Sohn. Die Tauglichkeit dieser gerichteten Energiewaffen bleibt abzuwarten."

Ein Marinekapitän bemerkte: „Die Formation des chinesischen Schutzschilds war ungewöhnlich. Der Verband fährt sehr dicht beieinander. Das würde Sinn machen, wenn sie alle versuchten, unter einem Schirm zu bleiben. Anstatt dass die Zerstörer die hochwertige Einheit in der Mitte der Formation beschützen, scheint es, als ob dieser neue Flugzeugträger die gesamte Flotte beschützen würde. Je dichter sie zusammenbleiben, desto größer ist die Schutzwirkung."

David nickte. „Ganz genau. Wenn diese Strahlenkanonen wirklich funktionieren, ist die chinesische Flotte mit diesen Schiffen der Jiaolong-Klasse in der Lage, sich im gesamten Pazifik ungehindert zu bewegen."

Der skeptische Admiral am Ende des Tischs sagte: „*Falls* sich diese gerichtete Energiewaffe als so effektiv erweist, wie Sie es sagen."

„Ja, Sir." *Aber warum sollten sich die Chinesen sonst so weit aus dem Fenster lehnen? Jinshan war kein Idiot.*

Auf dem Tisch klingelte ein Telefon, das einer der Flaggoffiziere abnahm. „Wann? Sehr gut. Ich werde es allen mitteilen." Er legte den Hörer auf und blickte sich dann im Raum um.

„Die chinesische Flotte wurde vom Radar erfasst, sie bewegt sich in Richtung Guam. Sie hat gerade den Hundertvierundvierzigsten überquert."

22

USS Farragut
100 Meilen nördlich von Guam

Kurz nachdem alle Mann an die Gefechtsstationen gerufen worden waren, betrat Victoria das Kampfinformationszentrum, auch Operationszentrale genannt. Der Kapitän hatte ihrem Luftkommando befohlen, den Vogel in die Scheune zu bringen, und sie hoffte, diese Entscheidung rückgängig machen zu können.

Wie jede gute Sportlerin wollte sie während des Spiels zum Einsatz kommen. Schließlich konnte es eine Bedrohung durch ein U-Boot geben. Oder sie könnten das Schiff beim Angriff von Zielen unterstützen, die mit dem landgestützten Überhorizontradar (OTH) grob erfasst worden waren – oder das Gebiet überwachen. Zum Teufel, es würde zwar eine Weile dauern, aber sie könnte ihren Männern notfalls auch die Anweisung geben, den Heli mit ein paar Hellfire-Raketen zu beladen. Aber als sie sich jetzt im Raum umsah, verblasste ihr „Wechseln Sie mich ein, Trainer"-Ansatz rasch.

Das Grundkonzept der Seekriegsführung hatte sich in den

letzten Jahrhunderten nicht groß verändert. Man nahm das feindliche Schiff ins Visier und versenkte es, bevor es einen selbst versenken konnte. Die Komplexität der modernen Kriegstaktik beruhte auf den riesigen Informationsbergen, die von den Einsatzkräften zu berücksichtigen waren. Gigabytes von Daten wurden über Datenverbindungen, Funk, Sonar, Radar, elektronische und andere Sensoren in das Schiff gepumpt. Sogar die Ausgucke auf der Brücke lieferten Informationen über ein batterieloses Telefon. Nun streckten all diese Sensoren ihre Fühler aus, erforschten Gebiete, die teils hinter dem Horizont verborgen blieben, auf der Suche nach ihrem Feind, der wiederum nach ihnen suchte. Insofern war alles beim Alten.

Ein schwaches blaues Oberlicht beleuchtete den Kapitän, der mit dem taktischen Einsatzleiter sprach. Gemeinsam studierten sie ein Bild der Lage. Die USS *Michael Monsoor*, ein nagelneuer Zerstörer der Zumwalt-Klasse, befand sich fünf Meilen westlich von ihnen. Deren Kapitän war für die Überwasserkampfgruppe (SAG) verantwortlich, zu der auch die *Farragut* gehörte.

„Die SAG weist uns an, die Position zu ändern, Sir."

Der Kapitän antwortete: „In Ordnung. Sorgen Sie dafür."

Victoria beobachtete das Gefechtsteam, das sich darauf vorbereitete, Anti-Schiffs-Raketen auf Ziele abzufeuern, für die es noch keine Koordinaten hatte.

Als der Kapitän Victoria bemerkte, winkte er sie zu sich. „Sir, kann ich etwas tun, um zu helfen?"

„Ich habe den Hubschrauber vorsichtshalber in den Hangar bringen lassen, falls wir unter Beschuss geraten. Ich dachte, das würde die Überlebenschance des Fluggeräts verbessern, damit Sie starten können, wenn wir näher dran sind. Halten Sie sich startklar."

„Jawohl, Sir."

Einer der taktischen Einsatzspezialisten an einem Computerterminal drehte sich um und sagte: „TAO, die Siebte Flotte hat uns soeben informiert, dass in der nächsten Stunde freundliche Flugzeuge über uns hinweg fliegen werden. Sie gehen davon aus, dass sie uns bald Zielinformationen liefern können."

Zwölf Maschinen vom Typ B-52 hoben in rascher Folge von der Anderson Air Force Base auf Guam ab. Die Flugzeuge waren vom Fünften Bombergeschwader in den Westpazifik entsandt worden, das auf dem Luftwaffenstützpunkt Minot, North Dakota, stationiert war.

Dunkle Rauchfahnen strömten aus den Triebwerken, als die Langstreckenbomber aufstiegen. Bald darauf starteten zehn weitere Flugzeuge. Es waren B-1Bs der Vierunddreißigsten und Siebenunddreißigsten Bomberstaffeln. Wenige Minuten nach dem Start hielten Letztere bereits mit Überschallgeschwindigkeit auf eine Position südwestlich der chinesischen Flotte zu. Dort angekommen, wurden sie langsamer und verringerten die Pfeilung ihrer Schwenkflügel, d. h. sie vergrößerten ihre Spannweite, während die B-52s in Position flogen.

Abfangjäger der Typen F-15 und F-22 flogen zwischen den beiden Bombergruppen Luftüberwachungseinsätze. Ein E-3G AWACS-Flugzeug von Boeing, auf dessen großer Flugzeugzelle oben eine runde Radarschüssel befestigt war, fungierte als Kommando- und Kontrollplattform der Mission.

Die Besatzung an Bord der E-3 beobachtete, wie die chinesische Flotte nach und nach auf ihren Monitoren erschien. Das Radarsystem und andere Sensoren registrierten über fünfzig Schiffe, die alle mit zwanzig Knoten in Richtung

Guam fuhren. Die elektronischen Sensoren der Air Force glichen die Radarsignaturen und die anderen Signale der Flotte mit den von ihnen archivierten chinesischen Militärsystemen ab.

Ein Major der Luftwaffe an Bord der E-3 sprach in sein Mikrofon. „Senden Sie den Ausführungsbefehl an alle Flugzeuge."

Innerhalb weniger Sekunden öffneten sich die Bombenschächte der B-1s und B-52s zwanzigtausend Fuß über dem blauen Ozean. Sie gaben Dutzende der neuen Langstrecken-Anti-Schiffs-Raketen (LRASM) des US-Militärs vom Typ AGM-185 frei. Diese Raketen waren eine Woche zuvor eigens dafür nach Guam transportiert worden.

Aus den schlanken schwarzen Raketenkörpern ragten schmale Flügel und jeweils ein kleines Seitenleitwerk heraus. Um ihren Kurs zu bestimmen, griffen die LRASMs auf alle Daten zurück, die zwischen den angreifenden Luftwaffenstaffeln ausgetauscht worden waren; sie nahmen beständig Korrekturen vor, während sie mit annähernd Schallgeschwindigkeit auf das Meer zuflogen. Anschließend blieben sie knapp über der Wasseroberfläche, um der Radarerfassung zu entgehen, und benutzten ihre Trägheitsnavigationssysteme, da die Chinesen das GPS lahmgelegt hatten.

Die Raketen, deren Angriffsprofil von Experten der Luftwaffe bereits vor dem Start programmiert worden war, koordinierten sich autonom miteinander und lockerten ihre Formation, um den Chinesen die Verteidigung zu erschweren. Als sie der chinesischen Flotte jetzt näher kamen, richteten sie sich so aus, dass sie aus drei Richtungen gleichzeitig angreifen konnten.

An Bord des E-3G-Kommando- und Kontrollflugzeugs blickte der Mission Commander über die Schulter einer

seiner Männer konzentriert auf eine digitale Anzeige und sah
zu, wie über zweihundert Raketen auf ihre Ziele zusteuerten.

„Sieht alles gut aus?"

„Ja, Sir. Noch fünfzig Meilen. Es ist jede Sekunde soweit."

Der taktische Führer der Mission wusste, dass sich die
Waffen jetzt in ihrer letzten Flugphase befanden und elektronische Sensoren an Bord benutzten, um das feindliche Radar
zu orten und –

„Was zur Hölle? Was ist da gerade passiert? Wo sind die
Raketen auf einmal hin?"

Victoria drückte sich gegen die Wand der Operationszentrale
und verfolgte gebannt den weiteren Gefechtsverlauf.

Ein Operationsspezialist (OS) verkündete: „Sir, wir
verlieren den Kontakt zu unseren Luftstreitkräften."

„Erzielen sie Treffer?"

Der Unteroffizier antwortete: „Bin mir nicht sicher, Sir."

„Gibt es ein Problem mit dem Datenlink?"

Der Unteroffizier warf einen Blick zu dem in der Nähe
stehenden Chief OS, der seine Arme vor der Brust
verschränkte. „Sir, ich glaube nicht, dass es an der Verbindung
liegt. Ich denke, unsere Raketen wurden abgeschossen."

„Alle?"

In Victorias Magen machte sich ein mulmiges Gefühl
breit.

„Ein weiteres Dutzend Flugzeuge ist gerade von Guam
gestartet, Sir."

Der Kapitän fragte: „Haben wir schon Zielkoordinaten?"

„Negativ, Sir."

Victoria überhörte Funksprüche von und zu jedem Schiff
im Verband. Die Formation der SAG wurde aufgrund der

Gefechtssituation umgestellt und alle Schiffe bestätigten dem zuständigen Offizier ihren Positionswechsel. Es war die vertraute Geräuschkulisse bestehend aus den Stimmen junger Soldaten über Funk, statischem Knistern und elektronischen Pieptönen.

Die Stimme des TAO klang belegt. „Captain ...“

„Was gibt es?“

„Die Siebte Flotte sagt, dass alle zwanzig von Guam aus gestarteten Flugzeuge abgeschossen wurden.“

Für einen Moment herrschte Schweigen. Dann sagte der Kapitän: „Wie groß ist die erwartete Reichweite der feindlichen Flotte?

„Die Angaben sind eventuell überholt, Sir ...“

„Ist mir bekannt. Wie groß ist die Reichweite?“

„Hundertzwanzig Meilen, Sir.“

Victoria konnte die Anspannung im Raum spüren. Die Taktiker, die die Waffensysteme des Schiffs bedienten, benötigten Zielinformationen, wenn sie den Feind angreifen wollten.

Aus der Ecke, in der sich die Flugabwehrabteilung befand, war ein elektronischer Alarm zu hören. Einen Bruchteil einer Sekunde später vernahm Victoria eine Stimme über Funk.

„VAMPIRE! VAMPIRE! Mehrere Raketen im Anflug!“

In der Operationszentrale wurden Kommandos gebrüllt, gefolgt von reflexartigen Bewegungen und Abläufen. Dann verspürte sie ein Rumpeln und hörte kurz darauf ein lautes Donnern von außerhalb der Schiffshaut, als Boden-Luft-Raketen abgefeuert wurden.

„Wie viele sind es?“, erkundigte sich der Kapitän.

„Sechsundneunzig, Sir. Sechsundneunzig Raketen im Anflug.“

Victoria erlebte hautnah, wie sich das Gefechtsteam des Schiffs mit den anderen Zerstörern ihrer Gruppe abstimmte.

Vieles davon geschah auf elektronischem Weg über die Datenverbindung. Es wurde entschieden, wer welches hereinkommende Geschoss anvisieren würde, wie viele Abwehrraketen abgefeuert werden sollten und wann. Alle paar Sekunden hörte sie das Dröhnen einer weiteren SM-2-Rakete, die von der USS *Farragut* startete.

Ihr Herz schlug schneller, als sie auf dem taktischen Display die sekündlich näher kommenden Raketen beobachtete.

Chinesischer Flugzeugträger Liaoning

Admiral Song saß auf dem für den Flaggoffizier reservierten erhöhten Stuhl in der weitläufigen Gefechtsleitzentrale. Bis zum heutigen Tag war die auf gerichtete Energiewaffen beruhende Luftverteidigungstechnologie der Jiaolong unerprobt gewesen.

Aber jetzt nicht mehr. In den letzten Minuten hatte sie genauso funktioniert, wie es die Ingenieure und Wissenschaftler vorhergesagt hatten: Sie hatten problemlos Hunderte von Zielen abgeschossen. Admiral Song hatte beinahe Mitleid mit seinen Gegnern, weil diese ihnen nun meilenweit unterlegen waren. Durch die Jiaolong-Technologie war ihre Seemacht um ein Vielfaches gewachsen. Er war nun einer der wenigen privilegierten Befehlshaber in der Militärgeschichte, der als erster eine leistungsstarke neue Technologie im Kampf eingesetzt hatte. Er musste an andere Beispiele denken. Die erste Gatling-Kanone, der erste Panzer oder –

„Admiral, wir registrieren die Starts amerikanischer Boden-Luft-Raketen."

„Wie sieht es zahlenmäßig aus?", erkundigte sich der Admiral.

„Die Amerikaner schicken fast so viele Abwehrraketen, wie wir Anti-Schiffs-Raketen abgefeuert haben."

„Gut." Er wollte erreichen, dass die Amerikaner ihr ganzes Arsenal verschossen.

„Die Entfernung zur US-Flotte beträgt nun 200 Kilometer, Sir."

Der Admiral stand auf und begab sich zu dem riesigen Kartentisch, wo sich zwei seiner ranghöchsten Offiziere zu ihm gesellten.

Er schaute auf die Digitalanzeige, die den Vormarsch der chinesischen Anti-Schiffs-Raketen wiedergab. Die meisten waren auf halbem Weg zwischen den beiden Flotten abfangen worden. Das Problem beim Abschuss von Waffen bestand generell darin, dass sie wie jede andere Emission auch die ungefähre Position seiner Schiffe verrieten. Dadurch erhielten die Amerikaner aktualisierte Zielinformationen.

Die Amerikaner neutralisierten Admiral Songs erste Raketensalve und standen jetzt vor einer schwierigen Wahl. Sollten sie diese neuen Koordinaten nutzen, um erneut anzugreifen und dadurch ihre eigene Position verraten? Oder näher herankommen, mehr Informationen sammeln und aus einer Entfernung feuern, bei der die Wahrscheinlichkeit, feindliche Schiffe zu versenken, größer war? Beide Varianten brachten Risiken und Vorteile mit sich. Welchen Weg würden die Amerikaner wählen?

Ein Alarm ertönte und beantwortete die Frage des Admirals.

„Sir, die amerikanische Flotte feuert ihre Anti-Schiffs-Raketen ab. Ungefähr vierzig Raketen im Anflug. Peilung eins-fünf-null. Entfernung hundertfünfzig Kilometer."

Der Admiral nickte. „Verstanden." An den Gesichtern

seiner Männer konnte er deren Angst ablesen. Sie zogen erst zum zweiten Mal in den Kampf und ergriffen Maßnahmen, die im Widerspruch zu ihrer gesamten Ausbildung standen. Aber sie blieben standhaft. Der Admiral hatte sie gut ausgebildet.

Niemand bat darum, zu ihrer Verteidigung Boden-Luft-Raketen abschießen zu dürfen.

Die chinesischen YJ-18-Boden-Boden-Raketen wurden fast alle von den Boden-Luft-Raketen der amerikanischen Marine abgefangen. Zehn chinesische Geschosse durchbrachen die amerikanische SAM-Verteidigungswelle.

Diese zehn Raketen kamen weiterhin mit Unterschallgeschwindigkeit auf die amerikanischen Zerstörer zu. Die Schiffe der US Navy feuerten eine zweite Salve von Abfangraketen ab und zerstörten alle bis auf zwei.

Die verbliebenen beiden chinesischen Raketen hatten in der letzten Flugphase den Überschallantrieb aktiviert, tauchten in Richtung Wasser ab und steuerten kurz über der Meeresoberfläche auf ihre Ziele zu.

Auf der USS *Farragut* war ein donnerndes WHRRRRRRTT. WHRRRRRTTT. WHRRRRRRTT-Geräusch zu hören, als das Phalanx-Nahkampfwaffensystem mit seiner rotierenden Kanone auf diese zwei Raketen feuerte. Eine wurde zerstört und ihre Fragmente landeten im Ozean, ohne Schaden anzurichten. Die letzte Rakete traf ein in der Nähe befindliches Schiff für küstennahe Gefechtsführung, schlug in dessen Aufbau ein und detonierte seinen 660 Pfund schweren Sprengkopf. Auf dem Schiff fand eine grau-weiße Explosion stand.

Hundert Meilen nordwestlich erreichte die amerikanische

Angriffssalve die chinesische Flotte – oder besser gesagt, sie erreichte die von den Amerikanern vermutete Position der Flotte. Dutzende von den Marine-Zerstörern abgefeuerte SM-6-Raketen waren kurz davor, in ihre letzte Flugphase einzutreten, in der sie mit einer Geschwindigkeit von Mach 3 auf die Wasseroberfläche zuhalten und diese dann knapp überfliegen würden.

Aber dazu kam es nie.

Chinesischer Flugzeugträger Liaoning

„Energiewaffensystem wurde mit dem Phased-Array-Radar synchronisiert, Admiral. Alle Flugspuren werden angepeilt."

Wenige Kilometer entfernt wurden auf dem Schiff der Jiaolong-Klasse die Türme in Betrieb genommen. Modulare Kernreaktoren speisten das System mit einer enormen Menge an Energie. Sämtliche Radarsysteme der chinesischen Flugabwehr suchten nach dem kleinsten Luftkontakt und gaben diese Daten an das Schiff der Jiaolong-Klasse weiter. Dabei handelte es sich jedoch nur um zusätzliche Informationen. In jedem Turm waren durch den Einsatz von Kohlenstoffnanoröhren Milliarden von mikrometergroßen Antennen entstanden. So war eine neue Art von Phased-Array-Antenne – oder phasengesteuerter Gruppenantenne – entstanden, die in der Lage war, die Absorption der Strahlung in der Atmosphäre zu überwinden, die frühere Generationen von ähnlichen Strahlenwaffen behindert hatte.

Jede ankommende amerikanische Rakete wurde im Bruchteil einer Sekunde entdeckt, verfolgt und als Ziel erfasst. Die Türme richteten blitzschnelle Impulse konzentrierter Energie auf jedes dieser Geschosse.

Eine nach der anderen wurden die US-Raketen anvisiert, ihre Bordcomputer und Leitsysteme unbrauchbar gemacht. Es gab diverse Explosionen, da einige der Energiestöße Sprengkopfdetonationen auslösten. Aber in den meisten Fällen setzten die nun „gehirntoten" Raketen ihre Flugbahn einfach fort und ließen ihre Ziele links liegen. Schließlich ging ihnen der Treibstoff aus und sie stürzten in den Ozean.

Die chinesische Flugabwehr hatte bereits gesehen, wie gut ihre Strahlenkanonen funktionierten, als die strategischen Bomber der Amerikaner versucht hatten, die Flotte zu orten und anzugreifen. Aber diese Flugzeuge waren viel größer und daher leichter zu entdecken gewesen. Die feindlichen Raketen waren dagegen winzig. Niemand hatte mit Sicherheit gewusst, ob es gelingen würde. Die Zerstörung der ballistischen Raketen gab ihnen Zuversicht. Jetzt waren sie überglücklich.

„Wir sind unbesiegbar, Admiral."

Admiral Song warf dem Offizier, der diesen Unsinn geäußert hatte, einen missbilligenden Blick zu. „Wir sind momentan im Vorteil, das ist alles. Wir sollten ihn zügig ausnutzen. Schicken Sie die nächste Ladung Anti-Schiffs-Raketen los."

„Sollen wir unsere Jäger hochschicken, Sir?"

Es war derselbe junge Offizier, der gerade behauptet hatte, sie seien unbesiegbar. Der Admiral durfte nicht vergessen, ihn bei nächster Gelegenheit zu versetzen ... „Nein. Wir müssen so lange unsere Marschflugkörper starten, bis die amerikanischen Schiffe ihre Luftverteidigungsfähigkeiten erschöpft haben. Erst dann kommen unsere Jäger ins Spiel."

USS Farragut

Ein weiterer Alarm hallte durch die Operationszentrale, als das SPY-Radar erneut chinesische Raketen entdeckte.

Victoria registrierte entsetzt, dass die Anzahl der bordeigenen Boden-Luft-Raketen zu schwinden begann.

Sie hörte jemanden flüstern: „Was tun wir, wenn uns die SM-2er ausgehen?"

Niemand antwortete.

Auf dem Bildschirm an der Vorderseite des Raums steuerten die freundlichen blauen Flugspuren auf die ankommenden roten Raketenspuren zu. Wie schon zuvor hielten sich die Zahlen fast die Waage. Ein paar der feindlichen Flugkörper kamen durch, und das Dröhnen der Raketenantriebe erschütterte die *Farragut*, als wiederum Abwehrraketen aus der Mk-41-Senkrechtstartanlage abgefeuert wurden.

Eine weitere Sirene ertönte im ganzen Schiff, bevor erneut das monströse WHHRRRRT der Gatling-Kanone losging. Das vertraute Spektakel der Flugabwehr. Doch dieses Mal kam ein neues Geräusch dazu – ein stark vibrierendes Donnern, das ihre Zähne klappern ließ. Und dann gingen alle Lichter aus.

Sie waren getroffen worden.

Es war stockdunkel um sie herum. Das unterschwellige Rauschen der Computer und Funkgeräte war verstummt, in der Ferne war der grauenhafte Klang von sekundären Explosionen zu hören. Die Luft hatte einen schalen, metallischen Geschmack; jemand fluchte, als er in der Dunkelheit stolperte und stürzte.

Victoria hielt sich an dem Kartentisch fest und wurde leicht panisch, als sich der Boden unter ihr bewegte. Eine Welle? Oder waren sie so schlimm getroffen worden, dass sie bereits Schlagseite hatten?

Die Leute im Raum kamen wieder zu sich und begannen zu schreien. Jemand öffnete die Luke im hinteren Teil der Operationszentrale. Kurzzeitig fiel Tageslicht herein und verschaffte ihnen etwas Sicht, dann wurde die Tür wieder geschlossen. Wenig später flackerte an den Rändern des Raums ein schwaches gelbliches Licht auf. Die Notstromversorgung war angelaufen. Die Computerbildschirme erwachten wieder zum Leben, als die Systeme neu zu starten begannen.

Über den Bordlautsprecher ertönten mehrere Glockenschläge, gefolgt von: „Feuer, Feuer, Feuer ... Feuer im Maschinenraum ..." Eine Beschreibung der betroffenen Abteilungen und dann, „Wassereinbruch, Wassereinbruch, Wassereinbruch ..." sowie weitere Durchsagen.

Überall auf der USS *Farragut* brach geschäftiges Treiben aus. Die Männer und Frauen an Bord fanden sich zu vorab festgelegten Teams für die Schiffssicherung zusammen. Aufgrund ihres jahrelangen Trainings waren sie in der Lage, die Angst vor Feuer, Ertrinken, Dunkelheit und Tod zu überwinden. Matrosen, die normalerweise Verwendung als Köche, Steuermänner, Sonartechniker oder Rettungsschwimmer fanden, hatten jetzt alle nur noch ein übergeordnetes Ziel: ihr Schiff zu retten.

Victoria verließ die Operationszentrale und machte sich auf den Weg zur Brücke. Vom Brückentrakt aus konnte sie dicke schwarze Rauchsäulen sehen, die von zwei Schiffen in ihrem Verband aufstiegen. Aus der Senkrechtstartanlage der USS *Michael Monsoor* schossen noch immer Abwehrraketen empor, deren weiße Rauchfahnen in Richtung einer weit entfernten Bedrohung entschwanden.

„Kapitän auf der Brücke!"

Der Genannte stieg von der Leiter und stand in der Mitte des großen Raums. Der Decksoffizier informierte ihn über die Fortschritte der Schiffssicherungsteams.

„Wo ist der CHENG?" Der CHENG war der Chief Engineer, der Leiter der Maschinenanlage. Der AUXO war einer seiner Hilfsoffiziere.

„Sir ... Ich habe gerade mit dem AUXO telefoniert. Er sagte, der CHENG wurde getötet. Wir sind noch dabei, den Schaden zu bewerten."

Commander Boyle knirschte mit den Zähnen. „Verstanden."

Der Operations Officer kam die Leiter hoch und kletterte auf die Brücke. „Kapitän, neue Anweisungen von der Siebten Flotte. Wir sollen uns zügig aus der Reichweite der chinesischen Kriegsschiffe heraus nach Osten bewegen, Sir."

„Haben sie eine Zielposition durchgegeben?"

„Noch nicht, Sir. Sie sagten nur, wir sollten mit maximaler Geschwindigkeit Richtung Osten fahren. Und einen Sicherheitsabstand zur chinesischen Flotte einhalten."

„Verdammte Scheiße." Der Kapitän schüttelte den Kopf. „Decksoffizier, wer ist jetzt im Maschinenraum – der AUXO?"

„Ja, Sir."

Der Kapitän nahm eines der Telefone ab und wählte eine vierstellige Nummer. Nach einem kurzen Gespräch legte er den Hörer wieder auf und wandte sich an das Brückenteam.

„Geschwindigkeit sechzehn Knoten. Kontaktieren Sie die *Michael Monsoor* und sagen Sie ihnen, dass mehr leider nicht drin ist."

„Sir, der Ausguck sagt, dass sie im Wasser Überlebende sehen können."

Commander Boyle fluchte erneut. Dann sah er Victoria an. „Airboss, holen Sie Ihren Hubschrauber raus und versuchen Sie, so viele Menschen wie möglich zu retten. Wir müssen uns weiter nach Osten bewegen. Ich weiß nicht, wie viele Raketensalven wir noch aushalten können."

Victoria nickte energisch. „Zu Befehl, Sir."

Sie hastete die Leiter hinunter und machte sich auf den Weg ins Offiziersquartier, um ihre Piloten über den Plan zu informieren. Dann begab sie sich zum Hangar, wo der Leiter der Wartungsabteilung aufmerksam zuhörte. Ebenso wie Victoria war auch der Senior Chief erleichtert, etwas zu tun zu haben.

Während der Hubschrauber über das Flugdeck gezogen wurde, telefonierte Victoria mit dem TAO im Gefechtszentrum und erhielt eine ungefähre Position der sinkenden Schiffe. Als sie auflegte, bemerkte sie, dass mehrere ihrer Männer auf der Steuerbordseite des Schiffs standen und sich die Hälse verrenkten. Offensichtlich gab es etwas Interessantes zu sehen.

Zuerst dachte sie, es seien mehr ankommende Raketen oder vielleicht Schiffbrüchige. Aber dann wurde sie von ihrer Neugier übermannt und lehnte sich ebenfalls über die Reling: Der Stahlrumpf der *Farragut* wies ein acht mal zehn Fuß großes Loch auf, etwa neunzig Fuß weiter in Richtung Bug und nur etwa zehn Fuß über der Wasserlinie.

„In Ordnung, meine Herren, das reicht."

„Werden wir sinken, Boss?"

„Nein. Wir müssen zügig die Rotorblätter entfalten. Die Schiffskameraden im Wasser machen es vielleicht nicht mehr lange."

Sie nannte ihnen nicht den anderen Grund, warum sie es so eilig hatte abzuheben: Sie wollte in der Luft sein, bevor es einen weiteren Treffer gab. Es war nicht so, dass sie sich selbst retten wollte – auf eine seltsame Weise fühlte sie sich sogar schuldig, weil sie ihr persönliches Risiko minimieren konnte. Andererseits verspürte sie auch den Drang, ihr Luftfahrzeug zu schützen. Sie wollte nicht, dass ihm etwas zustieß.

Fünfzehn Minuten später flog Victoria einen Such- und Rettungseinsatz, fischte Matrosen von dem gesunkenen Küstenkampfschiff aus dem Meer und brachte sie zur *Farragut* zurück. Sie war gerade in der Luft, als der nächste Raketenangriff stattfand.

„Cutlass, ASTAC, halten Sie sich die nächsten zwanzig Minuten von uns fern." Der Junge war krank vor Angst. Als Anti-Surface Warfare Tactical Air Controller war er momentan der für sie zuständige Fluglotse.

Victoria kontrollierte ihre Treibstoffanzeige. „Verstanden, ASTAC."

Von ihrem Cockpit aus beobachteten Victoria und eine Kabine voller geretteter Seeleute, wie der Himmel von Explosionen und Leuchtspuren erstrahlt wurde. Einige der Schiffe stießen riesige Mengen Täuschkörper aus, die wie metallische Konfettiwolken glitzerten. Sie sollten die herannahenden Waffensysteme umlenken und ihnen ein Ziel vorgaukeln. Ein weiteres Schiff im Verband – diesmal ein Zerstörer – wurde von einer Reihe verheerender Raketentreffer erwischt. Ein riesiger weißer Wassergeysir stieg aus seiner Mitte hervor. Die Explosionen waren so heftig, dass der Zerstörer in weniger als einer Minute sank. Später erfuhr Victoria, dass das Schiff alle Boden-Luft-Raketen verbraucht hatte und sein Nahbereichsverteidigungssystem ausgefallen war.

Der Rest des Tags war ein Albtraum: Pausenlose Such- und Rettungsaktionen sowie fortgesetzte Raketenangriffe auf der Fahrt gen Osten. Die Überwasserkampfgruppe wurde auseinandergerissen wie ein von Haien umzingelter Fischschwarm. Von Zeit zu Zeit wurde ein weiteres Schiff versenkt und die anderen konnten nichts dagegen tun.

Zwölf Stunden später hatten sie fast zweihundert Meilen zurückgelegt und die Angriffe endlich nachgelassen. Victoria hatte den SAR-Dienst an Besatzungen aus Guam abgetreten, da sie sich nun in Reichweite des dortigen Stützpunktes befanden.

Sie landete ihren Hubschrauber und schaltete die Trieb-

werke ab. Nachdem die Motorwäsche abgeschlossen und die
Nachbereitung des Flugs erledigt waren, aß sie schweigend
auf dem rollenden Flugdeck zu Abend. Alle Lichter des
Schiffs waren gelöscht, um einer optischen Erfassung vorzu-
beugen. Der Sternenhimmel war atemberaubend, aber
Victoria war aufgrund der vielen Flüge trunken vor Müdigkeit
und hatte keinen Blick dafür. Sie aß trockenes Müsli, trank
Wasser und schlang ihre Arme um die Beine. Ihr Hintern tat
weh vom Sitzen auf dem rauen, rutschfesten Deck.

Sie dachte über die Folgen der an diesem Tag erlebten
Gefechte und den Kurs der *Farragut* nach. Sie waren auf dem
Rückzug. Die Chinesen würden bald Guam angreifen und
hatten außerdem eine überlegene Flotte. Die amerikanischen
Angriffe waren nicht effektiv gewesen. Warum war das so? Sie
wusste es nicht. Sie wusste nur, dass sie – unerklärlicherwei-
se – verloren hatten.

Sie hatte heute zu viel Tod und Zerstörung gesehen. Jetzt
wollte sie nur noch Trost. Ihre Familie. Ihren Vater. Dass der
Krieg vorbei war.

Als sie mit vor Müdigkeit zuckenden Augen zu den
Sternen aufblickte, dachte sie an ihre Kindheit. An die
Sommer in Annapolis, als ihr Vater ihr und ihren Brüdern
beigebracht hatte, wie man ein Teleskop benutzte. Damals
war ihre Liebe zur Astronomie, zu Wissenschaft und Technik
geweckt worden.

Sie fragte sich, ob ihr Vater jetzt zu denselben Sternen
aufschaute. Sie hoffte bei Gott, dass es ihm gut ging und sie
diesen Anblick eines Tages wieder mit ihm und ihren Brüdern
würde genießen können.

23

Luftwaffenstützpunkt Eglin
Florida
Tag 18

David klopfte an die Bürotür von General Schwartz und machte sie einen Spalt weit auf. Susan saß auf dem Stuhl vor dem Schreibtisch des Generals, der ihn hereinwinkte. Er sprach an einem Festnetztelefon und hielt seinen Zeigefinger hoch, um zu signalisieren, dass das Gespräch fast beendet war. Als David den Raum betrat, fiel die Tür hinter ihm leise ins Schloss. Susan zeigte auf den Stuhl neben sich und er nahm Platz. Einen Moment später legte General Schwartz den Hörer auf.

David fragte: „Sie wollten mich sehen?"

„Das wollten wir", bestätigte Susan.

Beide starrten ihn mit einem seltsamen Gesichtsausdruck an.

Susan sagte: „David, wie vertraut sind Sie mit dem Doppelagentensystem, mit dem der MI5 während des Zweiten Weltkriegs operierte?"

David durchforstete sein Gedächtnis. „Die Deutschen hatten während des Krieges Spione in England. Die Briten erwischten sie, versuchten sie umzudrehen und als Doppelagenten einzusetzen oder so ähnlich. Stimmt's?"

Susan nickte leicht mit dem Kopf. „Na ja. Sozusagen. Es war schon ein bisschen komplexer."

General Schwartz sagte: „Lassen Sie uns zur Sache kommen. Wir haben heute Morgen noch viel zu tun, Susan."

Susan erklärte: „David, die Vereinigten Staaten haben eine große Anzahl mutmaßlicher chinesischer Spione identifiziert, die in unserem Heimatland operieren."

„Okay."

„Fast alle von ihnen werden hierher geschickt."

David war verblüfft. „Wohin? Eglin?"

Susan nickte.

„Warum?"

„Ich hatte bereits angekündigt, dass sich der Aufgabenbereich des SILVERSMITH-Programms verschieben würde. Wir haben mehrere alte Hangars auf der anderen Seite der Basis in provisorische Gefängnisse und Vernehmungsräume umfunktioniert. Die meisten unserer besten Verhörteams sind bereits vor Ort, ebenso wie unsere Linguisten und Hilfspersonal."

„Aha, und Sie sind jetzt auch noch für die Befragungen zuständig?"

„Nein, nein. Das wäre zu viel. Aber ich arbeite eng mit den Verhörspezialisten zusammen. Eine meiner neuen Aufgaben ist die Verwaltung der Informationen, die im Rahmen dieser Verhöre gewonnen werden."

„Warum?"

General Schwartz antwortete: „Weil wir steuern wollen, welche Informationen sie an China zurücksenden."

David fragte: „Wie bitte? Was wollen Sie damit sagen? Wie

sollten sie in der Lage sein, nach ihrer Verhaftung weiterhin Informationen weiterzugeben?"

Susan sah ihn kurz an. „Beschäftigen Sie sich mit dem Double-Cross-System, David. Es liegt nicht in unserem Interesse, dass sie einfach aufhören, mit China zu kommunizieren. Genau das ist ja der Knackpunkt. Sobald wir jemanden als legitimen chinesischen Spion identifiziert haben, wollen wir zwei Dinge: Erstens wollen wir wissen, was sie wissen, und zweitens wollen wir, dass sie ihren chinesischen Führungsoffizieren weiterhin Informationen über Funk, tote Briefkästen und so weiter zukommen lassen. Wir managen derzeit über sechzig verschiedene Netzwerke."

David fing an, die Sache zu durchschauen. „Sie wollen Falschinformationen verbreiten." Er schüttelte den Kopf. „Trotzdem – hegen die Chinesen denn gar keinen Verdacht, dass ihre Spione kompromittiert worden sind?"

„Natürlich tun sie das. Und wir haben die Vermutung, dass viele unserer Nachrichtenströme aus HUMINT-Quellen in China ebenfalls kompromittiert sind. Gelungene Täuschung ist eine Kunstform. Wir füttern sie mit einigen Wahrheiten, einigen Halbwahrheiten und ein paar glatten Lügen. Aber die großen Lügen sparen wir uns für die Angelegenheiten auf, auf die es wirklich ankommt."

David starrte sie erstaunt an. „Warum erzählen Sie mir das?"

„Weil wir Sie in die Operation einbinden werden, David. General Schwartz und ich haben das besprochen. Sie sind intelligent und sind über eine Großteil unserer Planung im Bilde. Ich bin davon überzeugt, dass einer Organisation am besten gedient ist, wenn die verantwortlichen Planer und Entscheidungsträger über die aktuellen und zukünftigen Operationen informiert sind. Auf diese Weise können sie die Auswirkungen ihrer Entscheidungen realistisch einschätzen."

„Ich bin überrascht, das zu hören, wenn man bedenkt, dass Sie eine CIA-Beamtin sind."

Susan lächelte. „Verstehen Sie mich nicht falsch. Ich habe für Geheimhaltung nach wie vor viel übrig. Ich denke nur, dass es nachteilig ist, Geheimnisse vor den Menschen zu haben, die sie kennen sollten."

David nickte. „Okay. Was soll ich tun?"

„Wir werden Sie im Laufe des Tages auf die andere Seite der Basis bringen lassen. So können Sie sich ein Bild davon machen, was dort passiert. Sie haben zu allem und jedem vollen Zugang. Wir drei werden uns einmal täglich treffen, um neue Informationen durchzugehen und zu besprechen, wie diese sich auf andere Empfehlungen auswirken könnten, die SILVERSMITH an die Befehlskette weitergibt."

„Ja, Ma'am."

General Schwartz beugte sich vor. „David, wie geht es mit den Schiffen der Jiaolong-Klasse voran?"

David war mit der Leitung eines Teams von Wissenschaftlern und Ingenieuren betraut worden, die nach Wegen suchten, die neue chinesische Technologie zu bezwingen. Sie arbeiteten in zwei Gruppen, von denen sich eine auf die Bedrohung durch die U-Boot-Abwehr und die andere auf das Problem der Luftverteidigung konzentrierte. David war mit den Details nicht annähernd so gut vertraut wie die von ihm hinzugezogenen Experten, aber seine Tätigkeit bei In-Q-Tel hatte ihn zu einem Alleskönner in Bezug auf Zukunftstechnologien und ihre potenzielle militärische Anwendung gemacht. Daher verfügte er über genug technisches Know-how, um zu verstehen, was sich die Wissenschaftler und Ingenieure ausgedacht hatten und es den Entscheidungsträgern wie General Schwartz und seinen Vorgesetzten erklären zu können.

„Sir, wir haben ein paar Ideen. Aber es könnte lange dauern, sie auszutesten."

Der General schüttelte den Kopf. „Wir haben keine Zeit. Die chinesische Flotte vor Guam wird bereits wieder mit Nachschub versorgt. Unser Geheimdienst berichtet, dass sie als nächstes Hawaii einnehmen wollen."

„Wie lange wird es dauern, bis sie dort ankommen?"

„Wir müssen innerhalb der nächsten zwei Wochen mit einem Angriff auf Hawaii rechnen. Diese Informationen stammen vom ONI. Wir müssen dem Pentagon bis spätestens morgen einen Vorschlag unterbreiten."

David fluchte.

Susan sagte: „David, ich weiß, dass es unmöglich erscheint. Bringen Sie uns einfach alles, was Sie haben."

David traf sich am späten Nachmittag mit seinen technischen Experten. Die drei Männer, mit denen sie in Raven Rock gesprochen hatten, waren inzwischen nach Eglin umgezogen. Jeder von ihnen hatte außerdem weitere Spitzenkräfte auf seinem jeweiligen Fachgebiet empfohlen. Die Sicherheitsvorkehrungen waren streng. Einigen dieser Personen wurde der Zutritt aufgrund ihres Verhaltens und früherer politischer Ansichten, die als pro-chinesisch gedeutet werden könnten, verweigert. Andere konnten nicht ausfindig gemacht werden, was in einem Land, das nach einem EMP-Angriff immer noch unter Nahrungsmittel- und Wasserknappheit litt, wenig erstaunlich war. Dennoch setzte sich das David zur Verfügung stehende Team aus zwölf erstklassigen Fachleuten zusammen.

Jetzt hatte er sie alle in einem der abhörsicheren Konferenzräume zusammengetrommelt. „Meine Damen und Herren, ich habe Essen und Kaffee bestellt. Wir werden die ganze Nacht durcharbeiten. Wir müssen General Schwartz bis morgen früh eine Empfehlung vorlegen."

„In Bezug auf was?"

„Wir gehen davon aus, dass die Chinesen Hawaii auf dieselbe Weise angreifen werden wie Guam. Wir müssen einen Weg finden, die Jiaolong-Technologie unschädlich zu machen."

„Wie viel Zeit haben wir dafür?"

David gab den engen Zeitrahmen bekannt, auf den die Gruppe erwartungsgemäß reagierte. „Bitte beruhigen Sie sich. Glauben Sie mir, ich sehe das genauso. Aber wir müssen uns etwas einfallen lassen. Wir können ihnen den Pazifik nicht überlassen."

„Gibt es keine konventionellen Methoden zur Bekämpfung der chinesischen Marine?"

Ein Mann antwortete: „Lesen Sie Zeitung? Haben Sie gesehen, was in Guam passiert ist? Wir befinden uns in einem neuen Wettrüsten. Dieses Treffen würde nicht stattfinden, wenn es einen anderen Weg gäbe."

David seufzte. „Ich fürchte, er hat recht."

Und damit machte sich die Gruppe an die Arbeit. Sie begannen mit einem Brainstorming, um neue Ideen zu sammeln und solche aufzuwärmen, die bereits in früheren Sitzungen aufgekommen waren. Bis heute hatte ihnen niemand eine Zeitvorgabe gemacht.

David hielt sich für einen Realisten. Er wusste, dass diese Aufgabe fast unmöglich war. Aber er wusste auch, dass Kriege Katalysatoren für technologische Durchbrüche waren.

Sechs Stunden später hatten sie zwar unzählige Ideen diskutiert, aber jede einzelne war von der Gruppe schonungslos zerpflückt worden.

Jemand hatte vorgeschlagen, die chinesische Energiewaffe abzukupfern. „Nachdem, was wir wissen, sind sie uns um Jahre voraus. Wir könnten in der Zeit maximal einen Einwurf zeichnen."

Torpedos mit Atomsprengköpfen von U-Booten abzufeuern, lautete ein anderer Vorschlag. „Kommt nicht infrage. Das würde Russland veranlassen, in den Krieg einzutreten."

Eine weitere Idee war die Verwendung eines neuartigen elektronischen Störgeräts, damit Flugzeuge in sehr geringer Höhe nicht vom Radar erfasst werden konnten.

David war davon begeistert. „Können wir das Prinzip auf unsere LRASM-Raketen übertragen? Dann würden sie vielleicht durchkommen ..."

„Auf keinen Fall. Das müsste in ein Flugzeug eingebaut werden."

„Wie wäre es, diese Geräte auf ein Jagdflugzeug oder einen Bomber zu montieren und sie angreifen –"

„In der Höhe würde der Betrieb viel zu viel Treibstoff verbrauchen. Außerdem reden wir hier von einer sehr geringen Flughöhe. Etwa fünfundzwanzig Fuß über der Meeresoberfläche. Sobald das Flugzeug aufsteigen würde, um die für einen Angriff erforderliche Flughöhe zu erreichen, wären sie erledigt."

„Was ist mit Hubschraubern?"

„Wir haben im Moment keine Maschinen, die für einen elektronischen Angriff ausgerüstet sind, aber es wäre eventuell machbar. Aber dann haben Sie wieder das Problem, dass deren Munition nicht geeignet ist. Hubschrauber haben keine gute Raketenabwehr – wie etwa Seezielflugkörper mit hoher Reichweite."

Die Gruppe ging alle denkbaren Optionen durch. Schließlich schlug eine der Expertinnen eine Art Waffensystem vor, das sich die Energie von Schwarzen Löchern zunutze machte.

David hakte nach. „Entschuldigung – sagten Sie gerade ‚Schwarze Löcher'? Das klingt nach einem Science-Fiction-Roman."

Die Wissenschaftlerin, eine Frau Mitte vierzig, erwiderte:

„Wenn wir von einem Schwarzen Loch sprechen, dann meinen wir eigentlich nur die Frequenz der von ihm ausgesendeten Radiowellen. Es ist nicht so, dass wir tatsächlich ein Schwarzes Loch erzeugen. Das wäre unmöglich."

„Sicher. Sicher."

Die Frau fuhr fort: „Es geht um kosmische Jets, die im Bereich eines Schwarzen Lochs entstehen, oder sogenannte Gammastrahlenausbrüche. Schwarze Löcher erzeugen große Mengen hochfrequenter Radiostrahlung – hochfrequenter als alles, was es heutzutage im Bereich elektronische Kriegsführung der USA gibt. Theoretisch könnten wir diese Energieausbrüche mittels einer Antenne aussenden."

David schüttelte den Kopf. „Und was würde das bringen?"

Sie sah ihn an, als sei das eine sehr dumme Frage. „Nun, man könnte damit offensichtlich alles schmelzen beziehungsweise zerstören, mit dem es in Berührung käme. Und die Feindelektronik ist schließlich unser Ziel."

„Und das Flugabwehrsystem der Jiaolong – funktioniert das auch so?"

„Nein. Völlig andere Technologie. Aber eine Waffe, die auf dem Prinzip der Schwarzen Löcher beruht, könnte dem Antennensystem des Jiaolong ernsthaften Schaden zufügen."

„Und wir verfügen über diese Technologie?"

„Nun – wir haben ein paar Tests durchgeführt ..." Die Wissenschaftlerin begann sich mit zwei anderen Physikern zu streiten, wobei Begriffe fielen, die David nichts sagten

Er hielt eine Hand hoch. „Bitte. So, dass es auch ein Laie versteht."

„Nun – theoretisch könnten wir schnell einen Prototyp bauen. Aber seine Reichweite wäre begrenzt."

Einer der Physiker wandte ein: „Und vielleicht auch seine Wirkungskraft! Das sind völlig unerprobte Ideen. Sehr kostspielig und –"

David erkundigte sich: „Wie begrenzt wäre die Reichweite?"

Die Wissenschaftlerin sagte: „Hängt von der Höhe der Antenne ab. Das Verfahren beruht auf einer Sichtverbindung, sodass man sie theoretisch auf einem zweitausend Fuß hohen Funkturm montieren könnte."

„Das klingt großartig. Wo liegt das Problem?"

„Der derzeitige Plan für die Produktion der Waffe ist nicht ausgereift."

Der andere Physiker bemerkte: „Sie will damit sagen, dass man verrückt sein müsste, um sich in die Nähe des Teils zu begeben."

Die Frau runzelte angesichts dieser Aussage die Stirn. „Es ist ziemlich wahrscheinlich, dass dabei eine Kette von Ereignissen ausgelöst werden könnte ..."

David legte den Kopf schief. „Wie eine nukleare Detonation?"

Sie schnalzte mit der Zunge. „Nein, nein. Nichts dergleichen."

David ließ einen Seufzer der Erleichterung aus.

„Eher wie die Explosion einer Neutronenbombe, die alles Leben in einem bestimmten Umkreis vernichtet."

David blinzelte.

Einer der Physiker sagte: „Das ist reine Zeitverschwendung, Mr. Manning."

„Etwas anderes haben wir nicht", erwiderte die Frau.

„Selbst wenn es funktionieren würde, und selbst wenn man es schnell bauen könnte – die Reichweite ist ein ernsthaftes Problem", erklärte der andere Physiker. „Das liegt daran, dass das System landgestützt sein müsste. Es ist zu instabil und gefährlich, um es auf ein Schiff oder Flugzeug zu montieren. Außerdem bräuchte es eine enorme Stromquelle. Sie würden es ganz sicher nicht auf Hawaii platzieren wollen, mit all den Menschen dort."

Ein anderes Mitglied des Teams warf ein: „Man könnte es auf einer anderen Insel aufstellen."

„Vielleicht einer unbewohnten Insel ..."

David fragte: „Aber was hätte das für einen Sinn?"

Einer der Experten für Überwasserkriegsführung meldete sich zu Wort. „David, vielleicht gehen wir die Sache falsch an? Was wäre, wenn wir eine Barriere um die Hawaii-Inseln errichten würden, und diese neuen Antennen als eine Art Schleuse benutzten?"

„Aus was wäre diese Barriere?"

„Minen."

„Dafür braucht man verdammt viele Minen."

„Ja, das stimmt. Aber man muss sie nicht flächendeckend verlegen. Allein die Möglichkeit, dass sie da sein könnten, reicht aus, um eine Sperrzone zu schaffen."

David nickte. „Also bauen wir mit Minen eine Barriere rund um Hawaii und platzieren dieses Energiegerät auf einer unbewohnten Insel, wo es die Rolle eines Torwächters übernimmt, der den Zugang zu und aus dem Schloss heraus kontrolliert?"

„Ja, genau."

„Und es würde freundlichen Schiffen nicht schaden?"

„Nein, nein. Natürlich nicht. Unsere Leute auf den Torwächter-Inseln wüssten, dass sie nicht auf freundliche Schiffe zielen dürfen, genau wie bei jedem anderen Waffensystem auch. Stellen Sie es sich wie eine Zugbrücke vor. Alle alliierten Kriegs- und Handelsschiffe könnten diese Zugbrücke benutzen. Aber die chinesische Flotte müsste entweder ein Minenfeld durchqueren oder sich in Reichweite der Inseln mit dem neuen Waffensystem begeben, um nach Hawaii zu gelangen."

David strahlte. „Könnte das wirklich funktionieren?"

Der Experte für die Überwasserkriegsführung sagte: „Man bräuchte tatsächlich eine riesige Anzahl von Seeminen. Ich gehe davon aus, dass die Flotten der Chinesen auch Minenräumer umfassen. Aber wir könnten nicht detektierbare nichtmetallische Minen verlegen und dadurch das Vorrücken der Chinesen verlangsamen und sie zwingen, sich zu verteilen. Das könnte eine Gelegenheit sein, die Schiffe an der Peripherie aufzuspüren oder einen Angriff zu starten."

Die Wissenschaftlerin, von der die Idee mit dem Schwarzen Loch stammte, sagte: „Die Inseln müssten sorgfältig ausgewählt werden. Das Gerät braucht für die Stromversorgung einen Kernreaktor oder etwas, das ähnlich viel Strom erzeugen kann. Und mit dem Bau der Antenne und der dazugehörigen Technologie müsste sofort begonnen werden."

Der Experte für die Seekriegsführung gab zu bedenken: „Und wir müssten unser Mineninventar überprüfen. Bei den Zahlen, von denen wir sprechen, muss die Produktion möglicherweise extrem gesteigert werden. Und der gesamte aktuelle Bestand müsste nach Hawaii gebracht und von dort aus verlegt werden."

„Vergessen Sie nicht, dass Sie das mit allen Schiffen koordinieren müssen, die derzeit im Pazifik unterwegs sind."

David nickte. „Wie auch immer wir das Ganze angehen – es wird es ein gewaltiger Kraftakt werden. Aber ich bin mir sicher, dass die ganze Nation dahinterstehen wird."

Es klopfte an der Tür. Susan und General Schwartz traten ein. „Etwas dagegen, wenn wir uns dazusetzen?", fragte der General.

David gab sich Mühe, seine Irritation zu verbergen. Abgesehen davon, dass sie ihm eine unmögliche Aufgabe mit einer unmöglichen Frist übertragen hatten, schauten ihm jetzt bei der Lösungssuche auch noch über die Schulter. Wenigstens hatte er inzwischen eine grobe Idee.

„Überhaupt nicht. Wir sprachen gerade über die Erzeugung von Schwarzen Löchern."

„Reizend", sagte Susan, die hinten im Raum Platz nahm. General Schwartz setzte sich neben sie und begann, etwas in ein Notizbuch zu kritzeln. Dann hielt er inne und hob seine Hand.

„Ja, Sir?"

„Könnten Sie uns auf den neuesten Stand bringen? Die zweiminütige Version reicht."

David und sein Team taten ihr Bestes, die beiden zu unterrichten.

General Schwartz fragte: „Die Erfolgsaussichten sind also gering? Sind wir uns da einig?"

Widerwilliges Nicken im ganzen Raum, auch von David.

Der General fragte weiter: „Wie schnell können wir das machen?"

Alle Köpfe wandten sich dem Vertreter des Privatsektors zu, einer Führungskraft von einem der größten amerikanischen Rüstungsunternehmen. „Ich muss einen Kostenvoranschlag für den Bau erstellen lassen. Wie Sie sich vorstellen können, ist das kein typisches Projekt. Ich schätze mal, dass die meisten unserer Projektmanager bei einem Zeitraum von unter sechs Monaten nur lachen werden. Aber Sie müssen bedenken, dass ich nicht viel von der zum Tragen kommenden Technologie verstehe. Es könnte also länger dauern."

Lautstarke Diskussionen und Streitereien brachen aus, die erst endeten, als David auf zwei Fingern pfiff. „In Ordnung, danke, Leute. Lasst uns eine kurze Pause machen."

Als die Anwesenden aufstanden und die Toiletten aufsuchten, gesellte sich David zu Susan und General Schwartz in der Ecke des Raums. David sagte: „Mir ist klar, dass es weit hergeholt ist, aber ich denke, es ist unsere beste Chance."

Susan sagte: „Arbeiten Sie die Details weiter aus und kommen Sie anschließend zu uns, um einen Aktionsplan zu erstellen."

David nickte. „Jawohl, Ma'am."

„Es gibt jedoch noch etwas anderes, das Sie wissen sollten", fügte Susan hinzu.

„Was?"

„Beide chinesischen Flotten haben Nachschub erhalten und sich wieder in Bewegung gesetzt. Genauer Aufenthaltsort und Ziele sind unbekannt."

24

Bunkeranlage Raven Rock
Pennsylvania
Tag 21

Edward Luntz, einer der ranghöchsten Zivilisten im Büro des Marinenachrichtendienstes (ONI), hörte schweigend zu, als General Schwartz seine Empfehlung aussprach. Alles daran klang verrückt. Die neue Technologie. Der Zeitrahmen. Die schiere Anzahl von Seeminen, die verlegt werden müssten. Offenbar war der Nationale Sicherheitsberater der gleichen Meinung.

„General Schwartz, Ihr Vorschlag lautet also, dass wir den Ozean um die Hawaii-Inselkette mit Minen füllen? Das klingt ziemlich drastisch."

„Normalerweise würde ich Ihnen zustimmen, Sir, aber außergewöhnliche Zeiten verlangen nach ..."

Der ranghohe Pentagon-Vertreter fragte: „Wie groß ist die Entfernung von den Midwayinseln zum Johnston-Atoll?"

„Etwa neunhundertdreißig Meilen, Sir."

„Können wir mit unserem Minenbestand eine Operation dieser Größenordnung überhaupt stemmen?"

„Sir, unsere Seeminen sind im Wesentlichen nur modifizierte Fünfhundert- und Tausendpfundbomben. Wir haben mit den Herstellern gesprochen, die bereits dabei sind, mehrere Fertigungslinien umzurüsten, um uns zu unterstützen."

„Werden die benötigten Mengen also verfügbar sein oder nicht?"

„Ja, Sir, wir denken schon. Die Ausrüstung sollte in etwa zwei Wochen einsatzbereit sein."

Die ranghohen Führer des Militärs und der Geheimdienste begannen, sich auszutauschen. Luntz mischte sich in solche Dinge normalerweise nicht ein, hatte aber das Gefühl, dass er seine Aufmerksamkeit unter Beweis stellen sollte. Auf diese Weise würden sie ihn auch weiterhin zu diesen Treffen einladen.

„Könnten Sie erläutern, warum Sie gerade diese ... ähm ... Torwächter-Inseln ausgewählt haben?"

General Schwartz antwortete: „Die Midwayinseln und das Johnston-Atoll verfügen inzwischen beide über militärische Einrichtungen sowie eine Start- und Landebahn. Und für den Fall, dass etwas –

ähm – schiefgehen sollte, sind sie weit genug von bewohnten Gebieten entfernt."

Das Gespräch dauerte noch ein paar Minuten, bevor der Nationale Sicherheitsberater abschließend wissen wollte: „Glauben wir wirklich, dass wir eine Chance haben, diese von Schwarzen Löchern inspirierten Geräte zu bauen und in Betrieb zu nehmen, bevor die Chinesen dort ankommen?"

„Wir werden unser Bestes tun, Sir."

Nach dem Treffen fasste Luntz die Besprechung für den ONI-Direktor, einen Konteradmiral, schriftlich zusammen. Es ärgerte Luntz maßlos, dass er seit Jahrzehnten dort arbeitete und die Navy ihm immer wieder idiotische Admirale vor die Nase setzte. Er war klüger und wusste mehr über den Job als jeder einzelne von ihnen. *Er* sollte den Marinenachrichten-dienst eigentlich leiten. Aber stattdessen wurde er wie ein Bürger zweiter Klasse behandelt, nur weil er kein Soldat war. Was für ein Schwachsinn.

Das Einzige, was seine tägliche Scharade erträglich machte, war stets aufs Neue zu beweisen, wie dumm sie alle in Wirklichkeit waren.

Er tippte die letzten Worte seines Berichts und speicherte ihn in dem Ordner für streng geheime Dokumente, von wo aus er überprüft und an seinen Vorgesetzten in Suitland, Maryland, weitergeleitet werden würde.

Dann klappte er den Deckel von seinem Laptop zu und verließ das Büro.

„Machen Sie Mittagspause, Luntz?", fragte einer seiner neugierigen Mitarbeiter.

„Ja."

„Möchten Sie Gesellschaft?" Der Typ war von der CIA. Das Büro war ein Auffangbecken für Leute von den Geheim-dienstbehörden mit den drei Buchstaben und Militärs, die alle wie eine große glückliche Familie zusammenarbeiten sollten. Scheiß drauf.

„Oh, nein, danke. Ich muss ein paar Besorgungen machen." *Und unsere Pläne an meinen chinesischen Führungsoffi-zier weitergeben.*

Er verließ das Gebäude und fuhr in die Stadt. Es war ein malerischer kleiner Ort. Ein Teil des alten Amerikas, wie man es in ländlichen Gegenden noch vorfand. Städtchen wie diese waren wie gemacht für tote Briefkästen oder verdeckte

Rendezvous. Es gab weniger Leute, die ihn beobachten konnten, weshalb es viel einfacher war herauszubekommen, ob ihm jemand auf den Fersen war.

Während der Fahrt rezitierte er leise das, was er vorhin bei der Unterrichtung gehört hatte. „Sie wollen das Johnston-Atoll und die Midwayinseln als Standorte für eine neue Technologie nutzen, die die Schiffe der Jiaolong-Klasse neutralisieren könnte. Dazu sollen in den Gewässern rund um Hawaii große Minenfelder verlegt werden. Die Minenfelder könnten in ein paar Wochen fertig sein, aber sie wissen nicht, ob das neue Waffensystem auf den Inseln rechtzeitig einsatzbereit sein oder überhaupt funktionieren wird."

Er bog auf eine kurvenreiche Straße ab, die ihn in die nächste Stadt bringen sollte. Dort hatte ein Drogeriemarkt geöffnet. Eine Rarität, wenn man die Probleme der Versorgungskette bedachte, mit denen Amerika jetzt zu kämpfen hatte. Bevor er den Laden betrat, entfernte er einen USB-Stick aus dem kleinen Aufnahmegerät unter seinem Lenkrad. Das Gerät hatte den Inhalt des Speichersticks automatisch verschlüsselt.

Im Drogeriemarkt nahm er eine kleine Packung Ibuprofen aus dem Regal. Dabei befestigte er den USB-Stick an der Unterseite des Regalbodens, wo er vor anderen Kunden verborgen war und vom Personal, das die Waren auffüllte, nicht entdeckt würde.

Er kaufte das Ibuprofen und eine Flasche Wasser.

Der Typ an der Kasse fragte: „Kopfschmerzen?"

„Ja."

„Ich hoffe, es geht Ihnen bald wieder besser."

„Danke." *Arschloch.*

Luntz war froh, Jinshan helfen zu können. Jinshan hatte *ihm* auf jeden Fall geholfen. Vor zwei Jahrzehnten hatte die thailändische Polizei Luntz einen ganzen Tag lang festgehalten, nachdem sie ihn mit einer minderjährigen Prostituierten erwischt hatten. Seine Karriere wäre beendet gewesen, wenn die US-Regierung davon jemals Wind bekommen hätte.

Dann trat Cheng Jinshan auf den Plan. Luntz wusste, dass der ihm nur half, weil er im Gegenzug etwas von ihm wollte. Aber Jinshan Angebot war großzügig gewesen. Er hatte nicht nur die thailändischen Behörden dazu gebracht, die Anzeige fallen zu lassen, sondern hatte Luntz an jenem Abend auch noch bessere Mädchen besorgt. Jinshan hatte kein Problem mit Luntz' Vorliebe für junge asiatische Frauen und sogar seine Karriere auf verschiedene Weise unterstützt. Er bezweifelte, dass er heute ein GS-15 wäre, wenn Jinshan nicht im Hintergrund die Fäden gezogen hätte. Und er schickte Luntz immer noch „Frauengeschenke". Die beiden Männer hatten ihre Treffen in der Vergangenheit stets so koordiniert, damit sie mit Luntz' Urlaub zusammenfielen. Jinshan und Luntz hatten sich seit Jahren nicht mehr persönlich getroffen; sie waren jetzt beide zu alt. Aber die Beziehung hatte sich zu etwas entwickelt, das für ihn weit mehr war als nur eine Möglichkeit, heiße Mädchen abzuschleppen. Jetzt ging es primär darum, es den Arschlöchern von der Regierung heimzuzahlen, die ihn nicht zu schätzen wussten.

Luntz fuhr in dem Bewusstsein nach Raven Rock zurück, dass Jinshan sehr zufrieden mit ihm sein würde, wenn er die heutige Nachricht erhielt.

25

Hauptquartier Khingan-Gebirge
China
Tag 22

General Chen saß hinter seinem Schreibtisch und trank Tee, während seine Mitarbeiter ihn über die Ereignisse des Tages informierten.

„Guam ist umfassend aufgerüstet worden, General. Unsere Langstreckenbomber wurden gemeinsam mit mehreren Infanteriedivisionen auf der Insel stationiert."

Sie rollten einen Monitor herein. Einer der Mitarbeiter begann, durch verschiedene vorbereitete Folien zu blättern. Karten mit den chinesischen Militärstellungen. Bilder von wichtigen Gefechtssituationen. Zweimal täglich schloss sich General Chen dem Führungsteam des Vorsitzenden Jinshan an, um sich über den Stand des Krieges zu informieren.

Im Hauptquartier des chinesischen Gebirgsbunkers erhielten Tausende von Geheimdienstanalysten Berichte aus aller Welt, die sie sezierten und untersuchten. Die wichtigsten Informationen leiteten sie dann an ihre Befehlsketten weiter.

Vorher sortierten sie aus, was weitergegeben und was zurück-
gehalten werden sollte. Beschönigten die Informationen.
Formulierten die Botschaften so, dass sie ermutigend klangen.

Der Stab des Generals wusste, dass er schlechte Nachrichten nicht mochte. Daher minimierten sie den Anteil der
negativen Neuigkeiten in seinen Unterrichtungen. Außerdem
verabscheute er Fakten, Zahlen oder Details im Allgemeinen.
Deshalb waren seine Präsentationen mit Bildern gespickt. Der
General wiederum wählte nur die allerbesten Bilder aus, um
sie dann dem Vorsitzenden Jinshan vorzulegen, wie eine
Katze, die ihrem Herrn eine Maus präsentierte.

„Und was ist mit der Südflotte?"

General Chen war der Einzige, der die Flotte noch so
nannte. Alle anderen bezeichneten sie als die Jiaolong-Kampfgruppe, weil das Schlachtschiff der Jiaolong-Klasse zu einem
heroischen Symbol des chinesischen Sieges geworden war.
Während Admiral Song den Flugzeugträger *Liaoning* als sein
Flaggschiff behielt, hatte sich die Jiaolong schnell zum ganzen
Stolz des chinesischen Militärs entwickelt.

General Chen hatte dafür nur Verachtung übrig. Die
Vorstellung, dass ein Marineschiff ihm seinen Ruhm
abspenstig machte, ärgerte ihn zutiefst. Dieser Krieg würde
schlussendlich von seinen *Armeen* ausgefochten und
gewonnen werden, oder zumindest dank seiner strategischen
Vision. Er hielt sich für einen brillanten Taktiker.

Mehrere seiner Kollegen aus dem Führungsteam erinnerten ihn daran, dass er die Bedeutung der Technologie der
Jiaolong-Klasse seinerzeit nicht erkannt hatte. Nachdem
Guam gefallen war, hatte er vorgeschlagen, die beiden
neuesten Flugzeugträger, die sich noch im Japanischen Meer
befanden, sofort nach Hawaii zu schicken. Deren Feuerkraft
in Kombination mit ihren Unterstützungsschiffen und U-
Booten würde sicherlich ausreichen, um es mit dem einzigen

amerikanischen Flugzeugträger aufzunehmen, der den Insel-
staat bewachte – selbst wenn dieser Luftunterstützung von der
Insel bekam. Aber Jinshan hatte sich dafür entschieden, auf
seine geliebte Jiaolong-Klasse zu warten. Es war erniedrigend,
Chef des chinesischen Militärs zu sein und von einem Mann
überstimmt zu werden, der nicht einen Tag in Uniform
verbracht hatte.

„Die *Liaoning*-Kampfgruppe hat ihre Reise nach Norden
angetreten, Sir."

Auf dem Weg nach Hawaii. Das Juwel des Pazifik. Sobald
sie Hawaii erobert hatten, war es nur noch eine Frage der Zeit,
bis chinesische Truppentransporte auf dem amerikanischen
Kontinent landeten. Es würde heftige Kämpfe geben, aber sie
würden sich durchsetzen.

Dennoch musste Hawaii zuerst einmal eingenommen
werden. Und der General musste sein Gesicht wahren, damit
nicht einer dieser rückgratlosen Narren der Führungsmann-
schaft versuchte, ihn zu entthronen, indem er sich bei Jinshan
einschleimte. General Chen hatte seine einzige Tochter für die
Sache geopfert. Das würde Jinshan hoffentlich nie vergessen.
Und Chen war stets loyal gewesen. Nun, das war mit Beförderungen und anderen Beiträgen zum Wohlergehen des Generals größtenteils abgegolten worden. Sein Bankkonto war ein
Beweis dafür. Aber so liefen die Dinge hier nun einmal.
Solange Chen für Jinshan weiterhin einen Wert hatte, würde
es beiden Männern gut ergehen. Aber sollte General Chen in
Ungnade fallen ...

„General Chen?" Sein Stabschef rief leise seinen Namen
und riss ihn aus seinen Gedanken.

Er blickte den Oberst mit finsterer Miene an. „Was ist?"

„Wollen Sie diese Folie nun auch zeigen? Wir haben sie
seit heute Morgen noch einmal überarbeitet."

General Chen hatte sich bei seinen Mitarbeitern

beschwert, weil sie die Positionen der Trägergruppen außerhalb Japans nicht aktualisiert hatten. Nun waren die beiden neuesten chinesischen Flugzeugträger, einige Hundert Kilometer östlich von Tokio, auch abgebildet.

„Warum sind die immer noch dort?"

„Sir?"

„Die Nordflotte. Wie lauten ihre Befehle im Moment? Was tun sie gerade?"

„Sir, sie sind auf dem Weg nach Hawaii."

„Nun, warum sind sie noch nicht weiter vorgedrungen?"

Der Colonel betrachtete die Folie und drehte sich dann zu den anderen Stabsoffizieren um, die hinter ihm saßen. Einer von ihnen schüttelte den Kopf. „Ich glaube, ihre Befehle lauten, zur gleichen Zeit wie die Südflotte einzutreffen, Sir. Da die Entfernung für die Nordflotte viel kürzer ist, fahren sie mit geringerer Geschwindigkeit."

Der Oberst blickte erneut seinen Vorgesetzten an und machte sich auf einen weiteren Wutausbruch gefasst.

„Wie weit ist Hawaii entfernt? Wie viele Reisetage?"

„Etwa zwei Wochen, Sir. Zehn Tage, wenn sie den vorgegebenen Treibstoffverbrauch überschreiten", antwortete einer der Mitarbeiter.

„Sie sagten, dass die USS *Ford* in der Nähe der Midwayinseln gesichtet wurde?"

„Ja, Sir. Unser Aufklärungssatellit hat heute Morgen Bilder übertragen, bevor er von amerikanischen Anti-Satelliten-Waffen zerstört wurde."

Die Satelliten wurden lahmgelegt, kaum dass man sie hochgeschickt hatte. Es grenzte an ein Wunder, dass dieser überhaupt etwas gesendet hatte.

„Und was ist mit den Midwayinseln? Haben sie dort schon Verstärkung hingebracht?" Die Amerikaner schickten angeblich Truppen auf mehrere kleine Pazifikinseln, um eine Art speziellen Verteidigungsperimeter zu errichten.

Der Oberst blickte seine Mitarbeiter fragend an. Auf dem Fernsehbildschirm wurde eine Aufnahme der Midwayinseln gezeigt. Die winzige Insel war kaum größer als die senkrecht zueinander verlaufenden Rollbahnen, auf einer der Start- und Landebahnen standen Baufahrzeuge. Der Rest der Insel war mit versprengter Vegetation und Gebäuden bedeckt, neben denen sich rote Kreise mit vereinfachten chinesischen Schriftzeichen befanden, die „Boden-Luft-Raketen" und „Flugabwehrradar" bedeuteten. Neben einer großen Baustelle stand: „Unbekannte Turmantenne."

„Es scheint, dass die Verteidigungsanlagen errichtet wurden, Sir. Aber wir rechnen mit noch viel mehr Verstärkung, da dort momentan nur wenige Flugzeuge stationiert sind."

„Wie weit sind die Midwayinseln von den Trägerpositionen entfernt?"

„Etwa sieben Tage, Sir."

General Chen grunzte. Er nahm noch einen Schluck Tee und ließ seinen Blick in die Ferne schweifen. Seine Stabsoffiziere sahen sich gegenseitig an und fragten sich, ob er ihnen noch folgen konnte.

„Weitermachen ..."

Seine Männer fuhren fort, aber der General hörte ihnen nicht mehr wirklich zu. In Gedanken beschäftigte er sich mit einer anderen Idee.

An diesem Abend versammelten sich der Vorsitzende Cheng Jinshan und seine Führungsriege zu ihrer abendlichen Expertenrunde. Vertreter des militärischen Nachrichtendienstes informierten sie über den Kriegsverlauf. Daran schlossen sich Gespräche zwischen dem Führungsteam und Jinshan an. Das waren die Momente, in denen die Strategie festgelegt wurde. In denen Entscheidungen darüber getroffen wurden, welche Ziele angegriffen werden sollten und wie.

Als Vorsitzender der Zentralen Militärkommission war Cheng Jinshan der De-facto-Befehlshaber des Militärs. Aber jeder der Männer an diesem Tisch kämpfte um Position und Einfluss. Einige waren Politiker und gehörten dem Ständigen Ausschuss an – sie waren die mächtigsten Mitglieder des Nationalen Volkskongresses. Diese Männer waren geradezu vernarrt in die Idee, den Krieg auf See mit ihrer brandneuen Technologie zu gewinnen. Sie sahen nicht ein, dass es General Chen zufiel, die meisten militärischen Entscheidungen zu treffen. Er merkte sehr wohl, wie sie ihn ansahen. Als ob er ihnen intellektuell unterlegen wäre ...

Einer der Geheimdienstexperten sagte: „Die Jiaolong-Kampfgruppe wurde wieder ausgerüstet und bewegt sich nun nach Norden. In zwei Wochen wird sie Hawaii erreichen."

Jinshan fragte: „Wie ist der Stand der militärischen Bereitschaft auf Hawaii und den kleineren Inselanlagen?"

Der Minister für Staatssicherheit erwiderte: „Wir erhalten widersprüchliche Berichte, Sir. Es ist möglich, dass einige unserer Quellen innerhalb Amerikas kompromittiert worden sind. Wir werden dem nachgehen. Aber wir vermuten, dass sich das amerikanische Militär dort verstärkt. Viele ihrer Flugzeuge wurden aus Guam evakuiert und befinden sich jetzt auf diesen Flugplätzen."

„Das gefällt mir nicht."

Der Leiter des MSS antwortete: „Ich versichere Ihnen, Sir, wir tun alles, was wir tun können, um die Richtigkeit unserer HUMINT-Informationen zu überprüfen."

Jinshan runzelte die Stirn. „Wir versuchen, sie zu täuschen, sie versuchen, uns zu täuschen. Aber sich selbst von etwas zu überzeugen ist besser, als vielen anderen zuzuhören." Jinshan wandte sich an den Offizier des Militärgeheimdienstes, der sie unterrichtet hatte. „Ich danke Ihnen für Ihren Bericht. Bitte geben Sie uns Zeit für ein Gespräch."

Die Nachrichtendienstler verließen den Raum und schlossen die Tür. Nun war es an der Zeit für General Chen, seinen Schachzug zu machen. Er beugte sich mit hoch erhobenem Kopf über den Tisch. „Vorsitzender Jinshan. Ich habe die neuesten Erkenntnisse ausgewertet und halte die derzeitigen Pläne für unzureichend. Das Warten auf die Ankunft der Südflotte dauert zu lange. In dieser Zeit werden die Amerikaner ihre Streitkräfte dort weiter aufstocken. Das gibt ihnen auch Zeit, die potenziellen Schwachstellen der Jiaolong-Klasse zu finden ..."

Admiral Zhang, der Chef der VBA-Marine, runzelte die Stirn. „Schwachstellen?"

General Chen ignorierte ihn. „Ich schlage einen Präventivschlag gegen die amerikanische Flotte vor, bereits vor dem Eintreffen der Südflotte."

Jinshan wirkte heute ungewöhnlich müde, dachte General Chen. Jetzt wanderten seine Augen zur Seite des Raums. Der General folgte seinem Blick und sah *sie* dort in der Ecke sitzen. Was hatte sie hier zu suchen?

Chen fuhr fort. „Ich empfehle, dass wir unsere Nordflotte einsetzen und die Amerikaner in der Nähe der Midwayinseln attackieren. Wir haben zwei Träger, sie nur einen. Wir werden sie mit Schnelligkeit, dem Überraschungsmoment und unserer überwältigenden Streitmacht bezwingen. Es wird ein entscheidender Sieg werden. Danach wird die Route nach Hawaii frei sein."

Admiral Zhang sagte: „Bei allem Respekt, General, das Schiff der Jiaolong-Klasse ist konkurrenzlos, seine neue Technologie verschafft uns einen klaren Vorteil."

Die Miene von General Chen verfinsterte sich. „Und wie

bei allem militärischen Gerät nutzt sich die Neuartigkeit jeden Tag ein wenig mehr ab."

Es begann eine lebhafte Auseinandersetzung mit mehreren passiv-aggressiven Angriffen gegen General Chen. Er würde sich jeden einzelnen Affront merken und zurückschlagen, wenn die Zeit reif wäre.

Jinshan stand auf und stützte sich auf dem Tisch ab. Die Diskussionen verebbten. „Entschuldigen Sie mich, meine Herren." Seine Augen waren geschlossen, man sah ihm an, dass es ihm schlecht ging. Einer seiner Leibwächter trat an seine Seite und nahm seinen Arm.

Li erhob sich ebenfalls von ihrem Stuhl. *Lena*, korrigierte Chen sich. Sie ging auf Jinshans andere Seite, hakte sich bei ihm ein und begleitete ihn zur Tür.

Es war ein langsamer, schweigsamer Marsch. Jeder Schritt von Jinshan wurde von den Machthabern am Tisch sorgfältig inspiziert, in ihren Augen spiegelten sich Sorge und Nachdenklichkeit. Hatte sich Jinshans Gesundheitszustand so schnell verschlechtert? General Chen wusste, dass Jinshan krank war. Hatte Chen sich so sehr in die Kriegsplanung und die Palastintrigen vertieft, dass er übersehen hatte, wie schlimm es um den Vorsitzenden stand?

Wenn es an der Spitze einen Machtwechsel gäbe, würde dieser schnell vonstattengehen. Chen musterte die Gesichter der anderen am Tisch. Jeder dieser Männer war ein politisches Raubtier. In General Chens Augen war das keine unwillkommene Eigenschaft. Männer wie er lebten im Dschungel. Es war eine Lebensweise. Sie waren wie hungrige Kannibalen auf einer einsamen Insel, die sich gegenseitig beobachteten – wer würde als erster Anzeichen von Schwäche zeigen?

Die Tür schloss sich hinter Jinshan und seinen Begleitern. Die Mitglieder des Führungsteams wirkten schockiert.

Sein persönlicher Assistent, der nervös aussah, erklärte:

„Der Vorsitzende hat sich für den Abend zurückgezogen. Er bittet Sie, ohne ihn weiterzumachen."

Es schien, als wären die ersten Anzeichen von Schwäche gerade sichtbar geworden.

Die Auseinandersetzungen begannen sofort. Entschieden wurde hingegen nur wenig. Nach einer Weile vertagte sich die Gruppe und ging getrennter Wege. Jeder Einzelne von ihnen traf sich hinter verschlossenen Türen mit seinem Stab und plante seine nächsten Schritte.

General Chen saß wieder einmal hinter seinem Schreibtisch. Sein Plan, die Midwayinseln anzugreifen, war auf jeden Fall eine sehr gute Idee. Jinshan hatte den ersten Teil seines Plans gehört. Und er hatte ihn nicht verbal *missbilligt*. Chens Männer warteten schweigend darauf, dass er etwas sagte. Er fuhr sich mit der Zunge über die Lippen und ließ die Fingerknöchel knacken. Diesen Krieg zu gewinnen und die endgültige Führungsposition zu erobern, erforderte Kühnheit.

Normalerweise war Chen ein vorsichtiger Mensch und unternahm nur dann etwas, wenn er sicher war, dass er gewinnen würde. Aber wenn er sich nicht als Jinshans Nachfolger etablierte, tat es ein anderer. Er konnte nicht zulassen, dass einer dieser Politiker seine Kriegsmaschinerie ruinierte. Schließlich war *er* der ranghöchste Militäroffizier in ganz China. Es war *sein* Vorrecht, seine Streitkräfte zu verlegen. Er brauchte dazu keine Erlaubnis. Und sein Vorhaben war brillant.

General Chen blickte zu seinen Stabsoffizieren auf. „Stellen Sie einen Befehl aus, mit dem die *Shangdong*-Flugzeugträgerkampfgruppe angewiesen wird, mit voller Kraft auf die Midwayinseln zuzuhalten. Zitieren Sie Admiral Zhang herbei und schicken Sie ihn unverzüglich zu mir. Er muss dementsprechend unterrichtet werden und eine wirksame Strategie entwerfen." Chen würde Admiral Zhang irgendwelche Versprechungen machen müssen. Auch er hatte Jinshan wegschlurfen sehen. Vielleicht könnte Zhang in Chens eigene Fußstapfen treten.

„Sir, was sind Ihre Absichten?"

„Ich beabsichtige, die Midwayinseln einzunehmen, bevor die *Liaoning*-Kampfgruppe auf Hawaii eintrifft. Sagen Sie ihnen, dass sie fünf Tage haben, um Midway zu erreichen. Die Amerikaner werden von der Schnelligkeit dieses Angriffs überrascht sein. Er wird uns zum Sieg im Pazifik führen." *Und mich ans Ziel meiner Träume.*

„Jawohl, General."

„Aus Gründen der operativen Sicherheit können wir diesen Plan jedoch nur mit einigen wenigen Mitgliedern des Militärzirkels teilen. Ich möchte diese Befehle nicht einmal in den Sitzungen unseres Führungsteams erwähnt sehen. Wir alle haben die Gerüchte über mögliche Geheimdienstlecks gehört."

Der Oberst rutschte unbehaglich auf seinem Stuhl herum. „Sir ... halten Sie es nicht für klüger –"

„Diskutieren Sie nicht mit mir, Colonel. *Führen Sie den Befehl aus.*"

Lena stand neben Jinshans Bett. Sein Hausarzt hatte ihm gerade eine weitere Dosis seiner Medikamente verabreicht. Sie würden gegen die Übelkeit und die Magenschmerzen helfen.

Jinshan signalisierte dem Arzt und seinem Assistenten, dass sie gehen sollten. Sie verließen den Raum und Lena war mit ihrem Mentor allein.

„Hast du ihre Gesichter gesehen?"

„Ja." Jinshan sprach von den verstohlenen und hungrigen

Blicken der Militärs und Politbüromitglieder, als er unerwartet aus dem Raum gehumpelt war. Sie hatte kurz in Erwä-
gung gezogen, so zu tun, als ob sie das nicht bemerkt hätte.
Aber das würde ihm nicht helfen, er brauchte eine ehrliche
Einschätzung, so hart sie auch sein mochte.

Ihre Miene war emotionslos. „Sie werden jetzt in Versu-
chung geführt."

„Ich stimme dir zu." Er gestikulierte zu dem Sessel neben
dem Bett und sie nahm Platz.

„Was kann ich für Sie tun? Alle entfernen und ersetzen,
die Anzeichen von Illoyalität zeigen?"

Er lachte höhnisch. „Das wird mein wahres Problem nicht
lösen. Nichts kann das. Mir läuft die Zeit davon, Lena."

Sie bemerkte erstaunt, dass ihre Augen feucht wurden.
Erneut diese für sie untypischen Gefühlsregungen ... Lena
fuhr fort: „Dann sagen Sie mir, wie ich helfen kann."

„Was auch immer du von General Chen halten magst" –
sie war dankbar, dass Jinshan den Mann nicht als ihren Vater
bezeichnete – „er hat bezüglich der Technologie der Jiaolong-
Klasse einen guten Punkt angesprochen. Irgendwann werden
die Amerikaner einen Weg finden, sie zu bezwingen. So wie
bei jeder Waffe, die jemals erfunden wurde. Der Krieg schafft
eine Art Renaissance. Wenn ihr Überleben davon abhängt,
interessieren sich selbst die größten Geister der Welt auf
einmal sehr für Waffen. Der anschließende Technologiewett-
lauf dreht sich um tödliche Innovationen. Giftgas. Jet-Antrieb.
Atomwaffen. Wissenschaftler, die sich bis dahin mit weniger
bedeutenden Dingen beschäftigt haben, erkennen, dass sie
die Macht haben, die Geschichte zu gestalten, wenn sie sich
auf die Vernichtung rivalisierender Militärmachten konzentrieren."

Lena fragte: „Glauben Sie tatsächlich, dass die Amerikaner bereits einen Plan haben, um die Jiaolong-Technologie zu besiegen?"

„Ich bin sicher, dass sie daran arbeiten."

Ihr wurde klar, dass er Geheimdienstberichte erhielt, die sonst niemand zu sehen bekam.

Jinshan sprach weiter: „Wir wissen, dass das System Schwachstellen hat. Werden sie diese aufdecken und einen Gegenschlag ausarbeiten, bevor wir den Pazifik einnehmen konnten? Oder bevor wir den Krieg gewinnen? Das weiß ich nicht."

„Was berichten unsere Agenten?"

„Sie berichten viele Dinge. Aber wir können unseren menschlichen Quellen im Ausland nicht mehr so gut vertrauen, wie wir es noch vor einigen Wochen konnten. Vor Ausbruch des Krieges war ich viel zuversichtlicher. Jetzt ..."

„Was kann ich tun?"

Er zog erneut eine Grimasse und hielt sich den Bauch, während er von akuten Schmerzen gequält wurde.

„Möchten Sie, dass ich den Arzt hole?"

Sein Gesicht war schweißnass. „Nein. Der Schmerz lässt nach."

„Ich sollte trotzdem jemanden vom medizinischen Personal holen."

Er fasste sie am Ellenbogen. „Lena, es gibt einen Agenten in den Vereinigten Staaten. Nur zwei Personen, mich eingeschlossen, kennen seine Identität. Dieser Agent ist in der Lage, uns nahezu in Echtzeit Informationen über militärische Positionen und die amerikanische Kampfbereitschaft im Pazifik zu liefern. Diese Informationen werden von höchster Qualität sein."

Lena zog eine Augenbraue hoch.

„Diese Quelle hat uns gerade Informationen darüber zukommen lassen, wie die Amerikaner Hawaii verteidigen wollen. Wir wissen nicht, ob die amerikanischen Maßnahmen funktionieren werden. Aber wenn es uns gelingt, vor unserem Angriff den aktuellen Stand dieser Pläne zu erfahren ... wird unsere Eroberung des Pazifik erfolgreich sein."

„Was ist meine Aufgabe?"

„Ich brauche eine Vertrauensperson, die nach Amerika reist und sich vergewissert, dass die Nachrichten tatsächlich von unserem Agenten stammen und dass er nicht unter Zwang steht. Ich kann diese Mission nur dir übertragen, Lena."

„Ich fühle mich durch Ihr Vertrauen geehrt, Herr Vorsitzender. Ich werde nach Amerika fliegen und meine Pflicht erfüllen, wie Sie es wünschen."

Jinshan nickte, ein Ausdruck von Stolz lag auf seinem Gesicht. „Der fragliche Agent ist beim Nachrichtendienst der Marine angestellt. Diese Organisation ist, wie viele Teile des US-Militärs und der Geheimdienste, im Rahmen der Sicherheitsvorkehrungen dezentralisiert worden. Wir haben militärische Spezialeinheiten in den USA stationiert, Mitglieder vom Scharfen Schwert Südchinas. Nachdem der Krieg begonnen hatte, mussten wir unseren Ablauf für die Übermittlung seiner Berichte ändern. Das Scharfe Schwert-Team ist in der Lage, die Informationen einzusammeln, aber es kann selbst keinen Kontakt mit uns aufnehmen. Sie werden dir helfen, den Agenten ausfindig zu machen, und dich beschützen. Der Minister für Staatssicherheit ist die zweite Person, die von diesem Spion weiß. Er kann dir das Verfahren für die Kontaktaufnahme erläutern und auch deine Reisevorkehrungen treffen."

„Ich habe verstanden."

„Wir werden unseren Angriff auf Hawaii auf der Grundlage der von diesem Agenten gelieferten Informationen durchführen. Wenn seine Angaben darauf hindeuten, dass eine Eroberung Hawaiis nicht möglich ist, werden wir mit unserer Flotte einen alternativen Kurs einschlagen. Es handelt sich um eine entscheidende Mission, Lena. Sie kann den Verlauf des Krieges bestimmen."

Es klopfte an die Tür, dann trat der Minister für Staatssicherheit ein. Jinshan erklärte seine Befehle, während Lena wartend daneben stand. Als Jinshan fertig war, entließ er beide mit den Worten: „Ich muss mich jetzt ausruhen. Viel Glück, Lena."

Der Leiter des MSS wurde nach dem Treffen mit Jinshan aus dem Bunker zu einem wartenden Hubschrauber eskortiert. Mit diesem wurde er zurück nach Peking gebracht, wo man ihn zum MSS-Hauptquartier fuhr.

Wie nach jeder wichtigen Besprechung setzte er sich mit seiner Sekretärin zusammen, um alles zu dokumentieren. Sie machte handschriftliche Notizen, während er jedes einzelne Gespräch wiederholte. Die Notizen wurden dann in seinem persönlichen Safe eingeschlossen, wo er sie später bei Bedarf einsehen konnte. Der leitende Geheimdienstoffizier agierte diesbezüglich als Politiker. Er musste sich absichern, für den Fall, dass die Situation einmal brenzlig wurde. Dann könnte er nämlich seine Sekretärin anweisen, aus seinen Notizen richtige Aktenvermerke zu verfassen, die die vergangenen Interaktionen belegten.

Was der Minister für Staatssicherheit nicht wusste, war, dass sich in der Brille seiner Sekretärin ein Audio- und Video-aufnahmegerät befand. Jedes Wort des Gesprächs – sowohl das geschriebene als auch das gesprochene – wurde in den Bügeln der Brille gespeichert. Später am Abend lud sie die Daten in ihr Kommunikationsgerät hoch und schickte sie per

Bitbündelübertragung an einen Empfänger auf dem Dach eines nahe gelegenen Wohnhauses.

Dieses Gerät protokollierte den Empfang und schickte per Drehfunkfeuer – ein spezielles VHF-Funksignal – eine Benachrichtigung an den CIA-Offizier, der kürzlich ins Land gekommen war und sich als japanischer Staatsangehöriger ausgab.

Tetsuo lud die Nachricht herunter und leitete sie einige Stunden später über sein eigenes Kommunikationsgerät weiter. Diese Übertragung wurde wiederum von einer sehr kleinen und gut getarnten Drohne der US Air Force empfangen, einer von mehreren, die nach einem Rotationsplan eingesetzt wurden. Diese Drohnen waren so programmiert, dass sie jeden Tag zur exakt gleichen Zeit über Peking flogen. Um sie vor elektronischen Angriffen zu schützen, war die Drohne während des Flugs nicht in der Lage, Informationen zu empfangen oder zu senden. Das ging nur in genau festgelegten Zeitfenstern.

Aus diesem Grund erfuhren Susan Collinsworth und David Manning erst zehn Stunden später, nämlich nach der Landung der Drohne auf dem Luftwaffenstützpunkt Elmendorf, Alaska, dass Lena Chou auf dem Weg zu einem Treffen mit einem ranghohen Maulwurf im US-Kommandostand Raven Rock war.

26

USS Ford

Admiral Manning saß wie Hunderte von Schiffsbesatzungs-
mitgliedern auf einem Metallklappstuhl im Ankerwinden-
raum, der eine seltsame Form hatte. Das vorderste Schott war
aufgrund der Nähe zum Bug scharf abgewinkelt. Durch
mehrere Bullaugen schien helles Tageslicht herein. Riesige
weiße Metallträger verliefen an der Decke. Der Boden war mit
einer blau-grauen perforierten Matte ausgelegt. Sie erinnerte
den Admiral an einen Turnhallenboden mit Ausnahme der
Bereiche, in denen dicke weiße Poller aus dem Deck hervor-
ragten. An den zwei Längsseiten lagen zwei kolossale
schwarze Ankerketten, die sich über die gesamte Länge des
Raums erstreckten und in separaten Öffnungen im Boden
verschwanden. Jedes Glied der vierhundert Fuß langen Kette,
die mit einem dreißigtausend Pfund schweren Anker
verbunden war, wog mehr als 130 Pfund.

Auf einem Schiff auf See hatten die meisten Räume
diverse Funktionen, und dieser hier war keine Ausnahme. Am
Sonntagmorgen wurde dort ein katholischer Gottesdienst

abgehalten. Die Gesichter der Anwesenden waren ernst. Der größte Teil der Besatzung hatte gerade erfahren, dass Guam an die Chinesen gefallen war. Die dort stationierten amerikanischen Streitkräfte, einschließlich der Surface Action Group, waren besiegt worden. Die verbleibenden Truppen auf Guam hatten den Befehl erhalten, sich zu ergeben. Zehntausende von US-Soldaten wurden so zu Kriegsgefangenen. Chinesische Militärflugzeuge brachten nun Verstärkung auf die Insel.

Der deplatzierte Überschwang, den viele der jugendlichen Krieger der *Ford* in der vergangenen Woche noch an den Tag gelegt hatten, war einer Erkenntnis gewichen, die Admiral Manning aus den Geschichtsbüchern gelernt hatte: Es gab keinen garantierten Sieg.

Die militärische Überlegenheit der Amerikaner, so sehr sie auch als unumstößliche Wahrheit und große Quelle des Nationalstolzes in den Köpfen vieler verankert war, war ebenso zerbrechlich wie die Dominanz der alten Imperien, die alle irgendwann einmal gefallen waren.

Der Schiffskaplan hatte gerade das Evangelium zu Ende gelesen und hielt nun seine Predigt. Admiral Manning versuchte, aufmerksam zuzuhören, war aber in Gedanken schon bei all den Dingen, die er später erledigen musste. Sein Blick wanderte umher, während er nachdachte. Durch eines der Bullaugen konnte er den sonnenbeschienenen blauen Ozean sehen. Der Flugzeugträger machte Fahrt, eine willkommene Brise kühlte sein Gesicht. Ehe er sich versah, war die Predigt vorbei und sie standen und beteten, saßen und beteten, reichten sich die Hände, dann noch die Kommunion und ein paar abschließende Worte des Priesters.

„Wir beten für unsere Brüder und Schwestern auf Guam. Dass sie weiterhin Tapferkeit zeigen und Gnade walten lassen, aller ...", der Kaplan zögerte und der Admiral schaute auf, „... Widrigkeiten zum Trotz. Amen."

Er hätte fast *Niederlagen* gesagt, dämmerte es Admiral
Manning. *Benutzen Sie solche Wörter nicht, Chaps.* Die Kapläne
mussten sich erst an diese neue Kriegswelt gewöhnen. Die
Zahl der Gottesdienstbesucher hatte sich seit Beginn der
Kampfhandlungen vervierfacht.

„Amen", wiederholte ein Chor von Stimmen.

Kurz darauf standen die Männer und Frauen von ihren
Stühlen auf. Die eklektische Vielfalt von Uniformen kennzeichnete ihren Aufgabenbereich und ihre Zugehörigkeit. Die
Piloten trugen Fliegermontur. Diejenigen in den blauen Over-
alls gehörten zur Schiffsbesatzung. Die sogenannten Shooter,
die für das Katapult und die Fangseile verantwortlich waren,
trugen gelbe Rollkragenhemden. Alle hasteten nach dem
Gottesdienst los und machten sich auf den Weg zum Frühstück oder zur Arbeit.

An einem Sonntagmorgen versuchten alle an Bord, es
etwas ruhiger angehen zu lassen. Die Köche verfeinerten die
Mahlzeiten, damit sie weniger an ein Mensaessen erinnerten.
Die Putz- und Arbeitsroutine war etwas entspannter, wenn
auch nur für kurze Zeit. Wichtige Sitzungen wie das tägliche
Briefing des Admirals folgten einem geänderten Zeitplan.

Admiral Manning würde das heute ausnutzen. Er begab
sich zu einem der wenigen Orte auf dem Schiff, wo er Trost
finden konnte. Neun Stockwerke höher, auf der Admiralsbrücke, hatte er einen Crosstrainer aufstellen lassen. Er hatte sich
uralt gefühlt, als er das Laufen hatte aufgeben müssen. Aber
die Zeit machte vor niemanden halt ... Seine kaputten Knie
zwangen ihn, diese alberne Maschine zu benutzen, auf der er
sich wie ein Skilangläufer fühlte. Trotzdem kam er ganz schön
ins Schwitzen. Das war besser als nichts, sagte er sich.

Er hatte die Admiralsbrücke für sich allein, mit Ausnahme
von zwei Marines, die ihm als Personenschützer zugeteilt
waren. Er passte die Einstellungen des Crosstrainers an und

begann mit seinem Training. Von seinem Platz in der äußersten rechten Ecke der Brücke konnte er das darunter liegende Flugdeck und mindestens ein Dutzend Schiffe in seiner Kampfgruppe überblicken. Der Flugbetrieb hatte noch nicht begonnen. Es war ein heller, sonniger und friedlicher Morgen.

„Guten Morgen, Sir."

Verdammt noch mal.

„Guten Morgen, Kommodore."

Der Kommodore war der Befehlshaber der Seekriegsführung der *Ford*-Kampfgruppe. Während der Admiral auf dem Crosstrainer auf und ab wippte, liefen ihm Schweißperlen über das Gesicht. Der Kommodore hatte einen seiner Untergebenen dabei, einen müde aussehenden Leutnant in einer grünen Fliegerkombi.

„Kann ich Ihnen irgendwie helfen, Kommodore?"

„Sir, offen gesagt, wir brauchen mehr SSC-Flüge." SSC stand für Surface Surveillance & Control, also Bodenüberwachung aus der Luft.

„Der Flugplan enthält zwei Seiten mit SSC-Flügen. Wo liegt das Problem, Kommodore?"

Der Angesprochene wandte sich an seinen Leutnant. Der Junge brauchte dringend eine Rasur und sah aus, als wäre er lieber ganz woanders. „Sir, ich bin der Flugbetriebsoffizier des Kommodore. Ich bin für den Flugplan der Bodenüberwachung zuständig. Sie haben recht, es sind eine Menge Hubschrauber im Einsatz. Im Moment besteht der Verband aus fünfundzwanzig Schiffen. Zu jedem Zeitpunkt fliegen fünf Hubschrauber."

„Das sind verdammt viele Hubschrauber in der Luft. Worauf wollen Sie hinaus?"

„Die Hubschrauber der Trägerkampfgruppe werden in der Nähe der Schiffe benötigt, um einen etwaigen U-Boot-Angriff abzuwehren, Sir. Darüber hinaus müssen wir sie für die ständigen Logistikflüge einsetzen, die notwendig sind, um Personal und Ersatzteile innerhalb der Kampfgruppe zu transportieren. Beide Anforderungen wirken sich auf die Bewaffnung und die Treibstoffkapazität der Helikopter sowie deren Fähigkeit zur Durchführung von Überwachungsflügen aus."

„In Ordnung ... Dann schicken wie eben noch mehr Hubschrauber los."

„So einfach ist das nicht, Sir. Aufgrund der Anzahl der zur Verfügung stehenden Helis und Piloten stoßen wir schon jetzt an unsere Grenzen. Aber das eigentliche Problem ist die Reichweite. Wir machen uns Sorgen wegen der Ortung der zwei chinesischen Flotten – die Südflotte mit der Jiaolong-Klasse und dem Flugzeugträger *Liaoning* sowie die Nordflotte mit den beiden anderen chinesischen Trägern. Wenn wir sie mit den Drehflüglern orten können, ist es bereits zu spät. Wie Sie wissen, sind unsere Drohnen anfällig für elektronische Angriffe und ich befürchte, dass wir diese Ressourcen aufgrund der Netzwerkausfälle ohnehin nicht gut genug steuern können. Wir brauchen richtige Langstrecken-Überwachungsflugzeuge, Sir. Das wird die Belastung für die Hubschrauber der Kampfgruppe reduzieren. Sie könnten sich dann auf die Einsätze im Nahbereich konzentrieren."

„Was genau wollen Sie?"

„Sir, wir müssen mehr Seefernaufklärer anfordern und ..." Er zögerte. „Sir, unsere Kampfflugzeuge müssen damit anfangen, Überwachungsmissionen rund um den Flugzeugträger zu fliegen, und zwar Mittel- und Langstrecke. Wir müssen unser Überwachungsgebiet erheblich ausweiten. Das wird uns genügend Vorlaufzeit verschaffen, um die feindlichen Flotten aufzuspüren und angemessen zu reagieren."

Der Admiral las den Namen auf seinem Brustaufnäher.

„Plug? Ist das Ihr Rufzeichen?"

„Ja, Sir."

„Auf welchem Schiff waren Sie?"

„Auf der *Farragut*, Sir."

Der Name kam dem Admiral bekannt vor ... Jetzt fiel ihm wieder ein, was es mit diesem Jungen auf sich hatte: Er war einer von Victorias Piloten gewesen.

Plug sagte: „Ich habe dort unter Ihrer Tochter, Lieutenant Commander Manning, gedient. Der beste Boss, den ich je hatte, Sir."

Admiral Manning zog eine Augenbraue hoch und warf dem Kommodore einen Blick zu.

Plugs Augen weiteten sich vor Entsetzen. „Commodore ... Sir, ich meine, außer Ihnen natürlich."

Der Kommodore schüttelte nur den Kopf. Plug war diese Reaktion von ranghöheren Offizieren schon gewöhnt.

Der Admiral richtete den Blick wieder nach vorne und trainierte weiter. Er gestattete sich, einen Moment stolz auf seine Tochter zu sein und sich auch Sorgen um sie zu machen. Dann verdrängte er diese Gedanken und wandte sich wieder den beiden Offizieren zu, die es wagten, sein sonntägliches Training zu unterbrechen.

„Plug?"

„Ja, Sir?"

„Sind Sie mit dem Begriff *Rollkommando* vertraut?"

„Sir?"

„Der Kommodore ist vielleicht nicht Ihr Lieblingschef, aber ich rate Ihnen, von seiner Technik zu lernen. Der Kommodore und sein Lakai – Sie – sind gerade als ein solches Rollkommando unterwegs. Der Begriff hat zwei Bedeutungen. Ursprünglich war damit eine motorisierte Militär-oder Polizeistreife gemeint, die überfallartig Gewalt gegen Bürger verübte. Aber er wird auch verwendet, wenn ein Unterge-

bener seinen Vorgesetzten ungeplant und zu einem opportu-
nistischen Zeitpunkt mit der Absicht aufsucht, eine Idee
vorzubringen."

Plug wurde rot. Der Kommodore sah amüsiert aus.

Admiral Manning fuhr fort: „Beide Situationen sind
Hinterhalte. Taktiken, die benutzt werden, um einen unvorbe-
reiteten Gegner zu überwältigen." Der Admiral schaute den
Kommodore an. „Oder, in diesem Fall, einen Gegner, der gar
nicht anwesend ist." Das Lächeln des Kommodore verblasste.

Der Admiral unterbrach abrupt sein Training und stieg
von dem Übungsgerät herunter. Dann ging er zur Vorderseite
der Brücke und nahm einen Telefonhörer ab.

„CAG. Ich entschuldige mich schon jetzt für den Aufstieg,
aber wir führen hier ein Gespräch, an dem Sie teilnehmen
sollten. Würden Sie sich auf meiner Brücke zu uns gesellen?
Ja, jetzt. Danke." Er legte den Hörer wieder auf.

Wenige Augenblicke später erschien ein Navy Captain in
einem Fliegeranzug, der schnaufte und keuchte, nachdem er
die neun Leitern zu diesem Deck hochgeklettert war. Der
Commander Air Group war der Befehlshaber des Trägerge-
schwaders, der ranghöchste Pilot an Bord der *Ford*.

Admiral Manning erteilte Plug das Wort und die vier
Männer diskutierten die Anforderungen der Überwachungsmissionen. Am Ende machte der CAG das Zugeständnis,
mehrere seiner Kampfflugzeuge für spezielle Überwachungsflüge zur Verfügung zu stellen.

„Vielen Dank, CAG. Ich denke, das wird eine große Hilfe
sein. Früher oder später wird uns eine dieser chinesischen
Flotten in die Quere kommen. Wenn das passiert, wollen wir
sie aufspüren, bevor sie uns entdecken."

Eine Stunde später war der Admiral mit seinem Training
durch und hatte geduscht. Er bekam ein Frühstück bestehend
aus Eiern, Corned Beef, Bratkartoffeln und Toast serviert,

dazu eine Kanne Kaffee, schwarz wie die Nacht. Der Admiral las seine nicht klassifizierten E-Mails, von denen eine ganz besonders sein Interesse erweckte. Eine Drohne muss über die *Farragut* geflogen sein und den Datentransfer ermöglicht haben.

Er las die Nachricht seiner Tochter und wurde traurig. Sie war an sich kein gefühlsbetonter Mensch, aber es klang so, als ob der Krieg seinen Tribut forderte. In der E-Mail stand nichts Konkretes. Wie jeder andere im aktiven Militärdienst ließ auch sie die Einzelheiten weg. Aber Admiral Manning konnte zwischen den Zeilen lesen. Sie hatte Gefechte erlebt und Verluste erlitten. Der Krieg hatte sie verändert. Er schloss seine Augen und betete für ihr sicheres Geleit.

Dann antwortete er ihr, ohne zu wissen, ob oder wann sie die Nachricht erhalten würde; er wusste nur, dass seine Vatergefühle in diesem Moment so ausgeprägt waren wie schon lange nicht mehr.

27

Chase und die Gefangenen wurden mit einem Chinook-Hubschrauber zur Wright Patterson Air Force Base in der Nähe von Dayton gebracht und von dort mit einer C-130 der Air Force weiter zum Luftwaffenstützpunkt Eglin geflogen. Nach ihrer Ankunft wurden sie in speziell errichtete Arrestzellen in einem großen Hangar geführt.

Chase begegnete seinem Bruder direkt vor der Gefängnisanlage. Sie umarmten sich und klopften sich gegenseitig fest auf den Rücken. David sah müde aus.

„Ist Lindsay auch hier?"

„Ja, ob du's glaubst oder nicht, wir sind in einem Haus auf dem Stützpunkt untergebracht."

Chase lächelte. „Werden sie dich zwingen, die Uniform wieder anzuziehen? *Mir* haben sie eine gegeben. Allerdings ohne Rangabzeichen."

„Tut mir leid. Aber ich bin sicher, dass du trotzdem alle strammstehen lässt. Ich weiß, wie wichtig dir das immer war."

„Verdammt richtig, das tue ich." Beide Männer wussten, dass genau das Gegenteil der Fall war.

David kicherte. Es tat gut zu lachen, angesichts der Tatsache, dass die Welt um sie herum zusammenbrach.

„Hast du was von Vater oder Victoria gehört?", fragte Chase.

„Ich habe bei den täglich eingehenden Geheimdienstberichten stets ein Auge auf ihre Schiffe oder Namen. Vater sollte OK sein." David sah sich auf dem Parkplatz des umgebauten Hangars um. „Komm rein. Wir werden drinnen weiterreden."

Sie passierten nacheinander zwei Sicherheitskontrollen. Chase war beeindruckt, wie geräumig der Hangar war. Es passten locker mehrere Footballfelder hinein, das Dach aus Wellblech war über hundert Fuß hoch. Endlose Reihen von Schiffscontainern waren aufgestellt worden, so weit das Auge reichte.

„Sind das die Arrestzellen?"

David antwortete: „Ja. Eine für jeden Gefangenen. Militärische Verhörbeamte bearbeiten sie rund um die Uhr." Er winkte. „Komm, hier entlang."

Chase und David gingen den zentralen Korridor zwischen den Containern entlang.

Bewaffnetes Sicherheitspersonal begleitete Chinesen in die Arrestzellen und holte sie dort wieder ab. Die Gefangenen trugen schwarze Augenbinden, ihre Handgelenke waren hinter dem Rücken mit Handschellen gefesselt. Die Situation war angespannt, aber ruhig.

David führte seinen Bruder in einen Raum am anderen Ende der Halle. Susan und einige Mitarbeiter des SILVERS-MITH-Teams verfolgten eines der Verhöre auf einem Monitor. Sie trugen Kopfhörer, über die sie die englische Übersetzung erhielten. Susan begrüßte Chase mit einem Nicken, dann lauschte sie weiter der Vernehmung.

Die Brüder nahmen im hinteren Teil des Raums Platz.

David flüsterte: „Wie ich schon sagte, ich lese jeden Tag die Geheimdienstberichte und halte immer Ausschau nach der *Ford* und der *Farragut*. Vaters Kampfgruppe wurde in der Nähe der Midwayinseln stationiert und ist seit Kriegsbeginn nicht mehr mit chinesischen Schiffen in Kontakt gekommen."

„Und Victoria?", fragte Chase.

Davids Miene wurde finster. „Ihr Schiff wurde bei Guam von chinesischen Anti-Schiffs-Raketen getroffen. Es gab mehrere Tote und Verwundete, aber ihr Name stand nicht auf der Liste."

Chase wandte sich ab, ohne etwas zu sagen.

David fuhr fort: „Ich habe ihr eine E-Mail geschrieben. Natürlich nur harmloses Zeug. Gefragt, wie es so läuft und so. Aber ich habe nichts von ihr gehört. Was an diesem Punkt alles bedeuten könnte. Der Datentransfer der Navy wurde von Satelliten auf ein Netzwerk von Drohnen verlagert, die sie als Relais und zur Überwachung über dem Pazifik positioniert haben. Aber die chinesischen Cyberoperationen sind so ausgeklügelt, dass wir nicht sicher sein können, dass die reinkommenden Informationen nicht manipuliert worden sind. Und die Drohnen, die sich über dem Philippinischen Meer und in der Nähe der Marianen befanden, wurden abgeschossen. Von daher ..."

Chase sah seinem Bruder in die Augen. „Wohin ist ihr Schiff unterwegs?"

„Sie sollen sich der *Ford* Strike Group anschließen."

„Gibt es in der Gegend noch andere Flugzeugträger?"

„Einer soll San Diego in wenigen Tagen verlassen. Ein anderer hat Wartungsprobleme und liegt immer noch im Dock. Die anderen sind – nun ja, ganz woanders unterwegs."

„Bis jetzt."

David zuckte mit den Achseln. „Das liegt jenseits meiner Gehaltsklasse."

Die Vernehmung des chinesischen Gefangenen endete und Chase konnte auf dem Fernsehmonitor beobachten, wie er aus dem Raum geführt wurde. Susan und die anderen nahmen ihre Headsets ab und wandten sich Chase zu.

„Chase, wie läuft es bei Ihnen?"

Er erwiderte: „Bislang solide Ergebnisse. Und es wird besser. Die JSOC-Teams arbeiten sehr effektiv. Anfangs war es schwierig. Wir erhielten von örtlichen Strafverfolgungsbehörden oder Überwachungsdrohnen Berichte über chinesische Truppenbewegungen oder einen Angriff. Die Angaben bezüglich Stärke und Fähigkeiten dieser Truppen waren unzuverlässig. Die Chinesen waren schnell, sie griffen Versorgungseinrichtungen oder die Infrastruktur an und zogen ab, bevor wir einschreiten konnten. Aber als wir die im Irak und in Afghanistan erlernten Taktiken umsetzten, wurden die Dinge allmählich besser. Wir errichteten vorgelagerte Operationsbasen mit kleinen Teams, jedes mit einem eigenen organischen Luftunterstützungskommando. Dadurch konnten wir schneller reagieren. Jede Nacht – teils mehrmals pro Nacht – führten wir Angriffe auf mutmaßliche chinesische Stellungen durch. Die meisten Einsätze liefen nach dem Prinzip ,gefangen nehmen oder töten'. Das JSOC hat eigene Verhörspezialisten. Dadurch erhielten wir Informationen direkt im Anschluss an die Einsätze und nutzten diese, um neue Ziele aufzudecken. Jede Nacht das Gleiche. Jagen. Festnehmen oder töten, verhören, neue Informationen erhalten, sich orientieren, neue Ziele aufspüren und wieder von vorne anfangen."

David konnte die Entschlossenheit in der Stimme seines Bruders hören. Dessen Augen huschten beim Sprechen umher, als er sich an das Erlebte erinnerte.

„Der große Durchbruch kam vorletzte Nacht. Zwei Kompanien der chinesischen Infanterie. Die meisten von

ihnen ergaben sich sofort. Wir glauben, dass die Truppenstärke in den USA jetzt weniger als hundert Mann beträgt."

„Ausgezeichnete Arbeit. Die Männer, die Sie festgenommen haben, versorgen uns mit einem wahren Schatz an
Informationen."

Susan spielte mit ihrem Stift, während sie das Gesicht von
Chase eingehend musterte. Sie schien eine Entscheidung zu
treffen. „Wie viel hat Ihnen Ihr Bruder über diesen Ort
erzählt?"

Chase blickte David an, dessen Miene teilnahmslos war.

„Er hat mir gerade erklärt, dass es eine Art Gefängnis ist ...
wo Sie einige der chinesischen Soldaten festhalten, die wir
eingesammelt haben."

In dem Moment betrat ein weiterer Gefangener den
Verhörraum und Susan drehte sich wieder zum Bildschirm um.
Als die Augenbinde abgenommen wurde, erkannte Chase, dass
der Chinese fast noch ein Kind war. Vermutlich nicht älter als
achtzehn oder neunzehn Jahre. Der im Raum installierte Lautsprecher übertrug das Gespräch, das auf Mandarin begann.

Dann sagte der Gefangene: „Wir können Englisch sprechen, wenn Sie wollen. Ich spreche gut Englisch."

Die Vernehmungsbeamtin blickte in die Kamera.

Susan betätigte den Sendeknopf eines Mikrofons, das auf
der Ablage stand. „Das ist in Ordnung. Auf Englisch, bitte."

An Chase gerichtet sagte sie: „Wir unterhalten uns weiter,
wenn das hier vorbei ist."

Dieser hatte den Jungen erkannt. Er war einer der
Männer, die sie bei dem Einsatz auf dem Highway eine Woche
zuvor aufgegriffen hatten.

Die Vernehmungsbeamtin war eine junge weiße Frau.
Chase fragte sich, ob sie im Defense Language Institute, einer
Einrichtung des Pentagon, Chinesisch hatte lernen müssen.

Es war vermutlich äußerst schwierig, jemanden auf Chinesisch zu verhören, wenn man die Sprache erst vor einigen Jahren gelernt hatte. Wahrscheinlich war sie erleichtert, das Interview auf Englisch führen zu können. „Lin Yu, wir wissen es zu schätzen, wie sehr Sie uns bisher geholfen haben. Sie haben guten Willen bewiesen, was Ihre persönliche Situation erheblich verbessern wird, wenn China und die Vereinigten Staaten Frieden schließen."

„Ich will nur Frieden. Ich will keinen Krieg mehr", murmelte der Junge. Er sah erschüttert aus.

„Natürlich. Hören Sie, ich habe hier noch Papierkram, den wir für meine Vorgesetzten erledigen müssen. Würden Sie bitte diese Erklärung unterschreiben? Das ist eine reine Verwaltungssache. Damit ist es offiziell, dass Sie zustimmen, uns zu helfen, wo immer Sie können. Schließlich wollen wir doch das Gleiche, oder? Frieden."

Der chinesische Junge sah sein Gegenüber an und lächelte schwach. „Sicher. Ja. Okay." Er nahm den Stift und unterzeichnete das Formular, das die Vernehmungsbeamtin schnell in einen Umschlag steckte und weglegte.

Sie stellte eine Reihe von Fragen zu dem, was er in den letzten Wochen gemacht hatte. Schließlich sagte sie: „Als wir das letzte Mal sprachen, erwähnten Sie, dass Ihr Zug mit einer – wie haben Sie es ausgedrückt – Elite-Spezialeinheit in Kontakt gekommen sei. Das waren chinesische Soldaten eines Sondereinsatzkommandos, ist das richtig?"

„Ja, das stimmt."

„Und Ihr Team war keine Spezialeinheit?"

„Nein. Sie waren ein anderer Typ von Soldat."

„Was genau war an diesem Eliteteam anders?"

„Sie haben mehr Ausbildung bekommen. Bessere Ausbildung. Sie sind die Besten in unserer Region. Guangzhou. Ich glaube, da kommen sie her. Ich höre sie sprechen, und der Dialekt und die Akzente stammen aus dem Süden."

Die Vernehmungsbeamtin warf einen Blick auf ihre Notizen. „Da kommen Sie doch auch her, nicht wahr?"

„Ja."

„Hatte dieses Team einen Namen?"

„Ich kenne den chinesischen Namen." Er sagte etwas auf Chinesisch. „Ich glaube, Sie nennen das hier Südschwert oder so."

„Ja, das Scharfe Schwert Südchinas. Gut. Was also war die Aufgabe der Mitglieder des Scharfen Schwerts?"

„Sie erhalten besondere Anweisungen. Sie treffen sich mit meinem Kommandeur und benutzen unsere Funkgeräte. Dann erhalten sie spezielle Anweisungen und verschwinden schnell wieder."

„Wissen Sie, wohin sie unterwegs waren?"

„Ich weiß es nicht."

„Wie lauteten diese speziellen Anweisungen?"

Lin Yu rutschte unbehaglich auf seinem Stuhl herum. Die Vernehmungsbeamtin blieb geduldig.

Dann erklärte Lin Yu: „Sie sollen sich mit einer chinesischen Frau treffen. Sie kommt bald in die Vereinigten Staaten. Ich höre das, wenn sie mit meinem Kommandeur sprechen. Ich soll es nicht hören. Ich denke, das ist wichtig."

„Kennen Sie den Namen der Frau, mit der sie sich treffen wollten?"

„Nein."

„Aber Sie sind sicher, dass sie Chinesin ist? Und dass sie bald in die USA einreisen wird?"

„Ja. Sie ist sehr wichtig, glaube ich. Sie muss den Funkverkehr nach China zurückschicken. Darum nehmen sie meinem Kommandeur das Funkgerät weg."

Das Verhör dauerte weitere fünfzehn Minuten, dann wurde der Gefangene abgeführt.

Susan drehte sich wieder zu den anderen um.

Der technische Experte bemerkte: „Wenn das chinesische Team jeden Tag um die gleiche Zeit sendet und wir die ungefähre Zeit und den Ort ihrer Übertragung von vor einigen Tagen kennen, kann ich einen Abgleich mit unserer Datenbank durchführen. Ich werde nach Metadaten suchen, die mit der Übertragung in Verbindung stehen. Vielleicht haben wir Glück."

„Tun Sie das", forderte Susan ihn auf.

Der Technikexperte erhob sich von seinem Platz und verließ den Raum.

Susan wandte sich an Chase. „Bei den Männern und Frauen in diesen Zellen handelt es sich nicht nur um Leute, die Sie gefangen genommen haben. Wir halten hier alle fest, von denen wir annehmen, dass sie den Chinesen Informationen geliefert haben könnten. Wann immer wir können, ermitteln wir die hierbei verwendeten Kommunikationsmethoden und kopieren diese. Wenn die Gefangenen kooperieren, machen wir sie zu Doppelagenten. Sie halten die Chinesen weiterhin auf dem Laufenden, aber wir kontrollieren den Inhalt ihrer regelmäßigen Updates."

Chase erkundigte sich: „Haben das nicht auch die Briten während des Zweiten Weltkriegs getan?"

David nickte. „Sie hat mich gezwungen, es nachzuschlagen. Du hast recht. Der britische Security Service hatte etwas Ähnliches mit Nazi-Spionen gemacht. Auf diese Weise wollte man die Schreibtische der Nazi-Geheimdienstanalysten unter Desinformationen begraben."

Susan lächelte. „Ganz genau."

Chase fragte: „Wie viele machen mit?"

„Genug. Aber Sie können darauf wetten, dass die

Chinesen dasselbe Spiel spielen. Wir haben bereits Hinweise erhalten, dass viele unserer in China eingesetzten Agenten aufgeflogen sind. Dennoch kommunizieren mehrere dieser Personen weiterhin mit uns. Sie können daraus Ihre eigenen Schlussfolgerungen ziehen."

Chase schaute erneut seinen Bruder an. Dieser bemerkte: „Das ist nicht das erste Mal, dass wir von diesem Scharfen Schwert hören. Es ist ein der Marine angehörendes militärisches Eliteteam für Sondereinsätze aus Südchina. Wir glauben, dass diese Männer in den letzten Wochen an diversen Spezialeinsätzen innerhalb der USA beteiligt waren. Es ist eine der letzten Einheiten, die wir noch nicht aufgespürt haben."

„Ich soll also dabei helfen, sie zu finden?"

David warf Susan einen Blick zu.

Susan antwortete: „Quasi."

Chase blickte zwischen ihnen hin und her. Er spürte, dass etwas nicht stimmte. „Wo liegt das Problem?"

Susan erklärte: „Das Interview, das wir gerade mitgehört haben? Es bestätigt andere Informationen, die wir kürzlich bekommen haben. Chase, wir glauben, dass Lena Chou auf dem Weg in die USA ist, falls sie nicht schon hier ist."

Chase schwieg einen Moment lang. Dann sah er die im Raum Anwesenden reihum an: David, Susan und den anderen CIA-Agenten.

„Sie wollen, dass ich Lena Chou zur Strecke bringe? Ist das der Grund, warum ich hier bin?"

„Wer wäre besser geeignet?"

Chase sah seinen Bruder verärgert an.

Susan fuhr fort. „Sie kennen sie, und Sie werden sie nicht unterschätzen."

„Haben Sie irgendwelche konkreten Hinweise?"

„Sie wurde vor zwölf Stunden gesehen, als sie in Peking

ein Flugzeug nach Russland bestieg. Unser SIGINT verfolgte diese Maschine bis zum Zwischenstopp in Helsinki. An diesem Punkt haben wir sie verloren. Aber wir gehen davon aus, dass sie mit einem Mitglied des Scharfen Schwerts Kontakt aufnehmen wird." Susan zeigte auf den Monitor, auf dem der leere Stuhl zu sehen war, auf dem der chinesische Gefangene eben gesessen hatte. „Wir glauben, dass sie sich mit einem amerikanischen Maulwurf treffen wird. Chase, sagen Sie mir, warum sollte Cheng Jinshan das Risiko eingehen, Lena Chou zurück in die Vereinigten Staaten zu schicken, um sich mit jemandem zu treffen?"

„Weil er will, dass alles richtig gemacht wird. Er vertraut ihr. Und das zu Recht. Sie ist sehr gut in dem, was sie tut."

„Ganz genau."

Chase fragte: „Wohin schicken Sie mich als Nächstes?"

„Sie werden vorerst zwischen dem JSOC-Stützpunkt und hier pendeln. Wir sind noch nicht soweit, Sie loszuschicken. Aber *wenn* wir ‚los' sagen, müssen Sie schnell handeln."

28

USS Ford
50 nautische Meilen südlich der Midwayinseln

Admiral Manning wertete die Aufnahmen aus. Dutzende Spuren von weißem Kielwasser in einem riesigen blauen Ozean. Das Bild war von einer Global Hawk, einer unbemannten Drohne der Air Force, aufgenommen worden. Der Datentransfer war noch kurz vor ihrem Abschuss durch chinesische Kampfflugzeuge erfolgt. Die beiden Träger der chinesischen Nordflotte waren von über vierzig Begleit- und Unterstützungsschiffen umgeben. Sie war anders aufgestellt als die Südflotte, die ein beträchtliches Kontingent an Truppentransporten umfasste. Mehr Zähne und Krallen. Weniger Angriffsfläche.

„Wann wurde das aufgenommen?"

„Wir haben es gerade bekommen, Sir. Der IWC wies mich ab, es Ihnen sofort zu zeigen", antwortete der junge Geheimdienstoffizier.

Als über den Bordlautsprecher der Gefechtsalarm ertönte,

verließ Admiral Manning den Sicherheitsraum und begab sich in die Operationszentrale.

„Battle Watch Captain, warum wurde der Gefechtsalarm ausgerufen?"

„Sir, der CO der *Ford* hat es angeordnet. Eine F-18 hat bei einem Überwachungsflug gerade ein feindliches Flugabwehrradar lokalisiert, Sir."

Admiral Manning blickte zu der riesigen Leinwand an der Vorderseite des abgedunkelten Raums. Sie war in mehrere Abschnitte unterteilt, auf der jeweils wichtige taktische Informationen dargestellt wurden. Dutzende von Männern und Frauen bedienten Tastaturen und sprachen in Mikrofone an den direkt vor der Leinwand stehenden Computerterminals. Der Wachleiter des Stabs und seine Assistenten saßen auf einer erhöhten Plattform an mehreren Terminals im hinteren Teil des Raums. Die Wachleitung übernahm stets der ranghöchste Wachoffizier des Admirals. Dieser hier war ein Lieutenant Commander und trug das goldene Abzeichen eines Naval Flight Officer auf der linken Brust: Einen Anker, der von zwei Flügeln flankiert wurde.

„Sowohl der CAG als auch der Kommodore suchen nach Ihnen, Sir."

Admiral Manning nickte. Das Geräusch eines über ihnen zündenden Nachbrenners hallte durch den Raum, als der Admiral hinausging. Das Dröhnen hielt einige Sekunden lang an, gefolgt von einem ersten, dann einem weiteren WHOOSH. Der Admiral ging in die Sicherheitskabine des Fluggeschwaders, wo deren diensthabende Offiziere laut in Telefone und Kopfhörer sprachen, Einsatzmittel auf einer magnetischen Tafel verschoben und auf Computertastaturen einhämmerten.

„CAG, sind alle wohlauf?"

Dieser verglich gerade mit einem der Leutnants aus

seinem Stab den Flugplan mit einem der Computerbildschirme. „Alles in Ordnung, Sir. Wir starten jetzt unseren
Angriffsverband."

„Läuft die Koordination mit den Flugzeugen der Luftwaffe
reibungslos?"

„Die meisten Air Force Maschinen befinden sich an Deck.
Und ihre wenigen Betankungsflugzeuge sind tausend Meilen
entfernt. Aber wir gehen davon aus, dass sie in den nächsten
Minuten ihre Bereitschaftsflugzeuge losschicken werden. So
weit, so gut, Sir."

„Die chinesische Flotte scheint außerhalb der Reichweite
der Schiffe zu sein. Ist –"

Der CAG wirkte leicht ungeduldig. „Das ist sie in der Tat.
Unsere Kampfflugzeuge und Luftwaffeneinheiten werden den
Anfang machen. Der Kommodore erwartet, dass seine
Zerstörer innerhalb der nächsten zwei Stunden in Reichweite
sein werden. Wir werden uns mit ihm koordinieren und Sie
regelmäßig unterrichten, Admiral."

Wäre die Lage nicht so ernst, hätte der Admiral jetzt gelächelt. Jahrzehntelang hatten sie für diesen einen Moment trainiert – und jetzt war er da. Er fühlte sich wie ein Elternteil, das
seine erwachsenen Kinder beobachtete. Die Kinder brauchten
ihn nicht, damit er ihnen sagte, was sie tun sollten; er hatte sie
gut ausgebildet.

„Halten Sie mich auf dem Laufenden."

„Jawohl, Sir."

Admiral Manning machte sich auf den Weg hinunter zur
Zulu-Zelle. Der Kommodore stand bedrohlich hinter
demselben jungen Leutnant, der ihn überzeugt hatte, den
CAG weitere Überwachungsflüge durchführen zu lassen.

„Kommodore, läuft alles nach Plan?"

Der Kommodore leierte eine Liste von Statusberichten
herunter, die meisten bezogen auf Schiffsschäden, und schloss

schließlich mit: „Aber ja, Sir. Alles läuft gut. Wir werden mit dem CAG und der Kampfgruppe zusammenarbeiten, um alles zu koordinieren."

„Sehr gut."

Danach trat der Kommodore ein wenig zur Seite, um ihm mit gesenkter Stimme Details über U-Boot-Bewegungen mitzuteilen. Als sie damit durch waren, kehrte Admiral Manning zu seinem Leiter der Gefechtswache zurück. Die Echtzeit-Updates über die zweite Schlacht bei den Midwayinseln häuften sich.

An Bord eines der chinesischen Flugzeugträger erhielt der Flottenkommandant die Nachricht, dass amerikanische Kampfflugzeuge im Anflug waren. Er gab den Befehl, chinesische Jagdflugzeuge zu starten und wurde wenig später darüber informiert, dass seine Schiffe ihr Flugabwehrradar eingeschaltet und mit dem Abschuss ihrer Boden-Luft-Raketen begonnen hatten.

Der chinesische Flottenkommandant wusste, dass es ein rasanter Kampf werden würde. Dank Flugzeugen und Raketen, die alle mit Überschall flogen, betrug die Flugzeit für jede Angriffswelle nur wenige Minuten. Ihm wurde klar, dass dies der Höhepunkt seiner Karriere sein würde. Der Höhepunkt vieler Karrieren. Wissenschaftler hatten hart an diesen Technologien gearbeitet, verschiedene Eigenschaften wie die Zielerfassung durch Radar und die Reichweite der Raketen stetig verbessert. Testverfahren und Ausbildung. Viele Militärlaufbahnen, die der Anhäufung von Fachwissen über jeden spezifischen Aspekt des Krieges gewidmet waren. Dennoch wurde dieser in nur wenigen Sekunden entschieden, wobei eine beliebige Anzahl von Variablen zum endgültigen Sieg beitragen konnte. Der Wind könnte der entscheidende Faktor sein. Oder die Wassertemperatur. Oder wie schnell einer der Piloten eine Reihe von Knöpfen bediente ...

„Boden-Luft-Raketen treffen ihre Ziele, Admiral. Die Gefechtsleitung schätzt, dass mindestens zehn feindliche Flugzeuge abgeschossen wurden." Zehn. Von wie vielen? Sie befänden sich bald in Reichweite, um ihre Angriffsverbände einzusetzen.

„Schicken Sie die Kampfjets los."

„Jawohl, Sir."

Über den Flugzeugträgern kreisten zahlreiche chinesische Kampfflugzeuge mit einer Geschwindigkeit, bei der sie den meisten Treibstoff sparten. Sie warteten auf die Erlaubnis, in die Schlacht zu ziehen. Der kurz angebundene Funkruf ließ nicht lange auf sich warten. Der Staffelkommandant erteilte seinen Piloten den ersehnten Befehl und sie fanden sich auf verschiedenen Höhen zu mehreren Formationen zusammen. Ihre Störsender waren eingeschaltet, die Radargeräte bis auf wenige Ausnahmen aus. Kurz nachdem sie ihren Kurs Richtung Osten eingegeben hatten, übermittelten die Flugzeuge mit dem eingeschalteten Radar die Zielinformationen über ihr Netzwerk an den Rest der Piloten.

Leutnant Suggs hatte erneut die Genehmigung erhalten, sich für den Flugplan aufstellen zu lassen. Jeder wollte diese Mission fliegen und er war keine Ausnahme. Aber er hatte den Flugplaner des Geschwaders mit einer Flasche Scotch überzeugt ...

Suggs schoss innerhalb der ersten Kampfminuten gleich zwei Flugzeuge ab. Seine Augen und sein Verstand kapitulierten fast angesichts der Reizüberflutung. Die schiere Anzahl feindlicher Luftkontakte war überwältigend.

Sein Waffensystemoffizier rief: „He, Suggs, geh rechts auf null-acht-null. Ich glaube, ich habe einen der Träger erfasst."

Suggs manövrierte seine Superhornet durch eine Steilkurve und richtete sie dann entsprechend seinem Angriffsprofil aus. Augenblicke später feuerte das Flugzeug eine Anti-Schiffs-Rakete ab, die bis knapp über die Wasseroberfläche fiel und dann Kurs auf ihr Ziel nahm.

Der chinesische Admiral versuchte, sich einen Überblick über den aktuellen Stand der Schlacht zu verschaffen, aber die Informationsflut war erdrückend.

„Sir, unsere Flugabwehrsysteme werden gestört."

„Admiral, nur sehr wenige der amerikanischen Luft-Boden-Raketen haben Treffer erzielt. Aber inzwischen haben die Amerikaner die Zielkoordinaten bestätigt – sie wissen jetzt, wo wir sind."

„Sir, unsere Kampfflugzeuge sind in Luftgefechte verwickelt."

Eine Salve von Anti-Schiffs-Raketen kam sicher als Nächstes. Und da war sie auch schon: „Feindliche Raketen im Anflug ..."

„Wie viele?"

„Sir, unser Geleitzerstörer meldet die akustische Signatur eines amerikanischen Jagd-U-Boots. Die Torpedo-Mündungsklappen wurden geöffnet, Admiral."

Ein grollender Donner erschütterte den Raum. Alarmglocken und Pfiffe ertönten, in der Ferne konnte er Schreie hören.

Die von den Schiffen abgefeuerten Seezielflugkörper waren zahlreich und vernichtend. Mehrere Überwasserschiffe wurden getroffen, darunter auch der andere Träger gleich zweimal. Die Anti-Schiffs-Rakete von Leutnant Suggs traf einen der Träger, ein U-Boot der Los-Angeles-Klasse gab diesem mit einem Torpedo den Rest.

Die Schlacht war noch keine vierzig Minuten alt, als viele der Kampfflugzeuge bereits landen mussten – die Luftkämpfe und Ausweichmanöver hatten viel Treibstoff gekostet. Die *Ford* nahm ihre Staffeln zur gleichen Zeit auf wie der einzige verbliebene chinesische Flugzeugträger. Doch Letzterer musste darüber hinaus versuchen, Flugzeuge von seinem sinkenden Schwesterschiff zu bergen. Obwohl sich das als weniger problematisch erwies, da viele der chinesischen Kampfflugzeuge abgeschossen worden waren.

Alles stand und fiel letztendlich mit der Organisation des Flugbetriebs. Welche nationale Flotte durchlief den Zyklus von Start und Landung, Auftanken und Wiederbewaffnung schneller und ohne entscheidende Fehler – und verlor so weniger Zeit? Hier kam abgesehen von der amerikanischen Ausbildung und der jahrzehntelangen Erfahrung auch das elektromagnetische Katapult ins Spiel. Die Chinesen waren noch dabei, ihre Flugzeuge einzuholen, als sie von der nächsten amerikanischen Angriffswelle gebeutelt wurden.

Zwanzig weitere F-18er und F-35er flogen jetzt Attacken, dank der Unterstützung der US-Luftwaffe. Die Amerikaner störten das chinesische Flugabwehrradar, teilten die Ziele untereinander auf und verschossen ihr Waffenarsenal. Sie erzielten über zwanzig weitere Treffer auf Begleitschiffe und zwei auf den anderen Flugzeugträger.

„Admiral Manning, die E-2 hat gerade den aktualisierten

Kurs und die Geschwindigkeit der chinesischen Flotte durchgegeben. Sie bewegt sich jetzt nach Westen, Sir. Und beide
Träger wurden versenkt."

Ein paar Jubelrufe brachen im Raum aus. Dann rief einer
der Soldaten an einem Computerterminal dem Battle Watch
Captain zu: „Sir, die ESM-Antenne hat einen Kontakt erfasst.
Ein chinesisches Periskop-Radar. Es ist ganz in der Nähe,
Sir ..."

29

USS Farragut

Einige Dinge schienen sich auf einem Schiff auf See endlos hinzuziehen. Wie die Reise über einen Ozean. Jeden Tag wachte man umgeben von dem gleichen blauen Meer auf. Die endlosen Wellen, die das Schiff schaukelten. Die geistlose Routine.

Diese langen, ereignislosen Zeitspannen konnten einschläfern oder träge machen, wenn man nicht diszipliniert und willensstark war.

Victoria Manning war beides.

Sie befand sich in dem leeren Hangar, den die Besatzung in einen Fitnessraum umgewandelt hatte. Ihre Armmuskeln brannten, als sie völlig verschwitzt eine Reihe von Klimmzügen beendete.

Sie hatte sich dem Krieg auf See gestellt. Dem Verlust von Schiffskameraden. Der Schuld, dass sie nicht genug getan hatte, um sie zu beschützen. An diesen Gefühlen wäre sie beinahe zerbrochen. Sie ließ diese Verzweiflung und die quälenden Gedanken zu und verarbeitete sie. Die Akzeptanz hatte sie stärker gemacht.

Der Druck, für den Schutz ihrer Schiffskameraden verantwortlich zu sein, belastete sie noch immer sehr; dennoch erlaubte sie sich, an eine friedliche Zukunft zu glauben. Sie würde ihre Familie bald wiedersehen. Der Krieg würde irgendwann von Frieden abgelöst werden. Das Leben würde wieder schön sein.

In wenigen Tagen erreichten sie Hawaii. Sie fragte sich, ob der Flugzeugträger ihres Vaters im Hafen liegen würde. Er hatte ihr eine liebevolle E-Mail geschrieben, ihr gesagt, wie sehr er sich darauf freue, sie zu sehen und wie stolz er auf sie sei. So hatte er früher nie mit ihr gesprochen. Der Krieg brachte jeden dazu, Dinge zu tun und zu sagen, die zuvor undenkbar gewesen wären.

Sie stand an der offenen Hangartür und ließ ihren Schweiß von der Meeresbrise trocknen.

Dann verkündete der Bordlautsprecher: „Flugpersonal auf Gefechtsstation, Flugpersonal auf Gefechtsstation. Starten des Bereitschaftshubschraubers für die U-Jagd."

In den Hangars und auf dem Flugdeck brach reges Treiben aus. Die Tür der Fitnesshalle wurde schnell geschlossen, die andere Hangartür geöffnet. Das Luftfahrzeug wurde herausgebracht, als Victoria vom TAO telefonisch informiert wurde.

„Wir haben gerade die Datenverbindung hergestellt. Es kommen zwar noch immer Updates rein, aber es sieht so aus, als ob die *Ford*-Kampfgruppe in den letzten Stunden in der Nähe der Midwayinseln in Kampfhandlungen verwickelt war."

„Warum starten wir? Sie müssen selbst Dutzende von Hubschraubern haben."

„Die Kampfgruppe hat uns dazu aufgefordert. Ich glaube, sie jagen eine Menge U-Boote."

Victoria überlegte, dass er wahrscheinlich recht hatte. Seit Tagen hörten sie, dass die chinesische Nordflotte die Gewässer vor Japan verlassen hatte und wahrscheinlich auf dem Weg nach Hawaii war. Wenn sie die Überwasserflotte schickten, warum dann nicht auch ihre U-Boote, um sie zu unterstützen? Es könnten durchaus Dutzende von ihnen sein.

Das TAO fuhr fort: „Wir sind etwa zweihundert Meilen entfernt, aber die *Ford*-Kampfgruppe ist jetzt auf dem Weg nach Süden, also machen wir das Loch zu."

Sie betrachtete den Hubschrauber. Gerade wurden die Rotorblätter entfaltet und ein Torpedo auf das Flugdeck gerollt.

„Wir werden so bald wie möglich in der Luft sein."

Wenig später sah sie, wie das Licht auf der Rückseite des Hangars grün wurde.

„Verriegelung geöffnet. Grünes Deck. Startfreigabe", kam der Ruf des Landesignaloffiziers, der hinter dem dicken Glasfenster in seiner Kabine stand.

Victoria lehnte sich auf ihrem Sitz nach vorne. Sie schaute von einer Seite zur anderen, überprüfte ihre Instrumente und zog den Collective nach oben. „Gehe hoch."

„Verstanden", antwortete ihr Copilot. „Rechts klar."

Sie beobachtete den Drehzahlmesser auf ihrem Armaturenbrett, der sprunghaft anstieg. „Ich komme in den roten Bereich." Das war das Problem, wenn man so viel Gewicht mitführte.

„Sollten wir zuerst Sprit verbrauchen?"

Victorias MH-60R-Hubschrauber war bis zum Rand mit

Ausrüstung für die U-Boot-Jagd bestückt. Ein Tauchsonar, Sonobojen und Torpedos. Radar, ESM und FLIR. All das zusätzliche Gewicht brachte ihre Triebwerke an ihre Grenzen. Wenn sie den Schubhebel zu weit nach oben zog, würde die zum Schweben erforderliche Leistung die verfügbare Leistung übersteigen. Irgendetwas würde darunter leiden, und sie wusste auch was: Ihr Rotor würde langsamer werden, da der Motor des Helis ihn nicht schnell genug drehen konnte. Wenn dies geschah, würden sie wieder in Richtung Deck sinken. Und je stärker sie am Collective zog und nach mehr Leistung verlangte, desto schlimmer würde sie die Situation machen. Hinzu kam, dass sich ihr Landeplatz mit fünfzehn Knoten vorwärts bewegte und sich auch der Heckrotor verlangsamte, was bedeutete, dass ihr Hubschrauber wahrscheinlich anfangen würde, sich zu drehen.

Aber der Dritte Weltkrieg hatte begonnen und sie konnte auf die Ausrüstung an Bord nicht verzichten.

„Okay. Behalten wir einfach die Rotordrehzahl im Auge. Sobald wir höher sind, strömt mehr Luft über die Rotorscheibe. Das sollte helfen."

Mit ihrer rechten Hand zog sie den Steuerhebel sanft nach hinten. Das zehntausend Tonnen schwere Metallbiest glitt Zoll für Zoll nach achtern. Aus den Augenwinkeln erfasste sie die Schaumkronen auf dem tiefblauen Ozean und die imposante Silhouette der USS *Michael Monsoor*, dem Zerstörer der Zumwalt-Klasse, der das Flaggschiff ihrer Überwasserkampfgruppe war.

Die digitale Drehzahlanzeige fiel wieder in den grünen Bereich, als sich der Hubschrauber über dem Flugdeck weiter nach hinten bewegte. Der Wind, der in der Nähe des Hangars durch die Schiffsaufbauten blockiert worden war, erfasste sie nun frontal. Das Schiff fuhr mit fünfzehn Knoten, der Wind wehte mit zehn Knoten. Da das Schiff gegen den Wind fuhr,

strömte die Luft nun mit einer effektiven Geschwindigkeit von
fünfundzwanzig Knoten über die Rotorscheibe. Für einen
Hubschrauber machten fünfundzwanzig Knoten einen Unterschied wie Tag und Nacht.

Das Flattern der Rotoren sagte Victoria, dass der
Hubschrauber die translatorische Auftriebsgeschwindigkeit
erreichte – die kritische Geschwindigkeit, bei der das Fluggerät vom Schwebeflug in den Vorwärtsflug überging. Sie gab
mehr Schub und der Heli reagierte gnädig, indem er zu einer
Position fünfzig Fuß über dem Flugdeck und knapp achtern
davon aufstieg.

„Nase kommt nach rechts."

„Verstanden."

Victoria drückte ihr rechtes Fußpedal nach unten, und der
Vogel gierte nach rechts. Als die Nase in einem Winkel von
fünfundvierzig Grad vom Schiffskurs wegzeigte, richtete sie
beide Pedale wieder aus.

„Instrumente normal, gebe Schub. Eins ...zwei ...drei positive Steigraten. Radaraltimeter an."

„Verstanden, Radaraltimeter an." Ihr Copilot betätigte den
Schalter des Höhenmessers.

„Steuerung übernehmen."

„Ich habe die Steuerung."

„Sie haben die Steuerung. Steigen Sie auf fünfhundert
Fuß."

„Verstanden, gehe auf fünfhundert."

„Fetternut, bitte das Radar einschalten."

„Ich schalte das Radar jetzt ein, Boss."

Victoria begann mit dem Fluglotsen auf dem Schiff zu
sprechen.

„ATO ASTAC."

„Schießen Sie los, ASTAC."

„Eine P-8 legt etwa hundertvierzig Meilen nordwestlich

von Ihnen ein Bojenfeld. Es klingt, als hätten sie eine Fährte aufgenommen, Ma'am."

„Verstanden, wir werden uns dorthin begeben. Haben Sie eine Frequenz für uns?"

Der ASTAC gab die UHF-Funkfrequenz durch, auf der die P-8 zu erreichen war. Victoria stellte das Funkgerät ein und vergewisserte sich, dass sie auf dem richtigen Kanal sendete. Sie setzten ihren Steigflug fort und beschleunigten. Nachdem sie sich der P-8 angenähert hatten, funkte sie das Flugzeug an.

„Pinguin 123, hier Cutlass 471, vierzig Meilen südöstlich von Ihnen, im Anflug für U-Jagd."

Die U-Boot-Abwehr, oder U-Jagd, gehörte für ihre Hubschrauberstaffel und die als P-8 Poseidon bekannten Seefernaufklärer zum täglichen Geschäft. Während ihr Luftfahrzeug Platz für drei Besatzungsmitglieder bot und die Anzahl der mitgeführten Sonobojen und Torpedos begrenzt war, flog die P-8 mit einer neunköpfigen Besatzung und konnte weitaus mehr Sonobojen, Torpedos und anderweitige Ausrüstung aufnehmen. Sie war außerdem viel schneller und hatte eine längere Einsatzzeit, was bei der Verfolgung eines feindlichen U-Boots ein entscheidender Vorteil sein konnte.

„Cutlass, Pinguin, wir haben Sie auf dem Schirm. Bereithalten für unseren Bericht." Der Marineflugoffizier an Bord der P-8 gab Informationen zur Gesamtlage und zu dem verfolgten feindlichen U-Boot durch. Victoria schrieb die Koordinaten schnell auf einen Notizblock, der an ihr Knie geschnallt war.

„Alles verstanden, Pinguin. Voraussichtliche Ankunft in zwanzig Minuten."

Zwei Klicks über Funk waren die Bestätigung, dass er sie gehört hatte.

Victoria gab etwas auf ihrem Mehrzweckdisplay ein.

„Cutlass, *Ford* Control, melden Sie sich auf unserem Datenlink."

„Verstanden."

Victoria befand sich jetzt außerhalb der Reichweite ihres eigenen Schiffs, also machte sie sich nicht die Mühe, ihnen mitzuteilen, dass sie zur Flugsicherung der *Ford* wechselte. Stattdessen nahm sie die erforderlichen Anpassungen vor, damit ab jetzt der Flugzeugträger die Flugkontrolle übernehmen konnte. Kaum dass die Datenverbindung hergestellt war, erhielt der Hubschrauber augenblicklich Echtzeitdaten von allen anderen Schiffen und Flugzeugen, die darüber kommunizierten.

„Scheiße. Die *Ford* ist nur zehn Meilen von der U-Boot-Spur entfernt." Sie überprüfte ihre Treibstoff-, Höhen- und Navigationsinformationen. Es war nicht mehr weit. Sie begann die Punkte auf ihrer Checkliste herunterzubeten und die Besatzung reagierte entsprechend. Die Vorbereitungen für den Kriegseinsatz gegen das U-Boot liefen.

Der Funker der P-8 sagte: „Cutlass, Pinguin. Wir geben jetzt den Längen- und Breitengrad durch. Können Sie da das Tauchsonar runterlassen?"

„Bestätigt." Die Wortwahl entsprach nicht der Norm und wer immer da sprach, klang ein wenig unerfahren. Aber solange er den Job gut erledigte, kümmerte es Victoria nicht. Sie warf noch einmal einen Blick auf ihr Display und stellte fest, dass überall feindliche U-Boot-Symbole zu sehen waren, über denen sich jeweils freundliche Luftspuren befanden. Jetzt wusste sie, warum sie gestartet waren. Jedem chinesischen U-Boot waren zwei US-Flugzeuge zugeordnet. Die Tatsache, dass die *Ford* in diese Richtung fuhr, bedeutete wahrscheinlich, dass sie mit dieser speziellen Spur nicht gerechnet hatten. Sie und diese P-8 hatten wahrscheinlich als letzte einen Auftrag erhalten. Doch der Position nach zu urteilen, schien es sich hierbei um die größte Bedrohung zu handeln.

Wenige Minuten später befanden sie sich im Schwebeflug etwa hundert Fuß über der Meeresoberfläche und ließen ihr millionenteures Tauchsonar ins Wasser hinunter.

AWRᵢ Fetternut, der im hinteren Teil des Hubschraubers die Sensoren bediente, verkündete: „Okay, Ma'am, wir sind bereit zum Pingen."

Victoria setzte sich mit dem Controller der *Ford* in Verbindung und informierte ihn über ihr Vorgehen. Dann hörte sie über ihren Kopfhörer das hohe Ping-Geräusch.

Fetternut meldete: „Wir haben guten Kontakt. U-Boot steigt auf, Tiefe zweitausend Yard."

Victoria tippte eine Reihe von Befehlen in ihr Display ein, während sie die Informationen an die P-8 weitergab.

Der dortige Marineflugoffizier erklärte: „Verstanden, Cutlass. Pinguin wird einen Angriff fliegen."

Victorias Copilot bemerkte: „Ich habe Pinguin auf zwei Uhr in Sichtweite."

Sie beobachtete, wie der große dunkle Körper der P-8 am Horizont eine Steilkurve flog und dann einen Kurs nahm, der sie direkt neben den Hubschrauber führen würde. Lektionen über Wirbelschleppen, also Luftverwirbelungen an den Flügelenden, schossen ihr durch den Kopf.

„Das wird ein bisschen knapp ..." Sie registrierte den Torpedo, den die P-8 abwarf, bevor sich das Flugzeug wieder scharf zur Seite neigte und vor ihrem Hubschrauber abdrehte.

„Da ist er. Fallschirm öffnet sich." Im Heck sagte ihr Sensor Operator: „Torpedo ist im Wasser und läuft."

„Verstanden", kommentierte Victoria. Sie hatte den Kanal gewechselt, um auf die akustischen Signale einer der näher gelegenen passiven Bojen zu horchen. Sie konnte die hohen

Töne des MK-50-Leichttorpedos hören, der in den Tiefen des Ozeans nach dem chinesischen U-Boot suchte.

Victoria verfolgte die Sonarspur auf ihrem Bildschirm. „Sieht aus, als würden sie wenden und Geschwindigkeit aufnehmen."

Unabhängig davon, ob es ein chinesisches U-Boot war oder nicht, legte die Geschwindigkeit den Schluss nahe, dass es einen atomaren und keinen dieselelektrischen Antrieb hatte. Der Kontakt bewegte sich nun mit über dreißig Knoten durch das Wasser – so schnell, dass ihre gegenwärtige Tauchposition hinfällig war.

„Lasst uns den Dom einholen."

„Verstanden", erwiderte AWR1 Fetternut und schickte sich an, das Tauchsonar an Bord des Hubschraubers zu bringen.

Sie überflog die Instrumententafel und prüfte ihre Anzeigen, um sicherzustellen, dass sie genug Treibstoff hatten und die Triebwerke normal liefen. Diese Dinge fielen eigentlich in den Aufgabenbereich Ihres Copiloten, aber es war immer klug, alles im Auge zu behalten.

„Klingt, als sei der Torpedo verstummt."

„Verstanden." Sie schaltete zurück auf die Frequenz, auf der sie mit der P-8 kommuniziert hatte. „Pinguin, Cutlass, wir sind für einen erneuten Angriff bereit, falls Sie uns brauchen."

„Verstanden, bereithalten."

„Tauchsonar ist gesichert, bereit für den Vorwärtsflug."

„Fliege vorwärts", sagte ihr Copilot und drückte den Cyclic nach vorne. Die Geschwindigkeit nahm zu und die Besatzung verspürte ein Flattern, als der Translationsauftrieb in den Vorwärtsflug überging.

„Cutlass, Pinguin, Peilung null-neun-null, Waffenabwurf vorbereiten."

„Null-neun-null, wird gemacht."

Victoria ging mit dem Finger die Checkliste für den

Torpedoabschuss durch, wobei sie jeden Schritt laut aussprach und mit der freien Hand bestätigte, dass sich jeder Schalter, Knopf und jede digitale Anzeige in der richtigen Position befand. „Checkliste vollständig."

„Boss, die P-8 hat gerade ein gutes Signal von einer Boje erhalten, die dem Ziel sehr nah sein muss. Wenn wir schnell sind, könnte es ein guter Treffer werden."

„Meine Steuerung", erklärte Victoria und legte ihre Hände auf den Cyclic und den Collective.

„Verstanden, Ihre Steuerung", antwortete ihr Copilot.

„Cutlass, Pinguin, links null-zwei-fünf."

„Null-zwei-fünf." Sie drehte nach links ab, bis sich ihr Steuerkurs dem Magnetkompasskurs von null-zwei-fünf annäherte, und richtete den Helikopter wieder aus.

„Bereithalten zum Waffenabwurf auf mein Zeichen. Bereit ... jetzt, jetzt, jetzt."

Mit der rechten Hand betätigte sie den Abwurfknopf und spürte die Erschütterung, als sich der sechshundert Pfund schwere Torpedo löste.

„Fallschirm öffnet sich. Er ist im Wasser", kam die Stimme ihres Besatzungsmitglieds.

Einen Augenblick später konnten sie erneut das Pingen des Torpedos hören, der die Suche nach dem feindlichen U-Boot begann.

„Klingt, als hätte er das Ziel erfasst", sagte Victoria, als das Pingen schneller wurde.

Es folgte ein mechanisches Knirschen, das sie am ersten Tag des Krieges in der Nähe von Guam schon einmal gehört hatte.

„Treffer! Es ist ein Treffer!"

Victoria überprüfte ihre Position und flog dann eine Linkskurve, um die Wasseroberfläche an der Stelle zu kontrollieren, an der sich das U-Boot vermutlich befand. Tatsächlich entdeckte sie ein großes Areal mit aufgewühltem Wasser und Trümmern, die an die Oberfläche geschwemmt wurden.

„Cutlass, Pinguin, wir haben eine Explosion und Geräusche, die auf ein Auseinanderbrechen hindeuten."

Ihre Crew im Hubschrauber jubelte über das interne Kommunikationssystem. Victoria hingegen war ein wenig übel. In dem U-Boot waren Männer gewesen, die Familien hatten, dachte sie, als sie auf die im Meer treibenden Trümmer hinunter schaute. Jetzt waren nur noch verbogener Stahl, Öl und Leichenteile übrig. Aber es war nicht ihr erster erfolgreicher Angriff. Und das Schuldgefühl war weniger ausgeprägt als beim ersten Mal.

Victoria justierte erneut ihr Lippenmikrofon. „Verstanden, Pinguin. Unsere Tankanzeige steht bei eins plus null null. Ich schaue mal, ob die *Ford* uns aufnehmen kann."

„Verstanden. Bravo Zulu, Cutlass."

Wenig später befanden sie sich in der Warteschleife auf der Steuerbordseite der USS *Ford*. Der Flugzeugträger nahm gerade Jets auf. Vermutlich solche, die vom Angriff auf die chinesische Flotte zurückkehrten.

„Cutlass, Tower, rechnen Sie mit weiteren zehn Minuten in Steuerbord-D." Damit war eine Racetrack-Warteschleife auf der Steuerbordseite des Schiffs gemeint.

„Verstanden, Tower."

Victoria gab ihrem Copiloten Anweisungen, um sicherzustellen, dass sie die richtige Position hielten. Zwei Kampfflugzeuge überholten sie in größerer Höhe. F-35er. Die erste zog nach links über den Träger hinweg und drehte vor der Landung eine Platzrunde. Der zweite Kampfpilot setzte seinen Kurs etwas länger fort, um Abstand zu gewinnen, und folgte dann dem ersten Jet.

Als sie sich im Holding Pattern erneut dem Flugzeugträger näherten, sah sie einen großen grauhaarigen Mann auf der obersten Brückennock stehen. Er trug eine Khakiuniform und hielt sich am Geländer fest, als er ihren Hubschrauber vorbeifliegen sah.

Sie konnte ein Lächeln nicht unterdrücken, als ihr klar wurde, wer es war. Nach allem, was passiert war, bekam sie endlich die Gelegenheit, ihren Vater wiederzusehen, wenn auch nur für einen Moment.

„Boss, hören Sie immer noch die U-Jagd-Frequenz ab?"

Sie warf einen Blick auf ihre Funkgeräte und erkannte, dass dem nicht so war. Sie hatte auf den Tower umgeschaltet und den anderen Kanal abgestellt, damit sie Ersteren besser verstehen konnte.

Sie stellte ihre Regler so ein, dass sie wieder beide Frequenzen abhörte.

„... starkes Signal. Klassifiziert als ein chinesisches U-Boot, fünf Meilen Entfernung, Peilung drei-null-null."

Victoria runzelte die Stirn. „Fetternut, wer spricht da? Fünf Meilen entfernt von was?"

„Zwei Romeos nördlich von uns." Mit „Romeos" waren Hubschrauber vom Typ MH-60 Seahawk gemeint.

Dann bemerkte sie die zwei schwarzen Punkte knapp über dem Horizont im Norden. Der Flugzeugträger hatte sich wieder gegen den Wind gedreht, um seine Jets aufzunehmen und steuerte jetzt Richtung Nordwesten. Während sie sich vorhin von den anderen U-Booten wegbewegt hatten, schien dieses eine U-Boot gerade aus dem Nichts und in viel größerer Nähe aufgetaucht zu sein ...

„Fünf Meilen entfernt von *was*?"

„Von der *Ford*, glaube ich ..."

Victorias Herz schlug schneller. Sie wandte sich dem Träger zu. Die letzte F-35 war gerade auf dem Flugdeck gelandet. Sie konnte ihren Vater auf der Brückennock stehen sehen; er schaute noch immer zu ihrem Hubschrauber hoch, als sie im Passierabstand vorbeiflog. Er wusste, dass sie es war, deshalb hatte er diesen Platz eingenommen.

Dann sah sie den Rauch am Horizont.

„... Raketenstart! Rakete –"

Victoria verfolgte die Rauchfahne aus dem Gebiet, in dem sich die Romeos befanden. Für einen Moment verschwand sie in der Sonne. Dann tauchte der Kondensstreifen der Rakete wieder auf, die an Geschwindigkeit zunahm, sich unaufhaltsam dem Träger näherte, in den Aufbau der USS *Ford* einschlug und in einem Feuerball explodierte. Ihren Vater sollte sie nie wiedersehen.

30

Tag 29

Victoria verließ den düsteren Hangar, hielt ihre Thermosbecher mit Tee in der Hand und blinzelte in das helle Sonnenlicht Hawaiis. Vom Flugdeck aus beobachtete sie, wie die Matrosen der USS *Farragut* die Leinen an dem Pier in Pearl Harbor festmachten.

Über den Bordlautsprecher ertönte ein Pfiff, dann die Durchsage: „Vertäut! Flaggenwechsel!" Zwei Seemänner am Heck des Schiffs hissten die amerikanische Flagge. Gleichzeitig wurde das Sternenbanner am Schiffsmast eingeholt. Zusätzlich wurde am Bug ein moderner US Navy Jack gehisst: dreizehn rot-weiße Streifen, eine Klapperschlange und das Motto „Don't Tread on Me" (Tritt nicht auf mich).

„Guten Morgen, Boss." In sanftem Ton gesprochen.

Victoria drehte sich um und sah den Wartungsoffizier ihres Hubschrauberkommandos, Spike, am Eingang des Hangars stehen.

„Guten Morgen." Ihre Stimme klang bedrückt.

Sie gingen langsam auf die Sicherheitsnetze am Rand des

Flugdecks zu, während Spike sie über den geplanten Tagesablauf informierte. Die USS *Farragut* würde Treibstoff, Lebensmittel und andere Vorräte aufnehmen. Die Artilleristen waren bereits auf dem Pier versammelt und bereit, mit dem Befüllen der leeren Startrohre der Senkrechtstartanlage zu beginnen. Sie war sich nicht sicher, was das angesichts der chinesischen Flugabwehrtechnologie nützen würde … Außerdem war eine Schnellreparatur des Rumpfs, der Maschinenräume sowie aller anderen Bereiche des Schiffs vorgesehen, die von der chinesischen Anti-Schiffs-Rakete beschädigt worden waren.

Sie erkundigte sich: „Haben wir mit der planmäßigen Wartung begonnen?"

„Ja, Ma'am. Der Senior hat damit in der Nachtschicht angefangen. Uns fehlen bislang nur zwei Ersatzteile, die wir heute bekommen sollten. Ich habe der Operationszentrale Bescheid gesagt, dass wir den Rotor im Hafen anschmeißen müssen, falls wir länger als zwei Tage hierbleiben."

„Das werden wir."

„Okay. Ich versuche, so viel wie möglich zu erledigen, damit wir nur noch einen kurzen Wartungsflug brauchen und startklar sind, wenn wir wieder ablegen.

Victoria nickte und schaute auf die vielen Arbeiter hinunter, die auf dem Pier warteten. Am Bug wurden zwei Gangways installiert. Einige der Instandsetzungstechniker zeigten mit ungläubigen Blicken auf das Loch im Rumpf, wo die Rakete eingeschlagen war, und schüttelten ihre Köpfe.

„Der XO sagte, dass es einen Landgang geben wird. Wahrscheinlich nicht vor heute Abend, aber sie wollen allen die Möglichkeit geben, etwas Dampf abzulassen. Sobald der Landgang bewilligt wurde, werden ich den Jungs schichtweise freigeben. Es kann zwar jeder eine Pause gebrauchen, aber die Wartungsarbeiten müssen trotzdem erledigt werden. Und ehrlich gesagt – das Risiko, dass sie Blödsinn machen, sinkt, wenn wir sie in kleineren Gruppen losschicken."

Victoria fragte: „Der Landgang ist auf die Basis beschränkt, richtig?"

„Ja, Ma'am. Anweisung von PACFLEET. Niemand darf die Basis verlassen. Keine externen Übernachtungen. Die Jungs müssen sich im E-Club betrinken."

Bei dieser Bemerkung schaute sie auf. „Sorgen Sie dafür, dass sich alle vernünftig benehmen und aufeinander aufpassen. Ich weiß, dass sich jeder ein wenig austoben muss, aber ich will nicht, dass jemand im Gefängnis landet oder verletzt wird. Es geht um mehr als die theoretische Bewertung unserer Einsatzbereitschaft. Wir brauchen jeden Einzelnen unserer Männer. Wenn jemand ausfällt, schadet das unserer Kampffähigkeit."

„Jawohl, Boss." Spike kritzelte etwas auf sein Klemmbrett und ging zurück zum Hangar.

Victoria überquerte das Flugdeck und ließ den Blick über den Jachthafen schweifen. Auf der anderen Seite ragte die USS *Ford* hoch über den Pier hinaus, an dem sie festgemacht hatte. Kräne beförderten Vorräte und Ersatzteile vom Ufer auf das Flugdeck. Die meisten Jets und Hubschrauber waren in den Hangar geschoben worden. Hunderte von Monteuren arbeiteten fieberhaft daran, den Träger wieder auf Vordermann zu bringen. Um die Aufbauten herum waren Gerüste und Planen angebracht worden. Eine schwimmende Stadt in Reparatur.

Der ganze Hafen war in Reparatur, stellte Victoria fest. Auf Dutzenden von anderen Schiffen wurde mit Schweißgeräten und Hämmern und Nadelkanonen gearbeitet, es wurde gereinigt, nachgerüstet, aufgefüllt. Die landenden Transportflugzeuge der Typen C-5 und C-17 hatten Menschen und Ersatzteile an Bord, die für das Unterfangen entscheidend waren. Die Verkehrsflugzeuge brachten Zivilisten zurück zum US-Kontinent.

Jeder wusste, dass ein neuer Angriff bevorstand. Diese Entscheidung war längst gefallen. Die US-Marine hatte die chinesische Nordflotte bei den Midwayinseln zwar besiegt, dabei aber schwere Verluste erlitten. Sie hatten mehrere Schiffe und Flugzeuge verloren und die *Ford* war vorübergehend außer Gefecht gesetzt. Die Südflotte war beim Verlassen der Gewässer bei Guam gesichtet worden. Keiner wusste, wie lange sie brauchen würden, aber jeder ging davon aus, dass sie Pearl Harbor früher oder später angreifen würden.

Victorias Augen wanderten immer wieder zur USS *Ford* zurück. Zu dem Deckhaus, auf dem ihr Vater gestanden hatte, bevor eine chinesische Rakete seinen Körper verdampfte.

„Victoria, hier sind Sie." Der Kapitän des Schiffs, Commander Boyle, trug seine sommerliche weiße Uniform. „Wir wurden zum PACFLEET-Hauptquartier gerufen." Seine Augen folgten ihrem Blick zur *Ford*, dann sah er sie prüfend an. Dem Kapitän war bewusst, was für einen großen Verlust sie erlitten hatte. Er war ein guter Mann, aber die ihr zuteilwerdende Aufmerksamkeit war ihr dennoch unangenehm.

Victoria verdrängte die Gefühle, die sie eben noch beschäftigt hatten. „Jetzt, Sir?"

„Ich fürchte ja. Ein Wagen wird uns am Pier abholen. Wenn Sie es schaffen, sich in den nächsten zwei Minuten umzuziehen, tun Sie das bitte. Wenn nicht, kommen Sie einfach so, wie Sie sind. Ich warte auf Sie auf dem Achterdeck."

Victoria schaute auf ihre Uhr. „Wird gemacht, Sir." Sie teilte Spike und dem Senior Chief mit, dass sie das Schiff verließ und eilte zu ihrer Kabine.

Zwei Minuten später stand sie zusammen mit Commander Boyle auf dem Achterdeck und kontrollierte erneut, dass ihre Schulterklappen tatsächlich an ihrer Uniform befestigt waren. Eine ihrer Mitbewohnerinnen in der Flugschule hatte einmal vergessen, ihre Schulterklappen zu tragen, als sie von ihrem Flottengeschwader einbestellt worden war. Erst ihr Kommandant hatte sie auf das Versäumnis hingewiesen. Den Fehler der jungen Pilotin hatten ihr die anderen Flugschüler endlos unter die Nase gerieben, indem sie ihr das Rufzeichen „Salty" verpasst hatten; der Grund dafür war, dass die Uniform eines Chief Petty Officers der Navy keine Schulterklappen hatte und diese „salty", also erfahrene Seeleute waren.

Victoria folgte dem Kapitän die Gangway hinunter, hielt kurz inne, um vor der Flagge zu salutieren, und stieg dann in die wartende blaue Regierungslimousine. Während der Fahrt fragte sie: „Haben Sie eine Ahnung, worum es geht?"

„Entweder werden wir befragt oder gefeuert. Ich würde sagen, es steht fünfzig-fünfzig."

Victoria warf ihm einen Blick zu. Er sah nicht so aus, als würde er es wirklich ernst meinen. Als sie im PACFLEET-Hauptquartier eintrafen, wurde Commander Boyle in eine Richtung geführt und Victoria in eine andere.

Man eskortierte sie in ein Büro, auf dessen Tür vier Sterne angebracht waren und bat sie, im Wartebereich Platz zu nehmen. Der Sekretär warf ihr einen mitfühlenden Blick zu und bot ihr Kaffee an.

Natürlich. Deshalb bin ich hier. Der Admiral muss meinen Vater gekannt haben. Ein Stück weit rebellierte sie innerlich dagegen, wieder einmal anders behandelt zu werden. Sogar jetzt, nach seinem Tod, in einem so privaten Moment, der für ihre Trauer reserviert sein sollte, ließ man sie nicht in Ruhe.

Victoria schüttelte das Gefühl ab. Das waren dumme Gedanken. Diese Leute wollten einfach nur nett sein und ihr ihren Respekt zollen. Sie musste sich zusammenreißen. Danke sagen und weitermachen.

„Der Admiral ist jetzt bereit, Commander."

„Ich danke Ihnen." Victoria stand auf und klopfte dreimal kurz an die Tür. „Sir, Lieutenant Commander Manning ..."

„Hereinspaziert."

Sie betrat das Büro und schüttelte einem Vier-Sterne-Admiral in weißer Uniform die Hand, neben dem zwei weitere Offiziere standen. Der eine war ein Ein-Stern-Admiral, der andere ein Armeegeneral. Der Vier-Sterne-Admiral stellte ihr die Männer vor, deren Namen Victoria nichts sagten. Ihr fiel auf, dass der Ein-Stern-Admiral das goldene Abzeichen der Navy SEALs auf der Brust trug. Die Tatsache, dass diese Offiziere anwesend waren, ließ vermuten, dass der Admiral beschäftigt war und ihr Besuch nur wenige Augenblicke dauern würde. *Beiß einfach die Zähne zusammen, bald bist du wieder zurück auf deinem Schiff, Victoria.*

Der Admiral sagte: „Lassen Sie mich zunächst sagen, wie leid mir der Verlust Ihres Vaters tut, Commander. Ich habe vor wenigen Wochen noch mit ihm gesprochen – nach Ihrem *vorübergehenden Kommando* auf der *Farragut*." Bei dem Admiral klang es so, als ob ihr Kommando ein amüsantes Ereignis gewesen wäre. Vielleicht sah er das ja so.

„Ihr Vater war ein Freund von mir. Und er war unglaublich stolz auf seine drei Kinder – aber ich glaube, sie haben in seinem Herzen einen ganz besonderen Platz eingenommen."

„Ich danke Ihnen, Sir." Sie zwang sich, ruhig weiter zu atmen. Sie war immer noch ganz benommen von der Trauer und wollte nur, dass dieses Gespräch zu Ende ging.

„Morgen wird es eine Gedenkfeier für die Gefallenen geben. Bei der Gedenkstätte am Wasser. Es wird ein kurzer Gottesdienst sein, aber auch in Zeiten wie diesen ist es wichtig, unserer Waffenbrüder und -schwestern mit Würde und Respekt zu gedenken."

„Ja, Sir. Ich danke Ihnen, Sir. Ich werde daran teilnehmen, vorausgesetzt, mein Schiff liegt dann noch im Hafen." Victoria presste ihre Lippen zusammen und nickte respektvoll.

Der Admiral und der General tauschten einen seltsamen Blick aus. Hatte sie etwas Falsches gesagt?

„Sie werden im Hafen sein, Commander. Aber nicht auf Ihrem Schiff."

„Entschuldigen Sie, aber –"

Der Vier-Sterne-Admiral erklärte: „Nein, Miss Manning, ich bin es, der sich entschuldigen muss. Es tut mir leid, Sie so kurz nach dem Tod Ihres Vaters zu bitten, diese Aufgabe zu übernehmen. Aber vielversprechende Talente fallen mir immer auf und diese Mission erfordert jemanden, der sowohl über Ihre Fähigkeiten als auch Ihr beträchtliches Können verfügt."

Victoria runzelte die Stirn und schaute die drei Flaggoffiziere fragend an.

„Bitte, setzen Sie sich." Dann zeigte er auf den Armeegeneral. „General Schwartz hier ist gerade von der Ostküste der USA eingeflogen. Er wird uns jetzt sagen, wie wir diesen Krieg gewinnen werden."

In Victorias Augen war die Gedenkfeier gut gemacht. Kurz und bündig. Weiße Klappstühle aus Holz auf einer grünen Wiese. Die Anwesenden trugen ihre Ausgehuniformen und waren fast alles Soldaten im aktiven Dienst von den im Hafen liegenden Schiffen. Dieser Gottesdienst bot den Matrosen, Marines und Fliegern eine Möglichkeit, sich von ihren gefallenen Kameraden zu verabschieden – bevor sie wieder in den Kampf zogen.

Victoria saß bei ihrer Fliegerabteilung und der restlichen Schiffsbesatzung der *Farragut*. Allen war aufgefallen, dass sich etwas geändert hatte.

Sie war befördert worden.

Nachdem General Schwartz die Operation umrissen hatte, teilte der PACFLEET-Admiral Victoria mit, dass sie den Luftanteil der Mission leiten sollte. Die Aufgabe wurde für einen O-5 als geeignet erachtet. Victoria beschwerte sich nicht, aber es war ein komisches Gefühl, weil sie dadurch eine Soldstufe übersprang. Es dauerte noch mindestens ein Jahr, bis sie für diese Beförderung infrage gekommen wäre und sie war sich nicht sicher, was das für ihre Karriere bedeuten würde. Die Navy war berüchtigt für ihr rückständiges Personalsystem. Sie wäre nicht überrascht, wenn sich diese „Ehre" eines Tages als das Gegenteil erweisen würde. Nämlich dann, wenn der Auswahlausschuss Kommandos vergab und jemand sie dafür bestrafte, dass diese Mission nicht der Norm entsprach. Oder vielleicht würde sie ab jetzt, da sie das Kommando vorzeitig übernommen hatte, mit Männern konkurrieren müssen, die diesen Rang schon länger bekleideten und infolgedessen die bürokratischen Anforderungen besser erfüllten. Im militärischen Beförderungssystem gab es allerlei abstruse Landminen, vor denen man sich in Acht nehmen musste.

Aber letzten Endes kam sie immer wieder an den gleichen Punkt.

Es interessierte sie nicht.

Nicht mehr.

Ihr Vater war die einzige Person, die sie mit noch mehr Beförderungen oder Auszeichnungen hätte stolz machen wollen. Sie hätte sich gewünscht, dass ihr Vater eines Tages Zeuge ihrer ersten offiziellen Kommandoübergabe sein würde. Ohne ihn war es nicht mehr dasselbe. Als sie die Reihen der uniformierten Männer und Frauen betrachtete und das erste Knallen des zeremoniellen Gewehrfeuers vernahm, suchte sie in ihrer Seele nach einem Grund, weiterzumachen. Hatte sie immer nur ihren Vater beeindrucken wollen?

Sie senkte den Kopf und versuchte, die Tränen zurückzuhalten. Wut stieg in ihr auf, Wut auf einen unsichtbaren Feind, der ihr den Vater genommen und ihre Schiffskameraden getötet hatte. Der Zorn fühlte sich gut an. Sie erinnerte sich daran, dass es nicht nur Ehrgeiz war, der sie antrieb. Vielleicht waren ihr ein Rang oder ein Kommando nicht mehr so wichtig, aber Victoria verspürte nach wie vor ein starkes Pflichtgefühl. Ein Bedürfnis, einem höheren Zweck zu dienen. Ihr Land zu verteidigen und für eine freiheitsliebende Gesellschaft einzutreten.

Sie war sich der drei Streifen auf ihren Schulterklappen sehr bewusst, die ihre kürzlich erfolgte Beförderung offenkundig machten. Sie sollte für diese Aufgabe verdammt dankbar sein. Es war eine Chance, etwas zu bewirken.

Sie betrachtete die Männer und Frauen, mit denen sie auf der USS *Farragut* gemeinsam gedient hatte – auch ihnen gegenüber hatte sie eine Verpflichtung. Gott hatte ihr viele Talente geschenkt. Sie war eine sehr gute Marinefliegerin, aber ihre Fähigkeit, unter Druck zu führen, war außergewöhnlich, das wusste sie selbst. Und mit diesen Gaben kam auch die Verantwortung, sie einzusetzen, wenn man dazu berufen wurde.

Der Kaplan, der die Zeremonie leitete, sprach seinen Schlusssegen. Nachdem die Anwesenden strammgestanden hatten, wurden sie entlassen.

Ihre Männer wussten, dass sie sie verlassen würde und kamen jetzt auf sie zu.

„Wir bedauern Ihren Verlust, Ma'am."

„Ja, tut mir leid, Boss." Einer nach dem anderen zollte ihr Respekt.

Sie nickte und dankte ihnen mit feuchten Augen, es fiel ihr schwer, die Fassung zu wahren.

„Kommen Sie überhaupt noch mit zurück aufs Schiff, Boss?" Alle hatten von ihrer Versetzung gehört, wussten aber nicht, was ihre nächste Verwendung war. Diese Informationen unterlagen der strengen Geheimhaltung, nur sehr wenige Leute waren eingeweiht. Aber es war klar, dass Victoria nicht mehr bei ihnen sein würde, worüber sie maßlos enttäuscht waren.

„Nur um meine Kabine auszuräumen. Soviel ich weiß, wird im Laufe des Tages jemand meinen Posten übernehmen."

„Wissen sie schon wer?"

„Tut mir leid, das weiß ich nicht."

Der Senior Chief sagte: „In Ordnung, lasst den Boss in Ruhe. Sie muss sich auf den Weg machen." Er schüttelte ihr die Hand. „Viel Glück, Ma'am. Es war mir eine Ehre."

„Vielen Dank, Senior. Gleichfalls."

Victoria überquerte den Rasen in Richtung des Parkplatzes, als ihr ein vertrautes Gesicht ein Lächeln entlockte.

Plug, ihr früherer Wartungsoffizier, der momentan auf der USS *Ford* eingeschifft war, stand in einer verknitterten Uniform und mit einer leicht schief sitzenden Mütze vor ihr.

Plug sagte: „Heilige Scheiße. *Boss*. Was ist denn *da los*?" Er zeigte auf ihre Schultern. „Ähm ... Ma'am?"

„Das ist eine lange Geschichte." Sie lächelte.

„Ich habe Zeit. Wollen wir was essen gehen?"

Victoria wandte sich den Masten der Kriegsschiffe zu und schaute dann auf ihre Uhr.

„Kommen Sie schon, Boss ... wir alle müssen essen."

„Na gut, aber ich muss vielleicht bald los."

„Super." Plug drehte sich in Richtung der Minibusse um, als Victoria anmerkte: „Eigentlich wartet ein Auto auf mich."

Er stieß einen leisen Pfiff aus. „Es geht aufwärts in der Welt, wie ich sehe. RHSP." *Rang hat seine Privilegien.*

„RHSV", entgegnete sie. *Rang hat seine Verantwortung.*

„Touché, Boss."

Victorias Fahrer war ein auf dem Stützpunkt stationierter Petty Officer. Er empfahl ihnen das Lanai in der Mamala-Bucht, auch bekannt als Sam Choy's. Das Restaurant wurde seinem guten Ruf gerecht.

Der überdachte Essbereich hatte keine Fenster oder Wände. Es war ein herrlicher, nach allen Seiten offener Raum, nur wenige Meter vom ruhigen türkisfarbenen Wasser des Pazifik entfernt. Dekorative Stühle, deren Holzlehnen mit geschnitzten Ananas verziert waren. Hohe Decken mit Ventilatoren, die für eine angenehme Brise sorgten. Polierte Holzfußböden, überall tropische Pflanzen. Palmen säumten die akkurat gemähten Grünflächen.

Es war Hawaii in seiner schönsten Form. Man konnte fast vergessen, dass immer noch Krieg herrschte.

„Haben Sie das Neueste über Korea gehört?", erkundigte sich Plug.

„Ich habe heute Morgen die Zeitung gelesen, falls Sie das meinen." Es kursierten Berichte, dass die Nordkoreaner die Giftgasangriffe wieder aufgenommen hätten. Die Zahl der Todesopfer in dem Land lag nun bei über zwei Millionen. „Es macht mich krank."

Plug, der normalerweise nie länger als einen Moment ernst blieb, seufzte und starrte auf das Wasser hinaus. „Mein alter Zimmergenosse von der Flugschule war dort stationiert."

Victoria sparte sich eine Floskel nach dem Motto: *Ich bin*

sicher, es geht ihm gut. Weil es ihm wahrscheinlich nicht gut
ging.

Sie bestellten Eistee und Sandwiches, die schnell kamen.
Eine lächelnde Hawaiianerin servierte das Essen und zog sich
zurück.

„Wie ist das Leben auf der *Ford*?", fragte sie.

„Das Leben auf einem Träger ist nicht schlecht", erwiderte
Plug.

„Und der Job?"

„Oh, es läuft gut. Ich meine, so lange einem das Fliegen
nicht abgeht. Oder Schlaf. Oder die Würde." Er machte eine
Pause. „Jeden Tag wache ich auf und fühle mich wie der Typ
aus dem Film *Aliens*. Sie wissen schon. Die Szene, kurz bevor
ihm eines der Baby-Aliens aus dem Brustkorb krabbelt? Ich
sehe also meine Freunde an und sage: ,Tötet mich. Tötet mich
sofort'. Aber stattdessen springt das Alien heraus, ich wache
auf und gehe zu meiner siebten Besprechung des Tages und
liefer meine dritte PowerPoint-Präsentation des Tages ab." Er
stopfte sich eine Handvoll Pommes frites in den Mund und
fuhr fort: „Es ist der Hit. Aber es ist angenehmer, wenn keiner
auf uns schießt."

Victoria nippte an ihrem Eistee und zerbiss einen Eiswür-
fel. „Klingt, als könnten Sie eine Abwechslung gebrauchen."

Er antwortete: „Boss, ich weiß, dass Sie es mit mir nicht
immer einfach hatten ... Aber wenn Sie Ihren Einfluss gelten
machen könnten, werde ich mein erstgeborenes Kind opfern,
um von diesem verdammten Flugzeugträger runterzu-
kommen oder zumindest wieder in einer der Staffeln zu
landen. Ich versuche, die HSM-Leute an Bord zu bearbeiten,
damit sie mich fliegen lassen. Ich denke, ich habe sie bald so
weit ... Ich meine, ich beschäftige mich dort mit *PowerPoint*,
Boss. *PowerPoint*. Ich. Es ist wirklich schrecklich."

Sie schenkte ihm ein schiefes Lächeln. „Wissen Sie schon,

wann die *Ford* wieder in See sticht?"

Plug zuckte mit den Achseln. „Ich habe alles Mögliche gehört, von ein paar Tagen bis hin zu ein paar Monaten. Dieser Treffer im Aufbau hat wirklich viele Systeme lahmgelegt." Ihm wurde klar, was er gerade gesagt hatte. „Entschuldigung, Boss ..."

„Es ist in Ordnung."

Beide schwiegen einen Augenblick. Dann bemerkte Plug: „Ich habe Ihren Vater getroffen. Alle mochten ihn. Sie respektierten ihn sehr. Es tut mir wirklich leid."

Sie stellte ihr Glas auf den Tisch. „Danke."

Plug rutschte unruhig auf seinem Stuhl herum. „Erzählen Sie mir jetzt, wie es zu der Beförderung gekommen ist?"

„Das Personalbüro hat viele seiner Prozesse aktualisiert. In Kriegszeiten ändern sich die Anforderungen an die Rekrutierung und Bindung von Mitarbeitern. Eine der Veränderungen besteht darin, dass mehr und schneller befördert wird. Die Beförderung muss von einem O-7 oder ranghöher genehmigt werden, ich werde nicht die Letzte sein. Zumindest wurde mir das gesagt."

„Aber warum? Ich meine, warum Sie? Verzeihung – das kam jetzt falsch rüber."

Victoria kicherte. „Nichts für ungut. Sie nehmen mich von der *Farragut* herunter und weisen mich einem Sonderprojekt zu."

Plug sah schockiert aus. „Was zum Teufel soll das bedeuten?"

Victoria studierte ihn aufmerksam. „Sind Ihre Qualifikationen alle noch aktuell?"

„Sicher."

„Ich brauche noch einen Romeo-qualifizierten Piloten, Plug. Vielleicht gibt es ja doch ein Entkommen aus der Power-Point-Hölle."

31

Hauptquartier Khingan-Gebirge
China
Tag 30

Jinshan saß ruhig da und lauschte dem Nachbericht über die Schlacht bei den Midwayinseln. Er könnte General Chen für die Erteilung dieses Befehls hinrichten lassen. Das würde jedoch den Eindruck erwecken, dass er über den Angriff nicht informiert gewesen war. Was wiederum die Aufmerksamkeit auf die Tatsache lenken würde, dass er wegen seiner Krebsbehandlung vier Tage lang im Bett gelegen hatte – es ließe ihn schwach aussehen.

Jinshan fixierte General Chen, der es vermied, ihm in die Augen zu sehen. Jinshan wurde noch einmal an die Strafe für seine Entscheidung erinnert, in diesem Fall Loyalität über Kompetenz gestellt zu haben.

Dann sagte er leise: „Wir haben zwei Flugzeugträger verloren, die wir bei der Ankunft der Südflotte hätten einsetzen können. Das ist überaus enttäuschend."

Admiral Zhang, der Befehlshaber der VBA-Marine,

musste einen Pakt mit General Chen geschlossen haben. Andernfalls wäre das hier nie geschehen. Nun versuchte der Admiral, das Gespräch in andere Bahnen zu lenken. „Das Schiff der Jiaolong-Klasse ist unbesiegbar. Wir werden trotzdem in der Lage sein, Hawaii mit der Südflotte einzunehmen. Wir können viele der Unterstützungsschiffe der Nordflotte anweisen, sich ihr anzuschließen."

Jinshan winkte angewidert ab. „Die Amerikaner haben die Technologie nun aus erster Hand gesehen. Sie arbeiten bereits daran, sie zu besiegen."

Der Admiral antwortete: „Abgesehen von Atomwaffen kann nichts sie zerstören, Vorsitzender Jinshan.

General Chen blickte mit strahlenden Augen auf. „Und wenn sie das tun, werden die Russen einen atomaren Vergeltungsschlag starten. So oder so, wir werden siegen."

Jinshan runzelte die Stirn. Er sah den Leiter des Ministeriums für Staatssicherheit an. „Zeigen Sie es ihnen."

Der Mann vom MSS schnipste mit den Fingern. Einer seiner Untergebenen eilte herbei und schloss einen Computer an den Monitor an, der neben dem Konferenztisch stand. Auf dem Bildschirm wurde eine Reihe von Aufklärungsbildern angezeigt. Einige stammten von U-Booten, andere von Drohnen.

Der Minister für Staatssicherheit erklärte: „Die Amerikaner errichten eine Verteidigungslinie rund um die Hawaii-Inseln. Unsere Quellen berichten, dass sie in wenigen Tagen damit beginnen werden, im Pazifischen Ozean riesige Minenfelder zu verlegen, und zwar zwischen den French Frigate Shoals und dem Johnston-Atoll. Diese Minenfelder werden die Hawaii-Inseln einschließen. Sowohl auf den French Frigate Shoals als auch auf dem Johnston-Atoll stellen die Amerikaner außerdem diese Antennen auf."

Auf dem Monitor waren sehr hohe Antennenmasten aus

Metall abgebildet, die auf Sandinseln errichtet wurden, im Hintergrund sah man kleine Transportflugzeuge auf Start- und Landebahnen.

„Sie haben ursprünglich versucht, die Midwayinseln als eines ihrer Schleusentore zu benutzen, aber anscheinend war die Entfernung zu groß. Nicht genug Minen."

Admiral Zhang fragte: „Was soll das sein? Was für Schleusentore?"

Jinshan erklärte: „Es scheint, dass die Amerikaner einen Weg gefunden haben, die Technologie der Jiaolong-Klasse zu bezwingen. Bei diesen Antennen handelt es sich um Bestandteile ihrer eigenen gerichteten Energiewaffen."

Der Leiter des MSS erläuterte die amerikanische Strategie, einen Perimeter aus Minen und eine Art Schleuse zu verwenden, um freundliche Schiffe passieren zu lassen.

General Chen stammelte: „Aber ... aber ..." Er sah sich am Tisch um und suchte verzweifelt nach einer Antwort. „Bedeutet das, dass die Jiaolong-Klasse keinen Nutzen mehr hat?"

Jinshan erwiderte: „Vor einer Woche, General, haben Sie uns allen erklärt, dass die Technologie für unsere Pazifikstrategie nicht wichtig sei. Jetzt, da wir in einem Seegefecht zwei unserer Flugzeugträger verloren haben, die Amerikaner hingegen nur einen, scheinen Sie Ihre Meinung geändert zu haben. Bedauerlich, dass Sie die Beweise erst mit eigenen Augen sehen mussten."

Nach einer Schweigeminute wollte General Chen wissen: „Vorsitzender Jinshan, was sollen wir Ihrer Meinung nach tun?"

Diese fortwährend gestellte Frage war die Quittung dafür, dass Jinshan alle Fäden in der Hand hielt. Selbst seine Generäle konnten nicht selbstständig denken. Vor allem dieser hier nicht.

Jinshan sagte: „Die Hawaii-Inseln sind auf einen konstanten Zustrom von Handelsschiffen angewiesen, um mit Lebensmitteln und anderen Vorräten versorgt zu werden. Die Amerikaner planen, unter Wasser einen Schutzwall aus Minen zu errichten. Gut. Sollen sie doch. Aber sie müssen eine Tür offenlassen, damit die Handelsschifffahrt und ihre Kriegsschiffe passieren können. Und wir können nicht zulassen, dass sie eine solche vor der Inselkette liegende Schleuse kontrollieren. Wir müssen also eine oder beide dieser vorgelagerten Inseln einnehmen, bevor ihre Energiewaffen einsatzbereit sind."

Eines der Mitglieder des Zentralausschusses fragte: „Woher wissen wir, wie weit die Amerikaner sind?"

Der Leiter des MSS verkündete: „Wir haben eine Geheimdienstquelle. Wir werden es erfahren, bevor die Südflotte eintrifft."

Nachdem die Besprechung beendet war, suchte Jinshan sein Privatquartier auf und überließ es den anderen militärischen Führern, über die Einzelheiten dieser geheimen Operation nachzudenken. Sie brauchten nicht zu wissen, dass Lena Chou in den Vereinigten Staaten war und die amerikanischen Pläne bestätigen würde. Der Leiter des MSS würde es genießen, ihnen dieses Detail vorzuenthalten. Jinshan wusste, dass ihn jeder der Männer am Tisch belauerte und nur darauf wartete, dass er einen Fehler machte. In der Hoffnung, dass sich sein Gesundheitszustand weiter verschlechterte und sie ihn vom Thron stoßen könnten.

Manchmal fragte er sich, ob sich seine Bemühungen wirklich auszahlten. Keiner der Narren, die an seinen Führungssitzungen teilnahmen, war dieses Unterfangens würdig. Einzig Lena war es, dachte er. Lena würde mehr als jeder andere dazu beitragen, dass China diesen Krieg gewann. Die Amerikaner wussten, dass Jinshans Flotte auf Hawaii zusteuerte. Sie würde vielleicht noch zehn Tage brauchen, aber ein Nahkampf war unvermeidbar. Die ganze Welt wusste, dass eine Schlacht bevorstand. Die einzigen unbekannten Variablen waren der genaue Zeitpunkt und der Sieger. Bereits in wenigen Tagen würde Lena ihm eine Nachricht schicken und darlegen, wie er Hawaii am besten angreifen sollte.

32

Hawaii

Die Fluggeräte und die Ausrüstung waren als vorrangige Fracht zum Flugplatz Dillingham auf der Nordseite von Oahu transportiert worden. Die Militäreinheiten, die zu Victorias Programm gehörten, hatten den Flughafen komplett übernommen und Straßensperren errichtet, um außerhalb der Reichweite von Kameras der Zivilbevölkerung zu liegen. Sie aßen, schliefen und trainierten in einer Reihe von Wohnwagen und alten Gebäuden am Fuße der majestätischen grünen Berge von Oahu. Wartungsmannschaften arbeiteten in der warmen Sonne an den Hubschraubern. Im Hintergrund nur das Geräusch der Wellen, die sich einige Hundert Meter entfernt an der Küste brachen. An beiden Enden der Start- und Landebahn hatten Armeetruppen unzählige Flugabwehrraketensysteme vom Typ Patriot aufgestellt, große rechteckige Gebilde, die auf den Ladeflächen von Lastwagen montiert waren und angewinkelt Richtung Himmel zeigten.

Es war der erste Tag des Trainings. Victoria nahm ihren Platz in einem Klassenzimmer ein, das mit Hubschrauberpiloten, Flugzeugbesatzungen und Angehörigen des Navy DEVGRU-Teams, auch bekannt als SEAL-Team Sechs, gefüllt war.

Sie kannte die meisten Marineflieger persönlich. Mit ihr waren es insgesamt acht Piloten. Jeder von ihnen zählte zu den Spitzenpiloten der beiden Hubschrauberkommandos, die auf der USS *Ford* eingeschifft waren. Vier von ihnen gehörten den Helicopter Sea Combat (HSC)-Staffeln an und flogen den MH-60S. Die anderen vier stammten von Victorias Helicopter Maritime Strike (HSM)-Staffel, die den MH-60R steuerte, Plug eingeschlossen. Man hatte absichtlich Flieger aus verschiedenen Gruppen ausgewählt, da sie bei dieser Mission unterschiedliche Rollen übernehmen würden. Die Besatzungsmitglieder waren ebenfalls die erste Wahl. Einige der Piloten sprachen Victoria beim Betreten des Klassenzimmers ihr Beileid aus. Zweifellos hatte die gesamte Marine vom Tod ihres Vaters gehört.

Plug traf wie üblich als Letzter ein. Sie hoffte, dass es kein Fehler gewesen war, ihn für diese Aufgabe zu rekrutieren. Sie hatte beim CO der Hubschrauberstaffel, der sich erst noch an ihren neuen Rang gewöhnen musste, ein wenig Druck ausgeübt. Aber trotz seiner vielen Schwächen war Plugs fliegerisches Können unbestritten. Sogar der Kapitän hatte dieser Einschätzung zugestimmt.

Die sechzehn Sondereinsatzkräfte der DEVGRU-Einheit saßen auf der einen Seite des Raums, die Besatzungen der Marineflieger auf der anderen. Alle unterhielten sich leise, alle hatten dasselbe Thema: Warum zum Teufel waren sie hier? Victoria war die Einzige, die es wusste – und sie hielt den Mund.

Die Tür des Trailers öffnete sich. Wenig später baute sich General Schwartz in grüner Tarnuniform mit zwei Zivilisten im Schlepptau an der Vorderseite des Raums auf.

„Meine Damen und Herren, guten Morgen. Ich habe gute und schlechte Nachrichten. Die schlechte Nachricht ist, dass die Chinesen eines ihrer Kriegsschiffe mit einer neuartigen Technologie ausgerüstet haben. Dieses Schiff ist die zentrale Einheit der größten neuzeitlichen Armada, die jemals in See gestochen ist. Und unseren Geheimdienstberichten zufolge sind sie auf dem Weg hierher, um Hawaii anzugreifen."

Der General sah sich im Raum um. „Die gute Nachricht ist ... dass Sie alle etwas dagegen tun können."

Der General und die beiden Nachrichtenoffiziere, die ihn begleiteten, erläuterten sämtliche Aspekte der Mission. Dann stellte er Victoria und den DEVGRU-Kommandanten vor.

„Bis das Angriffsteam vor Ort eintrifft, liegt die taktische Leitung der Mission in den Händen von Commander Manning. Danach übernimmt DEVGRU. Wir bekommen heute noch einiges an Spezialausrüstung geliefert, die in den Luftfahrzeugen installiert wird. Heute Abend findet in der örtlichen Tiki-Bar eine Teambuilding-Maßnahme statt, betrachten Sie es als Pflichtveranstaltung. Die Rechnung geht auf mich. Das Training beginnt morgen um null achthundert Stunden. Hat jemand irgendwelche Fragen? Nein? Dann fangen wir an."

Der General und seine beiden zivilen Mitarbeiter gingen die Strategie durch, die von einem Team aus CIA- und Militärangehörigen entwickelt worden war, das er wiederholt SILVERSMITH nannte. Was oder wer auch immer das war. Die Grundidee bestand darin, dass die USA eine neue Art von elektronischer Angriffswaffe entwickeln würden. Eine auf gerichteter Energie basierende Technologie, mit deren Hilfe das Johnston-Atoll und die French Frigate Shoals als eine Art Schleuse fungieren würden. Durch diese Schleuse könnten freundliche Schiffe in einen riesigen, Hawaii umgebenden

Minenperimeter eindringen und diesen auch wieder verlassen.

Die Hubschrauber wurden benötigt, weil die entscheidenden Bauteile der amerikanischen Technologie, die aus Labors in den Vereinigten Staaten kamen, verspätet eintreffen würden. Man ging davon aus, dass sich die Jiaolong-Klasse mit ihrer Flotte zu diesem Zeitpunkt bereits in Reichweite des Johnston-Atolls aufhalten würde. Für die Amerikaner wäre es ein Wettlauf mit der Zeit, das Atoll zu erreichen und die Ausrüstung zu installieren, bevor die Chinesen dort ankamen. Die Spezialeinheiten würden dafür sorgen, dass sie auch dann Erfolg hätten, wenn sie auf Widerstand stießen. Soweit das eben möglich war.

Nachdem sie den Plan im Detail erläutert hatten, sah sich Victoria im Raum um. Fassungsloses Schweigen. Sie verstand, warum. Der Plan war bestenfalls kühn, schlimmstenfalls ein Himmelfahrtskommando.

„Fragen?"

Einer der Flieger fragte: „Warum Hubschrauber? Warum nicht eine C-130-Transportmaschine oder so etwas in der Art?"

General Schwartz sah kurz Victoria an, dann wieder den Piloten, der die Frage gestellt hatte. „Sobald die Jiaolong in Reichweite ist, besteht die Gefahr, dass alles, was sich in der Luft befindet, abgeschossen wird. Wir verfügen über eine Störungstechnologie, wenn man das so nennen kann, die verhindern wird, dass Ihre vier Helis auf dem gegnerischen Radar auftauchen. Aber Sie werden knapp über der Wasseroberfläche fliegen müssen. Wir sind alle Flugzeugtypen durchgegangen, das hier war die beste Variante."

Als der Pilot die Stirn runzelte und Anstalten machte, eine weitere Frage zu stellen, ergriff Victoria das Wort. „Das ist alles, was wir momentan zu diesem Thema sagen werden."

Der Flieger sah ihr direkt in die Augen. Er verstand zwar nicht warum, aber er hielt den Mund.

Plug meldete sich von der Rückseite des Klassenzimmers. „Sir, okay ... lassen Sie mich das Ganze noch einmal zusammenfassen – Sie sagen also, dass dieses Schiff der Jiaolong-Klasse wie der Todesstern aus Star Wars ist. Und Sie und Ihre Leute denken, dass Ihr mit Eurer Spezialausrüstung einen Weg gefunden habt, den Lüftungsschacht zu finden; einen Weg, der vielleicht funktioniert oder auch nicht. Und der Lüftungsschacht ist nicht wirklich wie der des Todessterns, sondern eher wie ein umgekehrter Radarkegel oder so ähnlich. Wir fliegen also ... *eine Ewigkeit* ... mit diesen ultra-harten Jungs von den Spezialeinheiten über das Wasser." Er sah den Piloten an, der neben ihm saß. „Bis hier hin alles klar?" Dann wandte er sich wieder an den General. „Und die werden dann unsere neue amerikanische Geheimwaffe installieren, die die chinesische Superwaffe neutralisieren wird. Habe ich das in etwa richtig verstanden?"

General Schwartz blinzelte kurz. „So, noch weitere Fragen oder Anmerkungen?"

Plugs Hand schoss erneut in die Luft. Victoria schüttelte den Kopf.

„Eine Sache noch, Sir. Sie sagten doch, dass Sie die Rechnung übernehmen, wenn wir heute Abend in die Tiki-Bar gehen, korrekt?"

Die Einsatzplanung und das Briefing der Flugzeugbesatzungen nahmen den ganzen Vormittag in Anspruch. Das Mittagessen wurde ihnen in die Klassenzimmer gebracht, der erste Trainingsflug war für den Nachmittag angesetzt.

Wie ein Trainer, der sein Team für den Superbowl trainiert, überwachte General Schwartz jedes kleinste Detail.

An diesem Nachmittag standen die Piloten, die Flugzeugbesatzungen und die Soldaten der Spezialeinheiten in einem Pulk auf dem Flugfeld. General Schwartz und einer seiner Zivilisten sprachen mit jemandem über Funk und kontrollierten ihre Uhren.

Victoria sah den Wartungsleiter neben einer Schubkarre stehen, auf der zwei Computer lagen. Er signalisierte ihr und Plug, zu ihm herüberzukommen, während sie noch warteten.

Der Chief sagte: „Also, Ma'am, Sir, wir haben zwar die ganze Nacht gebraucht, aber wir haben die neue Ausrüstung anstelle des APS-153 installiert."

Plug fragte: „Moment mal, was?"

Victoria antwortete: „Das ist Teil des Sonderausstattungspakets. Unser Radar wurde durch das von General Schwartz erwähnte elektronische Angriffssystem ersetzt. Es verwendet die gleiche Stromquelle und Konsole wie das Radar. Das ist der Hauptgrund, warum die Romeo-Hubschrauber beteiligt sind."

„Also nehmen sie einfach das APS-153 raus und bauen irgendein neues Gerät ein? Muss das nicht erst fünf Jahre lang getestet werden? Ist es überhaupt flugtauglich? Moment mal – heißt das etwa, dass ich jetzt kein Radar mehr habe?", erkundigte sich Plug.

Victoria sah ihn leicht irritiert an. „Korrekt. Wenn man das Radar entfernt, haben wir kein Radar mehr."

Dann fügte sie hinzu: „Flugtauglich im wortwörtlichen Sinne, ja. Im Sinne der Vorschriften, nein. Aber das hier sind besondere Umstände. Keine Sorge, Plug, wir können unser Radar sowieso nicht benutzen. Wir dürfen keine Signale aussenden, die aufgefangen werden könnten."

Der Chief erklärte: „Sir, die interne Bedienung hat sich

nicht geändert. Der Typ vom Gerätehersteller sagte, dass es die ganze Zeit eingeschaltet bleiben muss, wenn Sie über Wasser fliegen. Da drüben steht er."

Der Ausrüstungsexperte, der die elektronischen Störsender installiert hatte, kam herüber und erklärte den vier Romeo-Piloten, wie sie funktionieren.

Als er damit fertig war, zuckte Plug mit den Achseln. „Okay." Er sah den Chief an. „Wurde noch etwas ersetzt?"

„Nein, Sir."

Der Chief lächelte. „Wenn Sie jetzt bitte hier noch unterschreiben würden." Plug verdrehte die Augen und zeichnete die Wartungsformulare ab.

Wenige Minuten später ließ General Schwartz ein Signalhorn ertönen. „Die Uhr läuft. Das ist unser simulierter Alarm. Los geht's!"

Die Hubschrauberbesatzungen und die Männer der Spezialeinheiten rannten zu den Luftfahrzeugen. Victoria und Plug bildeten ein Team. Ihre Hände flogen im Rahmen der Startprozedur über die Instrumente, jeder Handgriff wurde verbal bestätigt. Die Motoren aller vier Hubschrauber begannen zu wimmern, Rotoren drehten sich über dem Asphalt. Innerhalb weniger Minuten hatten alle vier angehoben und flogen in einer engen Formation tief über das Meer.

Zwanzig Meilen vor der Küste erwartete sie ein Versorgungsschiff der US-Marine. Die vier Hubschrauber schwebten über dem Schiff herein, während das DEVGRU-Team begann, sich aus den Kabinen der MH-60S Seahawks abzuseilen. Die Helis flogen Warteschleifen, während die SEALs auf dem Schiff einen Übungsangriff durchführten. Eine Stunde später waren sie wieder am Strand.

General Schwartz erwartete sie dort. Die Vögel wurden bei laufenden Triebwerken und drehenden Rotoren betankt. Wer musste, rannte in den paar Minuten schnell zur Toilette. Victoria besprach sich mit dem General. Er schrie gegen den Lärm der Rotoren an.

„Es ist nicht gut gelaufen. Unsere Radargeräte konnten Sie noch sehen. Sie müssen tiefer gehen. Und am Störsender wird momentan auch noch gefeilt. Die Ingenieure wollen, dass Sie noch einen Testflug machen."

Victoria nickte, zeigte den Daumen hoch und stieg wieder in den Heli. Sie flogen die Übungsmission noch drei weitere Male und machten nach Sonnenuntergang mit Nachtsichtbrillen weiter.

Es war zwei Uhr morgens, als sie an diesem Tag das Training beendeten. Victorias Fliegerkombi war durchgeschwitzt, ihre Muskeln verkrampft von den mehr als zehn Stunden in der Luft. Den Großteil der Zeit hatten sie bei Höchstgeschwindigkeit in einer Höhe von fünfundzwanzig Fuß über der Wasseroberfläche verbracht. Der Schweiß und das Öl brannten ihr in den Augen.

Am nächsten Tag begann das Training erst bei Sonnenuntergang. Das Übungsboot war weiter aufs Meer hinaus verlegt worden, um einen längeren Flug zu simulieren. Unterwegs fragte Plug: „Warum üben wir eigentlich auf einem Schiff?"

Victoria erklärte: „Weil niemand an Land mitkriegen darf, was wir tun. Die Aufgabe der Einsatzkräfte ist ziemlich einfach. Einen Bereich sichern und den Technikexperten an den richtigen Ort bringen, damit der das letzte Bauteil installieren kann."

Plugs skeptischer Blick signalisierte, dass ihre Erklärung keinen Sinn ergab, aber er beließ es dabei. Victoria war ihm dankbar.

Die Übungseinheiten wurden zunehmend anspruchsvoller. Sie transportierten mehr Gewicht und Ausrüstung. Die Zusatztanks wurden mit Treibstoff befüllt, um eine größere

Reichweite zu ermöglichen. An allen Fluggeräten wurden Hellfire-Raketen montiert, an den Sierras sogar Raketenbehälter. Am dritten Tag setzten sie alle Waffen ein, die von den Hubschraubern abgefeuert werden konnten. Luft-Boden-Raketen. Scharfschützentraining aus der Kabine heraus. Jede Eventualität wurde eingeplant. Aber während einer ihrer Rückflüge sah Victoria ihre Notizen durch.

Plug beobachtete, wie sie im Licht ihrer am Kinn angebrachten Helmbeleuchtung etwas auf ihr Kniebrett kritzelte. „Was ist los?"

„Unser Treibstoff würde nicht reichen."

„Unterwegs gibt es doch ein paar Küstenkampfschiffe, die uns betanken können, oder?"

„Stimmt." Sie klang nicht wirklich überzeugt ...

Sie flogen und trainierten nonstop. Die Nächte wurden für die Übungen genutzt, tagsüber wurde geschlafen. Die Mitglieder der Elite-Sondereinsatzkommandos waren mit den Leistungen der Marinebesatzungen anfangs nicht besonders zufrieden. Ständig fielen Bemerkungen wie: „Nun, die SOAR-Jungs machen das aber so ...."

Am fünften Tag hatten sich die Wogen geglättet. Nachdem sie den Hubschrauber abgestellt hatte, ging Victoria zusammen mit dem DEVGRU-Kommandanten zum Trailer von General Schwartz. „Ich glaube, Ihre Jungs haben den Dreh langsam raus."

Sie nickte. „Ihre auch."

Er lachte.

„Glauben Sie, dass es funktionieren wird?"

„Das hoffe ich schwer."

Im Trailer angekommen, sagte der General: „Unsere Radarexperten und Ingenieure haben Ihren Überwasserflug verfolgt. Sie sind noch immer nicht ganz zufrieden mit der Radarsignatur, aber es hat sich stark gebessert. Sie werden

heute Nacht noch einige letzte Feinabstimmungen an der
Ausrüstung vornehmen. Morgen findet kein Training mehr
statt."

Victoria fragte: „Warum nicht?"

„Ausgehend von der letzten Position der chinesischen
Flotte müssen wir Sie ab morgen in eine vierundzwanzigstün-
dige Alarmbereitschaft versetzen. Sie müssen jederzeit startklar sein."

33

Chase kam am JSOC-Stützpunkt an und stellte fest, dass die meisten Einheiten zusammengepackt hatten und abtransportiert worden waren. Er war fast zwei Wochen lang jeden zweiten Tag zwischen hier und Eglin gependelt. Es war frustrierend gewesen. Von vielen der SILVERSMITH-Treffen, an denen sein Bruder David teilgenommen hatte, war er ausgeschlossen worden. Die Dinge, an denen die Task Force jetzt arbeitete, unterlagen einer ganz anderen Geheimhaltungsstufe. Sie fütterten ihn mit bruchstückhaften Informationen, aber er wollte letztlich nur eines hören: dass es Zeit war, Lena aufzuspüren.

Jetzt war dieser Tag endlich gekommen.

Die einzige Einheit, die sich noch auf der Basis aufhielt, war das SEAL-Team, mit dem er operiert hatte. Er traf sich mit den Leuten in einem der Besprechungsräume und bat um ein Update.

„Die Ranger wurden an die Westküste geschickt. Delta ist heute Morgen aufgebrochen. Die anderen SEALs auch. Der Geheimdienst sagt, dass wir fast alle Chinesen innerhalb der

USA getötet oder gefangen genommen haben. Stimmt das mit
dem überein, was Sie hören?"

Chase antwortete: „Fast alle." Bis heute hatte Chase ihnen
nichts über Lena Chou erzählen dürfen.

Die SEALs warteten geduldig. Wie Jagdhunde kurz vor der
Treibjagd. Chase stellte zwei Männer aus dem SILVERS-
MITH-Team vor, darunter den Experten für NSA-Signale. Sie
erklärten die neue Mission und warum sie so wichtig war.
Chase registrierte, dass sie seine Beziehung mit Lena Chou
unter den Tisch fallen ließen. Wofür er dankbar war.

Der NSA-Mann führte aus: „Die chinesische SOF-Einheit
ist als das Scharfe Schwert Südchinas bekannt. Sie sind das
chinesische Äquivalent zu den Marines und sollten als ein
Eliteteam betrachtet werden. Sie verwenden modernste
Kommunikationsausrüstung und achten sehr auf Fernmelde-
sicherheit, weshalb wir Schwierigkeiten hatten, an ihnen dran
zu bleiben."

Chase sagte: „Aber wir wissen, wohin sie unterwegs sind.
Wir haben den Amerikaner identifiziert, mit dem sich Miss
Chou treffen wird. Ein Spionageabwehrteam ist dieser Person
rund um die Uhr zugeteilt."

Der NSA-Mann fuhr fort: „Aufgrund unserer Abhörmaß-
nahmen glauben wir, dass sie versuchen werden, sich an
einem von mehreren Orten persönlich zu treffen. Sobald das
geschieht, wird Miss Chou über Informationen verfügen, die
für die chinesischen Kriegspläne entscheidend sind. Sie wird
umgehend versuchen, diese an das chinesische Hauptquartier
zu übermitteln."

Einer der SEALs fragte: „Wie lange ist sie schon im Land?"

„Seit über einer Woche, denken wir."

„Warum hat sie sich noch nicht mit diesem Typen
getroffen?"

Der Geheimdienstler antwortete: „Haben Sie schon mal

versucht, nach einem EMP-Schlag ein fremdes, unter Kriegsrecht stehendes Land zu infiltrieren, und dann tausend Meilen zurückgelegt, ohne entdeckt zu werden, um einen ranghohen Spion in einer der sichersten Einrichtungen des ausländischen Militärs zu treffen? Die Autobahn kann sie nicht wirklich nehmen. Es dauert also eine Weile."

„Nun, wenn Sie es so ausdrücken ..."

Der SEAL-Teamleiter hakte nach: „Was ist unser Ziel?"

Chase sagte: „Das Scharfe Schwert-Team hat die Kommunikationsausrüstung. Aufgrund der Kommunikationsverfahren, die für den Betrieb dieser Geräte erforderlich sind, muss Lena Chou sich bei dem Sonderkommando aufhalten, wenn sie ihre neu erworbenen Kenntnisse nach China zurückschicken will. Das Spionageabwehrteam wird dafür sorgen, dass Lena die Informationen erhält, *die wir* nach China weiterleiten wollen."

„Wurde Lenas Spion als Doppelagent angeworben?"

„Nein."

Der Leiter des SEAL-Teams und sein ranghöchstes Teammitglied sahen sich stirnrunzelnd an. „Wie zum Teufel wollen Sie sie dann dazu bringen, Ihre Informationen zu senden, anstatt denen, die sie vom Maulwurf bekommt?"

„Wir werden den Maulwurf gegen einen unserer Leute austauschen. Ein Doppelgänger, der Lena Chou mit Falschinformationen füttern wird."

Der SEAL-Teamleiter fragte: „Also hat Lena diese Person noch nie getroffen?"

Chase ließ seinen Blick von den Geheimdienstexperten zu den SEALs wandern. „Davon gehen wir aus."

Einige der SEALs lachten. „Wunderbar." Einer von ihnen fluchte.

Chase lächelte. „Hört mal Freunde, ich weiß, wie das klingt. Ihr denkt, das ist kompletter Schwachsinn. Aber vom

operativen Standpunkt aus betrachtet ist das unsere beste
Chance. Es gibt keine Möglichkeit, den Maulwurf mit Falschinformationen zu füttern oder ihn frühzeitig festzunehmen.
Beide Szenarien könnten Lena Chou oder die chinesischen
Handlanger alarmieren. Der beste Weg, unser Ziel zu erreichen, besteht darin, den Maulwurf genau in dem Moment, in
dem er sich mit Lena treffen wird, zu ergreifen und ihn durch
jemand anderen zu ersetzen. Wenn Lena uns den Maulwurf
abkauft, erhält sie die Falschinformationen und schickt sie
zurück an die Chinesen. Die tun daraufhin das, was wir
wollen."

„Und was genau sollen sie tun?"

„Darauf kann ich nicht näher eingehen."

Der SEAL-Teamleiter fragte: „Und wo kommen wir ins
Spiel?"

„Falls etwas schiefgeht –"

„Was es wird", warf der SEAL-Teamleiter ein.

„– dann müssen Sie die Leute vom Scharfen Schwert
neutralisieren, bevor sie etwas übermitteln können."

Der SEAL-Teamleiter sagte: „Nun, zumindest dieser Teil
ergibt Sinn."

Zwei Stunden später flogen sie an Bord zweier Chinooks über
die Appalachen nach Osten. Sie landeten auf einer vorberei-
teten Landezone in der Nähe von Gettysburg, Pennsylvania,
nur einen kurzen Flug von der Bunkeranlage Raven Rock
entfernt, wo sich der Maulwurf befand.

Die SEALs trugen nun Zivilkleidung und wurden in vier
unauffällige Pick-ups verfrachtet, die bereits auf sie gewartet
hatten. Na ja, sie waren so unauffällig wie zwei Dutzend
extrem hartgesotten aussehender Männer, die zusammen

unterwegs waren, eben aussehen konnten. Wenigstens die schweren Waffen auf den Ladeflächen der Geländewagen waren versteckt, dachte Chase. Der Plan sah vor, dass sie sich in Vierergruppen aufteilen und wie harmlose Jäger auftraten, während sie nach Anzeichen für das chinesische Sonderkommando suchten. Das Ganze war ein wenig riskant. Die Luftunterstützung der SEALs war ein paar Minuten entfernt und einsatzbereit. Um verdeckt zu bleiben, mussten sie das Risiko eingehen.

Chase sprach durch das Beifahrerfenster eines Pick-ups mit dem SEAL-Teamleiter. „Ich werde als Springer zwischen Ihnen und der Spionageabwehr fungieren."

„Verstanden. Wir werden einige der Gebiete auskundschaften, die wir uns auf Geheiß der Geheimdienstleute anschauen sollen."

„Passen Sie auf. Viel Glück."

Der SEAL tippte an seine Baseballmütze und die Fahrzeuge fuhren los.

Chase machte sich auf den Weg, um sich mit der Einheit der Spionageabwehr zu treffen. Sie hielten sich in einem frei stehenden Haus zehn Minuten von der Bunkeranlage Raven Rock entfernt versteckt. Sein Bruder David und Susan Collinsworth warteten dort auf ihn.

Susan sah nervös aus. „Der Maulwurf ist ein ziviler Angestellter beim Marinenachrichtendienst. A GS-15. Sein Name ist Edward Luntz."

Aus Gründen der OPSEC, der Operationssicherheit, war dies das erste Mal, dass Chase diese Einzelheiten mitgeteilt bekam.

„Woher wissen wir, dass er es ist?"

„Informationen aus China haben uns geholfen, seinen Agentenführer zu entlarven, der jetzt in unserem Verhörzentrum in Eglin sitzt. Seine Aussagen haben uns zu Luntz geführt, den wir seither ständig beobachten. Seine Kommunikation und anderweitige Aktivitäten decken sich mit Lena Chous Auftrag."

„Weiß Luntz, dass wir seinen Kontaktmann haben?"

David antwortete: „Es gibt bis jetzt keine Hinweise darauf. Der Agentenführer sollte den Kontakt abbrechen und in den Untergrund gehen, um zu verhindern, dass Luntz entdeckt wird. Er hat von ihm zuletzt eine neue Liste mit toten Briefkästen und Treffpunkten in der Nähe von Raven Rock bekommen, die wir jetzt haben."

Sie verbrachten die nächsten dreißig Minuten damit, die möglichen Treffpunkte zu besprechen und zu überlegen, wie sie Luntz unschädlich machen würden.

„Unser Doppelagent wird sich bereithalten, um sich mit Lena zu treffen. Der Agent hat strikte Vorgaben, was er zu tun und zu sagen hat. Dann wird er sich unter einem Vorwand verabschieden, um die Gefahr, etwas Falsches zu sagen und Lena misstrauisch zu machen, auf ein Mindestmaß zu beschränken."

Chase schüttelte den Kopf. „Hören Sie, Sie sind diejenige mit der praktischen Erfahrung, aber das hier scheint ..."

Susan sagte: „Das wissen wir, Chase. Es ist nicht auszuschließen, dass Lena merkt, dass etwas nicht stimmt. Deshalb sind Sie hier. Sie werden versuchen, sie auszuschalten, wenn sie fliehen sollte. Wahrscheinlich bekommt sie Unterstützung vom Scharfen Schwert Südchinas. Ihre Freunde vom SEAL-Team Zwei werden Ihnen zur Seite stehen, falls es ..."

„Total in die Hose geht?"

„Ganz genau."

„Nehmen wir also an, sie kauft es uns ab. Wir bringen den Doppelagenten zu Lena, sie hört sich an, was er zu sagen hat und gibt das weiter nach China. Inwiefern hilft uns das?", wollte Chase wissen.

David sagte: „General Schwartz hat mit einem Angriffs-trupp auf Hawaii zusammengearbeitet. Der ganze Sinn *dieser* Operation besteht darin, ihnen die bestmögliche Chance zu geben, die chinesische Flotte zu besiegen."

„Ein Angriffstrupp? Also Typen mit Gewehren? Ich habe vielleicht nicht viel Zeit auf See verbracht, aber ich war immer noch lange genug bei der Marine, um zu wissen, dass man eine Seeschlacht *so* nicht gewinnt. Wie zum Teufel soll ein Angriffstrupp die chinesische Flotte ausschalten?"

Davids Gesicht wurde ernst. „Diese Informationen sind nicht Bestandteil dieser Operation. Das können wir jetzt nicht besprechen."

Chase warf ihm einen irritierten Blick zu.

Sein Bruder zuckte mit den Schultern. „Tut mir leid."

Chase konnte sehen, dass Susan beunruhigt war. „Was stimmt nicht?"

Susan erwiderte: „Die chinesische Flotte rückt schneller vor als erwartet. Sie sind nur noch wenige Tage von Hawaii entfernt. Und sie werden innerhalb von vierundzwanzig Stunden in Reichweite des Johnston-Atolls sein."

„Werden wir bereit sein?"

„Ich weiß es nicht. Aber Luntz kennt unsere Verteidi-gungspläne. Wir glauben, dass Lena Chou genau wegen dieser Informationen hier ist. Die Kontrolle über den Pazifik hängt von dieser einen entscheidenden Schlacht ab."

Chase merkte, dass seinem Bruder noch etwas anderes Unbehagen bereitete. „Was verschweigst du mir?"

David schaute auf den Boden.

Susan erklärte: „Ihre Schwester Victoria leitet die Mission, also den Angriff auf die Chinesen."

Chase fiel die Kinnlade herunter und er schnappte hörbar nach Luft.

„Wir werden heute Abend mit allen Beteiligten ein paar Trockenübungen durchführen", kündigte Susan an.

Chase, der seine Fassung wieder gefunden hatte, fragte: „Wann soll das Treffen mit Lena stattfinden?"

„In ein paar Stunden."

34

Lena Chou wurde von einem Angehörigen des Scharfen Schwerts chauffiert. Sie waren mit einer Limousine auf kurvenreichen Bergstraßen nahe der Grenze zwischen Maryland und Pennsylvania unterwegs.

An ihrem Ziel angekommen, parkten sie in der Tiefgarage eines Wohnkomplexes. Die Soldaten trugen amerikanische Winterkleidung, ihre Waffen waren unter ihren Jacken versteckt. Maximal drei Leute bildeten ein Team.

In der Wohnung traf Lena auf den alten Chinesen, der sich um den geheimen Unterschlupf kümmerte. Das Apartment gehörte einer seiner GmbHs und er war der Einzige, der sich jemals dort aufhielt. Er lebte seit vielen Jahren in Amerika und besaß zwei Autowaschanlagen im Bezirk. Das MSS bezahlte ihn in bar und er wusch das Geld mit diesen Unternehmen. Ohne diesen zusätzlichen Geldzufluss hätte er seine Betriebe nicht halten können. Er hatte harte Zeiten erlebt und sein Englisch war nicht besonders gut. Er verdankte seinen chinesischen Wohltätern alles und war seinem Geburtsland gegenüber loyal.

Die Kinder des Mannes hatten mit diesen Geldern das

College absolviert, einer seiner Söhne leitete inzwischen das Geschäft. In letzter Zeit hatte der alte Chinese recht viel Zeit mit seinem Handy in den Parks und auf öffentlichen Plätzen in der Nähe der Bunkeranlage Raven verbracht.

Lena wusste, dass es zu riskant war, den alten Mann zu einem Treffen mit ihrem Agenten zu schicken. Er war dafür nicht ausgebildet. Aber er hatte viele Fotos von potenziellen Treffpunkten gemacht und das öffentliche Leben an diesen Orten beobachtet. Seine gesammelten Erkenntnisse gab er nun mündlich an Lena weiter.

Als sie mit dem Zuhören fertig war, ging sie in das Gästezimmer. Drei der Soldaten hielten sich dort auf, darunter auch Lieutenant Ping, der Kommandant der Einheit.

„Ich habe meinen Treffpunkt gewählt. Sie müssen in einer Stunde die Uhrzeit und den Ort des Treffens übermitteln."

„Geben Sie uns einfach die verschlüsselte Nachricht, Miss Chou, wir schicken sie dann weiter."

Eine Stunde später wurde die Übertragung gesendet. Kurz darauf sagte Lena: „Sagen Sie Ihren Männern, sie sollen sich zum Aufbruch bereit halten. Und geben Sie mir Ihre Autoschlüssel."

„Sollen wir Sie begleiten?"

„Nein. Ich werde allein gehen."

Seine Missbilligung war offensichtlich, aber der junge Offizier schwieg gehorsam. Sie mochte ihn. Er erinnerte sie an jemanden – Chase Manning. Der Mann, den sie gern in einem anderen Leben kennengelernt hätte ...

„Ihre Männer sollen in der Tiefgarage in ihren Fahrzeugen warten. Sollte unser Agent kompromittiert sein, gebe ich ein Signal durch, dann müssen Sie schnell handeln. Wenn dieser Fall eintritt, müssen Sie aber mindestens einen Ihrer Leute hierher zurückschicken, damit er China davon unterrichten kann."

„Und wenn alles gut geht?"

„Wenn das Treffen reibungslos verläuft, bin ich in einer Stunde zurück und kann die Übertragung selbst vornehmen. Bis dahin darf niemand diesen Gebäudekomplex verlassen, damit der Standort unseres Sendegeräts nicht verraten wird."

„Verstanden."

Lena nickte zufrieden. Auf einem überfüllten Walmart-Parkplatz wenige Meilen entfernt saßen zwei Dreierteams in Wagen mit getönten Scheiben. Ein paar Meilen in die andere Richtung warteten Teams in zwei weiteren geheimen Unterkünften. Es waren abgelegene Hütten in Waldgebieten. Auf ein Zeichen ihres Leutnants hin würden sie sich innerhalb weniger Minuten an einem Dutzend verschiedener Orte zusammenfinden und wären bereit zum Kampf. Aus Gründen der operativen Sicherheit hatte sie den genauen Standort bis jetzt für sich behalten.

„Ich habe mich für Kontrollpunkt vier als Treffpunkt entschieden."

Lieutenant Ping nickte. „Viel Glück."

Sie fuhr aus der Garage und die Straße hinunter. Auf ihrer Fahrt kam sie an einem Polizeifahrzeug vorbei, was ihr ein sicheres Gefühl gab. Wenn die Amerikaner wüssten, wohin sie unterwegs war, hätten sie wahrscheinlich die örtliche Polizei ferngehalten. *Andererseits – wenn sich die echten Profis darum kümmerten, würden sie den lokale Polizeiposten nicht informieren.*

Sie parkte ihren Wagen auf der malerischen Hauptstraße der Stadt und spazierte den Bürgersteig entlang. Sie hatte ihre Baumwollmütze tief ins Gesicht gezogen und einen kastanienbraunen Schal um den Hals gewickelt. Eine eng anliegende Daunenjacke hielt sie warm. Sie verbrachte zwanzig Minuten damit, zu überprüfen, ob sie beobachtet oder verfolgt wurde. Das war im Grunde viel zu kurz, aber mehr Zeit blieb ihr leider nicht.

Zum ersten Mal seit längerer Zeit war Lena Chou nervös. Die Vorbereitung einer Mission war schon immer eine ihrer Stärken gewesen. Im Laufe der Jahre hatte sie aufgrund ihres großen Stellenwerts für Jinshan die Möglichkeit erhalten, Operationen abzulehnen, bei denen sie von der Spionageabwehrabteilung des FBI hätte erwischt werden können. Sie war quasi verpflichtet, Nein zu sagen. Daher hatte es stets akribischer Planung bedurft, bevor Lena ins Spiel gebracht wurde.

Doch jetzt mussten alle Karten ausgespielt werden. Selbst sie war unter diesen Umständen nicht unersetzbar.

Nur zwei Restaurants hatten noch geöffnet, beide waren fast leer. Eines hatte Sitzplätze im Freien, darüber war eine schwarze Plane gespannt. Ein Heizstrahler stand in der Ecke der überdachten Fläche. Als Lena das Restaurant betrat, ertönte eine Glocke, die die Bedienung auf den Plan rief. Lena bat um einen Platz in der hinteren Ecke des Außenbereichs. Von dort aus konnte sie die Straße überblicken und alle kommenden und gehenden Personen sehen. Notfalls könnte sie über die drei Fuß hohe schmiedeeiserne Umzäunung springen und in weniger als fünf Sekunden die Gasse um die Ecke erreichen. Diese wiederum eröffnete diverse Fluchtmöglichkeiten.

Lena setzte sich hin und die Kellnerin brachte ihr ein Wasser.

„Ich würde Ihnen gern eine Zitrone anbieten, aber wir haben keine mehr, wegen dem Krieg und so."

„Das macht überhaupt nichts", antwortete Lena. Höflich, aber nicht übertrieben freundlich. Sie wollte keine Konversation machen.

„Die Speisekarte ist auch sehr übersichtlich. Tut mir leid. Wir haben alles durchgestrichen, was wir nicht haben. Manche Leute fragen sich, warum wir noch auf machen. Aber der Inhaber bezahlt uns weiterhin. Also kommen wir zur

Arbeit. Sie wissen ja, wie das ist." Die Kellnerin klang abwesend.

„Ich warte mit dem Bestellen noch. Ich bin mit jemandem verabredet. Danke."

Der Kellnerin schien jetzt erst aufzufallen, dass Lena asiatisch aussah. Sie kniff die Augen zusammen, runzelte die Stirn und ließ Lena allein.

Ein paar Meilen die Straße hinunter verließ der Maulwurf das Gelände der kürzlich wieder errichteten Militärbasis in Fort Ritchie, Maryland. Er fuhr in die Stadt und stellte seinen Wagen auf dem Parkplatz eines Drogeriemarkts ab, etwa eine Meile von dem Restaurant entfernt, in dem Lena saß und auf ihn wartete. Seine Verfolger wussten allerdings nicht, wo sie sich befand.

Chase saß gemeinsam mit zwei Männern der CIA-Sondereinsatzgruppe im Fond eines regierungseigenen Undercover-Fahrzeugs. Ihrem Van vom Typ Honda Odyssey folgte ein zweiter, in dem sich das FBI-Team befand.

„Luntz ist zu Fuß unterwegs", sagte die Stimme in Chases Ohr. „Richtung Norden, Stadtzentrum." Die Spionageabwehr von CIA und FBI arbeitete bei diesem Einsatz Hand in Hand. Beide Behörden hatten jeweils ein sehr kleines Team entsandt und die Kollaboration funktionierte überraschend gut. Aber jetzt rückte der kritische Moment näher. Das Spiel war eröffnet.

„Haben wir sie schon gesichtet?"

„Negativ."

„Wagen eins, fangen Sie an, die Stadt abzuklappern."

„Sind unterwegs." Der Lieferwagen beschleunigte und begann, systematisch die Stadt zu durchkämmen, wobei alle

Augenpaare nach draußen gerichtet waren. Zwei zivile Einheiten unterstützten sie bei der Suche. Die Routen waren im Voraus festgelegt worden, um die potenziellen Treffpunkte abzudecken und trotzdem sicherzustellen, dass keiner der Plätze mehr als einmal untersucht wurde. Nun mussten sie nur noch herausfinden, an welchem sie sich aufhielt.

Dann fiel sie Chase ins Auge: Lena saß in Winterkleidung auf der Terrasse eines Restaurants.

Sein Herz hämmerte wild in seinem Brustkorb, der Adrenalinschub traf ihn unvorbereitet. Ihre Augen waren dunkel und verführerisch.

Er meldete: „Ich hab sie. Restaurant Nummer zwei. Ecktisch." Ihr Lieferwagen folgte unauffällig weiter der Straße, wendete dann und setzte sich hinter das Fahrzeug des FBI.

In diesem Minivan saß ein Spezialagent, dessen Statur und Gesichtszüge denen von Luntz ähnelten. Der Doppelgänger. Der CIA-Mann, der sich anstelle von Luntz mit Lena treffen würde. Es handelte sich um einen äußerst talentierten Geheimdienstoffizier, der laut Susan noch nie Kontakt mit Lena gehabt hatte. Im Vorfeld des Einsatzes hatte er Luntz im Detail studiert sowie dessen Agentenführer stundenlang interviewt. Darüber hinaus hatte er sich genau eingeprägt, was und wie er es Lena sagen sollte, wenn das Treffen stattfand.

Das Einsatzteam hatte sogar die Kleidung des Maulwurfs recherchiert und eine passende Garderobe besorgt. Nun, da sie Lena aufgespürt hatten, konnten sie Luntz ergreifen und ihren Doppelgänger losschicken.

„Welche Farbe hat die Jacke von Luntz?", erkundigte sich das Double vom Rücksitz aus. „Grau oder beige?"

„Beige."

Der CIA-Agent fluchte und griff in eine Tasche, um die Jacke zu wechseln. Er hatte sich geirrt. „Normalerweise trägt er die Graue."

„Die Jacke ist doch scheißegal. Suchen Sie sich einfach eine aus."

Es gab eine Million Dinge, die schiefgehen konnten.

Chase spürte seinen Puls weiter ansteigen.

„Okay, holen wir ihn uns", erklang die Stimme des leitenden FBI-Agenten aus dem Führungsfahrzeug. Die Lieferwagen setzten sich in Bewegung.

„Ein Einsatzwagen der örtlichen Polizei hält gerade neben ihm an."

Chase warf den Männern in seinem Wagen einen fragenden Blick zu. Sie zuckten mit den Schultern und entsicherten ihre Waffen.

Auf seinem Weg zum verabredeten Treffpunkt ging Luntz in gleichmäßigem Tempo den Bürgerstein entlang und behielt währenddessen seine Umgebung im Blick; ganz so, wie es ihm sein Führungsoffizier beigebracht hatte. Es war ein kalter Tag, weshalb nur sehr wenige Leute draußen unterwegs waren.

Etwa zwanzig Yard vor ihm parkte ein Polizeiwagen am Bordstein. Seine Scheinwerfer waren aus und ihm entstieg ein einzelner Beamter. Er schien allein zu sein und sich für ein Auto zu interessieren, das auf einem gebührenpflichtigen Parkplatz stand.

Für einen angeworbenen Agenten war Luntz gut ausgebildet. Er bewahrte einen kühlen Kopf und vermied es, Aufmerksamkeit auf sich zu ziehen. Der Polizist wirkte nicht bedrohlich, also ging er einfach an diesem vorbei.

Erst als er einige Schritte entfernt war, sprach ihn der uniformierte Mann an.

„Entschuldigen Sie, Sir, wohnen Sie hier in der Gegend? Wissen Sie zufällig, wem dieser Wagen gehört?"

Luntz wurde etwas langsamer, blieb aber nicht stehen.
„Keine Ahnung."

Das Geräusch der die Straße hinunter rasenden Fahrzeuge
alarmierte beide Männer. Luntz drehte seinen Kopf abrupt in
diese Richtung und ließ dabei den Polizisten aus den Augen.

Beide Lieferwagen scherten nach rechts aus und kamen
auf dem Bürgersteig zum Stehen, wodurch sie sowohl den
Polizeiwagen als auch die beiden Männer einkeilten. Die
Seiten- und Beifahrertüren öffneten sich und insgesamt sechs
Beamte in schwarzer Kampfausrüstung sprangen mit gezo-
genen Waffen heraus. Wegen des nicht eingeplanten Polizei-
wagens mussten die Teammitglieder ein paar Schritte mehr
machen als vorgesehen.

Die Waffen auf Luntz gerichtet, riefen ein paar der
Beamten: „FBI, Hände hoch!" Der Doppelgänger stand
hinter ihnen und trug die gleiche Kleidung wie der
Maulwurf.

Chase sah, wie Letzterer die Augen weit aufriss.

Der Polizist zog nun ebenfalls seine Waffe, zielte aber auf
den Boden und versuchte zu begreifen, was gerade ablief. Die
Dynamik war gefährlich, weil ungeplant. Sechs bewaffnete
Männer näherten sich dem Polizeibeamten, der direkt neben
Luntz stand. Dieser gewann dadurch ein paar Sekunden Zeit,
um die Situation einzuschätzen und machte dann einen
Schritt in Richtung des Polizisten.

Chase bemerkte, dass Luntz nach wie vor seinen Doppelgänger anstarrte.

„Bitte stecken Sie Ihre Waffe weg und treten Sie zur Seite",
wurde der Polizeibeamte aufgefordert.

Dieser tat nichts dergleichen; stattdessen änderte er seine
Position, sodass seine Pistole nun auf Luntz gerichtet war.

„Hände hoch, bitte!"

Der Gesichtsausdruck von Luntz erinnerte Chase an einen

Selbstmordattentäter, den er im Irak gesehen hatte. Ein Mann, der wusste, dass sein Ende kurz bevorstand.

„Haltet ihn ihm Blick! Haltet ihn ihm Blick!"

Die FBI-Männer traten näher, ihre Schusswaffen weiterhin auf Luntz gerichtet. Sie hatten die Anweisung, keine Schüsse abzugeben, um Lena Chou nicht aufzuschrecken.

Luntz schien ihre Anspannung zu spüren. Er nahm seine Hände nicht hoch, sondern behielt sie in seiner Jackentasche.

Die sich plötzlich in einer Stoff- und Rauchwolke auflöste.

Es ertönte ein einziger gedämpfter Schuss, woraufhin sich die FBI-Agenten auf Luntz stürzten und ihn bewegungsunfähig machten.

„Scheiße, seid ihr in Ordnung?" Der Polizist blickte in Richtung des FBI-Minivans. „Hey, der Typ ist verletzt ..."

Chase drehte sich um und sah den Doppelgänger auf dem Boden sitzen – er war gegen das rechte Hinterrad gelehnt und wimmerte. Zunächst konnte Chase nicht erkennen, was los war. Dann fasste sich der Agent verzweifelt an seinen Hals. Zwischen seinen Fingern sprudelte stoßweise dunkelrotes Blut hervor und lief über seine beigefarbene Jacke.

Lena kontrollierte ihre Uhr. *Fünf Minuten überfällig.* Sie hatte noch nie mit diesem Luntz gearbeitet, aber seine Verspätung in Kombination mit dem Geräusch, das sie vor wenigen Minuten gehört hatte, stellte ihre Belastbarkeit auf die Probe. Bei jedem anderen Auftrag wäre sie längst weg gewesen, musste sie sich eingestehen. Sie öffnete ihre Handtasche, um den Funksender zu überprüfen, mit dem sie die Leute vom Scharfen Schwert Südchinas verständigen würde.

Sie hatte sich beim Klang des Geräuschs damit beruhigt, dass sie hier schließlich auf dem Land war. Vielleicht war es ein Jäger gewesen, der auf seinem Farmgelände Rotwild erlegt hatte. So ein Optimismus sah ihr gar nicht ähnlich. Aber aus irgendeinem Grund sehnte sie sich derart nach einer harmlosen Erklärung, dass sie dieser Möglichkeit viel Raum ließ.

Aber was, wenn man Luntz getötet oder gefangen genommen hatte, worauf wartete sie dann noch? Mit jeder verstreichenden Sekunde stieg die Wahrscheinlichkeit, dass Lenas Leben – nein, nicht ihr Leben, ihre Fähigkeit, für Jinshan zu kämpfen – in Gefahr war.

Auf dem Bürgersteig hinter ihr erklangen Schritte. Sie verrenkte den Hals und erblickte einen Mann im Kapuzenpullover, der auf sie zukam. Er war allein. Groß, schlank und durchtrainiert. Die Hände in den Taschen seines Sweatshirts. Er trug eine Sonnenbrille und blickte auf den Boden. Sein aufrechter, selbstbewusster Gang hatte etwas Militärisches.

Es erinnerte sie fast ein bisschen an Chase Manning ...

In ihrer Magengrube breitete sich ein komisches Gefühl aus. Dieses Unwohlsein setzte wieder ein. Was zum Teufel war mit ihr los? So hatte sie sich noch nie gefühlt.

Nur der den Außenbereich umgebende Zaun trennte sie jetzt noch von dem Mann. Sie wandte sich ab, damit er ihr Gesicht nicht sehen konnte. In der Spiegelung ihres Wasserglases beobachtete sie ihn, fluchtbereit, sollte er sich nähern. Er ging an ihr vorbei und ... öffnete die Tür des Restaurants. Die Türglocke ertönte, die Kellnerin lächelte und zeigte auf den Innenhof.

Lena umfasste das kalte Metall des Pistolengriffs in ihrer Jackentasche. Sie würden es nicht auf diese Weise tun, sagte sie sich. Sie würden ein Team schicken. Das hier war etwas anderes.

Chase Manning nahm seine Kapuze ab und sah ihr in die Augen.

„Darf ich mich setzen?"

Ihr gingen ein Dutzend Szenarien durch den Kopf. Keines von ihnen hatte einen erstrebenswerten Ausgang.

Mit rasendem Puls antwortete sie: „Bitte sehr."

Chase nahm an ihrem Tisch Platz. Seine Miene war ausdruckslos, aber in seinem Blick lag jede Menge Gefühl.

„Wie viel Zeit haben wir?", fragte sie ihn.

Chase zuckte mit den Achseln. „Willst du abhauen?"

„Warum gerade du?"

„Weil ich nicht wollte, dass dir jemand wehtut. Und wenn wir es anders gemacht hätten, wäre genau das passiert."

Bedeutete das, dass er sich um sie sorgte? Nach allem, was sie gesagt und getan hatte? Sie ermahnte sich insgeheim. Natürlich tat er das nicht. Er konnte unmöglich ein Monster lieben.

Sie bemerkte, dass jeder von ihnen eine Hand verborgen hielt. Tja. Da hatte sie ihre Antwort. Er würde sie notfalls erschießen. *Nur um sich selbst zu schützen. Nur wenn es keinen anderen Weg gäbe*, sagten seine Augen.

„Wie sieht der Plan aus?", wollte sie wissen.

„Du erklärst dich bereit, mich zu begleiten – ohne Aufsehen und ohne deinen Männern ein Zeichen zu geben."

„Du weißt, dass ich dem nicht zustimmen kann. Und ihr werdet sie schlussendlich sowieso töten."

„Du könntest ihnen befehlen, sich zu ergeben."

„Mach dir nichts vor, Chase." Lena schenkte ein sanftes Lächeln. „Du würdest so einen Befehl niemals befolgen. Und sie auch nicht."

Chase lächelte. „Vielleicht."

Sie legte den Kopf in den Nacken. „Das muss ziemlich wichtig für euch sein, wenn ihr euch so große Mühe gebt."

„Dazu kann ich nichts sagen."

„Tatsächlich nicht? Du weißt nicht, welche Informationen ich abholen wollte?"

„Nein."

„Hawaii? Johnston-Atoll? Dein Land entwickelt eine Abwehrwaffe gegen die neue Technologie unseres Schiffs der Jiaolong-Klasse. Habt ihr es geschafft? Das ist alles, was ich herausfinden will."

„Lena, leg deine Waffe auf den Tisch."

Ein Lieferwagen blieb ein Stück entfernt am Straßenrand stehen. Ein Weiterer parkte direkt dahinter.

„Sieht so aus, als ob dein Team nervös wird. Vertrauen sie dir nicht?"

Lenas Handy klingelte. In den USA funktionierten die Mobilfunkdienste noch nicht wieder, aber dieses Telefon war vom MSS speziell kalibriert worden. Der Empfänger hatte den Upload aller Daten von Luntz' Sender abgeschlossen. Sie lächelte, als ihr bewusst wurde, dass er sich in einem der Lieferwagen befinden musste. Wahrscheinlich wussten die Amerikaner nicht einmal, dass sie ihr gerade das geliefert hatten, weshalb sie hergekommen war. Luntz hätte sich nicht hingesetzt, um mit ihr zu sprechen. Er wäre planmäßig einfach an der Terrasse vorbeigelaufen, und sein Sender hätte den Rest erledigt. Sie wollte nur sein Gesicht mustern, um sicherzustellen, dass er nicht unter Zwang stand. Aber jetzt musste es eben so gehen.

Chase sagte: „Lass uns das hier so friedlich wie möglich erledigen. Lena, ich will wirklich nicht, dass dir etwas passiert."

Sie fühlte sich energiegeladen, weil sie mehr wusste als er. Ihre Augen strahlten vor Aufregung. Sie konnte noch immer gewinnen.

Sie erhob sich.

Chase stand ebenfalls auf und zog seine Pistole. „Lena. *Bitte.*"

Die Kellnerin ließ einen Schrei los. Es erforderte seine

ganze Disziplin, Lena nicht aus den Augen zu lassen und mit der Waffe weiterhin auf ihren Oberkörper zu zielen.

„Hey!" Aus der Küche des Restaurants drang eine wütende Männerstimme herüber. Dann das unverkennbare Geräusch einer Schrotflinte, die eine Patrone in die Kammer repetierte. Trotz seiner jahrelangen Erfahrung und Ausbildung schaffte Chase es nicht, den menschlichen Instinkt, Leben zu erhalten, zu unterdrücken.

Sein Kopf wandte sich dem Repetiergeräusch zu. Nur für den Bruchteil einer Sekunde. Aber mehr Zeit brauchte Lena nicht.

Sie zog eine Hand aus ihrer Handtasche und attackierte Chase knapp unterhalb des Schlüsselbeins mit einem Elektroschocker. Als er zu zucken begann, ließ Lena das Gerät los und auf den Boden fallen. Der Restaurantbesitzer mit der Schrotflinte rief ihr etwas hinterher, aber sie war bereits über den niedrigen Eisenzaun geklettert und auf dem Bürgersteig unterwegs. Beim Laufen griff Lena erneut in ihre Handtasche und betätigte mit dem Daumen ihren Funksender.

***

Susan war fuchsteufelswild. „Er ist *allein* gegangen? Warum zum Teufel ist Chase allein gegangen?"

David saß nicht weit entfernt auf einer Couch in einem Unterschlupf, der als Kommandostand für diese Operation fungierte. Er machte diese Art von Geheimdienstarbeit zwar noch nicht lange, aber er war sich ziemlich sicher, dass die Dinge *so* nicht laufen sollten.

„Einen Häuserblock entfernt steht ein Team auf Abruf ... bereithalten ..."

Susan schrie praktisch ins Funkgerät. „Was ist da los?"

„Ein Verletzter im Restaurant Nummer zwei. Zielperson

ist zu Fuß unterwegs. Biegt gerade in die Gasse westlich des Restaurants ein."

Susan befahl in eisigem Ton: „Benachrichtigen Sie die örtlichen Strafverfolgungsbehörden und SEAL-Team Zwei. Geben Sie durch, wonach sie suchen sollen. Und teilen Sie ihnen um Himmels willen mit, dass sich in der Nähe eine chinesische SOF-Einheit aufhält, die versuchen könnte, ihr zu helfen. Gott steh uns bei, was für ein unsägliches Debakel."

Lena hatte das an das Restaurant angrenzende Gebäude über eine Feuertreppe und ein entriegeltes Fenster im zweiten Stock betreten. Sie konnte das Quietschen der Reifen und das Aufheulen der Motoren hören, als sich die Regierungsfahrzeuge dem Eingang des Restaurants näherten. Sie schloss das Fenster und das Geräusch der hastigen Schritte auf dem Bürgersteig verebbte.

Das Gebäude, in dem sie jetzt stand, war ein Einfamilienhaus, sie konnte die Leute im Erdgeschoss sprechen hören. Sie ging in den mit Teppichboden ausgelegten Flur und schlich die Treppe hinunter. Eine ältere Frau saß auf dem Sofa vor einem Fernseher und ihr klappte die Kinnlade herunter, als sie Lena auf der Treppe erblickte.

„Martha, da draußen sind mindestens zehn Männer. Sie haben Waffen und alles Mögliche. Liebling, ich glaube, es ist das FBI! Es muss ein Mord oder so was passiert sein. Vielleicht waren es die Chinesen?"

Die ältere Frau, die Lena anstarrte, sah aus, als wollte sie losschreien. Lena jagte ihr eine Kugel in die Stirn.

„Martha, was war das?" Als der ältere Mann aus der Küche hereinkam, drückte Lena ab und traf ihn in die Brust. Er kollabierte und krümmte sich vor Schmerzen. Sie ging zu ihm hinüber und feuerte erneut, diesmal in sein linkes Auge.

Das Haus hatte von der Vorder- und Rückseite Zugang zu einer Straße. Der alte Mann hatte aus seinem Küchenfenster auf die Straße geschaut, die am Restaurant vorbeiführte. Es würde nicht mehr lange dauern, bis FBI-Agenten die Tür eintraten. Sie begab sich auf die andere Seite des Hauses in Richtung des Hintereingangs, wo die Leute vom Scharfen Schwert auf sie warten würden. Ihre innere Uhr sagte ihr, dass sie Chase vor ungefähr einer Minute getasert hatte.

Eine Limousine blieb zehn Fuß vom Haus entfernt stehen, darin drei Chinesen, die die Straße im Blick hielten. Lena wollte gerade die Tür öffnen, als ihr schlecht wurde. Die Übelkeit war so stark, dass sie sich vorn über beugte und hinter der Tür übergeben musste. Danach spuckte sie noch einige Male aus und wischte sich mit dem Ärmel den Mund ab.

Was stimmt nicht mit mir? Sie blickte zurück auf die beiden Leichen auf dem Boden. Bilder von anderen, die sie in den letzten Monaten getötet hatte, schossen ihr durch den Kopf. Vor allem von dem jungen Mädchen. Die Tochter des chinesischen Präsidenten, wie sie vor ihr auf der Dachterrasse des Penthouse gestanden hatte ... Das war es gewesen. Das war der Moment, der sie verändert hatte. Sie hatte es bis dahin beim Töten immer sehr eilig gehabt. Weil sie nach dem Kick gierte, den Endorphinen, ähnlich wie beim Sex. Das war etwas, über das sie noch nie mit jemandem geredet hatte, aber dieser Teil von ihr existierte nun einmal. Aber er verblasste zusehends. Diese Leichen hier anzuschauen – zwei unschuldige Zivilisten – war es ein *Schuldgefühl*, das sie körperlich krank machte? Lena wollte schreien. Sie hasste es, sich schwach zu fühlen.

Stattdessen wandte sie sich wieder der Straße zu, schaute aus dem Fenster und sah durch den dünnen Vorhang die chinesischen Soldaten in der Limousine sitzen. Lena biss die

Zähne zusammen, drückte die Tür auf und machte sich auf den Weg zu dem wartenden Auto.

Einer der Männer von der CIA-Sondereinsatzgruppe half Chase wieder auf die Beine. Sein Schlüsselbein brannte, ihm war schwindelig und sein ganzer Körper kribbelte.

„Hatten Sie nicht gesagt, Sie würden sie festnehmen?", fragte einer der FBI-Agenten.

„Der Kerl hier hat eine Schrotflinte auf mich gerichtet."

Der Koch war inzwischen entwaffnet worden und erzählte dem Polizeibeamten, der zum Tatort gerufen worden war, seine Version der Geschichte.

„Sind wir an ihr dran?"

„Ja."

Auf der Straße fuhren zwei Pick-ups vor. Chase erkannte einige der Insassen, es waren Mitglieder vom SEAL-Team Zwei. Nacheinander verließen die FBI- und CIA-Beamten das Restaurant und begaben sich wieder zu ihren Fahrzeugen.

Einer der CIA-Männer fragte: „Haben Sie das gehört?"

Chase runzelte die Stirn. „Was gehört?"

Der Beamte warf Chase einen seltsamen Blick zu und zeigte dann auf sein Ohr.

„Verdammt. Nein. Ich glaube, mein Ohrhörer ist kaputtgegangen, als sie mich getasert hat."

Einer der Männer lachte laut auf. „Collinsworth sagt, wir haben ein verdächtiges chinesisches Fahrzeug. Sie fahren nach Westen in Richtung –"

Der Mann zuckte kurz und brach zusammen. Dann zischte eine Kugel an Chases Kopf vorbei und schlug irgendwo hinter ihm ein. Er duckte sich und rannte in Deckung, während sich die anderen Männer auf ihre jeweiligen Fahrzeuge verteilten. Zwei Blocks die Straße hinunter wurde das Mündungsfeuer von Schüssen sichtbar, die aus zwei verdunkelten Fenstern eines Wohnhauses abgegeben wurden.

Die Tür eines der SEAL-Pick-ups öffnete sich und Chase hechtete auf die Rückbank. Bevor er die Tür vernünftig zuziehen konnte, beschleunigte der Wagen bereits und raste um eine Ecke.

„Kontakt einen Block östlich", berichtete der Fahrer. Er brachte den Wagen auf dem verlassenen Bürgersteig zum Stehen. „Der Späher sagte, aus dem Fenster im zweiten Stock kämen Schüsse." Chase konnte ein grünes Reihenhaus mit zwei geöffneten Fenstern in der zweiten Etage sehen, ein weißer Vorhang flatterte im Wind.

„Noch mehr Schüsse auf der Südseite der Stadt, das Delta-Team wurde getroffen."

Einer der SEALs auf dem Rücksitz reichte Chase einen Helm und schaltete das Kommunikationsgerät ein. Chase machte den Kinnriemen zu und konnte sofort die Gespräche der SEALs und des Kommandanten vor Ort hören.

Susans Stimme klang hektisch: „Luftunterstützung ist auf dem Weg. Verfolgung aufrechterhalten. Aber was immer Sie tun, wir wollen nicht, dass sie getötet wird. Greifen Sie nicht ein, bis ich es sage. Wir können die Situation am besten retten, indem wir ..."

Chase sah aus dem offenen Fenster auf der anderen Straßenseite Mündungsfeuer kommen, dann glich ihre Windschutzscheibe plötzlich einem Spinnennetz, als sich die Risse nach dem Treffer in alle Richtungen ausbreiteten.

Der Fahrer trat das Gaspedal durch und bog am Ende der Straße ab. Aus mehreren Häusern wurden jetzt Schüsse auf den Geländewagen abgegeben.

Der SEAL auf dem Beifahrersitz schoss durch das Schie-

bedach, während ihnen ein anderer aus dem linken Heck-
fenster Feuerschutz gab. Der Pick-up raste durch eine Gasse,
die wohl als Hinterhalt angelegt gewesen war.

Susans Stimme kam über das Headset. „Weißer Pick-up.
Die Nächste links abbiegen."

Sie dirigierte das Fahrzeug anhand der Drohnenauf-
nahmen aus der Luft. Der Geländewagen bog nach links in
die nächste Straße ein, wo er abermals von einem Kugelhagel
getroffen wurde. Die Einschläge waren laut, wie auch das
Zerspringen der Scheiben. Der SEAL auf dem Beifahrersitz
stieß einen Fluch und einen Schmerzensschrei aus. Chase
schnappte sich eine M4 von dem Mann zu seiner Linken und
begann aus dem rechten hinteren Fenster auf die Chinesen zu
schießen. Die   Gebäude   und   das   Mündungsfeuer
verschwammen ineinander, als sie durch die Straßen rasten.

„Demnächst kommt ein Parkhaus. Zwei Blöcke weiter."

Die Schießerei hatte aufgehört.

„Ich empfehle, dass Sie dort bei den Straßenlaternen
parken und zu Fuß weitergehen."

„Scheiß drauf", antwortete der Fahrer. Er fuhr direkt auf
das Wohnhaus zu.

„Team Bravo, Sie bekommen in zwei Minuten Luftunterstützung. Team Charlie wird in einer Minute bei Ihnen sein.
Sie können warten ..."

Susans Stimme: „Negativ. Gehen Sie jetzt rein. Töten Sie
die Frau um Gottes willen nicht, aber verhindern Sie, dass sie
Daten übermittelt. Wir wissen nicht, was sie senden wird."

Der Fahrer kümmerte sich um den SEAL auf dem Beifahrersitz, der zwei Kugeln abbekommen hatte, eine in den Arm
und eine in die Schulter. „Los. Mir geht's gut."

Der Fahrer zögerte, nickte dann und stieg aus. Chase und
der andere SEAL folgten ihm, die Waffen im Anschlag.

„Ich werde sie aufsprengen."

„Verstanden."

Der Fahrer befestigte eine Sprengladung an der Vordertür und zündete sie, während alle drei Männer seitlich in Deckung gingen. Im Anschluss an die Explosion rannten sie ins Haus und begannen, die Räume zu durchsuchen. Chase betrat das Haus als Letzter, genau in dem Moment, als ein chinesischer Soldat mit einem auf ihn gerichteten Gewehr die Treppe herunterkam.

Chase gab zwei Schüsse ab, beide in die Brust des Mannes, der daraufhin die Treppe hinabstürzte.

Die beiden SEALs verharrten einen Moment – wenn ein Angreifer von oben gekommen war, hielten sich dort wahrscheinlich weitere Männer auf. Chase überließ dem Fahrer den Vortritt. Oben angekommen, warf dieser eine Blendgranate um die Ecke und den Flur hinunter.

Die Granate detonierte und es klingelte in Chases Ohren, als sie den Flur stürmten. Mehr Schüsse. Einer der SEALs wurde getroffen.

Jemand schrie etwas auf Mandarin.

Ein erneuter Schusswechsel.

Dann fand Chase sich plötzlich in einem der Räume im zweiten Stock wieder. Ihm gegenüber stand Lena neben einem schwarzen elektronischen Gerät, das ihn an eine kleine TV-Satellitenschüssel erinnerte. Es war auf einem Nachttisch neben einem offenen Fenster aufgebaut und zeigte schräg nach oben. Zu ihren Füßen lag ein toter chinesischer Soldat. Einer der neben Chase stehenden SEALs zielte mit einem Gewehr auf Lenas Kopf. Die hielt eine schwarze 9-mm-Pistole in der Hand, deren Lauf aber auf den Boden zeigte.

Chase betrachtete den SEAL. Seine Knöchel waren weiß vor Anspannung. Das Gesicht des Mannes war gerötet. Er hatte gerade erlebt, wie zwei seiner Teammitglieder angeschossen worden waren. Sein Kollege im Korridor war vielleicht tot.

Chase musste die Situation entschärfen. Also trat er vor und legte seine Waffe auf den Boden. Dann streckte er die Hände aus, die Handflächen zeigten auf den Boden. „Nimm die Waffe runter, Lena."

Er hatte halb erwartet, dass sie sich die Pistole an den Kopf halten würde. Aber sie überraschte ihn und legte diese ohne Zögern auf dem Tisch ab. In ihren Augen lagen widerstreitende Emotionen. Sie sah irgendwie müde aus, etwas, das er bei ihr noch nie zuvor gesehen hatte.

Chase machte einen Schritt auf sie zu. Sie starrte ihn an, als sie sich näher kamen. Er nahm einen Kabelbinder aus seiner Jackentasche, hielt ihn hoch und sagte: „Es ist vorbei, Lena. Ich muss das tun." Sie nickte und legte ihre Arme auf den Rücken.

Er konnte jetzt Hubschrauber hören. Vor dem Haus parkten ein halbes Dutzend Fahrzeuge mit Mitgliedern des Unterstützungsteams. Chase hätte erleichtert sein sollen, aber er war es nicht. Irgendetwas stimmte nicht. Lenas Verwandlung machte keinen Sinn. Sie war eine Kriegerin. Warum sollte sie aufgeben?

Chase zog den Kabelbinder zu und führte sie gerade aus dem Zimmer, als die Satellitenschüssel begann, Geräusche zu machen. Eine Reihe von Pieptönen und Vibrationen, dann wurde die Maschine wieder still. Auf der Digitalanzeige erschien eine Reihe chinesischer Schriftzeichen.

Sie hatte ihre Nachricht abgeschickt.

Lena lehnte sich an ihn. „*Jetzt* ist es vorbei."

35

Chinesischer Flugzeugträger Liaoning

Admiral Song besichtigte das Hangardeck seines Flugzeugträgers. Er liebte es, hin und wieder das ganze Schiff zu inspizieren. Es war gut, die Männer wissen zu lassen, dass er ihre Arbeit jederzeit stichprobenartig überprüfen konnte. Das sorgte für bessere Qualität.

„Admiral!"

Ein Adjutant kam durch den Hangar gerannt und wedelte mit der Hand. Es herrschte absolutes Funkverbot, jetzt, da sich die Trägergruppe den amerikanischen Inseln näherte. Zur Kommunikation zwischen den ranghöheren Offizieren wurden Boten eingesetzt.

Der Admiral und sein Gefolge blieben neben einem J-15-Kampfflugzeug stehen, als der Bote zu ihnen aufschloss.

„Sir, aus dem Kommunikationsraum des Schiffs – eine dringende Nachricht aus Peking."

Der Admiral öffnete die Mappe und entnahm ihr die ausgedruckte Nachricht. Er winkte seinen Stabschef heran, damit dieser mitlesen konnte. Der Admiral hatte Mühe, den hellgrauen Text zu entziffern. Er hatte den Versorgungsoffizier gerügt, weil dieser es versäumt hatte, genügend Tinte für die Reise einzuplanen. Jede Tintenpatrone wurde nun so lange benutzt, bis gar nichts mehr ging. Das führte dazu, dass der Admiral zunehmend verschwommenere Dokumente erhielt und langsam den Verstand verlor.

Sein Stabschef kam schneller als er zum entscheidenden Teil der Botschaft und fluchte beim Lesen leise vor sich hin.

Der Admiral fand den wesentlichen Abschnitt ebenfalls.

DAS AMERIKANISCHE MILITÄR ENTWICKELT VERTEI-DIGUNGSWAFFEN, MIT DENEN KRIEGSSCHIFFE DER JIAOLONG-KLASSE AUF DEM JOHNSTON-ATOLL UND DEN FRENCH FRIGATE SHOALS NEUTRALISIERT WERDEN SOLLEN. MINENFELDER WERDEN INNER-HALB DER NÄCHSTEN 24 STUNDEN RUND UM DIESE INSELN UND DIE HAWAIIANISCHE INSELKETTE VERLEGT. DAS AMERIKANISCHE WAFFENSYSTEM AUF DEM JOHNSTON-ATOLL IST NOCH NICHT EINSATZBE-REIT, KÖNNTE DIES ABER INNERHALB DER NÄCHSTEN 24-48 STUNDEN WERDEN. DIE LIAONING-KAMPF-GRUPPE SOLL SICH UNVERZÜGLICH MIT DER ABSICHT DES ANGRIFFS UND DER BESETZUNG AUF DAS JOHNS-TON-ATOLL ZUBEWEGEN. ANSCHLIESSEND WIRD DIE LIAONING-KAMPFGRUPPE IHREN KURS ANPASSEN, UM IN ANGRIFFSREICHWEITE VON HAWAII STELLUNG ZU BEZIEHEN. DORT ANGEKOMMEN, WIRD SIE SICH FÜR DEN ANGRIFF AUF HAWAII BEREITHALTEN.

Der Admiral schaute auf. „Sagen Sie dem Navigator und dem Kapitän, dass ich sie im Gefechtsstand erwarte."

Wenige Augenblicke später stand der Admiral über einen digitalen Kartentisch gebeugt, auf dem das Johnston-Atoll und Hawaii angezeigt wurden.

„Die Minenfelder zwischen dem Johnston-Atoll und den French Frigate Shoals werden riesig sein. Die Inseln sind Hunderte von Meilen voneinander entfernt." Er runzelte die Stirn.

„Und Hunderte von Meilen westlich von Pearl Harbor."

„Um wie viele Stunden wird die Kursänderung unsere Fahrt nach Hawaii verlängern?"

„Nur zwei bis drei Stunden, Admiral. Aber wir könnten auch einfach die Position ändern, von der aus wir den Angriff auf Hawaii starten."

„Hawaii ist unser eigentliches Ziel. Das dürfen wir nicht aus den Augen verlieren. Aber wir haben jetzt ein ernsthaftes Problem. Wir müssen mehr Fahrt machen und verhindern, dass die Amerikaner ihre neue Waffe dort installieren."

„Jawohl, Sir."

„Wie lange noch, bis wir uns in Schlagdistanz zu Hawaii befinden?"

„Etwa acht Stunden, bis unsere Kampfflieger in Reichweite sind. Unsere Marschflugkörper gegen Landziele werden wir einige Stunden später einsetzen können."

„Wir werden mit unserem Angriff so lange warten, bis beides in Reichweite ist, um die Effektivität zu maximieren."

„Ja, Sir."

„Nehmen Sie die notwendigen Anpassungen vor. Und schicken Sie die Befehle an unsere Begleitschiffe raus."

„Jawohl, Admiral."

Innerhalb einer Stunde hatten alle vierundsiebzig Schiffe der Flotte ihren Kurs angepasst.

36

Victoria wurde von zuschlagenden Türen, anspringenden Fahrzeugmotoren und Stiefelgetrampel vor ihrem Wohnwagen geweckt. Sie machte die Tür auf und schaute heraus. Einer der DEVGRU-Männer warf in Kampfmontur eine Tasche in das Heck eines Jeeps.

„Was ist passiert?"

„Das Ganze wurde vorverlegt. Treffen in zehn Minuten auf dem Flugfeld, Ma'am."

Vorverlegt? Victoria schaute auf ihre Uhr. Null eins dreißig. Wie immer war Victoria akribisch vorbereitet. Sie hatte ihr Trinksystem bereits vor dem Schlafengehen gefüllt und ihre Kleidung und Ausrüstung herausgelegt. Sie zog ihren Fliegeroverall an und gurgelte mit etwas Mundwasser, während sie ihre Stiefel zuband. Sechzig Sekunden später war sie mit der Helmtasche in der Hand unterwegs, ihre Stiefel knirschten auf dem Kiesweg zum Flugfeld.

Sie sah schwache grüne und rote Lichter an verschiedenen Stellen der Hubschrauber aufflackern. Die Taschenlampen der Wartungstechniker und Flugzeugbesatzungen, die Last-Minute-Kontrollen durchführten. Eines der grünen Lämpchen sprang vom Heckteil ihres MH-60R herunter und kam ihr entgegen.

„Guten Morgen, Boss."

„Plug. Sind Sie schon lange hier draußen?"

„Nur ein paar Minuten. Schwartz ist noch im OPS-Zelt, aber er sollte jeden Moment hier sein. Die SEALs sind alle bereit zum Aufbruch."

„Die Flugbesatzungen ebenfalls?"

„Ja, Ma'am."

Plug wirkte ernster als sonst. Sehr konzentriert. Das lag daran, dass es jetzt zur Sache ging.

„Der Vogel ist bereit?"

„Es kann losgehen."

Die vier Hubschrauber waren jeweils zwanzig Schritte voneinander entfernt in einer Reihe geparkt. Vor jedem Luftfahrzeug waren Hilfstriebwerke und Wartungspersonal positioniert. Die Waffenwarte hatten gerade ihre Vorflug-Waffenkontrollen abgeschlossen. Eine gespannte Stille lag in der Luft. Die anderen Piloten und Besatzungesmitglieder standen nun in einer Gruppe neben den Sondereinsatzkräften, direkt vor den Hubschraubern. Flüstern und nervöses Lachen. Dreifache Kontrollen von Ausrüstung und Plänen.

Plug fragte einen der anderen Piloten: „Um wie viel Uhr geht die Sonne auf?"

„Spät. Erst nach null siebenhundert. Wir fliegen mit Nachtsichtbrillen, bis wir unser Ziel erreichen."

Plug nickte.

Ein Golfwagen kam vom OPS-Zelt auf das Flugfeld gefahren. Der Adjutant des Generals signalisierte Victoria und dem DEVGRU-Kommandanten, dass sie einsteigen sollten. Im OPS-Zelt wurden sie in einen Raum mit einer großen Papierkarte geführt, die auf einem Tisch in der Mitte ausgebreitet war. Eine Zeltwand war mit Computern und Kommunikati-

onsausrüstung gesäumt. Mehrere Männer mit Headsets
tippten hektisch auf Tastaturen herum, sprachen in ihre
Mikrofone und empfingen Informationen für die Gruppe.

General Schwartz sah sie eintreten und begann mit seiner
Erläuterung: „Die chinesische Flotte wurde vor einer Stunde
von einer unserer Triton-Drohnen gesichtet. Bevor sie abgeschossen wurde, konnten wir die Kommunikation zwischen
dem chinesischen Flugzeugträger und dem Schiff der Jiaolong-Klasse abfangen." Der General machte eine Pause und
schaute auf. „Sie haben den Kurs geändert und steuern nun
direkt auf das Johnston-Atoll zu. Laut unseren Geheimdienstberichten müssen wir in den nächsten Stunden jederzeit mit
einem Angriff auf das Johnston-Atoll und danach mit einem
Angriff auf Hawaii rechnen.

Victoria war bereit. „Wir können jederzeit starten."

„Es ist an der Zeit, dem Team zu sagen, wie unser Plan
wirklich aussieht", sagte General Schwartz.

Victoria und der DEVGRU-Kommandant nickten
zustimmend.

Wenige Minuten später hielt General Schwartz vor den
Hubschrauberbesatzungen und dem Sondereinsatzkom-
mando eine Ansprache. Die Gruppe stand aufmerksam und
ruhig im Dunkeln vor den startbereiten Hubschraubern. Von
der hawaiianischen Küste drang das Rauschen der Wellen
herüber.

General Schwartz erklärte: „Also Leute, in der vergangenen Woche haben Sie alle für die Landung auf dem Johnston-Atoll trainiert. Jetzt haben sich die Pläne geändert. Ihre
Mission wird den Übungen, die wir durchgeführt haben, sehr
ähnlich sein. Aber Sie fliegen nicht zum Johnston-Atoll."

Fassungsloses Schweigen. Jemand zog einen Rollwagen
ein Stück nach vorne und hielt eine rote Taschenlampe
darauf. Er war mit großen weißen Zylindern gefüllt. Victoria

wusste, dass es sich um SUS-Bojen handelte, eine Art Bombe, die explodierte und dabei ganz bestimmte Signale aussandte.

„Jede Besatzung wird zwei davon an Bord nehmen."

Dann erklärten der General und jemand vom zivilen Personal den geänderten Einsatz. Victoria und der DEVGRU-Kommandant waren vorab informiert worden, bisher aber zur Geheimhaltung verpflichtet gewesen.

Schließlich meldete sich Victoria zu Wort: „Da ist noch eine Sache. Aufgrund dieser Modifikation haben wir möglicherweise nicht genug Treibstoff, um es zurück zu einem Landeplatz zu schaffen." Sie sah die Besatzungen der Reihe nach an. „Hat jemand ein Problem damit?"

Alle schwiegen.

„General, wir sind bereit."

Dreißig Minuten später rollten die vier Hubschrauber auf die Startbahn und hoben ab. Sie flogen über den Pazifik nach Süden und wechselten sich beim Auftanken auf zwei Küsten-kampfschiffen ab. Dann flogen sie weiter der chinesischen Flotte entgegen, während im Osten die rote Sonne aufging.

37

Admiral Song beobachtete den Verlauf der Schlacht von seiner Brücke aus, mehrere Etagen über dem geschäftigen Flugdeck. Er war von den nächtlichen Operationen nicht gerade begeistert. Seine Flugzeugträger waren mit Nachteinsätzen nicht so vertraut wie ihre amerikanischen Pendants. Aber sie würden es hinkriegen. Unter ihm nahmen die mit Raketen und vollen Treibstofftanks maximal beladenen J-15-Jets ihre Startpositionen ein.

Er betrachtete den Ozean durch ein Nachtsichtfernglas. So weit das Auge reichte, war der Horizont mit Masten chinesischer Kriegsschiffe übersät. Sämtliche Schiffsradare suchten den Himmel nach Anzeichen von Schwierigkeiten ab und kommunizierten miteinander mittels verschlüsselter Datenbursts, während sie nach Norden in Richtung Hawaii segelten. Die Luftschiffe für die U-Jagd waren die Vorreiter, ihr Sonar stellte sicher, dass die Route der Kampfgruppe nicht durch amerikanische U-Boote gefährdet wurde.

Aber bislang hatte kein einziges U-Boot ihre Fahrt behindert. Die Zeppeline hatten die Amerikaner das Fürchten gelehrt. Sie hatten verstanden, dass es nicht lohnte, milliardenschwere Waffensysteme und Hunderte von Leben zu verschwenden, nur um seine Flotte auszuspionieren.

„Wir sind bereit für den Start, Admiral."

„Weitere Nachrichten aus Peking?"

„Nein, Admiral."

Sie waren die letzten Stunden von ihrem ursprünglichen Kurs abgewichen und nach Osten gefahren, um so nahe wie möglich an das Johnston-Atoll heranzukommen. Sie würden die Insel erobern und mit ihr den amerikanischen Verteidigungsmechanismus, der angeblich die Jiaolong-Technologie entschärfen konnte. Er machte sich mehr Sorgen über die Minenfelder, die die Amerikaner in den umliegenden Gewässern verlegt hatten. Seine Minenräumboote bildeten die Speerspitze seiner Flotte, aber ihre Durchfahrtsgeschwindigkeit war viel zu hoch, als dass sie hätten effektiv sein können. Der Geheimdienstbericht, den das chinesische Hauptquartier durchgegeben hatte, war pures Gold. Sie mussten schnell handeln.

„Dann können Sie jetzt loslegen, Kapitän."

Der Befehl des Admirals wurde an die ganze Flotte weitergegeben. Kurz darauf zündeten die Düsenjets des Flugzeugträgers ihre Nachbrenner und schossen die Sprungschanze am Bug hinauf. Die Jets kreisten einige Minuten lang in verschiedenen Höhen, bis genügend von ihnen abgehoben hatten. Dann flogen sie in zwei getrennten Staffeln nach Norden.

Zwei Nachwuchsoffiziere saßen im vorderen Teil der Admiralsbrücke an ihren Computerterminals. Sie standen in ständigem Kontakt mit ihren Kollegen in der Operationszentrale unter Deck. Ihre Aufgabe war es, dem Admiral alle Informationen zu übermitteln, die die Kampfflieger sahen.

Einer von ihnen drehte sich nun um und sagte: „Admiral,

wir haben eingehende feindliche Luftkontakte! Über fünfzig kommen von Hawaii aus auf die Kampfgruppe zu."

„Klassifikation?", fragte der Admiral.

„Unbekannt, Sir."

„Sind sie in Reichweite unseres Flugabwehrsystems?"

„Sie werden es bald sein, Sir."

„Sehr gut. Halten Sie mich auf dem Laufenden."

Admiral Song nickte. Er war verhalten zuversichtlich und blickte erneut durch sein Nachtsichtfernglas auf das Schiff der Jiaolong-Klasse ein paar Meilen von seiner Steuerbordseite entfernt. Bei den bisherigen Begegnungen mit den Amerikanern hatte sie exzellente Dienste geleistet. Mit etwas Glück würde sie es wieder tun.

Mehrere Staffeln vom Typ B-52 und B-1B der US-Luftwaffe waren in schneller Folge aufgestiegen. Eine weitere F-22-Staffel flog bereits Luftüberwachungseinsätze mit Kampfauftrag.

Major Chuck „Hightower" Mason steuerte eine B-1. Während des ersten Angriffs auf die Jiaolong-Klasse vor ein paar Wochen hatte er seine Maschine von Guam aus gestartet. Von seinem Flugzeug aus hatte er fast ein Dutzend Anti-Schiffs-Raketen abgefeuert. Aber jedes seiner Geschosse war von dieser neuen chinesischen Energiewaffe regelrecht verdampft worden. Darüber hinaus hatten die Chinesen viele der amerikanischen Flugzeuge runtergeholt.

Es war demütigend gewesen.

Aber noch demütigender war die Ausführung des Befehls, sein Flugzeug von Guam nach Hawaii zu bringen, um dort auf die Kapitulation der Amerikaner zu warten. Die US-Kommandatur hatte alle einsatzfähigen Flugzeuge evakuiert, bevor die Chinesen sie zerstören konnten. Beim Verlassen von Guam hatte der Major eine Mordswut gehabt. Doch nun flogen Dutzende der damals evakuierten Flugzeuge diese Mission. *Weiterleben, um ein anderes Mal angreifen zu können.*

„Jetzt geht's los. Habe gerade den Vorbereitungsbefehl erhalten", ertönte die Stimme seines Waffensystemoffiziers im Heck des Flugzeugs.

„Waffenschächte öffnen sich."

Sie gingen das Prozedere für den Abwurf der Waffen durch und warteten dann auf das letzte Signal von ihrem Führungsflugzeug.

Augenblicke später füllte sich der Himmel mit etwa neun Fuß langen Radarköderdrohnen (MALD). Die grauen Raketen bewegten sich mit mehreren Hundert Knoten auf die chinesische Flotte zu.

Major Mason schaute aus seinem Cockpitfenster. Unter ihnen befand sich der US-Flugzeugträger *Ford*. In der Dunkelheit konnte er die Nachbrenner der Jets sehen, die gerade vom Flugdeck starteten.

„Sie haben das Ding schnell repariert."

„Ich bin mir nicht sicher, ob sie es repariert oder nur das Flugdeck mit genug Klebeband umwickelt haben, um die Starts der Jets zu ermöglichen."

„Heben die Growlers auch von dort aus ab?"

„Sind bereits unterwegs. Sie werden für die MALDs das elektronische Störfeuer übernehmen."

Admiral Song runzelte die Stirn. „Was meinen Sie damit, es gibt *fünfhundert* Luftkontakte? Diese Zahl ist absurd."

„Sir, das kommt direkt vom Flugabwehroffizier."

„Das ist unmöglich."

„Der Flugabwehroffizier sagt, dass die –"

Der Offizier brach mitten Satz ab und hielt sich sein Headset ans Ohr.

Admiral Song schnaubte. „Was? Beenden Sie den Satz."

„Sir, es gibt jetzt über *eintausend* eingehende Flugspuren."

Admiral Song wurde blass. Er sah zur Steuerbordseite hinüber. Die Jiaolong-Technologie wurde jetzt ernsthaft auf die Probe gestellt. Ihre Computer mit der künstlichen Intelligenz und der großen Rechenleistung sollten theoretisch in der Lage sein, so viele Kontakte zu neutralisieren. Aber es gab viele Datenknotenpunkte in ihrem Netzwerk. All diese Informationen würden durch die vielen Schiffe in der Kampfgruppe fließen. Je höher die Anzahl der Luftkontakte, desto komplexer das Problem. Wenn ...

„Sir ..." Der junge Offizier sah jetzt verängstigt aus. „Sir, der Flugabwehroffizier sagt, dass es jetzt über tausendfünfhundert ankommende Flugspuren sind. Die erste Angriffswelle befindet sich in Reichweite des Jiaolong-Systems. Er hat das Feuer freigegeben."

Admiral Song schüttelte den Kopf. Was für eine Art Täuschmanöver war das? Die Amerikaner waren nicht in der Lage, so viele Raketen auf einmal abzufeuern. Der Admiral betrachtete erneut die metallischen Monolithen am Bug und am Heck des Jiaolong-Schiffs. Er stellte sich die unsichtbaren Energiestrahlen vor, die in Richtung Himmel schossen.

Entspann dich. Es wird funktionieren, machte er sich selbst Mut.

„Sir, der Flugabwehroffizier bat mich, Ihnen mitzuteilen, dass –"

Der Kopf des Admirals drehte sich ruckartig zur Backbordseite, als Stichflammen und der weiße Rauch der Raketen von einem der Begleitzerstörer aufstiegen und den Nachthimmel erhellten. Dann gesellten sich weitere Rauchfahnen von den anderen Schiffen im Verband hinzu, die ebenfalls in die Luft schossen und auf bogenförmigen Flugbahnen in die Ferne entschwanden.

Der Admiral lächelte. „Die Marschflugkörper werden abgefeuert."

„Nein, Sir. Ich bitte um Entschuldigung. Der Kommandant der Luftverteidigung hat mit dem Abschuss unserer Boden-Luft-Raketen begonnen. Er sagte, das Jiaolong-System sei mit Flugspuren überfrachtet und er sei sich nicht sicher, ob sie ..."

Der Admiral wartete das Ende des Satzes nicht ab. Er erhob sich von seinem Stuhl und rannte auf den Leiterschacht zu. Sein Instinkt sagte ihm, dass gerade etwas drastisch falsch lief. Er machte sich auf den Weg zur Operationszentrale, um sich selbst einen Eindruck zu verschaffen.

38

Victoria beobachtete ehrfürchtig, wie zahlreiche hellgrüne Raketenzündungen kurzzeitig ihr Nachtsichtgerät erleuchteten. Die Geschosse wurden von Schiffen aus einer Entfernung von mehr als einem Dutzend Meilen abgefeuert und flogen Tausende von Fuß über sie hinweg in die Richtung, aus der sie gekommen war.

Plug flüsterte in sein Lippenmikrofon: „Wahnsinn. Hat man so was schon mal gesehen?"

Als sie sich der Flotte näherten, wurden am Horizont Schiffsmasten sichtbar, die wie Türme in den Himmel ragten. Dann erschienen die Silhouetten unzähliger chinesischer Kriegsschiffe, beleuchtet von den fortgesetzten Raketenstarts. Die Kriegsschiffe auf dem dunklen Ozean sahen bedrohlich aus, wie Friedhofsgeister, die sich langsam durch einen höllischen Sturm mit Blitz und Donner bewegten. Alle paar Sekunden wurden ihre Brillen durch weitere Raketenstarts erleuchtet.

Plug bemerkte: „Direkt in die Höhle des Löwen ..." Er stellte die vorwärts gerichtete Wärmebildkamera (FLIR) auf die nächstgelegenen Schiffe ein. Fregatten, die offensichtlich nur noch wenige Meilen entfernt waren.

„So sieht's aus." Victoria stellten sich langsam die Nackenhaare auf.

„Die gesamte Flotte sieht extrem zusammengepfercht aus. Warum liegen die Schiffe alle so dicht beieinander?"

„Das hat mit der Funktionsweise ihres neuen Flugabwehrsystems zu tun. Anstatt die Ziele zu verteilen und zu trennen, werden sie in unmittelbarer Nähe der hochwertigen Einheit zusammengeführt. Auf diese Weise kann die Energiewaffe der Jiaolong die Zonenverteidigung für die gesamte Flotte übernehmen."

Der Hubschrauberschwarm drang nun in das Gebiet der feindlichen Kriegsschiffe ein. Er schlängelte sich durch die chinesische Flotte hindurch, bemüht, den Abstand groß genug zu halten, damit sie für freundliche Luftfahrzeuge gehalten werden konnten. Victoria rechnete jeden Moment damit, dass man sie entdecken würde. Aber es waren auch chinesische Hubschrauber in der Luft. Wenn die amerikanischen Vögel nicht auf dem Radar auftauchten, würden die meisten chinesischen Ausgucke die Kontakte einfach melden und dann wieder vergessen. Mit etwas Glück würden die Fluglotsen annehmen, dass es sich bei den amerikanischen Helis um chinesische Hubschrauber handelte. Schließlich wäre niemand dumm genug, so etwas zu tun …

Victoria sagte: „Wenigstens wissen wir, dass das Jamming funktioniert. Bis jetzt schießt noch niemand auf uns."

Plug antwortete: „Oder verdampft uns mit einem Laser. Wenn ich die Wahl habe, entscheide ich mich für Letzteres."

„Ich glaube nicht, dass das so funktioniert, aber okay." Sie wischte sich den Schweiß aus den Augen. Ihr Körper schmerzte von den vielen Flugstunden, die sie bereits hinter sich gebracht hatten, einschließlich eines Tankstopps auf einem Küstenkampfschiff. Das Fliegen in enger Formation war eine Herausforderung. Dazu war es eine Qual, mehr als sechs Stunden mit Nachtsichtbrille zu fliegen, nur fünfundzwanzig Fuß über den Wellenkämmen. Die Konzentration und Disziplin, die das erforderte, waren monumental. Plug und Victoria wechselten sich stündlich an der Steuerung ab. Jetzt flog er wieder und sie saugte Wasser durch den an ihrer Schulter befestigten dicken Trinkschlauch.

Victoria betrachtete die digitale Karte, die auf der Mittelkonsole angezeigt wurde. Die darin einfließenden Informationen wurden über eine sichere Datenverbindung geliefert, die speziell für diese Mission eingerichtet worden war. Eines der ultrageheimen, weltraumgestützten Aufklärungsmittel der Luftwaffe hatte gerade aktualisierte Positionen der chinesischen Flotte übermittelt. Die Auflösung der Bilder war so gut, dass sogar ihr Hubschrauber sichtbar war. Militärische Supercomputer auf Hawaii verarbeiteten die visuellen Daten und glichen sie mit elektronischen Signalen ab, um Victoria mit präzisen Zielinformationen zu versorgen, zusammen mit weiteren Daten zu jedem Schiff der chinesischen Flotte. All das wurde digital dargestellt, um ihr bei der Entscheidungsfindung zu helfen. Das war Teil ihrer Ausbildung in der vergangenen Woche gewesen. Dadurch waren sie in der Lage, passive Navigations- und Zieldaten zu erhalten, ohne den Feind auf sich aufmerksam zu machen – was passieren würde, sobald sie ihr Radar einschalteten.

„Fünf Minuten bis zum Ziel. Geben Sie den anderen Helis Bescheid."

„Verstanden."

Im hinteren Teil des Fluggeräts gab ihr Besatzungsmitglied dem Hubschrauber neben ihnen mit einer Infrarot-Taschenlampe ein Signal.

„Plug, versuchen Sie uns noch etwa fünf Fuß tiefer zu bringen."

Die vier Luftfahrzeuge bildeten eine noch engere Formation und sanken ein Stück. Die Wellen waren gut sechs Fuß hoch, gelegentlich spritzte auch Gischt auf. Der Ozean sah durch ihre Nachtsichtbrille dunkelgrün und verschwommen aus. Die beiden MH-60S-Hubschrauber verfügten über weit oben montierte Stummelflügel, an denen Raketenbehälter und AGM-114 Hellfire-Raketen befestigt waren. Die beiden MH-60R-Hubschrauber, die das Gewicht des speziell angefertigten elektronischen Angriffsgeräts unterhalb der Nase mitführten, hatten jeweils nur eine Außenlaststation mit Hellfire-Raketen auf der linken Seite.

„Ein bisschen mehr nach rechts, Plug. Versuchen Sie, Abstand zu halten –"

„Das tue ich. Aber wenn ich mich von einem der Zerstörer entferne, komme ich zwangsläufig einem anderen näher."

Es war ein surreales Gefühl. Die vier Hubschrauber der US-Marine bewegten sich nun innerhalb des Schutzschilds der chinesischen Flotte und kurvten zwischen deren Kriegsschiffen hindurch. Sie waren mit hundertfünfzig Knoten unterwegs, was einem in dieser geringen Höhe unglaublich schnell vorkam.

Das nächstgelegene chinesische Schiff war noch zweitausend Yard entfernt. Damit waren die Helis auf jeden Fall in Reichweite der schwereren Flugabwehrwaffen des Zerstörers. Aber jeder, der sie bis jetzt entdeckt hatte, musste von ihrem Anblick extrem verwirrt gewesen sein. Ihre geringe Höhe sowie die Nähe zu den Schiffen bedeuteten, dass die Wachposten an Bord der Überwasserschiffe tatsächlich nach *unten* blicken mussten, um sie wahrzunehmen. Die meisten chinesischen Seeleute waren aber damit beschäftigt, auf Radar- und

Digitalanzeigen zu schauen. Sie feuerten Raketen ab, weil sie einen Angriff von *oben* erwarteten.

Der Angriffsplan der Hubschrauber war so kühn, so außergewöhnlich, dass Victoria langsam zu glauben begann, sie könnten ihr Ziel tatsächlich erreichen, ohne unter Beschuss zu geraten. Sie brauchten nur noch ein paar Minuten ...

„Kontakt auf der drei Uhr, gleiche Höhe."

„*Weiche nach links aus.*" Plug benutzte jetzt das externe UHF-Funkgerät. Sie waren aufgeflogen, weshalb sich die Funkstille erübrigte.

Victoria spürte, wie der Hubschrauber scharf nach links rollte und hielt den Atem an. Der Gedanke an die enge Formation, die in der Dunkelheit zusammenstoßen konnte ... Aber es passierte nicht. Stattdessen wurde von einem der chinesischen Schiffe zu ihrer Rechten eine Salve gelber Leuchtspurmunition abgefeuert.

Dann waren sie daran vorbei und außerhalb der Reichweite der chinesischen Geschütze. Victoria sagte: „Eine Minute bis zum Ziel. Da ist es."

Vor ihnen lagen zwei Riesenschiffe, die beide mit der FLIR-Kamera erfasst und auf dem Monitor vor Plug angezeigt wurden. Das Erste sah aus wie ein Frankensteinmonster, zusammengestückelt aus einem kommerziellen Supertanker und einem Amphibienschiff der San-Antonio-Klasse. Aber die Metalltürme an Bug und Heck waren viel höher, stellte sie fest. Flugdeckplattformen ragten relativ weit oben auf beiden Seiten aus dem Rumpf heraus. Insgesamt vier. Auf einem dieser Decks wurde an einem riesigen Luftschiff gearbeitet. Das waren die tödlichen U-Jagd-Drohnen, von denen sie so viel gehört hatte und die der U-Boot-Flotte der USA solch herbe Verluste bereitet hatten.

Es war das Schiff der Jiaolong-Klasse.

Mindestens eine Meile dahinter fuhr der chinesische Flugzeugträger *Liaoning* mit der Skischanze auf dem Flugdeck. Im Moment starteten oder landeten keine Jets, aber sie konnte einen kleinen Hubschrauber am Horizont ausmachen. Das musste der Heli für die SAR-Einsätze sein. Was bedeutete, dass sie momentan wahrscheinlich Flugoperationen durchführten. Gott stehe ihr bei, wenn sie ins Visier eines chinesischen Jägers gerieten. Ihr wurde klar, wie dumm dieser Gedanke war. Um sie herum mussten Tausende von Boden-Luft-Raketen sein. Was spielte es für eine Rolle, von wem sie abgeschossen wurden?

„Wie lange noch?" Plug klang angespannt. Er führte die Flugzeugformation so dicht an das Wasser heran, dass die Rotorscheibe nur noch wenige Fuß von den Wellenbergen entfernt war. Die Oberfläche des Ozeans war jetzt leicht zu erkennen. Am östlichen Horizont wurde es heller, wodurch mehr Licht auf das Nachtsichtgerät fiel. Die Morgendämmerung würde innerhalb der nächsten Stunde einsetzen – wenn das geschah, verlören ihre Hubschrauber mit der Dunkelheit ihre größte Tarnung.

Victoria schaute auf den Timer in der linken oberen Ecke der Digitalanzeige. „Noch dreißig Sekunden bis zum geplanten Angriff."

„Verstanden. Wie ist unsere voraussichtliche Ankunftszeit?"

„Nur knapp darüber."

„Schön. Nun, wenn wir das hier überleben, werden sich die Jungs vom SEAL-Team Sechs sicher beschweren, weil wir ein paar Sekunden zu spät angekommen sind, aber ich bin ziemlich beeindruckt. Dieser Flug hat eine überdurchschnittlich gute Bewertung verdient."

„Wir sollten langsamer werden."

„Verstanden. Reduziere den Schub."

Plug zog den Steuerknüppel nach hinten und drückte den Schubhebel nach unten. Ihre Fluggeschwindigkeit von hundertfünfzig Knoten begann zu fallen.

Hundertvierzig.

Das Schiff der Jiaolong-Klasse wurde vor ihren Augen immer größer. Nun konnten sie auf dem hinteren Brückenflügel chinesische Seeleute sehen, die auf sie zeigten. Noch fielen keine Schüsse. Den Matrosen stand eine höllische Überraschung bevor ...

Hundertfünfundzwanzig Knoten. Fünfzehn Sekunden.

Aus den zylindrischen Startbehältern der MH-60S-Hubschrauber wurden moderne Lenkflugkörper des Advanced Precision Kill Weapon-Systems abgefeuert. Schlanke weiße Raketen machten sich auf die Reise zur Brücke und den beiden Flugabwehrkanonen des Schiffs.

Einhundert Knoten. Zehn Sekunden.

„Ich werde das Schiff im Uhrzeigersinn umkreisen", erklärte Plug.

„Verstanden." Victoria drehte den Kopf, um die anderen Hubschrauber in der Formation zu betrachten. Alles sah gut aus. Die Formation hatte sich inzwischen gelockert und die Sierras, in denen der Großteil der Sondereinsatzkräfte untergebracht war, waren nun gute drei Rotordurchmesser von den Romeos getrennt.

„Es geht los", sagte Victoria. Sie blickte aus dem Cockpitfenster. „Hoffen wir, dass die Koordinaten stimmen."

Plötzlich starteten vermehrt Boden-Luft-Raketen von der chinesischen Flotte aus in Richtung Himmel, zusammen mit den Leuchtspuren der Flugabwehrgeschütze. Überall am Horizont schossen weiße Rauchfahnen in die Höhe und begannen dann nach Norden abzudrehen. Es mussten fünfzig verschiedene Spuren von Leuchtspurmunition sein, die bei dem Versuch, die Schiffe gegen den amerikanischen Angriff

zu verteidigen, am Himmel ein brillantes Feuerwerk insze-
nierten.

Admiral Song hatte ein hochrotes Gesicht, eine feuchte
Aussprache und fuchtelte wild mit den Armen in der Luft
herum, als er seinen Flugabwehroffizier anschrie.

Dieser versuchte die Lage darzulegen: „Das Jiaolong-
System wurde von eingehenden Luftkontakten gesättigt, Sir.
Wir feuerten auf einige von ihnen und unsere Computer
sagten uns, dass eine mehr als fünfundneunzigprozentige
Wahrscheinlichkeit bestand, dass diese Spuren zerstört
wurden. Aber ..."

„Aber was?"

„Aber dann tauchten sie wieder auf ..."

Diese Bemerkung machte den Admiral nur noch wüten-
der. Er schaute auf den Bildschirm. Es wurden noch immer
fast tausend ankommende amerikanische Luftkontakte angezeigt, die jetzt gefährlich nah waren. Viele von ihnen wurden
als Jäger und Bomber eingestuft. Aber weitaus mehr wurden
als feindliche Raketen klassifiziert. Marschflugkörper, die auf
seine Flotte zu steuerten.

Der Flugabwehroffizier hatte zugegebenermaßen das
Richtige getan. Als er merkte, dass das Jiaolong-Luftverteidi-
gungssystem nicht richtig funktionierte, hatte er konventionelle Abwehrmaßnahmen ergriffen. Daher hatte die
chinesische Flotte damit begonnen, Boden-Luft-Raketen zu
starten.

Einer der jungen Offiziere prüfte sein Display und sagte:
„Das macht immer noch keinen Sinn. Manche der Luftkontakte verschwinden einfach, und einige sind ..."

„Sind was?"

„Sie scheinen sich zu vermehren, Sir. Wo eben einer war, sind es jetzt zwölf oder mehr."

„Wie viel Zeit bleibt bis zum Einschlag?"

„Sir, die erste Welle unserer Boden-Luft-Raketen sollte jeden Augenblick ihre Ziele erreichen.

Hundert Meilen weiter nördlich setzten dreihundert Marschflugkörper und ein Dutzend amerikanischer Kampfflugzeuge eine uralte Kriegstaktik neu in Szene: die Finte. Zusammen mit den F-18G Growlers verwirrten die Air Force Marschflugkörper der Typen MALD-N und MALD-X die chinesische Flugverteidigung in mehrfacher Hinsicht. Einige der Täuschkörper hatten eine Elektronik installiert, die es so aussehen ließ, als befänden sie sich fast zehn Meilen von ihrer tatsächlichen Position entfernt.

Ein anderer Typ von Köderdrohne fungierte zusammen mit den Growlers als Störsender, um abgefeuerte Raketen zu „verstecken." Wieder andere erzeugten Geisterbilder: Gefälschte Radarsignaturen, die den Anschein erweckten, es gäbe mehr Kontakte als in Wirklichkeit vorhanden waren. Aber welcher Kontakt war echt? Das war das Problem der Chinesen: Sie mussten entscheiden, welche Spuren sie anvisieren wollten.

Die B-2 Spirits, die riesigen schwarzen Tarnkappenbomber, welche als Nurflügler konzipiert waren, führten eine dritte Art von Marschflugkörpern mit. Die zugrundeliegende Technologie stammte aus Projekten wie dem Perdix-Programm, das vom Strategic Possibilities Office des Pentagon initiiert worden war.

Diese Perdix-Marschflugkörper waren recht groß und beherbergten zwanzig Mikrodrohnen. Als Teil ihrer vorpro-

grammierten Mission öffneten die größeren Marschflugkörper nach fünfzig Meilen Flug einen Waffenschacht und
warfen die kleinen Drohnen ab. Diese klappten ihre Flügel
aus und bewegten sich als Schwarm auf die chinesische Flotte
zu. Ihre kleinen Triebwerke und Antennen waren so konstru-
iert, dass sie einen normalen amerikanischen Lenkflugkörper
simulierten.

Aus diesem Grund erlebten die Chinesen eine Vervielfa-
chung der Luftkontakte. Hunderte von Täuschkörpern, die
auf einer vorgeplanten Flugbahn wie ein kollektiver Orga-
nismus auf die chinesische Kampfgruppe zuflogen. Diese
Schwärme von Mikrodrohnen waren völlig autonom, kommunizierten jedoch miteinander, um ihre Flugbahn und ihr Profil
zu aktualisieren, während sie sich ihrem Ziel näherten.

Aus der anfänglichen Welle von etwa hundert amerikanischen Flugzeugen war ein vorgetäuschter Tsunami aus fast
zweitausend ankommenden Raketen, Täuschkörpern und
falschen Radarsignaturen entstanden. Für die Chinesen war
es fast unmöglich, Fakten und Fiktion auseinanderzuhalten.

Als die chinesischen Boden-Luft-Raketen diese ankom-
menden amerikanischen Geschütze erreichten, verzeichnete
die amerikanische Angriffssalve Verluste. Zuerst waren es
Dutzende, dann Hunderte. Nachdem mehrere MALD-
Raketen und F-18G Growler getroffen worden waren, sank die
Zahl der amerikanischen Luftkontakte stark, da die falschen
Spuren nicht mehr projiziert wurden.

Auch wenn die chinesische Flotte einen Großteil ihrer
Boden-Luft-Raketen hatte einsetzen müssen, war die Zahl der
sich nähernden US-Raketen für Admiral Song und sein Luft-
verteidigungsteam nun wieder überschaubar. Jenseits des
Sättigungspunkts konnten die Chinesen erneut die Jiaolong-
Technologie einsetzen und waren absolut zuversichtlich in
Bezug auf die Ergebnisse, die sie damit erzielen würden.

„Jiaolong-Luftverteidigung fährt wieder hoch, Sir. Sie wird jeden Moment übernehmen."

Admiral Song nickte den Leuten von der Flugabwehr zu. „Gut. Das klingt schon besser."

Er erwartete eine Rückmeldung vom Kommandanten der Kampfflieger, die sie gerade nach Hawaii geschickt hatten. Außerdem musste sein Strike Commander den Einsatz ihrer Marschflugkörper wieder aufnehmen. Dieser amerikanische Angriff hatte sie aufgehalten. Den Kampfflugzeugen würde der Treibstoff ausgehen. Dennoch waren das nur geringfügige Verzögerungen.

Admiral Song verfolgte auf der Digitalanzeige in der Operationszentrale, wie die Zahl der ankommenden Raketenspuren zu schwinden begann. Er atmete erleichtert auf. Nun konnte er sich wieder auf die Brücke begeben und die regelmäßigen Updates abwarten.

„Sir, es kommt ein Alarm von der Brücke herein."

„Was sagen Sie da?"

„Sie sagen, dass das Jiaolong-Schiff angegriffen wird."

Der Admiral runzelte die Stirn. War einer der Marschflugkörper durchgekommen? Wenn ja, schien es dennoch unwahrscheinlich, dass er die hochwertige Einheit so exakt hätte lokalisieren können.

„Welche Art von Angriff?"

„Sir ... es scheint, dass ... die Amerikaner ein Überfallkommando geschickt haben, um das Schiff zu entern."

Der Admiral antwortete einen Moment lang nicht. Sie befanden sich Hunderte von Meilen vom nächsten amerikanischen Schiff oder Landstützpunkt entfernt, waren von fast einhundert chinesischen Kriegsschiffen umgeben, jedes mit einem Hightech-Flugabwehrradar ausgerüstet.

Sein Mund stand offen, er war verwirrt und fassungslos. Trotzdem lief es ihm kalt den Rücken herunter.

Plug zog langsam Kreise um das Schiff der Jiaolong-Klasse. Sie blieben auf fünfzig Fuß, während der andere Romeo auf der gegenüberliegenden Seite hundert Fuß über ihnen flog. Die beiden MH-60 Sierras hatten ihr Raketen abgeschossen und das auf dem hinteren steuerbordseitigen Flugdeck festgemachte Luftschiff zerstört. Anschließend hatten sie sich direkt über den beiden vorderen Flugdecks positioniert, wo sich die DEVGRU-SEALs in Sekundenschnelle auf die Plattformen abgeseilt hatten und nun zum Hauptdeck des Schiffs rannten.

Die Angriffsteams hatten über eine Woche für diese Mission trainiert, und obwohl sie auf nur wenige exakte Zielinformationen hatten zurückgreifen können, waren sie auf jede Eventualität vorbereitet.

Victoria spürte und hörte den Knall eines .50-Kaliber-Scharfschützengewehrs aus der hinteren Kabine ihres eigenen Hubschraubers. Einer der SEAL-Scharfschützen war dort postiert und gab seinen Kollegen auf dem Schiff Deckung. Ein weiterer Knall. Sie konnte den Rückstoß der großkalibrigen Waffe spüren, selbst unter dem Helm.

Während ihrer Warteschleifen beobachtete sie die schnellen methodischen Bewegungsabläufe der DEVGRU-Einheiten, die sich in den modularen Schiffsabteilungen von einer Sektion zur anderen bewegten. Es gab drei separate Teams, die auf verschiedene Ziele auf dem Schiff zusteuerten. Zwei Sprengstoffexperten pro Team, zur Sicherheit.

„Zeitüberprüfung."

„Sie haben noch zwei Minuten."

Sie hob ihren Blick, um den Flugzeugträger zu inspizieren. Das war der gefährlichste Aspekt. Sie flogen momentan sehr tief und dicht an dem Schiff der Jiaolong-Klasse vorbei. Der Flugzeugträger war zwar einige Meilen entfernt, aber die chinesischen Matrosen an Bord der *Liaoning* würden sicherlich begreifen, was hier vor sich ging: Vier amerikanische Hubschrauber, die das auf ihrer Steuerbordseite fahrende Schiff umkreisten. Die Chinesen auf den umliegenden Schiffen hatten die Einschläge der Raketen in die Brücke und das Flugabwehrsystem eventuell beobachtet. Die Jiaolong hatte wahrscheinlich ein Notsignal ausgesandt. Unter Umständen hatten die Chinesen auch die Landung des amerikanischen Angriffsteams auf dem Deck sowie die Schüsse und Explosionen verfolgt, wenn sie Ferngläser benutzten oder eine vergrößerte Ansicht ihrer Außenkameras studierten.

Aber wären sie auch in der Lage, etwas dagegen zu unternehmen?

Die Planer der amerikanischen Mission setzten darauf, dass das Schiff der Jiaolong-Klasse für den Erfolg der chinesischen Flotte so entscheidend war, dass sie ihre Flugabwehr nicht gegen die amerikanischen Hubschrauber einsetzen würde, solange diese sich in der unmittelbaren Nähe des wertvollen Schiffs befanden. Die Angst, die Jiaolong-Technologie zu beschädigen, wäre zu groß. Also klebten Victoria und ihre Kollegen fast an dem Schiff. Aber die Chinesen würden natürlich trotzdem nicht untätig zuschauen.

Plug verkündete: „Kontakt auf neun Uhr. Gleiche Höhe. Akute Bedrohung. Der chinesische Hubschrauber ist auf dem Weg hierher. Scheiße. Ein anderer ist gerade vom Träger gestartet und dreht auch in diese Richtung ab."

„Beide Hubschrauber in Sichtweite."

Die Stimme des Kommandanten des SEAL-Teams kam über Funk. „Magnum eins, Mission beendet, bereit zur Evakuierung."

Victoria drückte ein paar Mal auf ihren UHF-Sendeschalter. Die Klicks waren die Bestätigung, dass sie verstanden hatte.

Die zwei Sierra-Hubschrauber, die hundert Fuß unterhalb von Plugs Warteschleife gekreist waren, positionierten sich nun wieder auf den Flugdecks. Die SEALs sprinteten die Stufen hinauf und hechteten nacheinander in die Hubschrauberkabinen. Sie waren fast fertig ...

„Hey, Boss, der Bordschütze will versuchen, einen der chinesischen Hubschrauber zu erwischen."

Sie verstand, was er meinte. Der Scharfschütze befand sich auf ihrer Seite, weshalb es einfacher wäre, wenn sie flog. Victoria sagte: „Verstanden, ich habe die Steuerung."

„Sie haben die Steuerung."

Sie umfasste den Cyclic und neigte den Vogel scharf nach links. Vorher kontrollierte sie noch kurz ihre linke Seite, um sicherzustellen, dass sie alle drei freundlichen Hubschrauber im Blick hatte. Der Romeo zog weiterhin seine gemächlichen Kreise dicht über dem Jiaolong-Schiff. Die anderen beiden befanden sich immer noch auf den Flugdecks und nahmen die Spezialkräfte auf.

„Diese Hubschrauber sind ziemlich weit weg", sagte Plug in Richtung der beiden chinesischen Luftfahrzeuge, die sich näherten.

„Ja, das sind sie." Aber sie waren schnell unterwegs.

Das Besatzungsmitglied meldete sich wieder zu Wort: „Er sagt, wir sollen die Position halten."

Victoria überprüfte ihre Treibstoffanzeige und schaute dann schnell wieder weg. Angesichts der Zahlen wurde ihr kotzübel. In wenigen Minuten würde ihnen der Treibstoff ausgehen oder man würde sie abschießen. Was soll's, immerhin traten sie mit Würde ab.

Sie riss den Steuerknüppel mit der rechten Hand nach hinten und drosselte mit der linken Hand den Schub. Der Hubschrauber nahm die Nase hoch und sie verloren schnell an Geschwindigkeit. Dann setzte die Vibration ein, ein

heftiges Rütteln, das noch schlimmer wurde, als sie den
Schub wieder erhöhte und sie hundertfünfzig Fuß über dem
Wasser in einen Schwebeflug brachte. Das würde ihren Treibstoffverbrauch in die Höhe jagen. Aber während sie den Vogel
stabilisierte und ausrichtete ... sorgte sie immerhin dafür, dass
der Scharfschütze seines Amtes walten konnte.

Er wartete ihre Freigabe nicht ab.

Es knallte viermal.

Der vordere der chinesische Hubschrauber war etwa eine
Viertelmeile entfernt. Wäre Victoria dichter dran gewesen,
hätte sie sehen können, wie die chinesischen Piloten beide
von Kugeln des Kalibers .50 getötet wurden. Die Nase des
chinesischen Fluggeräts kippte nach unten und es flog gerade-
wegs ins Wasser. Der zweite Hubschrauber befand sich einige
Hundert Yard hinter dem ersten. Während er über dem abgestürzten Heli kreiste, nahm der gegnerische Türschütze ebenfalls   sein   Kaliber   .50   in   Betrieb,   ein   GAU-16-
Maschinengewehr. Zu spät. Der verbliebene chinesische
Hubschrauber wurden nun von Hunderten von Schüssen
getroffen, wobei Leuchtspuren das Cockpit und die Kabine
durchlöcherten. Victoria beobachtete aus ihrem Fenster, wie
er anschließend schnell außer Kontrolle geriet und zu gieren
begann. Eines ihrer Geschosse hatte die Steuerleine des Heck-
rotors durchtrennt. Sekunden später waren die Chinesen im
Wasser.

„Magnum eins, drei und vier verlassen das Deck, Kurs
null-vier-fünf."

Victoria nahm die Nase des Helis herunter, um Geschwindigkeit aufzunehmen und den beiden Sierras zu folgen. Der
andere Romeo fand sich auf ihrer linken Seite ein, als sie auf
eine Höhe von fünfundzwanzig Fuß sank.

„Magnum eins, der SEAL-Kommandant erbittet Bestätigung, dass Sie sich von dem Schiff entfernt haben."

„Bestätigt."

„Detonieren."

An Bord des Schiffs der Jiaolong-Klasse gingen drei separate Sprengladungen gleichzeitig hoch. Zwei davon befanden sich am Fuß der Radartürme. Die gigantischen metallischen Monolithen brachen unter ihrem eigenen Gewicht umgeben von grauem Rauch und Flammen zusammen.

Die dritte Explosion ereignete sich in der Nähe des Haupt-treibstofftanks des Schiffs. Der verwendete Sprengstoff war speziell ausgewählt worden, um die Hunderttausenden von Gallonen Treibstoff an Bord zu entzünden.

Die daraus resultierende Detonation war katastrophal. Der Feuerball stieg über fünfhundert Fuß hoch in die Luft und schleuderte Container und Metallfragmente in alle Richtungen. Durch die Schockwelle barsten einige der Fenster des Flugzeugträgers in einer Meile Entfernung.

Die Jiaolong war zerstört.

David und Chase Manning saßen einander gegenüber in der CIA-eigenen Gulfstream, die sie zum Luftwaffenstützpunkt Eglin brachte. Lena saß mit Handschellen gefesselt im hinteren Teil der Kabine und wurde bewacht.

Susan ging Berichte durch und befand sich außer Hörweite der beiden Brüder.

Von seinem Platz aus konnte Chase Lenas Gesicht beobachten. Sie sah zufrieden aus. Wie jemand, der wusste, dass sich sein Opfer lohnte.

Chase flüsterte seinem Bruder kopfschüttelnd zu: „Sie hat das erreicht, weshalb sie hergekommen ist."

David wandte sich um, um Lena ebenfalls zu mustern. Sie hatte den Kopf gedreht und blickte aus dem Fenster. „Nein, hat sie nicht", antwortete er leise. Sie waren noch nicht lange unterwegs und dies war die erste richtige Gelegenheit für die Brüder, sich unter vier Augen zu unterhalten.

Chase fragte: „Wovon redest du?"

„Sie ist hierhergekommen, um Jinshan mit Informationen zu versorgen."

„Richtig."

„Informationen, die für die Kriegsführung der Chinesen entscheidend sind", fuhr David fort.

„Ja. Ganz genau. Und die hat sie nach China geschickt."

Susan stieß im vorderen Teil der Kabine einen Freudenschrei aus und winkte die Brüder zu sich.

Chase und David verließen ihre Plätze und setzten sich neben sie. Abgesehen von Lena und den Wachen war das Flugzeug leer, aber Susan sprach immer noch mit gesenkter Stimme.

„General Schwartz hat sich gerade gemeldet. Das Schiff der Jiaolong-Klasse wurde versenkt."

Chase sah ruckartig auf und fixierte Susan und David. „Was ist passiert?"

David ignorierte ihn. „Irgendwas Neues vom Angriffsteam?"

„Nein. Ich denke, darauf werden wir noch eine Weile warten müssen. Die Schlacht ist noch im Gange."

David fragte: „Welchen Kurs haben sie eingeschlagen?"

Susan grinste ihn vielsagend an. „Richtung Osten. Die chinesische Flotte wird in Sichtweite des Johnston-Atolls passieren."

Chase schüttelte den Kopf. „Ich verstehe nur noch Bahnhof. Ich dachte, diese Strahlenwaffe, die wir entwickeln, sei noch gar nicht fertig?"

David faltete seine Hände und sprach schnell. „Dann landen sie exakt da ..."

Susan nickte. „*Ganz genau.*"

Chase fragte: „Könnte mir mal jemand sagen, worüber zum Teufel ihr beide redet?"

David erkundigte sich: „Kann ich ihn einweihen?"

Susan schaute auf ihre Uhr. Nach einem kurzen Zögern nickte sie. „Sicher."

David wandte sich seinem Bruder zu. „Als wir uns zusammengesetzt haben, um einen Weg zu finden, die chinesische Jiaolong-Technologie unschädlich zu machen, kam uns eine Idee ..."

„David hatte eine Idee. Eine schöne, brillante Idee", warf Susan ein.

„Auf dem Johnston-Atoll wurde nie an einer amerikanischen Technologie gearbeitet."

Chase fragte: „Was soll das heißen?"

David erklärte: „Diese Nachricht wurde als Teil eines großangelegten Täuschungsmanövers an die Chinesen weitergegeben. Susans chinesisches Agentennetzwerk hat viele Informationen gestreut. Manches stimmte, anderes nicht. Aber die wichtigste Botschaft war der amerikanische Plan zur Verteidigung Hawaiis. Zuerst dachten unsere Wissenschaftler, wir könnten die Jiaolong-Luftabwehr ausschalten, indem wir unsere eigene Energiewaffe bauen. Das ist das System, von dem auch du gehört hast. Über diesen Plan wurde der chinesische Maulwurf, Luntz, in Raven Rock informiert."

Chase staunte: „Und du sagst, das war alles nicht wahr?"

„Nachdem wir uns ein paar Tage damit befasst hatten, wurde uns schnell klar, dass die Entwicklung eines solchen Waffensystems selbst im besten Fall noch Jahre dauern würde. Wir wären niemals rechtzeitig fertig geworden, um zu verhindern, dass die Chinesen das Jiaolong-Kriegsschiff von Guam nach Hawaii verlegen. Aber wir hatten einen neuen Störsender, der eine kleine Gruppe von Flugzeugen vor dem chinesi-

schen Radar verstecken konnte. Wir montierten diese
Störsender an zwei Marinehubschraubern und entwarfen
einen Luftangriff auf die Jiaolong. Wir entwickelten eine Strategie, um die Chinesen während dieses Luftangriffs ander-
weitig zu beschäftigen. Der Plan ging auf. Und jetzt ist die
Jiaolong versenkt worden …"

„Ihr habt also die gesamte Militär- und Geheimdienstfüh-
rung in Raven Rock über den hanebüchenen Plan mit diesem
Energiewaffensystem unterrichtet?"

„Wir hatten keine andere Wahl. Wir wussten bis vor
Kurzem nicht, dass Luntz der Maulwurf ist. Wir wussten nur,
dass Lena auf dem Weg in die USA war, um sich mit *einem*
Maulwurf zu treffen, und dass der Maulwurf höchstwahr-
scheinlich in Raven Rock war. Es dauerte eine Weile, bis wir
die Liste der Verdächtigen eingegrenzt hatten. Wir konnten
nicht riskieren, dass der Spion herausfindet, dass wir seine
Identität kannten. Als wir erfuhren, dass Lena einreisen
würde, erkannten wir eine weitere Gelegenheit. Sie ist eine
der wenigen, denen Jinshan wirklich vertraut, nicht wahr? Um
Jinshan zu täuschen, mussten wir also sie hinters Licht
führen. Wir mussten sie davon überzeugen, dass sie Jinshan
belastbare Informationen zukommen lässt. Deshalb mussten
wir dich und alle bis auf ein paar wenige Auserwählte vom
Spionageabwehrteam über den wahren Plan im Unklaren
lassen."

Chase begann zu verstehen. „Ihr habt Luntz mit Falschinformationen gefüttert. Ihr habt ihm gesagt, dass diese Strahlenwaffe rechtzeitig einsatzbereit sein würde. Ihr hattet im
Grunde genommen einen Plan B für den Fall, dass der
Doppelgänger nicht … Moment mal. *Warum zum Teufel wolltet
ihr Luntz überhaupt gegen einen Doppelgänger austauschen?*
Wenn er bereits mit Falschinformationen gefüttert war,
warum sollte er diese nicht einfach an Lena weitergeben?"

Susan entgegnete: „Es wäre zu riskant gewesen. Wir konnten nicht sicher sein, dass Luntz nicht wusste, dass wir ihm auf der Spur waren. Wenn er oder Lena vermutet hätten, dass er in die Irre geführt wurde, hätten sie den Informationen nicht mehr vertraut. Wir waren ziemlich sicher, dass unsere Täuschung bei Luntz funktioniert hatte, aber wir wollten das Risiko nicht eingehen."

Chase war sprachlos. „Es hätte so vieles schiefgehen können. Was, wenn ...?"

Susan sagte: „Es lief keineswegs wie geplant. Wir haben zum Beispiel nicht damit gerechnet, dass Sie da allein reingehen."

„Welche Informationen wurden letztendlich übermittelt?"

„Diejenigen, die Luntz an Lena übergeben sollte."

„War das Absicht?"

„Es war nicht unsere erste Wahl, nein. Aber es scheint, dass unser Täuschungsmanöver aufgegangen ist. Die Informationen deckten sich mir den Nachrichten, die einige der in Eglin festgehaltenen chinesischen Spione zurück nach Peking schickten. Und die Chinesen haben angebissen. Luntz muss Lena darüber informiert haben, dass die Minenfelder gelegt wurden und dass das Johnston-Atoll-Projekt noch nicht einsatzfähig war. Lena wiederum muss diese Botschaft übermittelt haben, denn die chinesische Flotte hat in den letzten Stunden den Kurs geändert. Sie sind dorthin gefahren, wo wir sie haben wollten. Weshalb wir in der Lage waren, ihr wertvolles neues Schiff anzugreifen."

Chase lehnte sich zurück in seinen Ledersitz. „Heilige Scheiße. Ihr habt es geschafft."

David lächelte. „Noch nicht ganz. Aber wir sind einen großen Schritt weitergekommen."

Chase warf erneut einen Blick in das Heck des Flugzeugs. Lena beobachtete ihn ebenfalls und registrierte, dass sich sein

Gesichtsausdruck gewandelt hatte. Daraufhin änderte sich langsam auch ihre Miene. Erst machte sich Sorge breit. Dann Entsetzen, als ihr klar wurde, was Chases siegessicherer Blick zu bedeuten haben musste. Er musste zugeben, dass sie eine erstaunliche Gabe hatte. Sie konnte ihn lesen wie ein Buch.

Dann sah er wieder seinen Bruder an und runzelte die Stirn. „Eine Sache verstehe ich immer noch nicht. Ihr hättet die Hubschrauber mit dem Sonderkommando doch jederzeit losschicken können, egal wohin die chinesische Flotte unterwegs war. Ich meine ... egal von wo. Aber Lenas Nachrichtenübermittlung ...“

David nickte. „Als wir in Guam sahen, was die Jiaolong-Technologie anrichten konnte, wussten wir, dass wir genau einen Versuch haben würden, ihre Flotte zu besiegen. Jetzt, da sie wissen, wie wir die Jiaolong zerstört haben, werden sie das nicht noch einmal zulassen. Und sie werden mehr von diesen Schiffen bauen. Es ist ersetzbar. Aber die gesamte Südflotte ... die ist nicht ersetzbar. Wenn sie gewusst hätten, dass wir das Schiff der Jiaolong-Klasse besiegen können, wären sie das Risiko eines U-Boot-Gefechts auf hoher See nicht eingegangen. Aber sie haben nicht damit gerechnet, wie schutzlos ihre Südflotte ohne die Jiaolong sein würde.“

Chase sah verwirrt aus. „Was bedeutet das?“

„Die von Lena geschickte Nachricht war der Anlass für die Chinesen, ihre Flotte durch einen bestimmten Ozeanabschnitt in der Nähe des Johnston-Atolls zu manövrieren. Auf diese Weise halten sie weiterhin Kurs auf Hawaii, durchqueren aber ein Gebiet, in dem wir sie haben wollen.“

„Aber warum?“

Susan lächelte. „Ihr Bruder ist ein Genie, Chase.“

David wurde rot. „Es war nicht allein meine Idee“, protestierte er. „Wir haben unter anderem herausgefunden, dass die neue chinesische U-Jagd-Technologie Schwierigkeiten hat, U-

Boote aufzuspüren, die auf Grund gelaufen sind. Und unser Plan sieht wirklich eine Menge Seeminen vor. Nur nicht so, wie wir es beschrieben haben."

Chase wirkte ratlos: „Ich kapiere es immer noch nicht."

David sagte: „Bruder, sie sind uns direkt in die Falle gegangen."

„Magnum eins, zwei und drei formieren sich auf Ihrer rechten Seite."

„Eins", sagte Plug in sein Helmmikrofon. Victoria hatte ihm wieder die Steuerung übertragen und gemeinsam taten sie ihr Bestes, um sich durch das Labyrinth der feindlichen Kriegsschiffe zu navigieren.

„Ich nehme meine Nachtsichtbrille ab."

„Verstanden, ich auch", verkündete Plug. Die Sonne würde jeden Augenblick über dem Horizont aufgehen, was bedeutete, dass die chinesischen Schiffe sie deutlich sehen könnten. Seit der Zerstörung der Jiaolong waren nur wenige Minuten vergangen, aber sie war ehrlich überrascht, dass sie so lange überlebt hatten. Victoria rechnete jede Sekunde fest damit, dass Boden-Luft-Raketen oder Flugabwehrgeschütze sie vom Himmel holen würden. Sie hatte nur noch einen letztenTeil ihrer Mission zu erfüllen.

„Ist die Boje bereit?"

„Ja, Ma'am."

„Abwerfen! Und signalisieren Sie den anderen, das Gleiche zu tun!"

Aus jedem der Hubschrauber warf ein Besatzungsmitglied einen schweren weißen Zylinder aus der offenen Kabinentür. Die SUS-Bojen trafen auf die Wasseroberfläche und wurden beim Kontakt mit dem Meerwasser aktiviert. Alle Bojen explodierten einige Sekunden später und erzeugten dabei ein charakteristisch klingendes Geräusch.

Diese Geräusche wurden von den U-Boot-Besatzungen der US-Marine erfasst, die in den seichten Untiefen rund um das Johnston-Atoll verstreut waren.

Es war Zeit, die Jagd zu beginnen.

USS Columbia

„Wir haben das Signal, Captain."

Commander Wallace sagte: „Kommandostand, bringen Sie uns schnell wie möglich vom Meeresgrund weg."

„Aye, Sir."

Angeblich war die USS *Columbia* bei der Schlacht vor Guam vor einigen Wochen versenkt worden. In Wirklichkeit hatte sie aber nur leichte Schäden davongetragen. In der Verwirrung, und nachdem es bei dem Beinahe-Treffer eines Torpedos mehrere Verletzte gegeben hatte, befahl Commander Wallace seiner Crew, das U-Boot auf Grund zu setzen. Es war die einzige Option, die ihm noch geblieben war.

Wie durch ein Wunder hatten die Chinesen die *Columbia* nicht erneut angegriffen. Und sie hatten sie auch nicht mehr geortet, obwohl die Sonartechniker in den Stunden nach dem Abtauchen mehrere Sonobojen und Tauchsonare entdeckt hatten. Man hatte also intensiv nach ihnen gesucht.

Nachdem sie volle achtzehn Stunden in der Tiefe ausgeharrt hatten, um sicherzugehen, dass die chinesische Flotte vorbeigezogen war, reparierten sie die *Columbia* notdürftig, tauchten auf und kommunizierten mit dem COMSUBPAC. Sie erhielt den neuen Befehl, sich nach Pearl Harbor zu begeben und dort von ihren Erfahrungen zu berichten.

Anscheinend tat sich die neue chinesische U-Jagd-Ausrüstung damit schwer U-Boote aufzuspüren, die auf dem Meeresboden lagen. Diese Erkenntnis könnte nützlich sein. Aber im Pazifik gab es nur wenige Gebiete, die flach genug waren, um so ein Manöver durchzuführen.

Das Johnston-Atoll war eines davon.

Im Flüsterton waren daher vor mehreren Tagen schnelle Befehle erteilt und auf der Brücke des U-Boots weitergeben worden. Das Schiff hatte zu vibrieren begonnen und war dann wieder leise geworden, als es unter die Meeresoberfläche abgetaucht war. Jetzt lagen acht Jagd-U-Boote der Virginia-, Los-Angeles- und Seawolf-Klassen auf dem Grund des Ozeans rund um das Johnston-Atoll auf der Lauer.

Seit Tagen warteten sie dort auf diesen Moment.

In den letzten Stunden hatte Commander Wallace hoch konzentriert die empfangenen Radarsignale von Dutzenden chinesischer Kriegsschiffe verfolgt, die über ihnen hinweg fuhren. Sie geradezu umzingelten. Bei jedem Ping eines Tauchsonars, bei jedem Platschen einer Sonoboje zuckte die gesamte U-Boot-Besatzung zusammen und litt leise vor sich hin.

Und machte nichts.

Sie alle warteten angespannt auf zahlreichere Ping-Geräusche, in größerer Nähe, gefolgt von dem hochfrequenten Geräusch des Propellers und dem Entfernungsmesser eines Torpedos, wie sie es in der Nähe von Guam erlebt hatten.

Aber dieser Moment kam nie.

Die U-Boote waren eins mit dem Meeresboden und blieben unentdeckt, als die chinesische Flotte mehrere Hundert Fuß über ihnen passierte.

Dann hatten sie endlich das Zeichen erhalten. Detonierende SUS-Bojen. Ihr Startsignal. Die U-Boot-Besatzungen erwachten zum Leben, als ihre Kommandanten die ersehnten

Befehle ausgaben. Jedem U-Boot war ein bestimmter Gewässerabschnitt zugewiesen worden.

Die lautlosen Jäger stiegen vom Meeresboden auf, ihre Schrauben drehten sich und trieben sie an. Behutsam. Kaum schneller als ein paar Knoten. Aber jedes der Jagd-U-Boote begab sich in den ihm zugewiesenen Bereich. Torpedo-Mündungsklappen öffneten sich. Eifrige Kapitäne gaben die letzten Angriffsbefehle.

Innerhalb von zwei Minuten rasten dreißig Mark 48 Advanced Capability-Torpedos durch das seichte Wasser, jeder einzelne steuerte auf ein anderes Ziel zu.

Die amerikanischen U-Boot-Streitkräfte standen kurz vor ihrer Revanche.

Victoria hörte den Warnton durch die Ohrhörer in ihrem Helm. Sie sah die blinkenden zentralen Warnleuchten und spürte dann eine Vibration, als ihr Fluggerät Düppel und Leuchtraketen abwarf. Abwehrmaßnahmen gegen die Überschall-Flugabwehrraketen, die eines der chinesischen Schiffe gerade auf sie abgefeuert haben musste.

Ein verschwommener weißer Streifen schoss am Cockpit vorbei. Er explodierte in einem gelb-grauen Dunst ein paar Hundert Fuß links von ihnen. Victoria wurde durchgeschüttelt, als die Schockwelle die Hubschrauberzelle erfasste. Das Geräusch war gedämpft, aber trotzdem widerlich.

„*Scheiße*", murmelte Plug. Er flog die erlernten Ausweichmanöver und steuerte den Hubschrauber durch mehrere scharfe Kurven.

Victoria registrierte, dass durch einen kleinen Spalt in ihrem Seitenfenster Luft eindrang. Dann spürte sie einen glühend heißen Schmerz in ihrer rechten Schulter. Sie blutete durch ihre Fliegerkombi.

„*Verdammte Scheiße.*" Sie zuckte vor Schmerz zusammen, als sie die Wunde untersuchte. „AW1, alles in Ordnung da hinten?"

„Ja, Ma'am. Es geht uns gut. Das war ziemlich knapp."

Victoria ignorierte den Schmerz in ihrer Schulter und sprach über das externe Kommunikationsgerät. „Magnum-Schwarm, bitte melden."

„Zwei."

„Drei."

Es gab eine Pause, dann funkte der Pilot eines der anderen Hubschrauber. „Strich-vier wurde getroffen. Keine Überlebenden."

Plug setzte die Manöver fort und warf weitere Täuschmittel und Leuchtraketen ab, während ihnen die beiden anderen Helikopter in enger Formation folgten. Seine Stimme war belegt, als er fragte: „Was sollen wir tun, Boss?"

Victoria schloss die Augen und verdrängte die aufsteigenden Angst- und Schuldgefühle. Sie drückte den Schalter für das externe Mikrofon. „Sind Sie sicher?"

„Bestätigt", antwortete der andere Pilot. „Sie wurden direkt getroffen."

„Verstanden."

Victoria überprüfte die digitale Karte, die aus dem Weltall zu ihnen hinuntergebeamt wurde. Sie hatten den äußeren Ring des chinesischen Flottenverbands fast erreicht. Ihr Treibstoff würde bald zur Neige gehen, aber sie könnten es noch bis zum Atoll schaffen oder zumindest nah genug notwassern, um von einer SAR-Einheit entdeckt zu werden.

Victoria drehte ihren Kopf, um aus dem rechten Fenster zu schauen. Der stechende Schmerz in ihrer Schulter flammte bei der Bewegung sofort wieder auf, dunkles Blut floss aus der Wunde. Ein paar Meilen entfernt konnte sie einen Zerstörer ausmachen. Zwei Rauchfahnen schwebten in der Luft und erstreckten sich von dem chinesischen Schiff aus wie lange Finger des Todes in ihre Richtung. Die Rückstände der Boden-Luft-Raketen, die es gerade abgeschossen hatte. Warum brachten sie es nicht zu Ende? Vielleicht würden sie es ja tun.

„Bleiben Sie auf diesem Kurs."

„Verstanden."

Victoria schaute noch einmal auf die Karte. Wenn es ihnen gelänge, außer Reichweite dieses Zerstörers zu kommen, hätten sie vielleicht eine Chance. Er hatte bereits einmal auf sie gefeuert und wusste, dass sie da waren. Er würde sicherlich noch einmal zuschlagen.

Sie musste etwas tun.

„Magnum-Schwarm, bereiten Sie sich auf eine Rechtskurve und den Angriff des nächstgelegenen chinesischen Zerstörers vor."

Plug blickte sie überrascht an und wandte sich dann wieder der Szenerie außerhalb des Cockpits zu. Sie rauschten mit hundertzwanzig Knoten über die Wasseroberfläche, die nur fünfundzwanzig Fuß unter ihnen lag. Er leitete eine sanfte Rechtskurve ein.

Victoria sagte: „Ich habe die Steuerung. Bereiten Sie den Abschuss einer Hellfire-Rakete vor."

„Verstanden, Ihre Steuerung."

„Magnum-Schwarm, Formation auflösen."

„Zwei."

„Drei."

Plugs Hände rasten über seine Instrumente. Er rief ihnen die einzelnen Schritte der Checkliste laut zu, und Victoria und das Besatzungsmitglied im hinteren Teil des Hubschraubers antworteten prompt. Dann ergriff Plug die Handsteuereinheit und zielte mithilfe der vorwärts gerichteten Wärmebildkamera auf das chinesische Schiff.

Die Radar-Warnung ertönte erneut in Victorias Kopfhörer, als der Zerstörer sein Flugabwehrradar benutzte, um sein Ziel zu erfassen.

„Feuer frei, Magnum ..."

Sie hatte den Funkspruch noch nicht einmal beendet, als Plug rief: „Rakete unterwegs!" Eine gelbe Stichflamme schoss auf ihrer linken Seite hervor und erhob sich in den Himmel. Der FLIR-Lasermarkierer zielte direkt auf den chinesischen Zerstörer.

Eine weitere Rakete verließ die Startschiene. Dann zwei weitere, als Plug ihr gesamtes Arsenal verschoss. Zusätzliche Hellfire-Raketen wurden von den beiden anderen Helikoptern abgefeuert.

Zwölf AGM-114-Raketen stiegen hoch in den Himmel hinauf und rasten dann auf ihr Ziel zu. Die Hohlladungen, die für die Panzerabwehr konzipiert worden waren, explodierten kurz vor dem Einschlag. Sie verwandelten sich dabei in einen dünnen Strahl aus geschmolzenem, heißem Metall, der verschiedene Teile des Kriegsschiffs durchbohrte.

Eine der Raketen verfehlte ihr Ziel. Die anderen trafen den Zerstörer an verschiedenen Stellen. Es erfolgten mehrere gelb-orangefarbene Explosionen in rascher Folge. Die Brücke, das zentral gelegene Kampfinformationszentrum, die Maschinen und die Brennstoffzellen wurden allesamt getroffen. Eines der Geschosse zündete einen Torpedo im Lagerraum des Schiffs. Sekundäre Explosionen ereigneten sich in der Mitte des Schiffs. Ein grau-weiße Fontäne aus Wrackteilen und Seewasser stieg hoch in die Luft.

„Magnum-Schwarm, formieren Sie sich wieder. Kurs fortsetzen."

„Zwei."

„Drei, Führungshubschrauber, zu Ihrer Information, unser Treibstoff ist ziemlich knapp. Wir haben vielleicht noch zwanzig Minuten."

„Verstanden."

Plug hatte die Steuerung erneut übernommen und richtete den Hubschrauber auf einem Kurs aus, der sie von der Flotte wegbrachte.

In diesem Moment fiel Victorias Blick auf das andere Schiff. Ihre Augen wurden groß. Sie schaute auf die digitale Karte hinunter, und tatsächlich, da war es. Wie hatte sie es übersehen können? Und jetzt hatten sie all ihre Waffen abgefeuert ...

Plug entdeckte, was sie sich ansah. „Soll ich einen anderen Kurs nehmen?"

„Nein, das würde uns nur wieder in die Nähe der restlichen Flotte bringen. Wir müssen diese Peilung beibehalten. Sonst reicht unser Treibstoff nicht."

Sie starrte das feindliche Schiff an. Noch war es nicht mehr als ein Punkt am Horizont. Sie hatten die Hubschrauber wahrscheinlich noch nicht einmal auf dem Radarschirm. Aber der Zerstörer hatte ihnen garantiert mitgeteilt, dass die Amerikaner da waren. Und ...

Während sie das chinesische Kriegsschiff am Horizont betrachtete, wurde es mittschiffs von einem riesigen grauweißen Geysir angehoben, bevor es schnell wieder hinunterfiel und dabei in zwei Teile zerbrach. Der beiden Hälften des Schiffsrumpfs schoben sich in einem unmöglichen Winkel aus dem Wasser und gingen dann langsam unter.

Plug stand der Mund offen. „Was zum Teufel?"

Victoria fühlte, wie sie von einer Welle der Erleichterung erfasst wurde. „Die amerikanischen U-Boote sind da."

Admiral Song lauschte mit Entsetzen, als er die Nachricht von dem Überraschungsangriff der amerikanischen U-Boote erhielt.

„Admiral, die *Changchun* und die *Jinan* wurden getroffen."

„Verletzte?"

Der junge Offizier schüttelte den Kopf. „Beide Zerstörer sind gesunken, Admiral."

Admiral Song hielt sich am Tisch fest. Zwei weitere Zerstörer, die innerhalb weniger Augenblicke versenkt wurden. Hunderte von Matrosen waren verloren und mit ihnen die Fähigkeit, sich gegen kommende Angriffe zu verteidigen.

Die chinesische Flotte befand sich nun in den Gewässern rund um das Johnston-Atoll und fuhr weiter nach Norden in Richtung Hawaii. Aber so konnte es nicht weitergehen.

„Wir müssen alle Optionen in Betracht ziehen."

„Jawohl, Admiral."

Er war mit hundertzwei Schiffen in diese Schlacht gezogen. Jetzt war ein Drittel zerstört, darunter auch das Schiff der Jiaolong-Klasse. Wenn sie sich weiter nach Norden bewegten, würden sie in Reichweite der landgestützten Anti-Schiffs-Raketen des Feindes gelangen. Und sich den amerikanischen Luftwaffenstützpunkten auf Hawaii nähern, von denen aus weitere Angriffe gestartet werden könnten.

Dem alten chinesische Marineoffizier wurde zwar schlecht bei dem Gedanken, aber sie mussten umkehren. Um sich außerhalb der Gefahrenzone neu zu formieren. Er betrachtete den Gefechtsraum. Durch den Untergang der Jiaolong war ihr überwältigender Vorteil dahin. Während die Amerikaner ihre Überwasserschiffe ferngehalten hatten, war seine Flotte nun ziemlich anfällig für Attacken aus der Luft und unter der Wasseroberfläche.

Andererseits waren die Größe und Leistungsfähigkeit

seiner Flotte beeindruckend. Wenn er den Angriff jetzt fortsetzte, könnten sie den Militärstützpunkten auf Hawaii großen Schaden zufügen und die Arbeit beenden, die die Chinesen einige Wochen zuvor begonnen hatten. Vielleicht könnte er seine Streitkräfte hier auf dem Johnston-Atoll landen und die Stellung verstärken.

Er kalkulierte seine Erfolgschancen. Mit den amerikanischen U-Booten vor Ort wäre es Selbstmord.

Er wischte sich den Schweiß von der Stirn. „Warum ist es hier so warm?"

„Sir, wir haben die Kontrolle über einige unserer Systeme verloren. Die Heizung wurde eingeschaltet."

„Die Heizung? Warum? Was ...?" Er machte eine Pause. „Was meinen Sie mit ‚wir haben die Kontrolle über unsere Systeme verloren'? Welche Systeme?"

„Wir sind in der letzten Stunde einer Art Cyberattacke ausgesetzt gewesen, Sir. Der zuständige Offizier von der Cyberkriegsführung sagte, dass sie ihr Bestes tun, aber ..."

Die digitale Anzeige, die der Admiral gerade studiert hatte, wurde dunkel.

„Was ist gerade passiert?"

„Ich werde es herausfinden, Sir."

Der Untergebene eilte davon, während ein anderer auf den Admiral zugelaufen kam.

„Admiral, ich bedauere, Ihnen mitteilen zu müssen, dass die *Kunlun Shan* versenkt wurde."

Admiral Song wurde bei dieser Nachricht schwindelig. Die *Kunlun Shan* war ein amphibisches Schiff. Ein Truppentransporter mit über tausend Soldaten und Matrosen an Bord. Er schloss seine Augen und seufzte.

„Wir müssen nach Süden abdrehen. Wir müssen umdrehen."

„Admiral?"

„Geben Sie den Befehl."

„Jawohl, Sir."

„Neu gruppieren, zweihundert Kilometer weiter südlich. Wir können ..."

Der Leiter der Luftoperationen näherte sich. „Sir, unsere Kampfflugzeuge sind zum Angriff bereit, aber der Einsatzleiter hat seine Marschflugkörper noch nicht abgefeuert. Ihr Befehl lautete, einen gleichzeitigen Angriff durchzuführen, Sir."

Admiral Song bemühte sich nach besten Kräften, seine Wut zu kontrollieren. Alles ging gleichzeitig schief. Niemand bot Lösungen oder gute Nachrichten an. Überall nur Probleme. Ein Misserfolg. Eine Katastrophe.

Er brüllte dem Einsatzleiter zu, sich zu nähern. „Warum haben wir unsere Marschflugkörper noch nicht auf Hawaii abgefeuert?"

„Es gibt dafür keine Entschuldigung, Sir. Ich ... Ich ..."

Inzwischen tropfte Admiral Song der Schweiß von der Stirn. Es glühte in der Operationszentrale. „Sagen Sie mir, was der Grund dafür ist!"

„Sir, es liegt an dem Cyberangriff. Es war uns nicht möglich, unsere Marschflugkörper zu starten."

Dem Admiral fiel die Kinnlade herunter. Es war ein totales Kampfversagen. Jinshan und die anderen würden ihn erschießen lassen, wenn er die nächsten Stunden überlebte. Er versuchte nachzudenken. Sie mussten *etwas* tun.

„Sagen Sie den Kampfjets, sie sollen mit dem Angriff beginnen."

Einer der Nachwuchsoffiziere sagte: „Sir, der Flugabwehroffizier meldet, dass eine weitere Welle feindlicher Luftkontakte im Anmarsch ist."

Admiral Song schaute auf den Luftverteidigungsschirm. „Zeigen Sie es mir."

„Sie halten zweihundert Kilometer Abstand, Sir. Sie wurden als amerikanische B-52-Bomber identifiziert. Sie befinden sich gerade außerhalb unserer Reichweite."

„Sie schießen nicht?"

„Nein, Admiral."

Einer der Offiziere fragte: „Warum umkreisen sie uns nur so weit draußen?"

Dann wurde dem Admiral klar, was sie da taten. Er hätte sich am liebsten übergeben.

Die Mission umfasste dreißig B-52-Bomber, begleitet von JSTARS und F-15-Jägern. Jede B-52 führte achtzehn Quickstrike ER-Waffen mit. Die Quickstrikes waren im Wesentlichen Seeminen mit Stummelflügeln. Die Bomber warfen ihre Geschütze ab, welche sich in der Luft noch fast vierzig Meilen auf die chinesische Flotte zubewegten. Dadurch konnten sich die Bomber außerhalb der Reichweite der meisten Boden-Luft-Raketen halten, die – nun, da die Jiaolong versenkt worden war – ein knappes Gut waren.

Die Flugzeuge brachten zu beiden Seiten der chinesischen Flotte Minen aus und formten so ein riesiges V. Das so gelegte Minenfeld schnitt der Flotte den Fluchtweg ab und schloss sie quasi ein. Innerhalb des Minenfelds befanden sich die amerikanischen Jagd-U-Boote, die alles beschossen und versenkten, was sich in Reichweite ihrer Torpedos aufhielt.

Die Fregatten, die am Rande des Schutzschilds der Flotte positioniert waren, bekamen als erste einen Vorgeschmack auf die amerikanische Minenkriegsführung. Drei chinesische

Fregatten auf der Südseite der Formation wurden zerstört, als sie den Rückzugsbefehl von Admiral Song ausführten.

Dadurch wurden die schlimmsten Befürchtungen des Admirals bestätigt. Sobald die chinesischen Kriegsschiffe manövrierten, um der wiedererwachten Bedrohung durch die U-Boote auszuweichen, gerieten sie in das Minenfeld. Sie mussten feststellen, dass rund um ihre Flotte ein explosiver Wall unbekannter Größe und Form entstanden war.

Als ob es jemand so geplant hätte. Sie waren in eine Falle gesegelt.

„Rufen Sie unsere Kampfflugzeuge zurück", befahl Admiral Song. „Wir müssen den Rückzug fortsetzen."

„Durch die Minenfelder?"

„Haben wir eine andere Wahl?"

Der sechs F-22 umfassende Schwarm flog mit Supercruise-Geschwindigkeit, also mit Überschallfluggeschwindigkeit ohne Zündung ihres verbrauchsintensiven Nachbrenners. Das Kommando- und Kontrollflugzeug vom Typ AWACS hatte die Zielinformationen bereits eingespeist.

Zweiundzwanzig chinesische trägergestützte J-15-Kampf-flugzeuge waren in Richtung Hawaii unterwegs. Der Angriff durch die F-22 erfolgte, kurz bevor Erstere den Befehl erhielten, zur *Liaoning* zurückzukehren.

Es war ein kurzer Kampf.

Als sich die chinesischen Flugzeuge näherten, aktivierte ein Schwarm F-18G Growlers ihre elektronischen Störsender. Dementsprechend wurden die Chinesen nicht gewarnt. Jede F-22 feuerte vier AIM-120-Raketen ab, die mit Mach 4 auf ihre Ziele zurasten.

Bis auf eines wurden alle chinesischen Kampfflugzeuge

getroffen, wobei die fünfzig Pfund schweren Splitterspreng-
köpfe nur wenige Meter von ihren Zielen entfernt detonierten. Der einzige verbliebene chinesische Pilot erkannte, dass
er sich in Gefahr befand. Er entledigte sich seiner Luft-Boden-
Waffen und versuchte, sich gegen seine unsichtbaren
Angreifer zu wehren. Er konnte gerade so die Silhouette eines
der amerikanischen Kampfflugzeuge ausmachen, als sein
Flugzeug durch das Geschützfeuer einer F-22 zerstört wurde.
Er hatte nicht gewusst, dass sie da war.

Victoria hatte ihren Hubschrauber nach jedem ihrer Einsätze
auf See vom Mutterschiff zurück an Land geflogen. Nach
sechs bis neun Monaten Dienst war es immer eine große
Freude, am Horizont amerikanisches Festland zu sehen und
zu wissen, dass man es bald geschafft hatte.

Aber sie war noch nie so glücklich gewesen, Land zu
sehen wie jetzt. Vor ihnen lag das Johnston-Atoll. Das einzige
Problem: Sie war sich nicht hundertprozentig sicher, dass sie
die Insel erreichen würden.

„Die Treibstoffreserve leuchtet jetzt konstant, Boss", sagte
Plug mit besorgter Stimme.

„Ich weiß ..."

Das Atoll war lediglich eine rechteckige Sandbank, auf der
sich eine lange schwarze Start- und Landebahn befand. Es gab
ein paar verkohlte Gebäude und verbogene Metallteile – die
Überreste der amerikanischen Luftverteidigungseinheit, die
auf der Insel stationiert gewesen war. Schwelende Asche und
mehrere zerstörte Flugzeuge. Der Angriff der Chinesen
konnte noch nicht lange her sein. Victoria fragte sich, ob sie
von den amerikanischen Kriegsplanern im Rahmen des
Täuschungsmanövers geopfert worden waren.

Der zweite Hubschrauber ihrer Formation meldete sich über Funk: „Strich-zwei ist auf der letzten Reserve. Keine Ahnung, ob wir es schaffen, aber wir können den Strand sehen."

Victoria antwortete: „Nur noch eine Minute. Notfalls ein Triebwerk abschalten."

„Haben wir schon gemacht."

Plug schaute aus dem Fenster und drückte seinen Sendeschalter. Er sagte: „Versucht das mal." Er bewegte seinen Körper in schnell vor- und rückwärts – wie zum Schwungholen auf einer Schaukel – und tat so, als würde sich der Hubschrauber dadurch schneller bewegen.

Der Pilot von Strich-zwei zeigte ihm den Vogel. „Manche Typen haben echt keinen Sinn für Humor."

„Führungshubschrauber, Strich-zwei, wir müssen vielleicht notwassern."

„Verstanden", war alles, was Victoria antwortete. Es war deren Entscheidung. *Sie* wollte trockene Füße haben.

Nur noch ein kleines bisschen. Sie waren *so nah dran*. Der unter ihnen liegende aquamarinblaue Ozean reflektierte das helle Sonnenlicht. Das Wasser wurde flacher. Die dunklen Stellen waren Seegras und ein Korallenriff. Ihre Angst nahm zu, ebenso wie der Drang, dieses verdammte Fluggerät sicher herunter zu bringen, bevor ihnen der Treibstoff ausging. Sie zuckte vor Schmerzen zusammen, als sie eine Steuereingabe machte, bei der sie ihren Schultermuskel benutzte. Plug hatte noch nicht gemerkt, dass sie getroffen worden war – das Blut war in ihrem rechten Arm außerhalb seines Sichtfelds – und sie hatte es ihm auch nicht gesagt. Ein Teil von ihr wusste, dass es falsch war, ihm das vorzuenthalten; aber eine andere Stimme flüsterte: *Reiß dich zusammen, Victoria. Wir sind fast zu Hause.*

In der Ferne war ein orange-gelber Feuerball zu sehen, in

mehreren Tausend Fuß Höhe. Eine Luftschlacht. Nun tauchten direkt daneben weitere Feuerbälle auf. Die Flugzeugteile, die auf die Erde regneten, zogen schwarze Rauchfahnen hinter sich her. Sie wusste nicht, wem sie gehörten. Es war ihr auch egal. Alles, was sie interessierte, war diese Insel direkt vor ihrer Nase.

„Fast geschafft, Boss. Sind Sie in Ordnung oder soll ich übernehmen?"

Plug klang ein wenig besorgt. Der klugscheißerische Ton war weg. Er beugte sich vor und versuchte, einen Blick auf ihre Schulter zu werfen.

Er sagte: „Meine Steuerung."

„Es geht mir gut."

„*Nein, Boss*. Meine Steuerung. Sie sind verletzt."

Er griff sowohl nach dem Cyclic als auch dem Collective auf seiner Seite und sie konnte fühlen, wie sich seine Eingaben auf ihre Steuerhebel übertrugen. Sie ließ los. „Sie haben die Steuerung." Ihre Stimme klang so erschöpft, wie sich ihr Körper anfühlte.

„Fünfzig Fuß." Plug schaltete sein Funkgerät um und rief die anderen Hubschrauber an. „Ich reihe uns für die Rollbahn auf. Ich setze zu einer Gleitlandung an, um Geschwindigkeit zu halten, falls wir einen Flammabriss erleiden."

„Zwei."

„Drei."

Victoria beobachtete, wie die asphaltierte Rollbahn durch das Fenster zu ihren Füßen immer näher kam.

„Parkbremse."

„Aus."

Sie setzten auf und wurden langsamer, während Palmen und wildes Inselgestrüpp auf beiden Seiten der Piste an ihnen vorbeirauschten. Innerhalb weniger Minuten waren alle drei Hubschrauber zum Vorfeld gerollt und heruntergefahren.

Victoria stieg aus dem Cockpit aus und sah sich um. Ihr war schwindelig und ihre Muskeln waren verkrampft.

„Heilige Scheiße, Boss! Sie bluten stark! Fetternut, hast du einen Erste-Hilfe-Kasten?"

Der Rettungsschwimmer half ihr, sich auf den Kabinenboden ihres geparkten Luftfahrzeugs zu setzen. Sie hatte den Helm abgenommen und den Arm vorsichtig aus der Fliegermontur gepellt. Es war eine große Wunde, aus der dunkelrotes Blut und Eiter flossen.

AWR1 Fetternut sagte: „Das kriegen wir wieder in Ordnung, Boss. Entspannen Sie sich einfach."

Sie nickte und blickte in die Ferne. Ihre Haare waren schweißnass, verklebt und stanken nach Öl. In ihren Ohren klingelte es wie immer nach einer langen Mission. Sie zog ihre ledernen Flughandschuhe aus und wischte sich mit der linken Hand über die Augen. Die rechte Hand hielt sie still, während ihr Besatzungsmitglied ihre verwundete Schulter säuberte und verband.

Die SEALs und die anderen Besatzungen standen in einem Kreis zwischen den drei abgeschalteten Hubschraubern. Plug schleppte irgendetwas dorthin. Sie war sich nicht sicher, was es war, aber es sah schwer aus. Ein paar der Männer lachten, als sie ihn damit sahen. Dann wurde ihr klar, was er getan hatte: Plug hatte in ihrem Vogel eine Kühltasche versteckt gehabt. Jetzt nahm er mehrere Flaschen bernsteinfarbenen Alkohol, Plastikbecher und ein paar Flaschen Soda heraus.

Der Kommandant des SEAL-Teams trat an sie heran. „Was macht Ihr Junge da?"

Sie verdrehte die Augen und fühlte sich wie eine Mutter, die ihr Problemkind nicht eine Sekunde aus den Augen lassen konnte. „Ich weiß es nicht."

Sie winkten Plug zu sich herüber.

„Sie haben bei diesem Einsatz Alkohol mitgeführt? Ich meine … wie kommt man überhaupt auf so eine Idee?"

Er antwortete: „Was? Ich – ich dachte nur, wenn wir das überleben, wollen wir sicher feiern."

Victoria fragte: „Und was ist, wenn wir wieder abheben müssen?"

„Boss, sehen Sie sich mal um. Das *war es* mit Fliegen. Das Einzige, was jetzt noch passieren wird, ist, dass wir entweder gerettet werden oder hier verhungern."

„Man könnte uns zurück nach Hawaii bringen und uns bitten, wieder zu fliegen."

Plug schmunzelte. „Na ja, bestimmt nicht sofort. Das würde meine vorgeschriebene kostbare Ruhepause verletzen." Er zeigte auf den nur fünfzig Schritte entfernten Strand. „Stellen Sie sich vor, die Chinesen tauchen hier auf … wäre es da nicht besser, ein wenig angeheitert zu sein?"

Der SEAL-Kommandant erklärte: „Der Junge hat recht." Er schaute auf das Meer hinaus. Die Insel war totenstill, abgesehen vom Brechen der Wellen und dem entfernten Dröhnen der Kampfjets. „Ich sage Ihnen was. Geben Sie jedem einen Drink und schicken Sie sie dann hier rüber."

Victoria warf dem SEAL einen fragenden Blick zu. Der zuckte mit den Achseln.

Der AWR1 hatte ihre Schulter verarztet. „Bitte sehr, Boss. Mehr kann ich nicht tun. Sie sollten zum Arzt gehen, wenn wir zurück sind. Ich glaube, die müssen da leider noch etwas herausschneiden."

„Danke."

Die DEVGRU-SEALs und die Hubschrauberbesatzungen versammelten sich. Alle hoben ihre Plastikbecher, als der Kommandant sagte: „Im Gedenken an die Krieger, die heute an unserer Seite ihr Leben gelassen haben."

Plug und ein paar der Leute waren in Feierlaune, aber die

meisten wirkten bedrückt. Einige verzichteten ganz auf das Anstoßen, aber fast alle nahmen schweigend ein paar Schlucke von Plugs Whisky.

Victoria spürte, wie sich die Wärme des Alkohols in ihrem Bauch ausbreitete und ihr wurde sofort schwindelig. Sie trank auf leeren Magen, was es nicht besser machte.

Sie wies die Gruppe an: „Bleiben Sie in der Nähe. Wir müssen in den nächsten Stunden mit einem SAR-Versuch rechnen."

Allgemeines Nicken und Lächeln. Ernste Blicke. Eine Gruppe, die den Verlust ihrer Brüder betrauerte, aber gleichzeitig froh war, am Leben zu sein.

Victoria sagte: „Scheiß drauf." Sie ging hinüber zur Kühlbox, füllte ihren Becher und ging dann mit ein paar der Flieger an den Strand. Sie stießen an und gingen den Einsatz noch einmal durch, beobachteten die Wellen und das Luftgefecht in der Ferne. Und fragten sich, was am nächsten Tag passieren würde. Und was auf der Welt los war.

39

Jinshan stand auf einem Holzdeck mit Blick auf die Berge. Sein Sicherheitchef hatte dem Ausflug ins Freie heftig widersprochen, aber Jinshan hatte ihn überstimmt. Der spontane Spaziergang dauerte nur dreißig Minuten. Er musste seinen Kopf freibekommen.

Er atmete tief durch und betrachtete die weit entfernten grünen Hügel, die Wolkenausläufer, die das Tal verhüllten. Im Umkreis von Hunderten von Kilometern gab es hier draußen nichts als dieses Netzwerk von Militärbunkern. Tausende von Männern hatten Jahre gebraucht, um dieses Bauwerk zu errichten. Es war als Bunker für den Weltuntergang angepriesen worden, aber Jinshan hatte das Projekt für ein planvolleres Szenario auserkoren.

Die Führung dieses Krieges.

Er hatte dafür gesorgt, dass die besten Kommunikations- und Computerausrüstungen installiert wurden. Dazu redundante Systeme. Angemessene Unterkünfte nicht nur zum Überleben, sondern auch zum Leben und Arbeiten über einen längeren Zeitraum. Dennoch, hin und wieder brauchte jeder ein bisschen Tageslicht.

Er seufzte. War das alles umsonst gewesen?

„Sie wollten mich sprechen, Herr Vorsitzender."

Jinshan machte sich nicht die Mühe, sich umzudrehen. General Chens Stimme war unverkennbar. Er klang arrogant und ignorant. Keine gute Kombination. Jinshan machte nicht oft Fehler bei der Personalauswahl, aber er hatte General Chens Position als eine betrachtet, die kaum mehr als eine Galionsfigur erforderte. Eine Art Platzhalter oder Marionette. Jemanden, den er kontrollieren konnte.

Aber Jinshan hatte nicht damit gerechnet, dass seine Krebserkrankung und deren Behandlung ihn so viel Kraft kosten würden. Sein Schwächezustand hatte ihn lange genug außer Gefecht gesetzt, um diesem Dummkopf Zeit und Raum zu geben, aus Versehen eine echte Entscheidung zu treffen. Und diese Entscheidung hatten sie teuer bezahlt. Wären die Träger ihrer Nordflotte nicht versenkt worden, hätten sie den amerikanischen Luftangriff auf die Südflotte vielleicht parieren können. Aber so ...

General Chen sagte: „Die *Liaoning* hat das Minenfeld mit minimalem Schaden passiert."

„Und ihre Begleitschiffe?"

„Ein Viertel von ihnen hat es geschafft."

Ein Viertel. Fünfundsiebzig Prozent Verlust. Noch vor wenigen Tagen undenkbar.

„Die Flotte ist auf dem Weg nach Dinghai, um Nachschub aufzunehmen und Reparaturen durchzuführen."

Jetzt erst drehte sich Jinshan um. „Sie klingen, als wäre dies eine gute Nachricht."

„Es ist besser als die Alternative." Er sah aus, als würde er diese Worte schon bereuen.

„*Welche* Alternative?"

Der alternde General fuhr mit weit aufgerissenen Augen fort. „Es ist besser, als wenn der Flugzeugträger *versenkt* worden wäre." Er hielt sich anscheinend noch immer für unfehlbar.

Jinshans Gesicht verzerrte sich vor Abscheu. „Hätten Sie unserer zweiten Trägerflotte nicht befohlen, Hawaii frühzeitig anzugreifen, wäre diese Schlacht unter Umständen anders verlaufen."

Sogar General Chen verstand, dass er jetzt besser den Mund halten sollte. Der eisige Blick, der ihn jetzt traf, war für viele Männer das Letzte gewesen, was sie in ihrem Leben zu sehen bekommen hatten.

Jinshan winkte mit der Hand. „Gehen Sie mir aus den Augen."

Er glaubte, ein Wimmern zu vernehmen, als sich der General entfernte. Fast hätte er Chen auf der Stelle seines Amtes entbunden, aber er musste erst einen Ersatz finden. Jemanden, der vertrauenswürdig und kompetent war. Eine wirklich seltene Kombination.

„Herr Vorsitzender, die dreißig Minuten sind um, Sir. Wir sollten gehen." Sein Personenschützer wartete auf dem Fußweg, um ihn zurück in seine unterirdische Hölle zu begleiten.

„Also gut." Als er den steinigen Pfad entlang humpelte, dachte er an Lena Chou.

Jinshan hasste es, eine Schlacht zu verlieren, aber eine Schlacht war noch lange kein Krieg. Er hatte noch Trümpfe, die er ausspielen konnte. Im Geiste arbeitete er bereits Pläne aus, um diese unsägliche Niederlage zu überwinden.

Aber der Gedanke, *sie* zu verlieren, schmerzte ihn mindestens genauso. Und dass ausgerechnet ihr unseliger Vater einen Anteil daran hatte ... Sie war Jinshans besondere Schöpfung. Seine Primaballerina. Es war eine solche Schande, sie zu verlieren.

Lena saß in einem kleinen rechteckigen Raum und stützte ihre Ellbogen auf einem nackten weißen Tisch auf. Betonböden. Ein langer Spiegel, so breit wie die Wand. Sie wusste, was sich auf der anderen Seite des Spiegels befand. Sie hatte oft genug auf einem der Stühle dahinter gesessen.

Lena fühlte sich absolut schrecklich. Vielleicht hatte sie sich etwas eingefangen. Einen Magen-Darm-Infekt. Oder vielleicht war es dieses Angstgefühl, mit dem sie in den letzten Wochen wiederholt zu kämpfen gehabt hatte. Was auch immer es war, ihr war jedenfalls furchtbar schlecht.

Die Tür öffnete sich und eine weiße Frau mittleren Alters kam herein. Lena erkannte sie. Das hieß, sie wusste, wer sie war, hatte sie aber noch nie persönlich getroffen. Susan Collinsworth war eine Karrierebeamtin der CIA. Sie galt als knallhart und akribisch.

Und ihr Blick verriet Lena, dass Collinsworth neue Informationen hatte.

„Was ist los?", fragte Lena. Ihre Hände waren mit Handschellen gefesselt, weshalb sie die Haarsträhne, die ihr ins Gesicht hing, wegblies.

Susans Miene änderte sich leicht, als mehr von Lenas Brandnarben sichtbar wurden.

Dann sagte sie: „Die Chinesen denken, dass Sie tot sind."

Lena zeigte keine Regung. „Und?"

Susan legte einen großen braunen Umschlag auf den Tisch. Sie schob ihn Lena zu und erklärte: „Wir können Ihnen helfen."

Lena lachte kurz auf. „Unwahrscheinlich."

Susan entnahm dem Umschlag ein schwarzes Bild. Lena starrte darauf und wurde schlussendlich mit der Wahrheit konfrontiert. Sie konnte sich nichts mehr vormachen.

„Mir ist übel."

Susan antwortete: „In Ihrem Zustand kein Wunder."

Lena war diesem Tag seit Monaten aus dem Weg gegangen. Durch ihre Kleidung hatte sie ihren Zustand vor den anderen versteckt. Sie hatte sich geweigert, sich damit auseinanderzusetzen und sich ganz auf ihre Arbeit konzentriert. Damit war es jetzt vorbei.

„Ist es ..." Ihre Stimme zitterte. Sie holte tief Luft und fragte dann: „Ist es gesund?"

„Unser Arzt sagt, dass es ein gesunder Junge ist."

Lena schüttelte den Kopf, Wut und Scham stiegen in ihr auf. Sie betrachtete das Sonogramm erneut und atmete schwer. Dann kam ihr ein Gedanke, bei dem ihr fast der Atem stockte. Sie sah zu Susan auf. *Wusste sie etwa, wer der Vater war?*

„Das ändert die Dinge für Sie, Lena", bemerkte Susan.

Lena starrte sie über den Tisch hinweg an, überwältigt von ungewohnten Emotionen. Dem Wunsch, dieses Wesen in ihrem Leib zu beschützen. Und noch eine unbekannte Empfindung: Furcht.

Susan sagte: „Lassen Sie uns jetzt besprechen, wie unsere Zusammenarbeit aussehen könnte."

40

San Diego, Kalifornien
Zwei Wochen später

Chase schlürfte den Schaum von seinem IPA und nahm dann ein paar große Schlucke von dem kalten Bier.

Victoria beobachtete ihn mit hochgezogener Augenbraue. „Ganz ruhig, Tiger."

Sie saßen in einem Biergarten unter freiem Himmel. Grüne Bäume und akkurat gemähte Rasenflächen, Steinfliesen, weiße Sonnenschirme und geölte Holzstühle. Das Restaurant war voll. Wahrscheinlich war das eines der ersten Wochenenden, an denen das Geschäft wieder in Gang kam, nachdem Strom- und Versorgungsleitungen wiederhergestellt worden waren.

Seit der Schlacht vom Johnston-Atoll waren zwei Wochen vergangen. Der chinesische Angriff war abgewehrt worden und mit den Vereinigten Staaten ging es aufwärts. Die Wirtsleute der Brauerei sahen glücklich aus. Man konnte fast vergessen, dass da draußen noch ein Krieg tobte. Dennoch beherrschte das Thema alle Gespräche.

David brachte zwei weitere volle Gläser an den Tisch und stellte eines vor seiner Schwester ab.

„Wie heißt das hier noch mal?", fragte David. „Gefällt mir richtig gut."

„Stone Brewery. Das ist verdammt guter Stoff", sagte Chase.

Victoria erhob ihr Glas. „Auf Papa."

Ihre Brüder folgten ihrem Beispiel. „Auf Papa", sagten sie unisono und stießen miteinander an.

Sie bestellten verschiedene warme Vorspeisen und Hamburger. Den größten Teil des Abends verbrachten sie damit, Geschichten aus den letzten Wochen zu erzählen und sich an ihren Vater zu erinnern. Es tat gut, Zeit miteinander zu verbringen, auch wenn es nur vorübergehend war.

„Wie geht es jetzt bei euch weiter?", erkundigte sich Victoria.

David erwiderte: „Wir fliegen beide morgen früh zurück nach Florida. Ich werde dortbleiben und weiterhin mit demselben Team zusammenarbeiten."

Sie schlug ihm spielerisch auf den Arm. „Ziemlich vage."

David lächelte. „Du kennst das Sprichwort. Reden ist Silber ...“

„Ja ja."

Chase fragte: „Und was ist mit dir?"

Victoria zuckte mit den Achseln. „Ehrlich gesagt habe ich keine Ahnung. Ich melde mich morgen beim Geschwader. Dann werde ich wohl meine nächsten Einsatzbefehle erhalten."

David starrte in die Ferne. Nach einem Moment des Schweigens wandte er sich wieder seinen Geschwistern zu. „Was auch immer passiert, lasst uns die Zeit genießen, die wir zusammen haben."

GLOBALER ANGRIFF
Die Architekten des Krieges, Band 6

Das letzte Buch der USA Today-Bestseller-Reihe „Die Architekten des Krieges"

Seit mehr als einem Jahr herrscht Krieg. So lange ist es her, dass China einen Überraschungsangriff auf die Vereinigten Staaten durchgeführt hat.

An jenem schicksalhaften Tag stürzten EMP- und Cyberattacken große Teile der Nation in ein heilloses Chaos. Tausende von Anti-Schiffs-Raketen zerstörten die US-Pazifikflotte. Das mit China verbündete Nordkorea startete einen Großangriff auf Südkorea. Und die chinesische Informationskriegsführung löste einen eingeschränkten Atomschlag Amerikas aus.

Mit verheerenden Auswirkungen.

Aber der chinesisch-amerikanische Krieg ist im vergangenen Jahr fast zum Erliegen gekommen. Die ozeanischen Gräben haben die Kämpfe zwischen den beiden Supermächten ausgebremst. Die Strategie Chinas, Amerika politisch und wirtschaftlich unter Druck zu setzen, geht auf.

Aber die Schrecken des Krieges werden schon bald wieder Einzug halten.

Die Herrschaft des chinesischen Präsidenten Jinshan neigt sich dem Ende zu. Da er aufgrund einer Krebserkrankung nur noch wenige Monate zu leben hat, setzt er zu seinem finalen Schachzug an: eine umfassende Truppenbewegung über den

Pazifik und schließlich die Landung des chinesischen Militärs auf amerikanischem Boden.

Die Amerikaner machen sich bereit. David Manning bekleidet inzwischen eine Spitzenposition in einem geheimen Team von CIA- und Pentagonmitarbeitern, das die Aufgabe hat, eine erfolgversprechende Strategie zu entwickeln. Sein Bruder Chase ist mit amerikanischen Spezialeinheiten und CIA-Teams in den von den Chinesen umkämpften Brennpunkten auf der ganzen Welt im Einsatz. Victoria Manning hat den Befehl über eine Hubschrauberstaffel der US Navy im Ostpazifik. Und Lena Chou wird auf einem amerikanischen Militärstützpunkt gefangen gehalten.

Doch der Status quo ist nicht von Dauer.

Und die Zeit wird knapp.

Mit Technologie oder Mut allein werden die Amerikaner den Krieg nicht gewinnen können.

Sie brauchen einen Plan.

AndrewWattsAuthor.com

EBENFALLS VON ANDREW WATTS

Die Architekten des Krieges Reihe
1. Die Architekten des Kriegs
2. Strategie der Täuschung
3. Bauernopfer im Pazifik
4. Elefantenschach
5. Überwältigende Streitmacht
6. Globaler Angriff

Max Fend Reihe
1. Glidepath
2. The Oshkosh Connection

Firewall

Die Bücher sind für Kindle, als Printausgabe oder Hörbuch erhältlich. Um mehr über die Bücher und Andrew Watts zu erfahren, besuchen Sie bitte:
AndrewWattsAuthor.com

ÜBER DEN AUTOR

Andrew Watts machte 2003 seinen Abschluss an der US Naval Academy und diente bis 2013 als Marineoffizier und Hubschrauberpilot. Während dieser Zeit flog er Einsätze zur Bekämpfung des Drogenhandels im Ostpazifik sowie der Piraterie vor der Küste des Horns von Afrika. Er war Fluglehrer in Pensacola, FL, und war an Bord eines im Nahen Osten stationierten Atomflugzeugträgers mitverantwortlich für die Führung des Schiffs- und Flugbetriebs.

Andrew lebt heute mit seiner Familie in Ohio.

Registrieren Sie sich auf
AndrewWattsAuthor.com/Connect-Deutsch/
um Benachrichtigungen über neue Bücher zu erhalten.

Printed in Poland
by Amazon Fulfillment
Poland Sp. z o.o., Wrocław

86495350R00277